TOD AUF SCHLOSS SOLITUDE

Martina Fiess stöberte als Journalistin so manche Leiche im Keller anderer Leute auf, trennte als Sachbuchlektorin Fiktion von Fakten und manipulierte als Werbetexterin den schönen Schein. Dank dieser perfekten Vorbildung veröffentlichte sie bereits zahlreiche unterhaltsame Kriminalromane und Kurzgeschichten. Seit einigen Jahren pendelt Martina Fiess zwischen Stuttgart und Schwäbischer Alb.
www.martina-fiess.de

MARTINA FIESS

TOD AUF
SCHLOSS SOLITUDE

Stuttgart Krimi

emons:

Bibliografische Information der Deutschen Nationalbibliothek
Die Deutsche Nationalbibliothek verzeichnet diese Publikation
in der Deutschen Nationalbibliografie; detaillierte bibliografische
Daten sind im Internet über http://dnb.d-nb.de abrufbar.

© Emons Verlag GmbH
Alle Rechte vorbehalten
Umschlagmotiv: mauritius images/Klaus Steinkamp/
Alamy/Alamy Stock Photos
Umschlaggestaltung: Nina Schäfer, nach einem Konzept
von Leonardo Magrelli und Nina Schäfer
Umsetzung: Tobias Doetsch
Gestaltung Innenteil: DÜDE Satz und Grafik, Odenthal
Lektorat: Julia Lorenzer
Druck und Bindung: CPI – Clausen & Bosse, Leck
Printed in Germany 2024
ISBN 978-3-7408-2312-2
Stuttgart Krimi
Originalausgabe

Unser Newsletter informiert Sie
regelmäßig über Neues von emons:
Kostenlos bestellen unter
www.emons-verlag.de

Für meine Großmutter B., von der ich
als Teenager meine ersten Cowboystiefel bekommen habe.

Und für meinen Großvater W.,
der Gedichte und Geschichten geschrieben hat und seine
Freude an Worten an mich weitergab.

EINS

Auf der Liste der Weltkulturerbestätten rangierte Schloss Solitude nicht einmal »unter ferner liefen«. Für die meisten Stuttgarter und Touristen aus aller Welt war das malerisch gelegene Jagd- und Lustschloss dennoch ein Sehnsuchtsort, an dem sogar Pietisten ins Schwärmen gerieten. Um ihren großen Tag vor dem verschnörkelten champagnerfarbenen Prachtbau verewigen zu lassen, standen Brautpaare mit ihren Hochzeitsfotografen hier Schlange. Auch unter Influencern war die verträumte Kulisse von Schloss Solitude ein Hotspot – worin eine gewisse Ironie lag. Schließlich hatte der Erbauer Herzog Carl Eugen ihm einen Namen verliehen, der »Einsamkeit« bedeutete.

Einsam war es auf Schloss Solitude nicht einmal an frostigen Wintertagen. Genau wegen dieser Beliebtheit hatte mein prestigesüchtiger Agenturchef André Hohlberg das Schloss als Schauplatz für sein nächstes Genießer-Event ausgewählt. So nannte er die sorgfältig inszenierten Verkostungen mit Wein und feinen Häppchen, bei denen er sich als Weinkenner und Wichtigtuer in Szene setzte. Diese Events bildeten den krönenden Abschluss meiner Führungen, die ich im Auftrag seiner Werbeagentur für zahlungskräftige Kunden durchführte.

Die Werbeagentur »Hohlbergs Reich« lag in der Neuen Weinsteige im Süden Stuttgarts. In der Jugendstilvilla in Halbhöhenlage entwickelten Designer und Texterinnen wie ich Werbekampagnen für Unternehmen aus der Landeshauptstadt und ihrem Speckgürtel. Diese Kampagnen sollten Image und Umsatz der Auftraggeber fördern. Die Aussicht auf noch mehr Umsatz machte Schloss Solitude in Hohlbergs gewinnorientierter Weltsicht zu einer perfekten Location. Je spektakulärer die Schauplätze meiner Führungen waren, umso mehr rollte der Euro. Und zwar in erster Linie für ihn und seine Agentur. Weniger für mich und meine Kollegen, die er gern rund um die Uhr und auch am Wochenende für sich schuften ließ, und zwar für das geringstmögliche Gehalt. Eindeutig ein Verstoß gegen die Menschenrechtskonvention der UNO, aber in der Werbebranche galten völlig andere Gesetze. Oder besser gesagt gar keine. Dort herrschte noch immer der Wilde Westen. Wie viel Kohle André Hohlberg seinem neuen Lieblingsmitarbeiter, dem jungen Influencer Jake, bezahlte, wollte ich lieber nicht wissen. Mit Sicherheit war es deutlich mehr als das, was er mir und den anderen Kreativen seiner Agentur gönnte. André hatte nämlich nicht nur die repräsentativen Schlösser der württembergischen Herzöge als umsatzfördernde Locations entdeckt, sondern auch die virtuellen Schauplätze der Sozialen Medien. Wenn es nach mir ginge, hätte man sie genauso gut als Unsoziale Medien bezeichnen können. Gab es etwas Stilloseres, als sein Leben ungefragt vor aller Welt zu präsentieren? Genauso gut hätte man auf der Königstraße jedem Passanten sein Familienalbum oder die Galerie im Smartphone zeigen können.

Jake war seit ein paar Monaten für die Präsenz von Hohlbergs Agentur in den Sozialen Medien zuständig. Seine Aufgabe war es, meine Führungen und die Events unseres Chefs auf Netzwerken wie Instagram, TikTok und YouTube als aufsehenerregende, authentische Ereignisse zu platzieren. Inklusive mir als Blickfang in passenden historischen Kostümen aus dem Fundus der Staatsoper, die ich dabei tragen musste. Das war nicht nur lästig, sondern auch unpraktisch. Mit den Reifröcken blieb ich an jedem Mauervorsprung hängen, und das beinharte Schnürkorsett, das meine Brüste wie Äpfel auf einem Silbertablett präsentierte, neigte dazu, unvorteilhaft zu verrutschen. Darüber hinaus musste ich eine aufgetürmte Lockenperücke aufsetzen, die den Körperschwerpunkt gefährlich verschob und meinem Gang etwas Giraffenartiges verlieh.

Bei meiner morgigen Führung durch das prunkvolle Jagd- und Lustschloss Solitude würde ich als Franziska von Hohenheim auftreten. Franziska war 1772 im Alter von vierundzwanzig Jahren die offizielle Geliebte des damaligen Landesfürsten Herzog Carl Eugen von Württemberg geworden. Pikanterweise war Franziska dem Herzog zum ersten Mal bei einer seiner Jagdgesellschaften begegnet, zu der sie ihren Ehemann, einen schwäbischen Freiherrn, begleitete. Auf Wunsch meines Chefs sollte ich die Führung mit ein paar anrüchigen Details der ländlesweit bekannten Liebesgeschichte würzen.

Vor der Premierenführung musste ich den abgerissenen Spitzenvolant am Saum meines Kleides annähen, damit ich nicht ins Stolpern geriet. Mein Kopfkino begleitete die ungewohnte hausfrauliche Tätigkeit mit traumatischen Erinnerungen an den Handarbeitsunterricht in der Schule. Was mich tröstete, war, dass ich dieses Schicksal mit meinen Agenturkolleginnen und -kollegen teilte. Sie sollten ähnlich unbequeme Kostüme tragen, die nach Barock und Rokoko aussahen. Ich saß im Wohnzimmer auf dem roten Sofa und nähte mit mehr oder weniger gleichmäßigen Stichen die Spitzenborte an den Rocksaum. Vor mir auf dem Parkett brachte meine Freundin und Agenturkollegin Jeannette einige Abnäher an ihrer Korsage an, die an ihrer mageren Figur sonst nur schwer Halt finden würde. Jeannette und ich lebten in einer Wohngemeinschaft in der Reinsburgstraße im Stuttgarter Westen. Unsere Wohnung bot vier WG-Mitgliedern Platz. Eines der Zimmer hatten wir an einen Studenten vermietet, der gerade ein Auslandssemester in den USA einlegte. Das vierte Zimmer war kürzlich frei geworden und leer gestanden. Bis es eines Abends an der Wohnungstür geklopft hatte. Davor stand unsere Agenturkollegin Pauline mit zwei Koffern und dem riesigen Rucksack, mit dem sie im Sommer die Alpen überquert hatte. Pauline hatte es nicht länger bei ihrem aufbrausenden Freund Dragan ausgehalten und bei uns Zuflucht gesucht. Natürlich hatten Jeannette und ich sie aufgenommen. Ihren Ex kannten wir in der Zwischenzeit auch. Dragan war ein paarmal hier gewesen und hatte versucht, Pauline zurückzugewinnen. Jeannette und ich spekulierten insgeheim bereits darüber, ob Dragan die unfreiwillige Trennung in einem neuen Rap-Song verarbeiten und damit die große Hip-Hop-Gemeinde der Landeshauptstadt beglücken würde, die ihn unter seinem Künstlernamen StuggiD kannte.

Pauline hockte im Schneidersitz neben mir auf dem Sofa und bearbeitete die rehbraune Perücke, die sie morgen anziehen sollte, mit einem Lockenstab. Offenbar hatte sie meine Gedanken gelesen.»Bea, hast du gegoogelt, ob Dragan ein neues Stück herausgebracht hat? Mir fehlt der Mut, weil ich fürchte, er verdreht alles und stellt mich als Bitch hin. Oder als Schlampe. So hat er es mit meiner Vorgängerin gemacht.« Mit traurigem Blick kaute sie auf ihrer Unterlippe herum.

Ich bemühte mich um einen neutralen Gesichtsausdruck und zuckte mit den Schultern.»Dazu hatte ich heute keine Gelegenheit.« Als Erklärung glitt meine Hand über den himmelblauen Chiffonstoff des ausladenden Rocks, der über meinen Beinen lag.»Ich war den ganzen Tag damit beschäftigt, meine Führungstexte vorzubereiten und mich geistig in Franziska von Hohenheim zu versetzen.« Das war eine Lüge, besser gesagt eine Notlüge, mit der ich meine Freundin schützen wollte. Tatsächlich war heute ein Statement von Dragan in den Sozialen Medien viral gegangen, in dem er einen neuen Song ankündigte. Darin wolle er eine momentane Lebenskrise verarbeiten. Ob Pauline der Grund für diese Krise war, hatte der Rapper offengelassen. Vermutlich war es so, denn auch zwei Wochen nach dem Beziehungs-Aus bombardierte er Pauline mit Nachrichten auf ihrer Mailbox, in unserem Briefkasten und auf ihrem Facebook-Account.

Ein verschmorter Geruch stieg mir in die Nase. Hatten wir einen Kurzschluss? Oder war das Rauch? Mein Blick schoss zur Duftkerze auf dem Wohnzimmertisch. Sie brannte friedlich vor sich hin und verbreitete ein Orangenaroma. Vielleicht kam der Gestank aus der Nachbarwohnung. Dort lebte ein Single-Mann, der kürzlich das Kochen als neue Leidenschaft entdeckt hatte und uns regelmäßig mit seinen zweifelhaften Kreationen beglückte.

»Hätte ich gewusst, dass Dragan jede Minute seines Lebens zu Hip-Hop verarbeitet, hätte ich mich nicht auf ihn eingelassen, das könnt ihr mir glauben.« Pauline zog die Nase hoch.»Was meint ihr, sollte ich es ihm gleichtun und auch was komponieren? Ein Stück oder ein ganzes Album? Über Männer wie ihn, die aus Gefühlen Geld machen. Vor allem aus den Gefühlen anderer. Und über solche, die erst gar keine Gefühle haben und keine Grenzen kennen. So wie die Grapscher, die ungefragt an einem herumtatschen.« Sie winkte ab. »Na ja, das Thema MeToo ist inzwischen ausgetreten, oder? Damit würde ich keinen Grammy gewinnen. Zum Glück gibt es auf diesem Planeten auch ein paar nette, höfliche Männer.« Ihre Miene hellte sich auf. Ein kleines Lächeln breitete sich auf ihrem Gesicht aus.

Bevor ich nachfragen konnte, was es mit diesem plötzlichen Anfall von Seligkeit auf sich hatte, rief Jeannette:»Pauline, pass auf! Deine Perücke brennt!«

Aus Paulines Schoß stieg eine kleine Rauchsäule auf. Der eklige Geruch nach verkohltem Kunststoff überlagerte den Orangenduft der Kerze. Der Gestank kam vom Lockenstab beziehungsweise der Kunsthaarsträhne, die Pauline zu lange bearbeitet hatte. Sie zupfte die wie festgebacken wirkende Ringellocke aus dem Stab und fächelte den Brandgeruch weg.

»Diese Locke ist für alle Ewigkeit gestylt«, stellte Jeannette fest und stach sich vor Lachen mit der Nähnadel in den Finger. Blut tropfte auf den cremefarbenen Stoff ihrer Korsage.»Mist. Wenn André das sieht, flippt er aus«, knurrte sie und versuchte, den Fleck mit der Zunge aufzutupfen.

»Mach ein paar weitere Flecke, dann sieht es aus wie ein Muster aus Blütenblättern«, schlug Pauline kichernd vor.

Als ein dumpfes, rhythmisches Wummern durch den Raum drang, musterte sie das Parkett unter ihren Füßen. »Spielen eure Nachbarn Schlagzeug? Oder hören sie gern Hip-Hop?« Ihr Blick wurde starr und glitt zum Fenster. Abrupt sprang sie auf, kam allerdings nicht weit. Ihr Fuß hatte sich in den Stoffmassen meines Rocks verhakt. Mit einem schnellen Griff zur Sofalehne fing sie sich und lief zum Fenster an der Straßenseite. »Die Bässe kommen von draußen«, stellte sie fest und schob die Vorhänge zur Seite. Ihr Gesicht war bleich geworden, als hätte sie eine böse Ahnung.

Auch ich hatte einen Verdacht. Ich deponierte den Rock samt halb angenähtem Volant über dem Sofa und folgte Pauline zum Fenster. Draußen war es bereits dunkel, obwohl es gerade einmal acht Uhr war. Durch die undichten Altbaufenster waren die Bässe deutlich zu hören und zu spüren. Kräftige Wellen waberten durch meinen Körper, als würde jemand neben mir eine Trommel schlagen.

Die Straßenlampen erhellten die Reinsburgstraße. Aus den Fenstern im Erdgeschoss gegenüber drang Licht auf den Gehweg und den Asphalt. Das Dröhnen kam von links, wo die Straße leicht bergauf führte. Ich beugte mich über die Fensterbank und fühlte die Kühle der Scheibe in meinem Gesicht. Ein schwarzer Wagen rollte im Schritttempo heran. Das Licht der Straßenlampen spiegelte sich auf seinem glänzenden Lack. Es war ein PS-starker BMW, der sich auf breiten Reifen unserem Mietshaus näherte.

Neben mir schnappte Pauline nach Luft und wich vom Fenster zurück. Ohne zu blinken, hielt der Wagen auf der anderen Straßenseite in der zweiten Reihe. Das Motorenbrummen verstummte. Die dumpfen Bässe wummerten weiter durch die enge Straßenschlucht und fluteten bis zu uns in den vierten Stock. Pauline zog den Vorhang auf ihrer Seite vor und suchte hinter meinem Benjamini Deckung. Vertrocknete Blätter lösten sich von den Ästen und fielen raschelnd zu Boden.

»Das ist er, oder?«, flüsterte Pauline.

Durchs Fenster verfolgte ich, wie die Fahrertür des BMWs aufschwang und ein kräftiger Mann in schwarzer Jeans und Hoodie ausstieg. Auf dem Schild seiner Baseballkappe machte ich ein goldenes D aus. Das war Dragans Markenzeichen. Als hätte der Rapper meinen Blick bemerkt, schaute er zu unserer Wohnung hoch. Er überquerte die Fahrbahn und kam auf das Haus zu.

Gerade wollte ich vom Fenster zurücktreten, als ich ein paar Meter entfernt von Dragans BMW eine Bewegung wahrnahm. Auf der anderen Straßenseite hielt sich jemand im Schatten eines Hauseingangs auf. Der Lichtkegel der nächsten Straßenlampe reichte nur bis zu den hellen Stiefelspitzen, die unter dem Saum einer Jeans hervorragten. Ich war gebannt von der Gestalt dort unten und ließ mich von dem stürmischen Dauerklingeln, das durch unsere Wohnung drang, nicht ablenken. Jetzt trat die Gestalt ein Stück vor, und ich erkannte im Lichtkegel eine Frau. Sie schien so alt wie ich, also Mitte dreißig, und hatte die Kapuze über den Kopf gezogen. Ein geflochtener Zopf schwarzer Haare lag über dem hellen Stoff ihrer Jacke. Von oben sah ich hohe Wangenknochen und einen schmalen Nasenrücken.

Während ich die Frau beobachtete, hörte ich, wie Jeannette zur Wohnungstür lief und den Hörer von der Sprechanlage riss. Die Frau eilte den Gehweg auf der anderen Straßenseite entlang und verschwand in der Dunkelheit. Täuschte ich mich, oder hatte ich sie letzte Woche vor der Villa in der Neuen Weinsteige gesehen, in der die Agentur logierte?

Im Flur brüllte Jeannette in den Hörer: »Dragan, hör auf! Das Klingeln nervt. Was willst du hier?«

Die Hände auf die Fensterbank gestützt, suchte ich den Abschnitt der Reinsburgstraße ab, den ich von hier aus sehen konnte. Die mysteriöse Frau war weg.

Als ich mich zu Pauline umdrehte, lehnte sie am Türrahmen. Ihre Hände waren vor der Brust ineinander verschlungen, die Fingerknöchel traten weiß hervor.

»Du willst mit Pauline sprechen?« Den Hörer am Ohr, warf Jeannette ihr einen fragenden Blick über die Schulter zu.

Pauline schüttelte den Kopf und wich zurück ins Wohnzimmer.

»Sie ist unterwegs«, sagte Jeannette. »Ich erzähle ihr von deinem Besuch. Dragan? ... Hallo?« Sie hängte den Hörer in die Halterung. »Hat wohl endlich kapiert, dass er keine Chance mehr bei dir ...« Als schwere Schritte im Hausflur zu hören waren, brach sie ab. Jemand stieg die Treppe hoch.

»Der Typ macht nur Ärger«, schimpfte Jeannette. »Pauline, du musst ihm endlich klarmachen, dass es zwischen euch aus ist. Sonst werden wir ihn nie los.«

Mittlerweile waren die Schritte auf unserem Stockwerk angelangt. Der Holzboden im Flur knarrte, und das tat er nur an einer bestimmten Stelle. Der Besucher stand vor unserer Wohnung. Statt erneut Sturm zu klingeln, trommelte er mit den Fäusten gegen die Holztür.

»Babe, ich muss dich sprechen! Mach auf.« Das war Dragan. Pauline hob abweisend die Hände. Ihre Lippen formten ein energisches »Nein«.

»Ich habe die Fotos im Netz gesehen«, ließ Dragan uns und

alle anderen Bewohner des Hauses wissen. Seiner Stimme war anzuhören, wie verärgert er war. »Wieso lässt du dich halb nackt fotografieren? Hast du keine Ehre?« Ein einzelner Schlag seiner Faust ertönte, doppelt so laut wie die zuvor.

Halb nackte Fotos? Meine Augenbrauen hoben sich wie von selbst. In Paulines Gesicht stand geschrieben, dass sie wusste, wovon Dragan sprach.

Der Rapper drückte die Klingel. Ein schriller Dauerton schallte durch die Wohnung und durchs Treppenhaus. Unter uns wurde eine Tür geöffnet. Eine Männerstimme brüllte: »Was soll der Lärm? Sofort aufhören!«

Das beeindruckte Dragan wenig. Er kombinierte nun Klingeln mit Fußtritten gegen die Tür. Gleichzeitig rief er in Dauerschleife Paulines Namen.

»Der ruiniert uns noch die Tür.« Jeannette wandte sich an Pauline. »Bitte rede mit dem Spinner!«

Sie legte die Sicherheitskette vor und öffnete die Tür einen Spaltbreit. Der Geruch von Bohnerwachs drang herein. »Hör auf, uns zu belagern, Dragan. Das ist Hausfriedensbruch. Bea alarmiert gerade die Polizei.«

Dies zu behaupten war ein cleverer Schachzug. Ich holte das Handy aus meinem Zimmer, falls das tatsächlich nötig werden sollte.

Der Rapper kickte mehrmals gegen die offene Tür. Die Sicherheitskette klirrte, als sie sich im Rhythmus seiner Tritte abwechselnd spannte und lockerte.

»Mensch, Dragan, lass das! Wir sind nicht versichert.« Jeannette winkte Pauline mit einer energischen Bewegung zu sich und machte ihr Platz.

Als Dragan seine Ex im Türspalt sah, hörte er auf zu kicken. »Babe, ich wusste, dass du da bist. Fresh siehst du aus«, umgarnte er sie. »Du, ich hab die krassen Fotos im Netz gesehen. Wer hat dich so fast ohne Kleider fotografiert?«

Pauline löste die Kette, trat in den Flur und lehnte die Wohnungstür hinter sich an. »Es ist vorbei. Lass mich in Ruhe.«

Dragan blieb hartnäckig. Er beschuldigte sie, ihn mit den Fotos demütigen zu wollen. Bald schrien die beiden sich an.

Jeannette öffnete den Garderobenschrank und griff nach dem Baseballschläger, den wir für gefährliche Situationen dort deponiert hatten. »Das alles geht dich nichts mehr an, Dragan«, fauchte Pauline. »Ich hab mich von dir getrennt, kapier das endlich.« Ein Klatschen war zu hören, offenbar eine Ohrfeige. Pauline stieß einen überraschten Schrei aus, dann ertönten Geräusche, die nach Ringkampf klangen. Ich schob das Handy in die Jeanstasche und riss die Tür auf. Pauline und Dragan hatten sich ineinander verhakt. Es war ein ungleicher Kampf, weil der Rapper deutlich größer und kräftiger war. Die schwarze Kappe war von seinem Kopf gerutscht und gab den Blick auf dunkelbraune Haare frei. Sein fülliger Pony endete auf halber Höhe der Stirn in einer exakten Kante und geriet kaum außer Form, als er seine Ex in den Schwitzkasten nahm. Pauline fuhr die Krallen aus und zog ihm die Fingernägel über die Wange.

Dragan schrie auf, wich zurück und gab sie frei. Diese Pause nutzte ich, um mich zwischen die beiden zu stellen.

Jeannette hob den Baseballschläger. »Dragan, hau ab! Oder soll ich dir damit eine verpassen?«

Nach einem letzten Blick auf Pauline trampelte er die Treppe hinunter.

»Puh, das war knapp.« Jeannette stützte sich auf den Baseballschläger. »Noch eine Sekunde, und ich hätte ihm eine übergezogen. Lasst uns reingehen.«

Ein paar Minuten später saßen wir auf dem Sofa und spülten den Schreck mit einem Glas Chianti hinunter.

»Danke für eure Hilfe.« Pauline seufzte. »Ich weiß nicht, wie ich ohne euch mit Dragan fertiggeworden wäre.«

»Kein Problem. Wir spielen gern den Schlägertrupp«, gab Jeannette zurück und warf mir einen kurzen Blick zu. »Aber sag mal, was hat es mit diesen Fotos auf sich?«

Pauline drehte ihr Glas in der Hand und beobachtete, wie der Chianti darin kreiste. »Ach, das ist halb so wild. Erzähle ich euch ein andermal. Ich muss ins Bett, damit ich morgen fit bin für meine schwere Perücke.« Mit dem Glas in der Hand verließ sie das Wohnzimmer.

Jeannette wandte sich mir zu. »Bea, weißt du irgendetwas über diese Fotos? Sind die für eine unserer Kampagnen gedacht? Wohl kaum für den Pitch bei der Landeshauptstadt, oder?«

»Ich habe keine Ahnung.«

»Geht es um einen Kunden deines Vaters?«

Mein Vater Peter Herzog war vor knapp zwei Jahren überraschend aus München nach Stuttgart zurückgekehrt und von André als zweiter Geschäftsführer eingestellt worden. André war der alleinige Inhaber geblieben und hatte weiterhin das Sagen in der Agentur. Um Konflikte von vornherein zu vermeiden, teilten er und mein Vater sich die Kunden auf. »Soweit ich weiß, nein«, erwiderte ich. »Warten wir's ab. Pauline wird uns bald einweihen. Jetzt muss ich endlich diesen blöden Volant annähen.«

Als ich damit fertig war, deponierte ich den Baseballschläger sicherheitshalber neben der Wohnungstür.

ZWEI

Meine Führung begann um zehn Uhr. Davor musste ich in meinem Kostüm als Franziska von Hohenheim für Jake posen. Um rechtzeitig da zu sein, machten Pauline und ich uns kurz nach acht in meinem Corsa auf den Weg zum Schloss Solitude. Als wir unsere Kostüme in Kleidersäcken auf die Rückbank legten und die Perückenschachteln im Kofferraum verstauten, sah sich Pauline in alle Richtungen um. Wahrscheinlich nach ihrem Ex. In der Nacht hatte es geregnet. In ein paar Pfützen auf dem Gehsteig spiegelte sich das Sonnenlicht. Für Ende September war es tagsüber recht mild. An den Abenden und morgens lag jedoch eine feuchte Kühle in der Luft. Der Herbst hielt langsam Einzug. Wir verließen unser Viertel auf der Rotenwaldstraße und fuhren am Birkenkopf vorbei nach Westen. Auf dem Beifahrersitz gähnte Pauline herzhaft.

»Hast du dich von dem Schreck gestern Abend erholt?«, erkundigte ich mich und spürte ein Frösteln beim Gedanken an ihren Ringkampf mit Dragan.

»Der steckt mir noch in den Knochen. Und im Kopf. In meinen Träumen spukte eine ganze Armee aus Rappern herum. Alle hatten den gleichen Haarschnitt wie Dragan und haben das Haus belagert.«

»Klingt eher nach Alptraum«, gab ich zurück, während meine Phantasie die skurrile Szene einer Belagerung durch Dragan-Klone vor meinem geistigen Auge ablaufen ließ. »Pauline, wie du weißt, habe ich gleich ein Foto-Date mit unserem Influencer.« Meine Stimme flatterte, ein deutliches Zeichen dafür, wie nervös ich war. Ich hasste es, fotografiert zu werden. Und noch mehr hasste ich es, in den Sozialen Medien von André als Werbefigur benutzt zu werden. Viele Kommentare waren hämisch und machten sich über mich lustig.

»Kannst du alles für den Rundgang vorbereiten?«, bat ich Pauline, die mir bei der Führung assistieren und die Teilnehmer mit Getränken versorgen sollte.

»Klar, keine Sorge. Ich hab alles im Griff«, beruhigte sie mich und klang nun wieder wie die alte Pauline. »Wir haben die Stationen ja durchgesprochen. Ich komme kurz vor zehn zur Freitreppe, okay?« Wir verließen die Schnellstraße durch den Glemswald und bogen auf das Solitude-Gelände ab. Obwohl es erst halb neun war, waren bereits zahlreiche Jogger, Schlossfans und Bewohner der umliegenden Häuser auf der Anlage mit ihren zahlreichen Nebengebäuden unterwegs. Dazu gehörten auch das Graevenitz-Museum und der Dienstsitz des Ministerpräsidenten. Die riesige Villa mit Pool war meist unbewohnt, weil der bodenständige Kretschmann lieber in seiner Sigmaringer Heimat lebte. Auf dem Kopfsteinpflaster vor dem Schloss fuhr ich Schritttempo. Rechts von uns war bereits das weiße Zelt aufgebaut, in dem unser Chef sein Event zelebrieren wollte. Ein erdbeerroter Teppich bedeckte den Boden. Fehlte nur noch das Wappen der Hohlbergs, dachte ich. Mein Magen zog sich beim Anblick der vielen Besucherinnen und Besucher rund ums Schloss zusammen. In ein paar Minuten würde mich Jake in meinem lächerlichen Aufzug fotografieren. Dutzende weitere Handykameras würden auf mich gerichtet sein, und wenig später würden Fotos und Videos von mir im Netz kursieren.

Auf einem reservierten Parkplatz vor der Akademie Schloss Solitude im ehemaligen Offizienbau stellte ich den Corsa ab. Die Akademie förderte künstlerischen Nachwuchs mit Stipendien, Wohnräumen und Ateliers. In einem Nebenzimmer zogen Pauline und ich uns um. Widerwillig zwängte ich mich in das enge Mieder und strich meinen Rock glatt. Darunter hatte ich weiße Sneakers an. Die waren bequem und außerdem ein kleiner Akt der Rebellion gegen meinen Chef.

Pauline und ich halfen uns gegenseitig dabei, die schweren Perücken aufzusetzen. An den Schläfen klebte ich die widerspenstigen Locken mit Spucke fest. Erst als wir uns in vollem Ornat gegenüberstanden, fiel mir auf, dass wir beide hellblaue Kleider mit Mieder und rehbraune Kunsthaarperücken trugen.

»Wir sehen aus wie Zwillinge«, stellte ich verblüfft fest.

Pauline lachte und schlug die Hand vor den Mund. »Sehe ich ebenso doof aus wie du, Bea? In diesem künstlichen Look fühle ich mich wie ein Petit Four.«

»Ohne Zuckerguss, dafür mit einer Extraportion Sahne«, ergänzte ich und hob meinen Rock an, unter dem sich weiße Unterröcke bauschten.

Seite an Seite schritten wir von erstaunten Blicken begleitet hinüber zum Hauptgebäude, dem eigentlichen Schloss. Aus Rücksicht auf unsere Kostüme wichen wir ein paar feuchten Stellen auf dem Pflaster aus. Vor der Freitreppe am Schloss wartete Jake bereits auf mich. Pauline verabschiedete sich und lief zum Agenturzelt, um letzte Anweisungen von André entgegenzunehmen.

»Guten Morgen, Durchlaucht.« Jake deutete eine Verbeugung an, die sich mit seinem modernen Outfit biss. Dem Dresscode von Werbeagenturen entsprechend trug der schlanke Sechsundzwanzigjährige enge schwarze Cargohosen, Wildlederschuhe und ein schwarzes Leinenhemd.

»Hör auf zu feixen, Jake, sonst schubse ich dich in den Schlossteich.« Das war ein Scherz. Auf der Solitude gab es keinen Teich. Das Dauergrinsen des gut aussehenden Influencers nervte mich. Glücklicherweise war ich im Gegensatz zu fast allen Frauen in meinem Umfeld immun gegen seinen Charme. »Wieso bist du der einzige Agenturmitarbeiter, der kein Kostüm anhaben muss?«

Mit gespielt irritiertem Gesichtsausdruck wiesen Jakes Zeigefinger auf ihn selbst. »Das *ist* mein Kostüm, Bea. Normalerweise trage ich ausgeleierte Jogginghosen.« Ungefragt begann er, mich mit dem Handy zu knipsen, ließ es dann sinken und kniff die Augen zusammen. »Wo ist dein Hut? André hat mir ein Porträt gezeigt, auf dem Franziska ein riesiges Modell mit Federbusch trägt. Das wäre ein super Eyecatcher im Web.«

Jake spielte auf ein berühmtes Ölgemälde aus dem Landesmuseum im Alten Schloss an, auf dem der Maler Jakob Friedrich Weckherlin Franziska im Jahr 1790 verewigt hatte. Die Herzogin war darauf mit einem großen Strohhut mit grauer Schleife und Straußenfedern abgebildet.

»Mit dieser hohen Perücke das Gleichgewicht zu halten, ist schwierig genug. Würde ich auch noch den Hut mit dem ganzen Aufputz tragen, könnte ich kaum mehr aufrecht stehen.«

»Na, das wäre schade. Dann kämen deine entzückenden Pfirsiche nicht so gut zur Geltung.«

»Pfirsiche?« Ich senkte den Kopf. Beim Anblick meines hochgepushten Dekolletés verstand ich und zog das Mieder zurecht.

Jake deutete zur Freitreppe. »Geh ein paar Stufen hinauf.« Nachdem ich meine Röcke gerafft hatte, stolzierte ich steif wie ein Stock die Treppe nach oben. Mit meiner Haltung passte ich mich weniger dem gesellschaftlichen Stand von Landesherrin Franziska an, sondern versuchte schlicht und ergreifend, die Balance zu halten.

»Stopp. So ist es gut, Bea. Lehn dich an die Balustrade und fächle dir Luft zu.«

Mittlerweile waren viele Besucher auf unser Schauspiel aufmerksam geworden und scharten sich am Fuß der Treppe. So gut es ging, ignorierte ich die erhobenen Handys und versuchte, mich auf Jake zu fokussieren. Ich setzte ein Lächeln auf, nahm den Fächer aus einer Rocktasche und öffnete ihn.

Jake blickte über sein Handy hinweg zu mir. »Den Fächer tiefer, Bea. Denk an deine Pfirsiche.« Sein Grinsen war unverschämt. »Bleib in deiner Rolle. Ich nehme ein Video von dir vor dieser märchenhaften Fassade mit ihren verrückten Schnörkeln auf.«

Der Junge mochte etwas von Social Media verstehen, von Ornamenten hatte er dafür keine Ahnung. Ich wollte Jake gerade erklären, dass das Schloss den späten Rokoko-Stil am Übergang zum Klassizismus repräsentierte, als mir das Wort im Hals stecken blieb. Am Rand der Schaulustigen entdeckte ich Georg. Genauer gesagt Dr. Georg Bergmann von der Stuttgart Bank. Sein sandfarbener Anzug harmonierte mit den dunkelblonden Haaren, und die hellgrüne Krawatte hatte exakt den Ton seiner schönen Augen, die mir auf Schritt und Tritt folgten.

Als mir das Blut in den Kopf stieg, begann ich hektisch zu fächeln.

»Bea, schau zu mir«, ermahnte mich Jake. »Schenk mir ein happy Smile, du siehst aus, als hättest du ein Gespenst gesehen.« Das hatte ich tatsächlich. Bis vor ein paar Monaten waren Georg und ich ein Paar gewesen. Ein ungleiches Paar, aber halbwegs glücklich. Bis zu dem Tag, an dem Georg mich auf einem Kurzurlaub in Venedig mit einem Heiratsantrag überrascht hatte. Im Schockzustand hatte ich damals die Flucht ergriffen. Seitdem gingen wir auf Distanz. Georgs Anwesenheit war wenig erstaunlich, denn die Stuttgart Bank war ein Sponsor von Schloss Solitude. Zudem sollte ich heute ein Marketingteam dieses noblen Bankhauses herumführen.

Geraune und vereinzelte Lacher unter den Schaulustigen waren zu hören, als ein Mann in barocken Kleidern inklusive weiß gepuderter Lockenperücke aus dem Agenturzelt kam. Er lief zu Jake und gab ihm einen neuzeitlichen Klaps auf die Schulter.

Jake ließ das Handy sinken und wies mit großer Geste auf den Verkleideten. »Darf ich vorstellen: Friedrich Schiller«, verkündete er der Menge.

Sofort begann jemand zu klatschen, und weitere Zuschauer fielen ein. Das wunderte mich wenig, denn die Schwaben waren überaus stolz auf »ihren« Schiller. Allerdings waren sie ihrem Nationaldichter zu dessen Lebzeiten eher ablehnend gegenübergestanden. Schiller hatte wegen seines Schauspiels »Die Räuber« sogar aus Stuttgart fliehen müssen. Trotzdem bekam der falsche Schiller viel Applaus. Er machte einen Bückling und hielt dabei geistesgegenwärtig die Lockenperücke fest.

Auf Anweisung von Jake eilte Schiller nun die Treppe herauf und lehnte sich neben mir an das Geländer.

»Hallo, Bea«, raunte Teddy mir zu und zwinkerte verschwörerisch. Teddy war Grafiker in der Agentur und hatte mir verschwiegen, dass er heute mit mir posen würde. Er lächelte verschmitzt. Neben seinen Mundwinkeln erschienen die kommaförmigen Grübchen, die mir früher viel Ärger eingebrockt hatten.

»Das kann doch nur ein Scherz sein«, erwiderte ich und fächelte heftig.

»Du willst sagen: eine großartige Marketingidee unseres geschäftstüchtigen Chefs.« Teddy wies auf die Schaulustigen. Fast alle hatten ihre Handys erhoben und filmten das historisch nicht belegte Treffen zwischen Franziska von Hohenheim und Friedrich Schiller. »Wetten, das treibt unsere Likes in die Höhe?« Teddy griff sich meine Finger und gab mir einen Handkuss. »Mach einfach mit, Bea. Spiel deine Rolle.«

Was blieb mir anderes übrig? Mit stoischer Miene ließ ich den Rest des Shootings über mich ergehen. Sobald Jake mich entließ, stürmte ich die Stufen hinunter und verzog mich in die mit rotem Samt veredelte Dixi-Toilette, die André hinter dem Zelt hatte aufstellen lassen.

Ein paar Minuten später verließ ich das Toilettenhäuschen und wäre fast in die Arme meines Chefs gelaufen, der mich bereits erwartete. Selbstverständlich trug André Hohlberg kein Kostüm, sondern einen teuren dunkelgrauen Anzug über einem weißen Stehkragenhemd. Zur Feier des Tages ragte ein rotes Seidentuch aus seiner Brusttasche, das zum Teppich passte.

»Mon Dieu, Bea. Wieso versteckst du dich dadrinnen?«, schäumte er. Sein Blick war scharf wie ein Stilett. »Noch eine Sekunde länger, und ich hätte dich von der Feuerwehr rausholen lassen.«

»Ein menschliches Bedürfnis, André«, gab ich zurück. »Ich muss los, meine Führung beginnt gleich.«

»Das sehe ich genauso«, fuhr er mich durch zusammengepresste Kiefer an. »Kümmere dich gefälligst um die Kunden. Weißt du, wo Pauline steckt? Wart ihr zu zweit in der Toilettenkabine?«

»Was? Nein. Mit unseren Kostümen würden wir da niemals beide reinpassen. Sie wollte an der Treppe auf mich warten.«

Schnellen Schrittes verließ ich den Schlechte-Laune-Dunstkreis meines Chefs und eilte zum vereinbarten Treffpunkt an der geschwungenen Treppenanlage, die zum Hauptgeschoss im ersten Stock, der sogenannten Beletage, hinaufführte. Unter den farbenfroh gekleideten Schlossbesuchern und Spaziergängern machte ich die Mitarbeiter der Stuttgart Bank als graue Masse von Anzugträgern aus. Es war eine reine Männergruppe. Leider entdeckte ich Pauline nirgends und musste meine Rundtour ohne sie beginnen. Jake stand bereit, um Ausschnitte davon zu filmen.

»Seid willkommen, meine Untertanen«, begrüßte ich die Gruppe. Ich streckte die Wirbelsäule durch und nahm eine meiner Rolle gemäße Körperhaltung ein. »Ich bin Franziska Theresia Reichsgräfin von Hohenheim, die Gemahlin eures Landesfürsten Herzog Carl Eugen von Württemberg.« Franziska war vor ihrer Vermählung mit dem Herzog dreizehn Jahre lang seine offizielle Mätresse gewesen, obwohl sie mit einem anderen verheiratet war. Das behielt ich für mich. Reine Männergruppen waren schwierig, weil sie beim kleinsten Anlass dazu neigten, sich in schlüpfrigen Phantasien zu ergehen. Lautlos zählte ich die Teilnehmer durch. Es waren zwanzig, wie angemeldet. Zu meiner Erleichterung war Georg nicht unter ihnen. Langsam schreitend führte ich die Gruppe zur Freitreppe, wobei Jake vor uns rückwärtsging und alles filmte. Auf der Treppe begann ich meinen Vortrag.

»Seit 1763 hat mein Gemahl hier eine ausgedehnte Schlossanlage mit weitläufigen Gärten geplant. Davon ist nur der Hauptbau erhalten, das eigentliche Lustschloss.« Wie erwartet, schmunzelten einige Banker beim Wort Lustschloss. Es war unter meiner herzoglichen Würde zu erläutern, dass ein Lustschloss keineswegs dazu da war, ausgreifende Orgien zu feiern, sondern die früher übliche Bezeichnung für ein Landhaus war. Mit gutem Grund formulierte ich meine Erklärung anders. »Kleine Schlösser dieser Art dienten dem privaten Vergnügen abseits des förmlichen Hofzeremoniells. Statt dort eine bühnenreife Rolle spielen zu müssen, verbrachte der Adel seine Freizeit in solchen Jagdschlössern eher individuell, etwa mit Musizieren, Landschaftspflege oder eben der Jagd.«

Einige Teilnehmer beäugten lieber mein Dekolleté, als die Architektur zu würdigen. Ich schritt die Treppe hinauf, die Gruppe folgte mir. Oben angekommen, schlug ich meinen Fächer auf und hielt ihn mir vor die Brust. Mit sichtbarem

Bedauern wanderte die Aufmerksamkeit der Teilnehmer zum Schloss.

»Als Wohngebäude war dieses Bauwerk nie gedacht. Es diente allein der Repräsentation«, fuhr ich fort. »Der Herzog und sein Gefolge lebten gegenüber im östlichen Flügel, während der Hofstaat die Kavaliershäuschen bewohnte. Bitte folgen Sie mir nun ins Innere.« Den Fächer ließ ich sinken, hob dafür die Röcke an und betrat die Beletage.

»Diese reich verzierten Prunkräume spiegeln den Dekorationsstil des späten Rokoko am Übergang zum Klassizismus«, erklärte ich. »Im feierlichen, elegant gestalteten Weißen Saal empfing der Herzog hohe Gäste – so wie Sie, meine Herren.« Meinen Scherz goutierten die Banker mit Schmunzeln. Ich war mir sicher, dass ihnen die Zweideutigkeit entgangen war.

»Dort fanden rauschende Bälle statt, prächtige Empfänge und Galadiners, wie Sie sie aus der Regenbogenpresse von Königshäusern kennen.« Beiläufig warf ich einen Blick zum Getränkewagen neben dem Eingang. Dort hätte Pauline nun Sekt ausschenken sollen. Wo steckte meine Kollegin nur? Langsam wurde ich sauer auf sie.

Mit neutraler Miene wies ich zur Decke hinauf. »Das Deckengemälde stammt vom Hofmaler Nicolas Guibal und zeigt die Verherrlichung der Regierung Carl Eugens, sprich, wie gut es dem Land Württemberg unter dem Herzog ging. Heutzutage müssten Sie sich dort oben Herrn Kretschmann und sein Kabinett vorstellen.«

In das herzliche Lachen seiner Kollegen hinein äußerte ein Teilnehmer: »In unserem Veranstaltungssaal der Bank müsste dann unser Vorstand verewigt sein. Und der Aufsichtsrat.«

Sein Nachbar fügte trocken hinzu: »Mit oder ohne unseren Oberbürgermeister? Herr Nopper führt schließlich den Vorsitz.«

Um das gefährlich glatte Parkett der Politik zu umgehen, lotste ich die Gruppe weiter in das offizielle Appartement des Herzogs mit Schlaf- und Arbeitszimmer. Durch die Flügeltüren traten wir hinaus auf die Plattform, die das Schloss umgab. »Dieser sogenannte Belvedere«, erläuterte ich, »war zugleich

Aussichtspunkt und fürstlicher Empfangsbereich.« Mit dem Fächer wies ich in Richtung Norden. »Von hier aus führt eine dreizehn Kilometer lange Straße schnurgerade nach …« Ich machte eine Pause und sah mich erwartungsvoll um.

»Zum Residenzschloss nach Ludwigsburg«, beendete ein Mann mit Glatze meinen Satz.

»Richtig«, lobte ich. »Wissen Sie auch, dass diese Solitudestraße für den Hofstaat reserviert war? Allen anderen war das Betreten verboten.«

»Das wäre praktisch«, erwiderte ein untersetzter Rothaariger. »Eine Straße nur für die oberen Zehntausend von Stuttgart.« Er warf sich in die Brust. »Wir von der Stuttgart Bank würden selbstverständlich dazuzählen.«

Seine Kollegen stimmten begeistert zu, während ich mir Mühe gab, angesichts dieser Arroganz keine Miene zu verziehen. Mein Konto bewegte sich meist im roten Bereich, ich gehörte zu einer anderen Gesellschaftsschicht.

Wir hatten das Schloss auf der Plattform umrundet und waren am Ausgangspunkt angelangt. Dort erwartete uns Teddy in seiner Verkleidung als Friedrich Schiller. Der Grafiker sollte als eine Art lebende Dekoration für den Abschluss meiner Führung dienen.

»Diesen Herrn kennen Sie vielleicht.« Ich deutete mit dem Fächer auf Teddy, der mit seinem feinen hellblauen Gewand, den weißen Kniestrümpfen und der Lockenperücke albern aussah. »Es ist unser Nationaldichter Friedrich Schiller, der hier auf der Solitude an der Hohen Karlsschule ein Jurastudium begonnen hatte, bevor er sich fürs Schreiben entschied. Zu den weitläufigen Gärten rund ums Schloss gehörten neben ornamental bepflanzten Beeten und geometrischen Rasenflächen auch Obst- und Gemüsegärten. Schillers Vater war damals für die Zucht seltener Apfelsorten verantwortlich.«

Mein Blick glitt zu dem verschnörkelten Silbertablett mit Äpfeln. Bei diesem Stichwort hätte Pauline eigentlich Äpfel an die Teilnehmer verteilen sollen. Auffordernd sah ich zu Teddy, doch der verstand nicht, was ich von ihm wollte. Oder er stellte sich absichtlich dumm. Innerlich seufzend griff ich mit behand-

schuhten Händen zu und teilte das Obst selbst an die Banker aus.
»Im Zelt erwartet Sie nun André Hohlberg zu seinem Genießer-Event. Dort halten wir kühle Erfrischungen für Sie bereit. Viel Vergnügen.« Herzoglich fächelnd, verabschiedete ich mich erleichtert von den Bankern. Auch ohne Pauline hatte alles geklappt.

»Vielleicht musste sie unserem Chef im Zelt helfen«, raunte ich Teddy zu, der herzhaft in einen rotbackigen Apfel biss und dessen Saft verspritzte. »André wäre es zuzutrauen, sie mit Gläserspülen zu beschäftigen, während ich die Führung allein bewältigen muss.«

»Ach, Bea, du bist die geborene Herzogin«, gab er zurück und warf den Apfelstrunk in weitem Bogen davon. »Von den Bankern hat keiner Pauline vermisst.«

Dort, wo der rote Teppich vor dem Agenturzelt begann, wies an jeder Ecke ein kaum zu übersehender Aufsteller auf eine »Geschlossene Gesellschaft« hin. Trotzdem traten ständig Passanten zum Zelt, um zu erkunden, was es darin zu entdecken gab. Wie eine Palastwache hatte sich Jeannette am Eingang platziert und komplimentierte alle weiter, bevor sie Andrés Event stören konnten. Die Teilnehmer meiner Führung waren bereits ins Zelt gegangen und von unserer Agenturpraktikantin Tamara mit einem Glas Champagner empfangen worden.

Als ich auf Jeannette zuging, verdrehte sie die Augen. »Diese Schwaben denken immer, es gäbe was umsonst. Du, Bea, wo steckt eigentlich Pauline? Es war ihr Job, die Schokohäppchen für die Verkostung vorzubereiten. Das musste nun ich machen, dabei habe ich wirklich anderes zu tun, als Bedienmamsell zu spielen.«

Anders als ich stellte Jeannette keine historische Persönlichkeit dar, sondern hatte sich als Dame aus dem Adel kostümiert. Ihr smaragdgrünes Kleid und die cremefarbene Korsage waren mit kontrastierenden pinkfarbenen Bordüren besetzt. Auf der Lockenperücke thronte ein keckes lila Hütchen mit Schleier, der bis über ihre Augen reichte. Die historisch bedenkliche

Kopfbedeckung war Jeannettes persönliches Statement zum Kostümierungszwang, denn das Hütchen hatte sie dieses Jahr zum Cannstatter Faschingsumzug getragen.

»Bei meiner Führung hat Pauline auch gefehlt«, erwiderte ich und hob die Schultern. »Ich kann nur hoffen, dass Dragan uns nicht hierher gefolgt ist und sich irgendwo mit Pauline streitet. Oder Andrés Event platzen lässt.« Entsetzt zuckte Jeannette zurück. »Das wäre eine Katastrophe.« Von einer Sekunde auf die andere heiterte sich ihre Miene auf, und ihr nun strahlender Blick glitt an mir vorbei. Als ich mich umdrehte, kam der Grund für ihr plötzlich so businessmäßig-freundliches Gesicht aufs Zelt zu. Es war Schokoladenfabrikant Bäuerle, ein neuer Agenturkunde mit stolzem Etat, gefolgt von einigen seiner Führungskräfte. Martin Bäuerle hatte das Traditionsunternehmen kürzlich von seinem Vater übernommen und Hohlbergs Reich mit einem moderneren Erscheinungsbild und einer Werbekampagne für seine Schokoladenerzeugnisse beauftragt. Die Herstellung von Schokolade hatte eine lange Tradition in Stuttgart, das im 19. Jahrhundert sogar als Schokoladen-Metropole bekannt gewesen war. Damals waren die Produkte klassischer Marken wie Eszet, Toblerone oder Waldbaur-Katzenzungen hier produziert worden. Geschäftstüchtig, wie unser Chef war, hatte er die heutige Weinverkostung kurzerhand um ein Schokoladen-Tasting erweitert.

»Frau Pelzer, schön, Sie zu sehen.« Bäuerle schüttelte mir die Hand und verneigte sich. »Sie sind als Herzogin Franziska unterwegs, das hat Herr Hohlberg mir verraten.« Durch den offenen Eingangsbereich spähte er ins Zelt. »Ich bin sehr gespannt, wen Pauline heute verkörpert.«

Nach einem verschwörerischen Blickwechsel mit Jeannette erwiderte ich: »Äh, ja, unsere Kollegin ist noch unterwegs. Wir hoffen, sie wird rechtzeitig zum Event da sein, Herr Bäuerle.«

Bäuerle wirkte enttäuscht, fing sich aber, als André aus dem Zelt trat, seinem neuen Premiumkunden die Hand gab und ihn hineinbegleitete.

Zehn Minuten später schritten Jeannette und ich aus dem

abgetrennten Küchenbereich des Zeltes zu den Gästen, in den Händen elegante Silbertabletts voller Schokohäppchen von Nugat bis Zartbitter. Da Pauline nach wie vor untergetaucht war, musste Jeannette mir assistieren. Den Weinausschank übernahm der falsche Schiller. Zwanzig ausschließlich männliche Mitarbeiter der Stuttgart Bank sowie mehrere Manager und der Inhaber der Schokoladenfirma Bäuerle warteten auf gepolsterten Empire-Stühlen. André hatte sie von einem Antiquitätenhändler ausgeliehen, aber sie hätten ebenso aus dem Schloss stammen können. Influencer Jake dokumentierte das Event für die Verwertung auf Social Media von einer Zeltecke aus.

Unser Chef hatte sich neben einer klassizistischen Kommode platziert, auf der drei Weinflaschen der Edition Schloss Solitude aufgereiht waren. Diese Weine wollte er mit der passenden Schokoladenbegleitung aus Bäuerles Produktion anbieten. Dabei würde er sich in gewohnt größenwahnsinniger Manier als Weinkenner in Szene setzen.

»Sehr verehrte Herren.« Andrés Rundblick glitt zufrieden über die Gäste, die ihm lauschten. »Wir starten unser Genießer-Event mit köstlichen Schokoladenspezialitäten des Traditionsherstellers Martin Bäuerle, der zu meiner großen Freude heute unter uns weilt.«

Bäuerle nickte nach allen Seiten und strich verlegen über seine Krawatte, was ihn mir noch sympathischer machte.

André präsentierte die erste Flasche. »Diese milde Riesling-Auslese harmoniert wunderbar mit dem weichen Schmelz der Vollmilchschokolade des Unternehmens Bäuerle.«

Mit einer ruckartigen Bewegung seines Kinns gab er mir das Kommando, die Schokolade zu verteilen. Teddy machte parallel dazu die Runde mit den funkelnden Kristallgläsern.

Während die Gäste vom Riesling kosteten, lief André zur Höchstform auf. »Dieser preisgekrönte Tropfen«, erklärte er, »erweckt mit einem innigen Kuss all die Obstsorten wieder zum Leben, die Schillers Vater früher auf der Solitude züchtete: zarte Pfirsiche, süße Orangen und saftige Äpfel.«

Seit wann wuchsen in unseren Breiten Orangen, fragte ich

mich im Stillen. Nun ja, wenn der Klimawandel ungehindert fortschritt, wäre dies wohl bald möglich. Wie hatte das eigentlich Schillers Vater früher hinbekommen? Hatte der Herzog dafür ein Gewächshaus errichten lassen? Wie auch immer, André war der Houdini der Fakten und bog diese um des schönen Scheins willen nach Gutdünken zurecht.

Mein Chef nahm einen Schluck aus seinem Glas und ließ den Wein über die Zunge rollen.»Mmh, dazu das mineralische Aroma von Granit und ein genial dosierter Hauch Muskatnuss. Diese Paarung schenkt uns ein superbes Aromen-Feuerwerk.« Beim Wort Granit musste ich einen Lachanfall unterdrücken. André brachte es fertig, dem Wortspiel »auf Granit beißen« eine völlig neue Bedeutung zu verleihen.

Mit verzücktem Blick fuhr er fort:»Kosten Sie zu dieser samtigen Balance aus Säure und Süße von der Schokolade, deren lieblicher Kakaoschmelz eine phantastische Geschmacksexplosion im Gaumen auslöst und vom Wein quasi umarmt wird.« Er schob sich ein Bröckchen Schokolade in den Mund und ließ es mit mahlenden Bewegungen schmelzen.

Nachdem die Gäste mit ähnlichen Lautmalereien ihr Vergnügen kundgetan hatten, trugen Jeannette, Teddy und ich die nächsten Köstlichkeiten auf.

»Lassen Sie nun ein Stück der edelherben Schokolade im Mund zergehen«, forderte André seine Gäste auf.»Der hohe Kakaoanteil formt mit der charakterstarken Beerenaromatik und den Lakritz-Anklängen dieses kräftigen Spätburgunders ein Gesamtkunstwerk voller Kraft und Körper.«

Mein Chef fabrizierte Satz-Ungetüme, die er mir sofort aus jedem Text gestrichen hätte. Mit stoischer Miene reichte ich die dunkle Schokolade herum.

»Eine sinnliche Kombination«, stimmte ein Banker mit Schnurrbart zu.»Der wäre was für unsere Kantine.«

Sein Nebenmann stieß ihm den Ellbogen in die Seite.»Für die Kantine wäre dieser Tropfen zu hochpreisig. Besser würde er in unser Casino im Penthouse passen.«

In das einhellige Nicken hinein war von draußen ein Schrei zu hören, der mich zusammenzucken ließ.

Der Schnurrbartträger räusperte sich. »Einer unserer Mitarbeiter scheint das wohl anders zu sehen«, scherzte er.

Erneut schrie draußen jemand, diesmal eine Frau. Als weitere Rufe zu hören waren, stellte ich das Tablett ab und eilte zum Zelteingang. Ich schob die Plane auf und betrat den roten Teppich.

Die Menschenmenge vor dem Schloss wandte sich nach rechts. Von dort kamen die Schreie.

»Wir brauchen einen Arzt!«, rief jemand. »Vielleicht lebt sie noch.«

Ein dunkelhaariger Mann in Jeans und Polohemd bahnte sich einen Weg durch die Schaulustigen. »Lassen Sie mich durch! Ich bin Arzt.«

Mir schlug das Herz bis zum Hals. Wie von selbst setzten sich meine Beine in Bewegung. Als ich mich der Akademie näherte, entdeckte ich eine Menschenansammlung vor einer Gruppe von Bäumen und Sträuchern.

»Vielleicht ist der Typ ja nur Orthopäde«, murmelte ein Mann in Shorts neben mir und tippte in sein Handy. »Ich rufe den Notarzt.«

Mit den Ellbogen drängte ich mich durch die Schaulustigen zur Baumgruppe. Mehrere Büsche mit viel Blattwerk verstellten mir den Blick auf den Ort des Geschehens. Von hier aus konnte ich nur den Arzt erkennen, der auf dem Rasen kniete und sich über etwas beugte. Sein Knie lag in einer Pfütze, der Jeansstoff war an dieser Stelle dunkler, weil er sich mit Wasser vollsog.

Dann sah ich einen schwarzen Turnschuh. Er ragte unter dem Busch hervor. Und ein Stück hellblauen Stoff. Mein Herz setzte einen Schlag aus. Ich trat näher. Da lag jemand hinter dem Busch. Wie in Zeitlupe nahm ich glänzenden blauen Satin und eine Spitzenborte am Rocksaum wahr, die an mehreren Stellen dreckverkrustet war.

»Oh mein Gott, das ist Pauline!« Ich lief um den Busch herum und stockte, als ich meine Kollegin auf dem Rasen liegen sah. Ohne nachzudenken, warf ich mich auf die Knie und griff nach ihrer Hand. »Pauline, was ist los mit –« Dann bemerkte ich das Seil um ihren Hals und verstummte. Ihr hübsches

Gesicht war aufgedunsen. Die Lippen waren blau angelaufen, ihre Augen weit aufgerissen und die Pupillen starr. Kleine rote Punkte, nicht größer als ein Stecknadelkopf, sprenkelten ihre Augen, die Lider und die Stirn. Die braune Perücke fehlte. Der Arzt schaute auf und suchte meinen Blick. Für einen Moment, der ewig zu dauern schien, sah er mich still an. Dann schüttelte er sanft den Kopf.»Ich kann nichts mehr für sie tun. Tut mir leid. Die Frau ist tot.«

DREI

Meine Haut kribbelte am ganzen Körper. Mir war auf einmal so kalt, als hätte ich mich in eine der Marmorstatuen aus dem Schloss verwandelt. Unkontrolliert begann ich zu zittern. Meine Zähne klapperten. Was um mich herum vorging, bekam ich nur gedämpft mit. Meine Aufmerksamkeit galt allein Pauline, die im Gras lag und sich nicht rührte. Nach wie vor hielt ich ihre Hand. Sie fühlte sich so lebendig an. Wie konnte Pauline tot sein, wenn ihre Haut warm war? Vielleicht hatte sie sich nur ausruhen wollen und war eingeschlafen?

Jemand ging neben mir in die Hocke und legte den Arm um meine Schultern. »Bea, du musst aufstehen. Komm, ich helfe dir. Langsam, ein Bein nach dem anderen.«

Diese Stimme kannte ich, aber es gelang mir nicht, mich zu bewegen.

»Sie hat einen Schock«, hörte ich den Arzt neben mir sagen. »Bleiben Sie bei ihr, ich hole meine Tasche aus dem Auto und gebe ihr ein Beruhigungsmittel.« Er stand auf, und seine Schritte entfernten sich.

»Das arme Mädchen«, jammerte eine Frau hinter mir und schluchzte. »Sie ist ja kreidebleich. Ob die tote Frau ihre Freundin war?«

Das alles nahm ich wie durch eine Wand aus Glas wahr. Meine Finger krallten sich um Paulines Hand und hatten nicht vor, sie jemals wieder loszulassen. Warum stand sie nicht auf? Sie musste doch frieren. Ich griff nach dem Volant an ihrem Ärmelbund und zog ihn über das Handgelenk. Es war gerötet, und die Haut hatte ein paar Kratzer, als hätte sie sich an Dornen verletzt.

»Lassen Sie mich zu ihr.« Jemand nahm meinen Arm. Kühle Finger schoben den Ärmel meines Kleides hoch. Was war das für ein stechender Geruch? Rasierwasser?

»Bea, gleich geht's dir besser«, redete die Frauenstimme, die ich kannte, auf mich ein. »Der Arzt gibt dir etwas zur Beruhigung, dann stehen wir auf und gehen zum Zelt. Dort kannst du dich ausruhen.« Als gehörte mein Körper einer fremden Person, spürte ich einen Stich in der Ellenbeuge. Es tat nicht weh. Mir tat nichts mehr weh. Und so sollte es auch bei Pauline sein. Ich beugte mich über sie und griff nach dem Strick um ihren Hals, um ihn zu lockern.

»Bitte lassen Sie das«, sagte der Mann neben mir und löste meine Finger vom Seil. »Sie dürfen nichts verändern, bis die Polizei eintrifft.«

Plötzlich fühlte ich mich schwer, so schwer, als hätte sich die Erdanziehung verdoppelt.

»Bea, du musst aufstehen. Bea? Hörst du? Ich bin's, Jeannette.«

Wie hätte ich aufstehen können, wo mein Gewicht mich zu Boden zog? Ich musste mich hinlegen, am besten neben Pauline, damit sie nicht allein war.

»Teddy, gut, dass du kommst«, hörte ich die Frauenstimme sagen. »Bea will nicht aufstehen, aber sie muss Paulines Hand endlich loslassen.«

Ein Rascheln neben mir, dann sagte eine Männerstimme: »Jeannette, rutsch zur Seite. Ich kümmere mich um Bea.«

Auch diese Stimme kam mir bekannt vor. Jemand fasste nach meinen Fingern, die um Paulines Hand gekrallt waren, und löste sie behutsam einen nach dem anderen. Ein Arm schlang sich um meine Taille. Meine Knie knackten, und die Beine fühlten sich bleiern und gleichzeitig so weich an, dass sie mein Gewicht kaum trugen. Der warme Griff um meine Taille verstärkte sich. Ein anderer Arm fasste unter meinen Kniekehlen durch.

»Bea, ich trage dich zum Zelt, einverstanden? Ganz ruhig, dir kann nichts passieren.«

Als mich jemand hochnahm, löste sich mein Blick ohne mein Zutun von Pauline. Ich starrte vor mich hin ins Leere. Ein bekannter Geruch stieg mir in die Nase. Es war der Mann. Seine Haut roch nach Wildleder. Und nach Zigarettenrauch. Und nach etwas, das mir sehr vertraut war.

»Teddy«, flüsterte ich und spürte, wie ich schwerer wurde.

Jemand küsste mich auf die Wange. Bartstoppeln kratzten über meine Haut. Ich schloss die Augen, bis mich die Sirene eines Martinshorns aufschreckte. Mein Puls raste, als das schrille Kreischen näher kam. Blaues Licht flackerte auf. »Wir müssen den Rettungswagen vorbeilassen.« Teddy blieb stehen und drückte mich an sich. Er wich zurück, als der Notarzt uns passierte und auf die Wiese fuhr. Das blaue Flackern blendete mich. Ich schloss die Augen. Etwas Warmes lief über meine Wangen.

»Ja, das ist gut, Bea«, flüsterte Teddy. Sein Atem roch nach Zigarettenrauch. »Wein ruhig.«

Um mich herum wurde es schwarz, und ich flüchtete mich in die wohltuende Dunkelheit.

Als ich wieder zu mir kam, spürte ich einen stechenden Schmerz in der Hüfte. Ich veränderte meine Position, doch es tat weiterhin weh.

»Sie wacht auf«, hörte ich Jeannette flüstern.

Meine Lider waren verklebt, und ich brauchte eine Weile, um sie auseinanderzuzwingen. Vor mir sah ich Jeannette. Ihre grünen Augen waren fast auf gleicher Höhe wie meine. Groteskerweise standen sie übereinander statt nebeneinander. Und sie waren gerötet. Hatte sie geweint? Unmöglich, Jeannette weinte doch nie. Mein Körper versteifte sich, und der Schmerz in der Hüfte wurde stärker.

Ich lag auf etwas Hartem und Unbequemem. Mit der Hand drückte ich mich so weit hoch, bis Jeannettes Gesicht in der Senkrechten war. »Das war ein grauenhafter Alptraum«, sagte ich, »so was Schlimmes habe ich noch nie …« Unter mir geriet etwas ins Wanken.

»Pass auf, Bea, sonst fällst du runter«, warnte mich Jeannette. »Teddy und ich haben ein paar Stühle zusammengestellt, wir wollten dich nicht auf den Boden legen.«

Behutsam tastete ich mit der Rechten nach oben, bis ich die Stuhllehne zu fassen bekam, und setzte mich auf. Vor mir stand eine Kommode mit Weinflaschen und einem Silbertablett, das bis auf ein paar Schokoladenkrümel leer war.

»Wo sind die Gäste?« Meine Stimme klang undeutlich, weil mein Mund trocken war. Die Zunge klebte mir am Gaumen fest, und ich hatte Durst. »Ist die Verkostung schon vorbei?« Jeannette schob sich aus der Hocke hoch und nickte mit angespannter Miene. »Bea«, setzte sie in einem behutsamen Tonfall an, der für sie ungewöhnlich war. »Erinnerst du dich, was passiert ist?«

Was passiert ist? Was meinte sie damit? Ich forschte in meinem Gedächtnis nach. Da war irgendwas mit Schokolade, dann ein Schrei. Mein Herz geriet ins Stolpern, als mir alles wieder einfiel.

»Pauline! Wie geht es ihr?«

Statt einer Antwort schluckte Jeannette hörbar.

»Ist sie …?« Das Wort »tot« auszusprechen, wagte ich nicht, als würde es erst dadurch Realität werden.

»Ja. Pauline ist tot.« Jeannette sah zur Zeltkuppel und blinzelte. »Ich kann es selbst noch nicht begreifen.« Sie strich den smaragdfarbenen Stoff ihres Kleides glatt. Nach einer Weile schaute sie mich wieder an. »Bea, du bist sicher müde von dem Beruhigungsmittel und möchtest nach Hause. Die Kripo ist da. Kommissar Gabriel will mit dir sprechen. Den kennst du ja bereits. Meinst du, du bekommst das hin?«

Mit Kommissar Gabriel vom Dezernat für Tötungsdelikte, wie die Mordkommission in Stuttgart hieß, hatte ich bereits mehrfach zu tun gehabt. Zuletzt bei seinen Ermittlungen auf dem Stuttgarter Weindorf, nachdem einer der Teilnehmer meiner Führung durch die stadtnahen Weinberge und übers Weindorf ermordet worden war. Das waren keine angenehmen Begegnungen gewesen, und dieses Mal würde unser Gespräch noch unerfreulicher werden.

Vor meinem inneren Auge liefen Bilder ab, als würde jemand eine Galerie durchklicken. Das Seil, das um Paulines Hals geschlungen war. Die wunden, aufgescheuerten Stellen an ihrer Haut. Ihre warme Hand. Eine Welle der Übelkeit stieg aus meinem Magen auf und flutete sauer die Speiseröhre hoch. Einatmen, ausatmen, dachte ich und tat genau das. Ein und wieder aus. Wieso war es plötzlich so kalt im Zelt?

»Geht's?«, fragte Jeannette sanft.

Mein Nicken war nur angedeutet. Ich wollte nicht riskieren, den Kopf nach unten zu neigen und mich auf den roten Teppich zu übergeben. Und auf mein Kostüm. Es war zerknittert. Hässliche grüne Flecken zeichneten sich auf Kniehöhe am hellblauen Rock ab. Der Spitzenvolant, den ich gestern Abend mühsam angenäht hatte, war abgerissen und verschmutzt. Als die Übelkeit nachließ, stand ich auf. Meine Knie zitterten.

»Hast du was zu trinken? Meine Kehle ist wie ausgetrocknet.« Jeannette sah sich um. Ihr Blick fiel auf die Weinflaschen, die André auf der Kommode aufgereiht hatte. Dann lief sie in den Nebenraum und kam mit einer kleinen Flasche Mineralwasser zurück. »Ich kann dir ein Glas holen, wenn du möchtest.«

»Das geht auch so, danke.« Ich setzte die Flasche an und nahm einen Schluck. Die kühle Flüssigkeit befeuchtete meinen Mundraum und spülte den sauren Geschmack hinunter. Gierig trank ich sie aus. »Wo finde ich die Polizei?« Ich reichte Jeannette die Flasche.

»Drüben in der Akademie.« Sie deutete hinter sich. »Sie befragen die Zeugen, die zuerst bei ihr ... ich meine, die sie zuerst gesehen ...« Sie brach ab und seufzte. »Ach, du weißt, was ich sagen will.«

»Haben sie bereits mit dir geredet?«

Sie umklammerte die Flasche, als hielte sie sich daran fest. »Nur kurz. Jemand musste bei dir Wache halten. Auch Teddy hat seine Aussage gemacht. Der war ja mit uns bei ihr ... also dort.«

»Am besten, ich bringe das gleich hinter mich«, sagte ich, bewegte mich aber keinen Millimeter. Noch fehlte mir der Mut, in die grausame Welt außerhalb des Zeltes zurückzukehren, das mir wie eine schützende Hülle vorkam.

»Soll ich dich begleiten?«

Die Vorstellung, mit der selbstbewussten Jeannette an meiner Seite in den Kampf zu ziehen, war verlockend. Doch ich musste mich der Realität allein stellen. »Das ist lieb gemeint, aber ich schaffe das. Wir sehen uns später.« Es dauerte ein paar Sekunden, bis mein Fuß dazu bereit war, meinen Entschluss umzusetzen und sich zu bewegen. Als ich vors Zelt trat, war mein Hals wieder trocken.

Die Sonne war von dichten Wolken verschluckt worden. Über den Offizien- und Kavaliersgebäuden schimmerte sie als blasse Scheibe durch die hellgrauen Wolkengebilde. Die herbstliche Luft fühlte sich nach wie vor mild an, doch nun zog ein kühler Wind über die weitläufige Kuppe der Solitude inmitten des sonst dicht bewaldeten Gebiets. Ich überquerte den roten Teppich, der deutliche Trittspuren und Schmutzflecke abbekommen hatte. Auf dem Kopfsteinpflaster blieb ich stehen und atmete tief durch. Wo meine Befragung durch die Kriminalpolizei stattfinden sollte, wusste ich. Ich wollte mir genug Zeit lassen, um einen halbwegs klaren Kopf zu bekommen. Und um mich zu sammeln. Zweifellos würde ich alles, was ich gesehen hatte, bis ins Detail schildern müssen. All die grässlichen Bilder würden zurückkehren.

Inzwischen waren deutlich weniger Besucherinnen und Besucher auf dem Gelände rund um die Solitude unterwegs. Auf der Freitreppe drängte sich eine Gruppe asiatisch aussehender Touristen in Freizeitkleidung. Sie fuhren ihre Selfie-Sticks aus, die einige per Fernsteuerung in Position brachten, und knipsten sich vor der Schlossfassade. Vielleicht waren sie erst seit Kurzem hier und hatten nichts von dem Leichenfund mitbekommen.

Wie viel Zeit war eigentlich vergangen, seit Pauline entdeckt worden war? Meine Armbanduhr zeigte dreizehn Uhr dreißig. Eineinhalb oder höchstens zwei Stunden. Genug, damit die Welt sich weiterdrehte. Nur ein paar Streifenwagen und ein blau-silberner Sprinter mit der Aufschrift »Kriminalpolizei« vor dem Gebäudetrakt wiesen auf ein Kapitalverbrechen hin.

Als ich das Schlossgebäude hinter mir gelassen hatte, kamen rot-weiße Absperrbänder aus Kunststoff in mein Blickfeld. Sie flatterten auf der Wiese im Wind und gaben seltsam knatternde Geräusche von sich. In der Form eines unregelmäßigen Rechtecks riegelten sie den Bereich rund um eine Ansammlung von Sträuchern ab, unter der Paulines toter Körper gelegen hatte.

Mit Botanik kannte ich mich wenig aus. Ich glaubte, einen Hartriegel und unterschiedlich hohe Buchenschößlinge auszumachen. Die orangeroten Hagebuttenfrüchte einer Wildrose leuchteten zwischen gelbgrün verfärbten Blättern. Mehrere Grüppchen von Schaulustigen hielten sich auf der Wiese und an der Schmalseite des Schlosses auf. Manche beobachteten das Geschehen innerhalb der Absperrbänder, andere nahmen Videos davon auf. Einige Streifenpolizisten unterhielten sich mit den Umstehenden auf der Suche nach weiteren Augenzeugen. Im Westen begrenzte der Waldrand die weitläufige Grasfläche rund ums Schloss. Vor dem Laubwald ging eine Polizistin auf und ab, eine weitere sprach in ein Funkgerät. Die Aufmerksamkeit der beiden Frauen galt ihren Kollegen, die das dichte Unterholz nach Hinweisen durchkämmten. Der Wind trug das leise Knacken von Ästen unter ihren Schritten bis zu mir herüber.

Im abgesperrten Bereich waren vier oder fünf Gestalten in weißen Overalls und Plastiküberschuhen unterwegs und sicherten offenbar Spuren. Ihre Kapuzen waren eng um die Gesichter geschnürt. Zwei der Kriminaltechniker fotografierten nahe der weißen Umrisslinie ein paar Stellen, die im Gras mit gelben Schildchen markiert worden waren und Nummern trugen. Beim Anblick von Paulines Umriss packte mich die Verzweiflung. Wie heiter und unbeschwert wir beim Anziehen unserer Kostüme miteinander gescherzt hatten. Keine von uns ahnte zu diesem Zeitpunkt, dass dies unsere letzte Begegnung sein würde. Danach hatte ich meine Kollegin nicht mehr lebend gesehen.

Ein Schluchzen stieg aus meiner Kehle auf. Wie hätte ich wissen sollen, was Pauline zustoßen würde? Zustoßen, das klang viel zu neutral. Es war Zeit, der Wahrheit ins Auge zu sehen. Jemand hatte sie umgebracht. Aber wer sollte so etwas tun? Pauline war zu allen freundlich gewesen. Sogar die Trennung von ihrem Freund hatte sie halbwegs harmonisch hinter sich gebracht. Nun ja, abgesehen von dem Streit gestern vor unserer Wohnungstür.

Ich konzentrierte mich auf einen Kriminaltechniker, der

vor einer Pfütze unweit der Wildrose kniete und Grashalme zur Seite bog. An dieser Stelle ragten gleich mehrere Schildchen aus dem Rasen auf. Was war dort markiert worden? Um besser sehen zu können, wagte ich mich einen Schritt vor. Da war etwas am Rand der Pfütze im angetrockneten Lehm. Ein Maßband lag daneben. Das Gebilde war gute dreißig Zentimeter lang und etwa zehn Zentimeter breit. Was könnte das sein? Der Abdruck eines Schuhs? Vielleicht von den Turnschuhen, die Pauline getragen hatte? Hinterließen die weichen Sohlen von Freizeitschuhen überhaupt so deutliche Abdrücke? Mir fehlte der Mut, mich dem Absperrband weiter zu nähern. Außerdem wollte ich die Spurensicherung nicht bei der Ermittlungsarbeit stören und vor allem nicht in den Fokus der Kriminaltechniker geraten. Dann bemerkte ich, wie einige Schaulustige statt der Spurensicherung nun mich in meinem ramponierten Kostüm filmten. In der ganzen Aufregung hatte ich vergessen, wie auffallend ich gekleidet war. Natürlich war ich ein lohnendes Motiv für Social Media, zumal im Zusammenhang mit polizeilichen Ermittlungen. Nach so etwas gierte das Netz geradezu, und bestimmt war die Sensationslust bereits mit Bildmaterial und Videos bedient worden. Inklusive Aufnahmen von mir als Landesherrin in Barockkostüm und Lockenperücke.

Rasch wandte ich mich ab und ging auf die Akademie zu. Ein grauer Mercedes kam in mein Blickfeld. Die Heckklappe mit einem Palmwedel auf der Scheibe war geöffnet. Davor standen zwei Männer in dunklen Anzügen, die sich ins Wageninnere beugten. Sie befestigten einen schmucklosen schiefergrauen Sarg auf einem Metallgestell.

Ein eisiger Schauder lief mir den Rücken hinunter. In dieser unwürdigen Plastikkiste lag Pauline. Erst in diesem Moment begriff ich, dass ich die lebenslustige, immer zu Scherzen aufgelegte junge Frau nie mehr sehen würde. Ich war kein religiöser Mensch, trotzdem faltete ich die Hände. Schweigend verfolgte ich, wie die Männer die Heckklappe schlossen, in den Leichenwagen stiegen und den Motor anließen. Im Schritttempo rollte der graue Mercedes auf dem Kopfsteinpflaster davon und nahm Pauline mit sich.

Als ich den Empfangsbereich der Akademie betrat, kam eine Polizistin auf mich zu und fragte nach meinem Namen. Sie überflog eine Liste auf einem Klemmbrett und brachte mich zu einem Büro auf der linken Seite. Neben der geschlossenen Tür stand ein schlichter Holzstuhl.

»Setzen Sie sich«, sagte sie. »Der Kommissar wartet bereits auf Sie. Es dauert nur ein paar Minuten. Und bitte keine Gespräche mit den anderen Zeugen.« Sie kehrte zum Eingang zurück.

Andere Zeugen? Von welchen anderen Zeugen sprach sie? Ich sah mich um. Vor zwei weiteren Türen standen ebenfalls Stühle. Anscheinend war der Kripo ein Teil des Erdgeschosses als eine Art improvisierter Befragungsbereich zur Verfügung gestellt worden. Aber die anderen Stühle waren leer, mit wem also hätte ich mich unterhalten sollen?

Nur ein paar Sekunden später ging die Tür des gegenüberliegenden Raumes auf. Ein von Kopf bis Fuß schwarz gekleideter Mann mit schulterlangen silbernen Haaren trat auf den Flur und zog die Tür hinter sich ins Schloss.

Verblüfft richtete ich mich auf. Was hatte Theo Silber hier verloren? Dieser Mann war der Inhaber einer mit uns konkurrierenden Werbeagentur im Stuttgarter Westen. Seit einem dramatischen Zwischenfall vor ein paar Jahren, über den ich keine Details wusste, weil es ein Tabuthema in der Agentur war, war er André Hohlbergs Erzfeind.

Silber schien genauso überrascht und fuhr bei meinem Anblick zurück. Hatte er mich erkannt, oder staunte er über meine Kostümierung?

»Sie sind Bea Pelzer, nicht wahr?«, erkundigte er sich mehr der Form halber. Selbstverständlich kannte er alle Mitarbeiter aus Andrés Kreativteam.

In letzter Zeit tauchte Silber regelmäßig bei unseren Events auf, vermutlich, um seinen Kontrahenten auszuspionieren. Vielleicht hatte er das auch heute getan. Der Etat des Schokoladenherstellers Bäuerle war ein fetter Brocken und das Unternehmen ein Premiumkunde, den sich jede Werbeagentur mit Handkuss gesichert hätte. Seit ein paar Wochen kämpfte Silbers Agentur zudem mit uns in einem Pitch um einen prestigeträchtigen

Etat der Landeshauptstadt. Ein Pitch war ein Wettbewerb um einen Kunden, bei dem jede Agentur ihre Ideen präsentierte. In diesem Fall ging es um ein neues Logo und einen neuen Slogan der Landeshauptstadt. In jeder Runde wurden Agenturen ausgesiebt. Mittlerweile waren nur noch Silber und Hohlbergs Reich im Rennen.

»Ja, wir kennen uns«, gab ich würdevoll zurück und hätte beinahe meinen Fächer aufgeschlagen, um in meine Rolle als Landesherrin zu flüchten.

Die Polizistin kam mit großen Schritten angestürmt. »Keine Gespräche«, befahl sie Silber und mir.

Ohne mich eines weiteren Blickes zu würdigen, verließ Silber die Akademie.

Innerlich bereitete ich mich auf die erneute Begegnung mit Kommissar Gabriel vom Dezernat für Tötungsdelikte vor. Aus früheren Ermittlungen wusste ich, was mir bei der Befragung gleich bevorstehen würde. Nur Minuten später war es so weit. Der Kommissar bat mich hinein.

Die Luft in dem funktional eingerichteten Besprechungsraum roch verbraucht und war überhitzt. Entweder hatte die Morgensonne die Wärme hereingetragen, oder die Heizung war bereits in Gang. Eine simple Leuchtstoffröhre erhellte die im Rechteck angeordneten Tische. Über einer Stuhllehne an der Kopfseite hing eine schwarze Lederjacke. Auf dem Tisch hatte der Kommissar mit einer halb leeren Kaffeetasse, einem Milchkännchen, Kugelschreiber und Notizbuch seinen Claim abgesteckt.

»Bitte nehmen Sie Platz, Frau Pelzer«, forderte er mich auf. Er griff nach der Lehne des Stuhls neben seinem und zog ihn vom Tisch weg, um Raum für meinen weiten Rock zu schaffen.

Wieder einmal wurde mir bewusst, wie lächerlich ich in diesem Kostüm aussehen musste. Wieso hatte ich mich nicht längst umgezogen? Würdevoll ließ ich mich nieder und verteilte die Stoffmassen um den filigranen Stuhl. Die Hände legte ich auf den Oberschenkeln ab. Das verschaffte mir einen minimalen Sicherheitsabstand.

Der Kommissar trug dunkle Jeans, dazu ein beiges Hemd. Seine hellgrauen Augen bildeten einen starken Kontrast zu den schwarzen Haaren, die schon länger keinen Friseur gesehen hatten und seine Ohren bedeckten. »Bedienen Sie sich.« Kommissar Gabriel wies auf ein Tablett. Dort standen kleine Flaschen mit Mineralwasser, Apfelsaft, Gläser, Kaffeetassen und eine Zuckerdose aus Porzellan. »Ich hatte nicht erwartet, dass wir uns nach dem Mordfall auf dem Weindorf so schnell wiedersehen würden.«

»Das geht mir genauso, Herr Kommissar.«

Ich nahm ein Glas und öffnete eine Flasche Mineralwasser. Während ich mir einschenkte, bemerkte ich, wie der Kommissar mich von Kopf bis Fuß und wieder zurück bis zu meinem Perückenmonster musterte. Mir war klar, wie das Gespräch beginnen würde. Ich trank ein paar Schlucke und wappnete mich für die bevorstehende Befragung.

Der Kommissar verschwendete keine Zeit. »Ihre Kollegen haben mir bereits erzählt, dass es bei der heutigen Veranstaltung Ihrer Werbeagentur auch um Friedrich Schiller ging«, begann er wie erwartet mit einer Anspielung auf meine Verkleidung. Verständlich. Kaum jemand konnte da widerstehen. »Welche Rolle spielten Sie dabei?«

»Nicht die von Schillers Ehefrau«, schoss es aus meinem Mund, bevor ich es verhindern konnte. Nach einem Räuspern ließ ich die diplomatischere Version folgen. »Meine Aufgabe war es, die Teilnehmer der Führung als Herzogin von Württemberg durch das Schloss zu begleiten.«

»Aha. Auf dem Weindorf waren Sie als Königin Katharina von Württemberg verkleidet, wenn ich mich richtig erinnere. Heute stellen Sie also eine Herzogin dar. Welche genau?«

»Franziska von Hohenheim, die zweite Gemahlin −«

»Von Herzog Carl Eugen, dem Erbauer dieses Schlosses«, führte der Kommissar meinen Satz zu Ende. »Darüber haben mich Ihre Kollegen und Ihr Arbeitgeber, Herr Hohlberg, bereits informiert. Und auch der Dichter. Beziehungsweise sein Darsteller.«

Schwang in seinen Worten ein ironischer Unterton mit, oder

bildete ich mir das ein? Meine Kostümierung provozierte viele zu witzig gemeinten Kommentaren. Warum versuchte sich auch der Kommissar daran? Wollte er die Situation auflockern? Wenn ja, fand ich das befremdlich, schließlich war meine Freundin ermordet worden. Das Gespräch nahm keinen guten Anfang. Meine Achseln wurden feucht, und unter der albernen Perücke staute sich die Wärme. Bereits jetzt begann ich zu schwitzen, dabei hatte die eigentliche Befragung noch gar nicht begonnen. Lag es an der Raumtemperatur oder an der unerfreulichen Situation? Wahrscheinlich an beidem.

»Frau Pelzer, wie geht es Ihnen?«, fuhr der Kommissar fort. »Der Arzt, der zufällig unter den Schlossbesuchern war, hat mir erzählt, Sie hätten einen Schock erlitten. Fühlen Sie sich in der Lage, einige Fragen zu beantworten? Für unsere Ermittlungen wäre es wichtig, dass Sie uns Ihre Eindrücke zeitnah schildern. Ansonsten können wir für morgen einen Termin im Präsidium vereinbaren. Oder in Ihrer Werbeagentur. Dort ist am Vormittag sowieso eine ausführlichere Befragung geplant.«

Obwohl ich am liebsten davongerannt wäre, bewahrte ich Haltung. »Es geht mir den Umständen entsprechend, Herr Kommissar.« Unwillkürlich berührte ich meine Ellenbeuge, in die der Arzt das Beruhigungsmittel gespritzt hatte. Durch den Satinstoff hindurch spürte ich das Pflaster.

»Gut, dann beginnen wir.« Der Kommissar schlug das Notizbuch auf und nahm einen Kugelschreiber zur Hand. »Ihre Kollegin Jeannette Wagenbach hat bereits ausgesagt, darauf kommen wir gleich zu sprechen. Zuerst würde ich gern wissen, wie Ihr Verhältnis zu Frau Ulmer war.«

»Wir sind befreundet.«

Die schwarzgrauen Augenbrauen des Kommissars zuckten. »Und weiter?«

»Pauline und ich sind Kolleginnen. Wir waren es, meine ich. Pauline war seit gut einem Jahr Kundenberaterin in der Agentur Hohlbergs Reich. Wir arbeiteten eng zusammen, weil sie einige Unternehmen betreut hat, für die ich zuständig bin.«

»Für die Sie diese Führungen machen?«

»Ja. Und diejenigen, für die ich texte. Es gehört zu meinen Aufgaben, Headlines und Copys für Kampagnen zu schreiben. Plakate, Broschüren, Internettexte, Anzeigen und so weiter.«

»Sie waren also enge Kolleginnen. Und außerdem befreundet.«

Mein Herz zuckte kurz und schmerzhaft. »Ja, wir haben uns in dieser Zeit privat angefreundet.«

»Frau Ulmer hat sogar bei Ihnen und Frau Wagenbach gewohnt, wenn ich richtig informiert bin.«

»Das stimmt. Pauline hat vor zwei Wochen ihren Freund verlassen und brauchte von einem Tag auf den anderen ein Dach über dem Kopf. In unserer Wohngemeinschaft war ein Zimmer frei.«

Der Kommissar blätterte in seinem Notizbuch. »Frau Wagenbach hat einen Streit erwähnt. Zwischen dem Opfer und einem gewissen Dragan Marić. Gestern Abend.«

Opfer, wie sich das anhörte. »Dragan ist in den vergangenen beiden Wochen einige Male bei uns gewesen, um mit Pauline zu sprechen. Meistens vergeblich, weil sie sich geweigert hat, ihn zu sehen.«

»War das auch gestern so?« Der Kommissar machte sich eine Notiz. Dann sah er auf und gab mir mit einer Geste zu verstehen, ich solle fortfahren.

»Zuerst ja. Er hat an der Haustür Sturm geklingelt. Als wir das ignorierten, hat er die Nachbarschaft genervt, bis jemand den Türöffner gedrückt hat. Wenig später hat er unsere Wohnungstür mit den Fäusten bearbeitet. Pauline ist dann zu ihm in den Flur gegangen, und sie haben sich gestritten.«

»Und wie kam es zu diesem Streit?«

»Ehrlich gesagt, weiß ich das nicht mehr«, antwortete ich. »Alle Gespräche mit ihm, zu denen Pauline sich bereit erklärt hat, endeten mit einer solchen Auseinandersetzung.«

»Hatte Frau Ulmer Angst vor Herrn Marić?«

»Ja, das hatte sie. Eigentlich wollte sie auch gestern Abend nicht mit ihm sprechen.« Ich erinnerte mich gut daran, wie Pauline sich im Wohnzimmer hinter einer Zimmerpflanze versteckt hatte, nachdem sie Dragans Auto durchs Fenster gesehen hatte. »Sie hat sich so lange geweigert, bis er versucht hat, die Tür gewaltsam zu öffnen.«

»Gewaltsam?«

Ausgerechnet dieses Wort pickte sich der Kommissar aus meinem Satz heraus. Ich hatte es verwendet, ohne nachzudenken, und damit einen falschen Eindruck erweckt. »Er hat die Tür nicht aufgebrochen«, korrigierte ich meine Aussage. »Er hat nur so lange dagegen getreten, bis wir befürchteten, sie könnte zu Bruch gehen.« Nach einer Pause fügte ich hinzu: »Unser Vermieter versteht keinen Spaß, wenn man sein Eigentum beschädigt.«

»Verständlich«, kommentierte der Kommissar und lehnte sich im Stuhl zurück. »Die Juristen nennen das Sachbeschädigung, Frau Pelzer. Dieses Vergehen ist eine Straftat, die schwere Folgen für den Verursacher haben kann. Von einer Geldstrafe bis zur Inhaftierung. Aber zurück zu Ihrer Schilderung. Ihre Kollegin hatte also Angst vor ihrem Ex-Freund. Ist Herr Marić jemals gewalttätig geworden?«

»Er hat ihr eine Ohrfeige verpasst.«

»Bei der Auseinandersetzung gestern?«

»Ja.«

»Hat er Ihre Freundin zuvor jemals geschlagen oder misshandelt?«

Ich überlegte. Hatte Pauline etwas Derartiges erwähnt? Zwei- oder dreimal hatte sie eine Bemerkung zu übergriffigen Männern gemacht, ohne ins Detail zu gehen, und ich hatte nicht nachgefragt. Jede Frau war mit solchen Übergriffen konfrontiert. Pauline hatte nie erzählt, ob Dragan sie körperlich angegangen hatte. Zumindest erinnerte ich mich an nichts dergleichen. Dafür gab mein Gehirn nun eine andere, mindestens ebenso wichtige Information frei.

»Dazu kann ich keine Aussage machen, Herr Kommissar. Aber mir ist eingefallen, warum Pauline und ihr Ex-Freund sich gestern gestritten haben. Der Grund waren irgendwelche Fotos von Pauline, die Dragan im Internet entdeckt hatte.«

»Fotos? Welche Art von Fotos?«

»Das weiß ich nicht. Ich habe lediglich mit angehört, wie er meinte, sie sei auf diesen Fotos … Sie war wohl nicht vollständig bekleidet.«

»Kennen Sie diese Fotos?«

»Ich? Nein.«

»Jemand anders aus Ihrem Umfeld?«

»Nicht dass ich wüsste.«

Die Mundwinkel des Kommissars sanken. Hatte er sich mehr Anhaltspunkte erwartet? Er trank seine Tasse leer und wischte sich über die Lippen. Dann notierte er ein paar Wörter. Seine Handschrift war unleserlich, ich konnte nur zwei Begriffe entziffern:»Nacktfotos« und»Agenturchef«. Auf die Idee, dass André mehr über diese Fotos wissen könnte, war ich noch nicht gekommen.

»Frau Pelzer, Ihr Kostüm ist fast identisch mit dem des Opfers«, wechselte Kommissar Gabriel das Thema. Er wies mit dem Kugelschreiber auf mich.»Der weite Rock, die Korsage in Blau und unten diese helle …« Er schien zu überlegen, wie man die Applikationen am Saum nannte.»Diese helle Borte aus Spitze.« Seine grauen Augen fokussierten sich auf meinen Turm aus falschen Haaren.»Trug Frau Ulmer eine ähnliche Perücke wie Sie?«

»Ja. Braun mit Locken.«

»Auch so …?« Er bewegte seinen Kugelschreiber auf und ab.

»Eine Hochfrisur, meinen Sie sicher, Herr Kommissar.«

Er brummte unwillig.»Wie auch immer man das Ding auf Ihrem Kopf bezeichnet. Wissen Sie, ob Frau Ulmer ihre Perücke im Lauf des Vormittags abgelegt hat?«

»Das kann ich Ihnen nicht sagen. Sicher hat sie das Haarteil während der Veranstaltung getragen. Unser Chef, Herr Hohlberg, besteht darauf, dass wir in unseren Rollen bleiben. Er ist der Ansicht, das gefällt seinen Kunden.«

»Sie nicht?«

»Mag sein.« Ich zuckte mit den Schultern.»Angenehm ist es nicht gerade, als barocker Blickfang die ganze Zeit über fotografiert und gefilmt zu werden. So was landet heute automatisch im Netz. Inklusive zweifelhafter Kommentare.«

»Zurück zu Frau Ulmer. Wieso trugen Sie und das Opfer fast identische Kostüme?«

»Das müssen Sie Herrn Hohlberg fragen. Oder die netten Damen aus dem Fundus der Staatsoper. Sie wählen die Kostüme in Abstimmung mit unserem Chef für uns aus und ändern sie ab, falls nötig.«

»Soweit wir wissen, stellte Frau Ulmer in ihrer Verkleidung keine historische Person dar, so wie Sie es tun, Frau Pelzer.«

»Sie war als zeitgenössische Dame aus dem Adel kostümiert. Nur unser Grafiker Teddy Ternes und ich stellten Personen dar, die real existiert haben.«

»Friedrich Schiller und Franziska von Hohenheim«, murmelte der Kommissar vor sich hin und deutete ein Kopfschütteln an, als hätte er für derlei Unsinn keinerlei Verständnis. Da war ich völlig seiner Meinung. »Wenn Sie Fragen zu unseren Kostümen haben, müssen Sie sich direkt an Herrn Hohlberg wenden. Er hat das Konzept dafür allein entwickelt. Falls er überhaupt so etwas wie ein Konzept hat.«

Der Kommissar nickte dezent. »Sie haben bereits bei anderen Gelegenheiten erwähnt, dass Sie kein besonders großes Vertrauen in die … nennen wir es mal Weitsichtigkeit Ihres Agenturchefs haben.«

Ich gab mir große Mühe, eine neutrale Miene beizubehalten, verbuchte diese Bemerkung aber als Punktsieg für mich. Meine Freude verging mir jedoch schnell.

»Frau Pelzer, das mag für Sie vielleicht wie ein Scherz geklungen haben. Ich kann Ihnen versichern, mir ist nicht nach Scherzen zumute. Meine Aufgabe ist es herauszufinden, warum diese junge Frau sterben musste. Nur aus diesem Grund befasse ich mich mit Ihrer Kostümierung. Ist Ihnen noch gar nicht in den Sinn gekommen, dass es sich möglicherweise um eine Verwechslung gehandelt haben könnte?«

»Eine Verwechslung? Ich verstehe nicht, was Sie damit meinen.« Ich griff nach dem Glas und trank einen Schluck.

Der Kommissar beugte sich vor und stützte die Unterarme auf den Tisch. »Vielleicht hatte es der Täter gar nicht auf Frau Ulmer abgesehen, sondern auf Sie, Frau Pelzer.«

»Auf mich, Herr Kommissar?« Vor Schreck bekam ich Mineralwasser in die Luftröhre und verschluckte mich. Als ich nach Luft rang, stieg mir Kohlensäure in die Nase und brachte mich zum Niesen. Es blieb keine Zeit, ein Taschentuch aus meiner Rocktasche zu holen. Ich nieste ein paarmal in den Ärmel meines Kostüms. Erst danach kam ich dazu, das Glas abzustellen, das Tuch herauszunesteln und mir die Nase zu putzen.

Mein Blick schoss zum Kommissar. »Wollen Sie damit sagen, dass eigentlich *ich* diejenige bin, die ... die umgebracht werden sollte?«

Was für ein beängstigender Gedanke! In meinem Schädel baute sich ein starker Druck auf. Besser gesagt, um meinen Kopf. Und zwar auf Höhe meines Haaransatzes. Seit dem Morgen quälte mich dieses verfluchte Perückenband, das angeblich den Tragekomfort erhöhen sollte. Stattdessen quetschte es mich ein wie ein Schraubstock. Am liebsten hätte ich mir die Perücke heruntergerissen und sie in die erstbeste Ecke geworfen. Ich ließ es sein, weil ich wusste, wie ich darunter aussah. Meine eigenen Haare waren verschwitzt und mit Klammern am Kopf befestigt. Durch die ständige Reibung an der Perückeninnenseite hatten sich Strähnen gelöst, die sich kräuseln und in alle Richtungen abstehen würden. Diese Blöße wollte ich mir ersparen.

»Das wäre denkbar«, erwiderte der Kommissar und verschränkte die Finger ineinander. »Aus einiger Entfernung müssen Sie beide wie Zwillinge gewirkt haben.«

Wie Zwillinge. Genau das hatte ich heute Morgen nach dem Umziehen zu Pauline gesagt, als mir auffiel, wie sehr wir uns in diesen Kostümen ähnelten. Mein Kopfkino blendete ein Standbild wie aus einem Thriller ein. Es zeigte Paulines Leiche unter dem Wildrosenbusch. Hätte eigentlich ich dort im Gras liegen sollen?

»Aber warum sollte mich jemand umbringen wollen?« Vor Anspannung knüllte ich das Taschentuch in meiner Hand zusammen. »Ich habe niemandem etwas getan.«

Der Kommissar schwieg eine Weile. »Es lag nicht in meiner Absicht, Sie zu erschrecken, Frau Pelzer. Aber angesichts Ihrer fast identischen Verkleidung können wir eine mögliche Verwechslung nicht ausschließen.«

»Und was soll ich jetzt tun?«, stieß ich aus. »Untertauchen? Mich irgendwo verstecken? Oder wollen Sie mich in ein Zeugenschutzprogramm aufnehmen?« Nein, Letzteres wohl eher nicht. Ich war ja gar keine Zeugin. Der Kommissar hatte mich derart durcheinandergebracht, dass ich keinen klaren Gedanken mehr fassen konnte.

»Bitte beruhigen Sie sich, Frau Pelzer«, sagte er und streckte die Hand aus, als wollte er mich am Arm tätscheln und besänftigen.

Instinktiv wich ich zurück. Unnötigerweise, wie ich eine Sekunde später erkannte. Der Kommissar hatte nicht vorgehabt, mich zu berühren. Stattdessen nahm er eine Serviette vom Tablett in der Tischmitte und wischte ein paar Tropfen auf, die ich über den Tisch geniest hatte.

Zu jedem anderen Zeitpunkt wäre mir das peinlich gewesen. Aber ich hatte gerade erfahren, dass ich womöglich nur durch einen Zufall noch am Leben war. So eine existenzielle Erfahrung wog viel schwerer, als die Etikette verletzt zu haben.

»Denken Sie darüber nach, ob Sie sich in letzter Zeit Feinde gemacht haben, Frau Pelzer«, riet mir der Kommissar. »Oder bereits vor Längerem, das wäre ebenfalls eine Option. Vielleicht hat jemand eine Rechnung mit Ihnen offen.« Er gab mir kurz Gelegenheit zum Nachdenken. »Fällt Ihnen spontan jemand ein?«

Erneut knetete ich das inzwischen feuchte Taschentuch durch. »Sie meinen jemanden, der mich umbringen möchte?« Bei dieser beklemmenden Vorstellung füllte sich mein Brustkorb wie von selbst mit Luft.

»Am besten, wir sprechen morgen noch mal darüber, Frau Pelzer. Lassen Sie sich das in aller Ruhe durch den Kopf gehen. Ich habe weitere Fragen zum Opfer, die wir klären sollten.« Erneut blätterte er in seinem Notizbuch und tippte auf eine Stelle. »Ihr Chef konnte mir nicht sagen, wo Frau Ulmer ihre Handtasche aufbewahrte. Frau Wagenbach meinte, sie könnte bei Ihnen im Auto sein.«

Es dauerte ein paar Sekunden, bis ich gedanklich vom Thema Todesangst zu etwas so Banalem wie einer Damenhandtasche gelangt war. »Ja, wir sind zusammen hergefahren, Pauline und ich. In meinem Wagen. Er steht draußen auf dem Parkplatz. Ihre Handtasche und ihre Kleidung hat sie im Kofferraum gelassen, genau wie ich. Soll ich gleich nachsehen?« Bereitwillig schob ich mich vom Stuhl hoch.

»Das hat Zeit, bis wir fertig sind, Frau Pelzer«, bremste mich der Kommissar. Er hatte durchschaut, dass ich so schnell wie möglich hier rauswollte. »Bitte schildern Sie mir, wie Sie Frau Ulmer gefunden haben.«

»Gefunden? Ich habe sie gar nicht gefunden«, stellte ich richtig und sackte zurück auf den Stuhl.

»Ich meinte, wie Sie sie vorgefunden haben.«

Ich senkte den Blick und versuchte, mich zu erinnern. »Während der Verkostung hörte ich von draußen Schreie, da hatte ich so ein komisches Gefühl. Ich habe das Zelt verlassen und bin den anderen gefolgt.« Als die Bilder wiederkamen, konzentrierte ich mich auf die ersten Eindrücke. »Zuerst habe ich hellblauen Stoff gesehen. Den Stoff ihres Kleides. Und ihren schwarzen Turnschuh im Gras, der hinter dem Busch hervorragte.«

Der Kommissar unterbrach mich erst, als ich bei dem Seil angekommen war.

»War es um ihren Hals geschlungen?«

»Ich glaube, ja. So genau habe ich es mir nicht angesehen.«

»Frau Pelzer, Ihre Eindrücke sind wichtig. Wir wissen noch nicht, ob das Opfer bereits tot war, als es dort deponiert wurde, oder ob es an Ort und Stelle erdrosselt wurde.«

Bei der Vorstellung, Pauline könnte nur zwanzig oder dreißig Meter von mir entfernt um ihr Leben gekämpft haben, während ich Schokolade serviert hatte, schnürte sich mein Hals zu.

»Aber hätte sie sich nicht gewehrt?«, überlegte ich laut. »Es waren Hunderte von Menschen rund ums Schloss unterwegs, die hätten ihre Schreie doch gehört.«

»Das hängt davon ab, wie entschlossen der Mörder war«, erklärte der Kommissar. »Vielleicht war sie bereits ohnmächtig oder durch ein Betäubungsmittel ruhiggestellt.«

Ich griff nach meinem Glas und kippte das restliche Mineralwasser hinunter.

Der Kommissar hatte endlich ein Einsehen. »Danke, Frau Pelzer. So weit für heute. Falls Ihnen noch etwas einfällt, melden Sie sich bitte.« Er holte eine Visitenkarte aus der Innentasche seiner Lederjacke, legte sie auf den Tisch und schob sie zu mir herüber. »Falls Sie meine Karte seit unserem letzten Zusammentreffen verlegt haben sollten. Wir sehen uns dann morgen in der Agentur.«

Beim Aufstehen beförderte ich die Visitenkarte in meine Rocktasche. »Herr Kommissar, die Spurensicherung hat eine Stelle am Rand einer Pfütze markiert. Es könnte ein Schuhabdruck sein. Ich habe mich gefragt, ob er von … von meiner Freundin stammt oder …«

Kommissar Gabriel nickte. »Ein wichtiger Ansatzpunkt für unsere Ermittlungen. Ja, der Abdruck stammt von einem Schuh.«

»Also von ihrem Mörder?«

»Dazu kann ich noch nichts sagen, Frau Pelzer.« Der Kommissar zog ein Handy aus seiner Lederjacke. »Ich informiere mein Team, dass Sie gleich bei Ihrem Wagen sind. Haben Sie vor dem Gebäude geparkt?«

»Ja. Ein silberfarbener Corsa.«

»Übergeben Sie meinem Kollegen die persönlichen Gegenstände von Frau Ulmer. Er wird dort auf Sie warten.« Der Kommissar entsperrte sein Telefon, drückte eine Kurzwahltaste und hielt es sich ans Ohr.

Wie es aussah, war ich entlassen. Niemand wartete auf der Sitzgelegenheit vor der Zimmertür. Ich war wohl die letzte Zeugin gewesen, die der Kommissar heute befragt hatte.

Mit hängenden Schultern trottete ich aus dem Gebäude und wandte mich zu meinem Wagen. Am Heck vertrat sich ein Streifenpolizist die Beine. Er war einige Jahre älter als der Kommissar. Über seiner dunkelblauen Hose beulte sein Bauch das hellblaue Hemd aus.

»Frau Pelzer?«, fragte er gelassen und ließ sich von meinem Kostüm nicht aus der Ruhe bringen.

»Ja, das bin ich. Die Sachen von Frau Ulmer sind im Kofferraum.«

Mir war zum Heulen zumute, als ich die Heckklappe öffnete. Neben den beiden leeren Hutschachteln hatten Pauline und ich unsere Handtaschen und die Alltagskleidung deponiert. Während ich meine schwarze Stoffhose, die dunkle Bluse und meinen Rucksack einfach hineingeworfen hatte, hatte Pauline ihre Kleider sauber zusammengelegt und neben ihrer Ledertasche platziert. Ich musste schlucken, bevor ich so weit war und mich in den Kofferraum beugte. Wie üblich hing darin ein muffiger Geruch. Heute mischte sich der blumige Duft von Jasmin und Orange hinein. Er stammte von Pauline. Ich griff nach dem kleinen Stapel aus Jeanshose und schwarzem Sweatshirt und überreichte ihn dem Polizisten. Paulines Schultertasche hängte sich der Beamte um.

Er bedankte sich und trug ihre Sachen davon.

Mit einem bitteren Geschmack im Mund sah ich ihm hinterher, bis er um die Gebäudeecke verschwand. Dann holte ich meine Kleider aus dem Kofferraum und kehrte in die Akademie zurück.

Im Waschraum tauschte ich das Herzoginnenkleid und die Perücke gegen meinen Agenturlook und zupfte die Haarnadeln aus meinem verschwitzten Schopf, der am Kopf klebte. Mit den Fingern versuchte ich, meine Frisur zu richten. Statt der üblichen sanften Naturwellen hatten sich meine schulterlangen Haare in widerspenstige Kräusellocken verwandelt. Auch kaltes Wasser aus dem Hahn schaffte es nur ansatzweise, sie zu bändigen. Ich resignierte und fügte mich in mein Schicksal. Mit Hilfe eines Papierhandtuchs wischte ich die zerlaufene Wimperntusche ab und betrachtete mich im Spiegel. Die Ringe unter meinen Augen waren heute dunkler als sonst und traten durch den Kontrast zur bleichen Haut besonders hervor. Von herzoginnengleicher Würde war keine Spur mehr zu entdecken.

Vor dem Kofferraum meines Wagens zögerte ich und entschied spontan, das Kostüm auf den Rücksitz des Corsas zu legen, wo es nicht nach Pauline roch. Die Perücke verstaute ich auf der Hutablage. Als ich über das Kopfsteinpflaster auf das Agenturzelt zuging, fühlte ich mich genauso schwer und bleiern wie vorhin durch das Beruhigungsmittel. Diesmal kam die Müdigkeit jedoch nicht von einer chemischen Substanz. Nach den Erlebnissen der letzten Stunden war ich bis in die letzte Zelle erschöpft. Am liebsten hätte ich mich in ein Mauseloch verkrochen und losgeheult. Erwartete André ernsthaft, mich heute noch in seinen Diensten zu sehen? Leider bestand daran kein Zweifel. Jeder andere Vorgesetzte hätte wahrscheinlich Verständnis gehabt. Der alte Ausbeuter nicht. Andererseits würde ich bei unserem Team Trost finden, denn auch die anderen hatten heute eine liebe Kollegin verloren.

Der Himmel über dem Schlossgelände hatte sich bewölkt. Die in blassem Hellrosa schimmernde Sonne mühte sich vergeblich, durch die tiefgraue Front zu dringen. Über mir kreischte ein Schwarm Vögel. Ich blieb stehen und verfolgte die wagemutigen Flugbahnen einiger Schwalben über der Kuppel des Schlosses. Müssten die Flugkünstler nicht längst unterwegs in ihre Winterquartiere in der Sahara sein? Vielleicht waren es Vögel aus dem Norden, die sich in Süddeutschland sammelten, um dann gemeinsam die lange Reise anzutreten. Womöglich flogen einige auch gar nicht mehr nach Afrika, weil das Klima bei uns –

»Achtung, junge Frau. Sie sind im Weg.«

Ein stämmiger Mann in einem blauen Arbeitsoverall stand vor mir. Mit jeder Hand hatte er zwei Stühle an der Lehne gepackt und steuerte einen Transporter auf dem Kopfsteinpflaster an. Der Transporter trug die Firmenbezeichnung eines bekannten Stuttgarter Antiquitätengeschäfts. Zwei weitere Helfer folgten mit der klassizistischen Kommode, auf der André die Weine für seine Verkostung aufgereiht hatte. War das wirklich erst heute Morgen gewesen?

In einem großen Bogen wich ich den Männern aus und näherte mich dem Zelt. Der rote Teppich war bereits eingerollt und in Plastik verpackt worden, ebenso die beiden Aufsteller. Im Inneren des Zeltes herrschte wildes Durcheinander. Stimmenfetzen flogen durch die Luft, untermalt von Hämmern und

Klopfen. Es roch nach Kunststoff und verschüttetem Wein. Neben dem Eingang befanden sich weitere Stühle, auf denen unsere Gäste bei der Verkostung Platz genommen hatten. Daneben türmte Teddy Holzkisten mit Weinflaschen und Gläserkartons aufeinander, die auf den Abtransport warteten. Auch Teddy hatte sein Schiller-Kostüm gegen den agenturüblichen Dresscode getauscht. Auf seinem schwarzen Hemd machte ich einige gelockte weiße Haare aus, die letzten Überreste seines Dichter-Daseins. Ich streckte die Hand aus und wollte die Locken abzupfen, da drehte Teddy sich um. Sein Gesicht bekam einen schmerzlichen Ausdruck. Er beugte sich zu mir herunter und legte den Arm um meine Schultern. Eine intime Geste, die ich sonst vermied, heute aber aufgrund der besonderen Umstände zuließ.

»Bea, wie geht es dir?« Teddys Stimme war ungewohnt sanft und erinnerte mich an lange zurückliegende Zeiten, in denen wir ein Paar gewesen waren. »Das letzte Mal, als ich dich gesehen habe, warst du weiß wie eine Leinwand und hattest das Bewusstsein verloren. Ich habe mir Sorgen um dich gemacht.«

Für einen winzigen Moment lehnte ich den Kopf an seine Schulter und atmete den vertrauten Geruch seiner Haut ein. Das fühlte sich so gut an, dass ich länger als beabsichtigt an diesem sicheren Ort blieb.

»*Allez, les enfants, activons, activons!* Ihr Turteltäubchen stört die anderen bei der Arbeit.« Auch ohne die französischen Wörter hätte ich die herablassende, nörgelnde Stimme sofort erkannt.

Teddy und ich fuhren auseinander, als hätte uns jemand bei einem Schäferstündchen ertappt.

Diesen Eindruck schien André zu teilen. Trotz der schmerzlichen Ereignisse stand ihm die Befriedigung ins Gesicht geschrieben. Er wusste natürlich, dass Teddy und ich früher zusammen gewesen waren. Uns bei dieser Vertraulichkeit zu erwischen, verbuchte er als Sieg für sich. Als gewiefter Stratege wusste er gern über die Schwachstellen seiner Mitarbeiter Bescheid, um sie im richtigen Augenblick für sich auszunutzen.

»André, lass Bea in Ruhe«, fuhr Teddy ihn an. »Sie hat heute viel mitgemacht und kann auf deine spöttischen Bemerkungen verzichten.«

Unser Chef schürzte die Lippen, und ich sah förmlich vor mir, wie er in Teddys Personalakte geistig ein neues Kreuzchen eintrug. Früher oder später würde André sich für diese Zurechtweisung rächen.

»Teddy, kümmere dich lieber um den Riesling. Die Weinflaschen müssen in die Kisten. Ich will vermeiden, dass noch eine Flasche zu Bruch geht«, herrschte André ihn an. »Dafür wirst du schließlich bezahlt.«

»Genau genommen bezahlst du mich für gute Layouts, André, und nicht dafür, Möbel und Flaschen herumzuschleppen«, gab Teddy ungerührt zurück. Er löste seine Hand von meinem Oberarm und wandte sich den Weinkisten zu.

André beugte sich über eine davon. Als hätte er nichts Besseres zu tun, zog er eine Flasche heraus und studierte das Etikett wie ein stolzer Winzer.

Es tat mir gut zu hören, wie wenig beeindruckt Teddy von der Arroganz unseres Chefs war. Verständlich. Es war nur eine Frage der Zeit, bis Teddy kündigen und sich seiner Malerei widmen würde, zu der er jetzt nur abends oder am Wochenende kam. Außerdem hätte er jederzeit in einer anderen Agentur anfangen können. Ob die Tatsache, dass er sich in Andrés strenge Hierarchie fügte, mit mir zu tun hatte?

Als ich aufsah, betrat Jeannette das Zelt. Sie breitete die Arme aus und hielt direkt auf mich zu.

»Schätzchen, bin ich froh, dich frisch und munter zu sehen!« Sie strich mir über die Wange. »Wie schlimm war dein Verhör?«

»Na ja. Hab's überlebt.« Ich presste die Lippen aufeinander. Es war zu spät, um die unbedachten Worte zurückzunehmen. Hätte es einen Preis für die unsensibelste Antwort des Tages gegeben, wäre er zweifellos an mich gegangen. Warum hatte ich mein Mundwerk so wenig im Griff? Immerhin war Kommunikation mein Beruf.

Jeannette las mir die Gedanken an der Nasenspitze ab. »Eine Freud'sche Fehlleistung, Bea«, tröstete sie mich. »Mach dir nichts draus, mir ging es ähnlich im Gespräch mit dem Typen von der Kripo. Stell dir vor, ich habe allen Ernstes zu ihm gesagt –«

»Herrschaften, wie wäre es mit Anpacken?«, unterbrach André das Geständnis von Jeannette, bevor sie zum Punkt kam. »Die Silbertabletts müssen schnellstens verpackt werden, ebenso die restliche Schokolade, *n'est-ce pas*? Martin Bäuerle überlässt die Tafeln meiner Agentur, und zwar alle. Ihr könnt sie also zu den Flaschen stellen. Die gehen auch in die Weinsteige.«

»Jawohl, Chef«, bekundete Jeannette voller gespieltem Elan. Ihre flache Hand schoss an die Stirn, als wäre André ihr Kommandant und sie würde vor ihm salutieren.

Unser Chef war eingebildet genug, um ihr die Geste abzunehmen. Wahrscheinlich hätte er es begrüßt, wenn wir all seine Befehle so diensteifrig entgegengenommen hätten. Zu Jeannettes Glück hatte André nur wenig Sinn für Sarkasmus.

»Tamara!«, schrie Jeannette quer durchs Zelt in den provisorisch abgeteilten Küchenbereich.

Keine Sekunde später teilte sich der Vorhang, und unsere Grafikpraktikantin erschien in der Öffnung. Auch Tamara hatte ihr Kostüm ausgezogen und trug Alltagskleidung. Sie wischte ihre Hände an einem Geschirrtuch ab, das im Hosenbund ihrer schwarzen Jeans steckte, und wartete auf Jeannettes Anweisungen.

Die war in ihrem Element und winkte Tamara zu sich. »Silbertabletts, Seidenpapier, Klebeband, sofort.«

Solange die beiden die Serviertabletts verpackten, sortierte ich die restlichen Tafeln in ihre Kartons zurück. Bei der Verkostung war viel weniger Schokolade verzehrt worden als geplant, weil unsere Veranstaltung ein vorzeitiges Ende gefunden hatte.

Als wir alles erledigt hatten und das Zelt ausgeräumt war, war es kurz vor achtzehn Uhr. Pünktlich trafen die Monteure ein und begannen, das Zelt abzubauen. Damit sie freie Bahn hatten, ließ André Milde walten und schickte uns nach Hause.

Leicht panisch sah ich mich nach einer neuen Beschäftigung um. Ehrlicherweise hätte ich lieber hundert weitere Tabletts eingepackt, als zu meinem Auto zu gehen. Denn heute würde ich allein in die WG zurückfahren. Ohne meine Beifahrerin.

Um mich herum hämmerte und schraubte es, und ich kam mir ziemlich verloren vor.

Jeannette hakte mich unter. »Komm, Bea. Ich begleite dich zu deinem Auto, bevor die Jungs uns in die Zeltplane einrollen.« Dankbar folgte ich Jeannette aus dem Zelt. Draußen blieben wir stehen und genossen die kühle, regenfeuchte Luft. Auf dem Kopfsteinpflaster entdeckte ich Teddy. Er war in Richtung Kavaliershäuschen zu seinem Alfa Romeo unterwegs. Ich wünschte mir, er würde sich nach mir umsehen.

»Da kannst du lange warten, bis der sich umdreht.« Jeannette las in meinen Gedanken wie in einem offenen Buch. »Bestimmt will er ebenso schnell weg wie ich. Sag mal, Bea, wo hast du dein Auto abgestellt?«

Wortlos deutete ich auf den Parkplatz vor der Akademie.

»Also los, bevor diese mies gelaunte Regenwolke da oben uns erwischt.«

Je näher wir dem Parkplatz kamen, desto kleiner wurden meine Schritte. Als mein silberner Wagen in Blickweite war, wäre ich am liebsten umgekehrt und davongelaufen.

»Bea, sei tapfer«, redete Jeannette mir gut zu. »Deine Panik hilft unserer Pauline nicht mehr.«

Damit hatte sie recht, trotzdem wurden meine Knie weich. »Wo stehst du?« Meine Stimme klang zittrig.

»Drüben auf dem großen Parkplatz der Akademie.« Sie verstärkte den Griff um meinen Arm. »Wenn du magst, können wir Kolonne fahren. Ob zwei Autos bereits eine Kolonne sind, weiß ich nicht, aber das schert mich einen feuchten Kehricht.«

Jeannette wartete, bis ich eingestiegen war. Weder sie noch ich würdigten den Beifahrersitz eines Blickes. Dennoch war mir der leere Platz so bewusst, als würde er neonfarben leuchten.

»So, Bea. Nun wartest du, bis du meinen Golf aus der Zufahrt kommen siehst. Du hängst dich an mich dran, und wir zuckeln zusammen ins Städtle hinunter, einverstanden?«

Zaghaft stimmte ich zu und hielt mich an ihre Anweisungen. Während Jeannette zu ihrem Wagen lief, versuchte ich, das Gehölz auszumachen, unter dem Pauline gefunden worden war. Vergeblich. Es hatte zu regnen begonnen, und Windböen trieben Wasserschwaden über die Wiese. Jetzt lag Pauline in dieser grauen Plastikkiste in der rechtsmedizinischen Abteilung eines unserer Krankenhäuser. Oder in einem dieser Schubladenfächer, die ich, wie die meisten anderen Menschen auch, nur aus Fernsehkrimis kannte. Oder sie wurde bereits auf einem kalten Stahltisch im Obduktionssaal aufgeschnitten.

Ein Hupen riss mich aus meinen trüben Gedanken. Ich ließ den Corsa an, schaltete den Scheibenwischer ein und verließ auf der Flucht vor meiner lebhaften Phantasie den Parkplatz. Dann klemmte ich mich an die Stoßstange von Jeannettes Golf.

VIER

Im dicht besiedelten Westen waren Parkplätze zu jeder Tageszeit rar. Vor allem am Feierabend musste man eine lange Odyssee rund um den Block einkalkulieren. Deshalb drückte die Verkehrspolizei vom späten Abend bis zum frühen Morgen bei Zweite-Reihe-Parkern gleich beide Augen zu. Für diese Ausweichtaktik war es jedoch noch zu früh, daher fuhren Jeannette und ich die Reinsburg-, die Augusten- und die Schwabstraße mit den dazwischenliegenden Querverbindungen rauf und runter. Meine Freundin fand zuerst einen freien Platz und wartete vor unserem Haus auf mich. Ohne ein Wort zu wechseln, stiegen wir die Treppen in den vierten Stock hoch und betraten in gedrückter Stimmung unsere WG. Seit heute wohnten wir hier nur noch zu zweit.

Als ich den Deckenstrahler im Flur einschaltete, sprangen mir im Lichtkegel Paulines Hausschuhe ins Auge. Sie standen vertauscht neben dem Garderobenschrank, der linke Schuh rechts, der rechte links. Der pinkfarbene Stoff war am Rand mit Blüten bestickt. Diese Schuhe würden nie mehr getragen werden. Was würde aus ihnen werden? Was sollten wir mit den restlichen Sachen tun, die Pauline mitgebracht hatte?

Ich flüchtete mich in praktisches Denken, was an Jeannettes Gesellschaft liegen musste. Sie verstand sich darauf, Unangenehmes einfach zu verdrängen oder sich von allem Möglichen ablenken zu lassen. Mein Mund fühlte sich trocken an, obwohl es draußen in Strömen goss und die Luft sich mit Feuchtigkeit vollgesogen hatte. Dieses Gefühl, innerlich ausgetrocknet zu sein, hatte ich, seit der Arzt mir am Mittag die Beruhigungsspritze gegeben hatte. War das eine Nebenwirkung? Oder hatte ich den Tag über zu wenig Flüssigkeit zu mir genommen? Erschöpft ließ ich meinen Rucksack an Ort und Stelle fallen, schlüpfte aus den regennassen Sneakers und ging auf Strümpfen in die Küche, um mir ein Glas Wasser einzuschenken. Durstig kippte ich es hinunter und füllte es erneut.

Jeannette sichtete im Flur den Inhalt unseres Briefkastens. Leise schimpfte sie vor sich hin. »Telefonrechnung, Nebenkostenabrechnung. Und das Fitnessstudio schickt mir eine Mahnung, obwohl ich seit Monaten abends lieber auf dem Sofa liege, als an diesen frauenfeindlichen Maschinen herumzuturnen. Liefert die Post nur Rechnungen an uns aus?« Deutlich lauter rief sie in meine Richtung: »Die nächste Gehaltserhöhung ist überfällig, oder, Bea?«

Als ich keine Antwort gab, kam sie in die Küche und musterte mich. Wie hypnotisiert lehnte ich am Spültisch. Mein Blick klebte an dem mit blauen Blumenranken gemusterten Kaffeebecher auf unserem verschrammten Kiefernholztisch. An der Oberfläche des Kaffeerestes hatten sich unappetitliche weiße Schlieren gebildet. Erstarren lassen hatten mich nicht die Schlieren, sondern der himbeerfarbene Lippenabdruck am Rand der Porzellantasse. Himbeerfarben. Wie oft hatten wir Pauline wegen ihrer mädchenhaften Vorliebe für Rot- und Rosatöne aller Art geneckt? Im Nachhinein tat mir das leid. Womöglich hatte Pauline diesen Hang entwickelt, um dem düsteren Kleidungskodex von Werbern, der zwischen Schwarz und Anthrazit pendelte, etwas Fröhliches und Lebenslustiges entgegenzusetzen. Lebenslustig. Wieder eine dieser Freud'schen Fehlleistungen.

Ohne einen ihrer üblichen scharfen Kommentare über Paulines Farbvorlieben setzte sich Jeannette auf ihren Platz. »Eines ist sicher, Bea. Ich spüle diesen Becher nicht ab. Und du wohl auch nicht.« Sie beugte sich über den Tisch und griff nach der bräunlich verfärbten Bananenschale, die auf einem Unterteller daneben lag. »Hiermit habe ich jedoch kein Problem.« Mit angeekeltem Gesichtsausdruck stand sie auf, klappte den Deckel des Biomülleimers auf und ließ die Bananenreste hineinfallen. Dann lehnte sie sich neben mir an die Spüle. »Wie hat es der große Dichter Herbert Grönemeyer so treffend ausgedrückt? ›Alkohol ist dein Sanitäter in der Not, Alkohol ist dein Fallschirm und dein Rettungsboot.‹« Zielstrebig holte sie zwei Gläser aus dem Hängeschrank hinter uns, nahm die Wodkaflasche aus dem Kühlschrank und schenkte jeder von uns eine großzügige Portion ein.

Wir hoben die Gläser und sahen uns in die Augen. Beim Anstoßen liefen mir die Tränen übers Gesicht. Vor jeder anderen Person hätte ich mich dafür geschämt. Jeannette kannte mich in weit üblerem Zustand.

»Auf Pauline«, sagte sie und kippte den Wodka hinunter. Ich nippte lediglich, weil ich befürchtete, der hochprozentige Alkohol würde meine Niedergeschlagenheit verstärken.

Von der Reinsburgstraße drang Motorenlärm durch die undichten Fenster herein. Der alte Kühlschrank brummte sein übliches Lied, während Jeannette und ich unseren Gedanken nachhingen.

In das einträchtige Schweigen platzten die dynamischen Streichertöne von Vivaldis »Sommer«. Erschrocken fuhr ich zusammen. Das war der aktuelle Klingelton meines Handys.

»Typisch, da will man einmal seine Ruhe haben ...« Jeannette rollte die grünen Augen zur Decke. »Wenn das André ist, werfe ich dein Telefon ohne mit der Wimper zu zucken aus dem Fenster.«

Ich lief in den Flur, holte mein Smartphone aus dem Rucksack und sah aufs Display. »Das ist Gerit.«

Gerit Herzog war die zweite Frau meines Vaters und nur ein paar Jahre älter als ich. Nach anfänglichem Misstrauen war mir die engagierte Journalistin ans Herz gewachsen. Das konnte man von meiner Mutter Marlene kaum sagen. Obwohl die Scheidung meiner Eltern gut zwanzig Jahre her war, hatte sie das Kriegsbeil noch nicht begraben. Was auch an meinem guten Verhältnis zu Gerit und meinem Vater lag. Warum Gerit sich ausgerechnet jetzt meldete, war nachvollziehbar. Sie arbeitete für die Stuttgarter Zeitung und hatte einen sicheren Riecher für auflagensteigernde Aufmacher. Aber vielleicht tat ich ihr unrecht, und sie wollte mich nur trösten.

»Hallo, Gerit.«

»Bea, du Arme«, kam es mitfühlend aus dem Lautsprecher. Die warmherzige Stimme tat mir gut. Eine Sekunde später wechselte Gerits Tonfall zu geschäftsmäßig-sachlich: »Schalt den Fernseher ein, du bist in den Nachrichten. Ich komme gleich vorbei.« Ohne Abschiedsgruß beendete sie die Verbindung.

Jeannette hatte mitgehört und war bereits unterwegs ins Wohnzimmer. »Ach du Scheiße!«, hörte ich sie rufen. »Bea, komm schnell. Die zeigen deinen Auftritt als Herzogin.« Als ich Schloss Solitude auf dem Bildschirm erblickte, plumpste ich auf unser rotes Sofa. Im Zentrum des Bildes stand eine barocke Dame mit hellblauem Kleid, Lockenperücke und einem aufgeschlagenen Spitzenfächer in der Rechten. Auch wenn ich Schwierigkeiten hatte, mich in dieser Aufmachung zu erkennen, bestand kein Zweifel: Das war ich.

Eine männliche Stimme aus dem Off kommentierte. »Als die Leiche der jungen Frau auf dem Gelände entdeckt wurde, veranstaltete eine Stuttgarter Werbeagentur ein Event in einem Partyzelt vor dem Schloss.«

»Partyzelt«, wiederholte Jeannette und prustete los. »André bekommt einen Schlaganfall, wenn er hört, wie abfällig die Medien sein exklusives Ambiente bezeichnen.«

»Pst«, zischte ich und stellte den Ton lauter.

Der Sprecher fuhr fort. »Eine Mitarbeiterin der Agentur führte eine Gästegruppe durchs Schloss, dabei war sie als Adelige verkleidet.«

Die Kamera zoomte auf mich im Herzoginnenkostüm. Und dann bekam ich meine eigene Stimme zu hören. Die Härchen in meinem Nacken sträubten sich.

»Kleine Schlösser dieser Art dienten dem privaten Vergnügen abseits des förmlichen Hofzeremoniells«, drang ein Ausschnitt meines Vortrags aus dem Lautsprecher des Fernsehers. Obwohl ich mit dem Fächer vor meinem Dekolleté herumwedelte, war jedes Wort gut zu verstehen.

Klang ich bei meinen Führungen derart gestelzt? Meine Hände krallten sich ineinander, und ich begann zu schwitzen, weil ich fürchtete, gleich könnte im Fernsehen mein Name genannt werden. Hunderttausende Menschen würden erfahren, wer sich unter diesem lächerlichen Kostüm verbarg. Hoffentlich sah sich meine Mutter heute Abend eine andere Sendung an.

Der Bildausschnitt wurde kleiner und fror als Standbild hinter dem Moderator ein. Mit neutralem Blick sprach der Mann im Anzug weiter. »Die Kostümierung dieser Frau, die wir eben gezeigt haben, war fast identisch mit der Kleidung des acht Jahre jüngeren Opfers. Die Kriminalpolizei schließt zum jetzigen Zeitpunkt eine Verwechslung nicht aus, wie der Sprecher der Soko Schloss in einer ersten Pressekonferenz vor Ort verlautbaren ließ.«

»Eine Verwechslung? Was meint er damit?« Jeannette schien verwirrt. »Soll das heißen, eigentlich hätte nicht Pauline, sondern du …?« Vor dem entscheidenden Verb brach sie ihren Satz ab.

Für Jeannette war dieser alarmierende Gedanke neu, weil ich ihr bisher nichts von der Mutmaßung des Kommissars erzählt hatte. Für eine Erklärung war dies kein günstiger Zeitpunkt. Hinter dem Moderator blendete die Regie ein Foto von Pauline ein. Es war ein Passbild, und wie die meisten Passbilder war es wenig schmeichelhaft. Paulines große braune Augen wirkten künstlich aufgerissen. Ihre Lippen waren leicht aufeinandergepresst und gaben ihrer Mundpartie etwas Angespanntes. Das konnte ich gut nachvollziehen, schließlich hasste auch ich es, fotografiert zu werden. Paulines Haar war aus dem Gesicht frisiert, und sie trug keinen Pony. Das Foto musste älter sein.

Der Moderator sprach weiter. »Das Opfer war seit über einem Jahr als Kundenberaterin in der Werbeagentur tätig. Pauline Ulmer wird von ihren Kolleginnen und Kollegen als freundliche, lebensfrohe Frau beschrieben, die mit allen gut auskam. Noch gibt es keinen Anhaltspunkt, warum sie sterben musste, und auch keine Hinweise auf ihren Mörder oder ein mögliches Motiv. Unsere Mitarbeiterin Sigrid Hohner hatte Gelegenheit, kurz mit dem Inhaber der Werbeagentur Hohlbergs Reich zu sprechen.«

Als sich der Moderator zur Seite drehte, war er im Profil zu sehen. Statt Paulines Foto wurde eine Frau in weißer Bluse und Jeans eingeblendet. Sie wartete mit einem Mikrofon in der Hand vor der Freitreppe des Schlosses. Ihr schwarzer Kurzhaarschnitt bildete einen starken Kontrast zur Bluse, und ihr leuchtend roter Lippenstift machte daraus einen Dreiklang. Über ihr war ein Schirm mit dem Logo des Senders aufgespannt, der den Blick auf die Schlosstreppe größtenteils versperrte.

»Sigrid, wie ist die Lage vor Ort?«

»Nun, wie unsere Zuschauer am Bildschirm sicher erkennen können, regnet es auf der Solitude. Die Polizei hat den Fundort der Leiche mit einem provisorischen Zelt und Abdeckplanen gesichert, damit keine Spuren verwischt werden. Am frühen Abend hat die Soko diejenigen Personen befragt, die als Erste am Fundort waren.«

»Gibt es bereits Hinweise auf das Motiv?«, erkundigte sich der Moderator. »Hat sich der leitende Ermittler bei der Pressekonferenz dazu geäußert?«

Einen Teufel wird er getan haben, dachte ich. Die Kripo würde ihre ersten Anhaltspunkte bestimmt nicht im Fernsehen verkünden. Damit würde sie dem Täter wichtige Hinweise zum Stand der Ermittlungen liefern.

»Nein. Kommissar Gabriel hat sich dazu bisher bedeckt gehalten«, bestätigte die Reporterin meine Einschätzung. »Er hat die Öffentlichkeit darum gebeten, der Soko jegliches Bildmaterial, das Besucherinnen und Besucher der Solitude an diesem Tag aufgenommen haben, zur Auswertung zu überlassen.«

»Diese Bitte geben wir gern an unsere Zuschauer weiter«, übernahm der Moderator und wandte sich wieder frontal uns zu. »Falls Sie also heute das Schloss besucht haben oder bei einem Spaziergang auf dem Gelände Fotos gemacht oder ein Video aufgenommen haben, leiten Sie die Dateien bitte an die eingeblendete Adresse weiter.« Am unteren Bildrand wurden eine Telefonnummer und eine E-Mail-Adresse angezeigt.

Danach sprach der Moderator erneut mit der Außenreporterin. »Sigrid, wie hat der Agenturchef den Mord an seiner Mitarbeiterin aufgenommen?«

Als die Kamera den Bildausschnitt erweiterte und André neben der Reporterin ins Bild kam, stieß Jeannette einen dumpfen Laut aus. »Unser Häuptling im Fernsehen! Das glaube ich nicht.«

Wer André Hohlberg nicht kannte, hätte im Gesicht unseres Chefs nur Trauer und Besorgnis wahrgenommen. Ich registrierte jedoch sofort, wie er hinter der seriösen Fassade innerlich triumphierte. Ein Exklusivinterview im öffentlich-rechtlichen

Fernsehen, diese Chance bekam man als Werber extrem selten. Oder man musste sie sich für teures Geld erkaufen, was der geizige André nur im Notfall tat.

»Herr Hohlberg«, begann die Reporterin und drehte sich zu unserem Chef, der einen schwarzen Schirm über sich hielt. Erstaunlicherweise ohne das Logo seiner Werbeagentur. Bestimmt würde er unsere Grafiker gleich morgen damit beauftragen, Schirme mit dem Agenturnamen und seinem Logo bedrucken zu lassen, um für den nächsten Fernsehauftritt besser ausgerüstet zu sein.

»Mein Beileid zum schrecklichen Tod Ihrer Mitarbeiterin«, sagte die Reporterin. »Das muss ein Schock für Sie gewesen sein.«

Unser gewiefter Chef nutzte diese willkommene Vorlage sofort. Schließlich war es das Kerngeschäft seiner Werbeagentur, Emotionen zu erzeugen. Während er einen theatralischen Seufzer ausstieß, legte André die freie Hand auf seine Brust. »Sie können sich vorstellen, wie gelähmt ich und mein Team sind. Pauline war eine meiner wichtigsten Kräfte. Alle meine Kunden, zum Beispiel der Schokoladenhersteller Bäuerle, schätzten ihr Know-how als erfahrene Kundenberaterin. Für das Unternehmen Bäuerle entwickelt meine Agentur zurzeit eine neue Kampagne, die für Aufsehen in der Branche sorgen wird. Es geht darin um …«

»Der Idiot verwechselt das Interview mit einem Werbeblock.« Jeannette tippte sich an die Stirn. »Wie peinlich. Da muss man sich ja fremdschämen.«

Augenscheinlich sah die Reporterin das ähnlich. Sie zog André das Mikrofon unter der Nase weg und stellte die nächste Frage. »Die Polizei geht von Erdrosseln als Todesursache aus. Auch wenn das Opfer in Ihrer Agentur so beliebt war, wie Sie sagen, muss die junge Frau also Feinde gehabt haben. Haben Sie einen Verdacht, wer aus ihrem Umfeld zu einer solchen Gewalttat fähig wäre?«

André schüttelte den Kopf derart energisch, dass sich sein Schirm mit dem der Außenreporterin verhakte. Sigrid Hohner war souverän genug, die seltsam quietschenden Geräusche, die dabei entstanden, unkommentiert zu lassen und ihre professionelle Miene beizubehalten.

»*Mais non!*«, stieß André aus und wirkte zutiefst erschüttert. »Ich kenne niemanden, der dazu fähig wäre. Alle meine Mitarbeiter wurden von mir persönlich ausgewählt und sind absolut vertrauenswürdig. Seit meiner Befragung bin ich mit der Kriminalpolizei in direktem Kontakt und werde umgehend informiert, sobald erste Hinweise vorliegen.«

»Träum weiter, André«, knurrte Jeannette.

»Die Kriminaltechnik konnte am Fundort Abwehrspuren unter den Fingernägeln des Opfers sichern«, erklärte die Reporterin. Da von André Hohlberg weder etwas Sachdienliches noch etwas Skandalöses zu erwarten war, das die Einschaltquoten in die Höhe treiben würde, drehte sie sich zu den Zuschauern und ließ ihren Gesprächspartner im wahrsten Sinne des Wortes im Regen stehen. »Die Tote soll heute noch obduziert werden. Wenn die Ergebnisse vorliegen, werden wir Sie zeitnah informieren. Damit gebe ich zurück ins Studio.«

Neben dem Moderator wurde ein Foto der Umgebung des Fundorts unter dem Gehölz eingeblendet. Zwei Kriminaltechniker in weißen Anzügen knieten hinter dem Absperrband neben nummerierten Schildchen im Rasen. Da es inzwischen regnete, musste diese Aufnahme ein paar Stunden alt sein.

»Danke, Sigrid«, kommentierte der Moderator und übernahm nun selbst wieder die Berichterstattung. »Wie wir aus sicherer Quelle wissen, trug das Opfer vor seinem Verschwinden eine braune Perücke. Dieses auffällige Haarteil wurde bisher weder am Fundort der Leiche noch im angrenzenden Waldgebiet entdeckt.« Erst nach einer dramaturgisch geschickten Pause redete er weiter. »Hat der Mörder von Pauline Ulmer diese Perücke beim Transport der Leiche verloren? Oder hat er sie als eine Art Souvenir behalten?«, versuchte er sich in Küchenpsychologie. »Bei der Pressekonferenz erklärte der Polizeisprecher dazu, das Opfer sei mit an Sicherheit grenzender Wahrscheinlichkeit nicht am Fundort ermordet worden, sondern bereits tot gewesen, als die Leiche unter den Sträuchern deponiert wurde. Wir werden Sie dazu auf dem Laufenden halten. Und nun zum Sport.«

Jeannette griff nach der Fernbedienung und stellte den Ton ab. »Peinlich, wie unser Chef sich aufgeführt hat. Umso souveräner die Reaktion der Reporterin, ihm einfach das Mikro wegzunehmen. Wenn wir das in unseren langweiligen Agenturmeetings nur auch tun könnten ...« Sie lehnte sich im Sessel zurück. »Ich bin gespannt, ob wir erfahren, von wem die Abwehrspuren stammen. Wenn Pauline sich gewehrt hat, kann der Gerichtsmediziner sicher die DNA des Täters bestimmen.«

Ich wunderte mich, wie gut es Jeannette gelang, ihren Schmerz über den Tod unserer Freundin auszublenden.

»Vermutlich lässt uns die Kripo morgen, wenn sie in der Agentur auftaucht, Wattestäbchen lutschen«, fuhr sie fort. »Für DNA-Tests von allen, die beim Event dabei waren.«

Durch die Wohnung dröhnte der schrille Ton unserer Klingel. Jeannette und ich wechselten einen fragenden Blick. Diesmal war ich es, die ihre Gedanken las, genauer gesagt den einen dunklen Gedanken, der ihr durch den Kopf schoss: Dragan. Lauerte Paulines Ex-Freund vor unserer Tür?

FÜNF

Nach dem dritten Klingeln fasste ich mir endlich ein Herz. Geräuschlos schob ich mich hoch und machte eine Geste zu Jeannette, als würde ich einen Baseballschläger schwingen. Auf Zehenspitzen schlichen wir in den Flur, um den Besucher glauben zu lassen, es sei niemand zu Hause. Während Jeannette nach unserer hölzernen Waffe gegen unerwünschte Eindringlinge griff, tapste ich auf den Ballen zur Wohnungstür und schaute durch den Spion. Alles, was ich sah, war die Tür der Wohnung gegenüber, die Fußmatte mit dem Schriftzug »Willkommen«, auf der Herrenslipper standen, und der leere Flur. Verbarg sich unser Besucher außerhalb des Erfassungswinkels? Das würde ich nicht herausfinden, indem ich weiter nur durch den Spion starrte.

Ich legte die Sicherheitskette vor und öffnete die Holztür einen Zentimeter weit. Ein schweflig-erdiger Geruch nach Kohl erfüllte die Luft. Ähnlich streng roch es in dieser Jahreszeit fast überall auf den Fildern südlich der Landeshauptstadt. Wenn Erntezeit war, drängte bei Fahrten auf der A 8 sogar bei deaktivierter Lüftung der Kohlgeruch durch alle Ritzen des Fahrzeugs herein. Der Verursacher des Geruchs im Treppenhaus war unser Nachbar, der anscheinend ein neues Rezept ausprobierte.

Durch den winzigen Spalt konnte ich niemanden sehen. Um den Blickwinkel zu vergrößern, schob ich die Tür weiter auf und entdeckte neben der Fußmatte eine Gestalt in der Hocke. Es war eine Frau mit kurzen blonden Haaren. Sie trug Jeans und einen dunkelblauen Blazer. Erleichtert atmete ich auf. Unser Besucher war Gerit. Meine Stiefmutter hatte sich gebückt, um ihren Schnürsenkel zu binden. Das hätte ich mir denken können. Gerit hatte vorhin angekündigt, dass sie gleich vorbeikommen würde. Wegen des nervenaufreibenden Fernsehberichts hatte ich ihren Anruf völlig vergessen.

Zwei Minuten später saßen wir im Wohnzimmer. Jeannette hatte den Fernseher ausgeschaltet und Gerit und mir das große rote Sofa überlassen.

Gerit saß neben mir, zog mich tröstend an sich und streichelte mir über den Rücken.»Bea, wie geht es dir? Es muss furchtbar für dich gewesen sein, deine ermordete Freundin zu finden.«

»Bea hat Pauline nicht gefunden«, stellte Jeannette richtig.»Sondern eine Spaziergängerin, die Hagebutten sammeln wollte. Bea war nur als Erste aus unserem Team an der Stelle, an der Pauline … an der sie lag. Und sie war am dichtesten dran. Direkt neben dem Arzt, der Paulines Tod festgestellt hat.«

»Liebes, das tut mir so leid.« Gerit nahm ein Papiertaschentuch aus ihrer Blazertasche und tupfte die Tränen auf, die über meine Wangen tropften.»Dein Vater lässt dich von Herzen grüßen. Ich soll dir ausrichten, er sei in Gedanken bei dir. Peter ist auf der Rückfahrt von einem Kundentermin in München und hat mich sofort angerufen, nachdem André ihn informiert hatte. Er wollte später vorbeischauen. Das habe ich ihm ausgeredet. Du musst dich ausruhen, und ihr seht euch ja morgen früh sowieso in der Agentur.«

Weil André und Peter sich die Agenturkunden aufteilten, war mein Vater bei dem Event heute nicht dabei gewesen. Trotzdem tat es gut zu wissen, dass er an mich dachte.

»Wir haben befürchtet, dass Paulines Ex wieder vor der Tür steht«, sagte Jeannette zu Gerit.»Der war erst gestern Abend hier und hat sich mit ihr gestritten.«

Gerits Oberkörper versteifte sich. Sie löste den Arm von meinem Rücken. Ihr Blick glitt über den Couchtisch zu Jeannette, die im Schneidersitz auf dem alten Ledersofa hockte.

»Du redest von Dragan Marić?« In ihrer Stimme schwang ein lauernder Unterton mit. Nun sprach aus ihr nicht länger die mitfühlende Verwandte, sondern die Journalistin mit dem untrüglichen Instinkt für quotenträchtige Themen.

Bei der Erwähnung von Dragans Namen hob Jeannette die Augenbrauen.»Woher weißt du von ihm?«

»Web-Recherche«, erwiderte Gerit.»Ich habe mich daran erinnert, wie Bea erwähnt hat, eure neue Mitbewohnerin sei vor ihrem Rapper-Freund geflohen. Und wie bekannt er in der Stuttgarter Szene sei. Ein Kollege aus der Musikredaktion hat mir einen schnellen Überblick gegeben, und beim Googeln bin ich auf

StuggiD gestoßen. Auf seinen Social-Media-Kanälen taucht der Name Pauline auf. Dragan hat auch ein Foto von ihr gepostet.«
»Ein neues? Ich meine, eines von heute?«, fasste ich sofort nach. Vor meinem inneren Auge sah ich Paulines Körper im Gras liegen.
»Nein, es ist kein Tatort-Foto, falls du das meinst.« Gerit rutschte auf die vordere Kante des Sofas. »Vielmehr ein Schnappschuss der beiden vor einem Stuttgarter Club, in dem der Rapper im August aufgetreten ist.«
»Ob er überhaupt weiß, was seiner Ex-Freundin zugestoßen ist?«, überlegte Jeannette laut. »Vielleicht hat er es eben aus den Nachrichten erfahren.« Sie deutete zum Fernseher.
»Wohl eher von TikTok oder X«, erwiderte Gerit. »Die meisten jungen Leute informieren sich über Social Media statt durchs Fernsehen oder die Zeitungslektüre.« Sie seufzte in sich hinein. Auch ihr Arbeitgeber litt unter schwindenden Abonnentenzahlen und marginalen Klicks. Was meiner Ansicht nach auch daran lag, dass fast alle Artikel nur hinter einer Bezahlschranke angeboten wurden und daher keine neuen Leser anlocken konnten. Diese zweifelhafte Strategie von Verlags- und Medienhäusern war ein häufiges Thema am Esstisch, wenn ich bei Gerit und meinem Vater eingeladen war.
»Hoffentlich kreuzt Dragan nicht hier auf, um uns auszuquetschen.« Jeannette fixierte mich durch schmale Lider. »Unsere Herzogin Franziska ist in der Berichterstattung ja kaum zu übersehen.«
Bei ihrem vorwurfsvollen Ton bekam ich ein schlechtes Gewissen, obwohl die vielen Fotos und Videos gegen meinen Willen durch die Medien geisterten. »Dragan weiß doch gar nicht, dass ich in diesem Kostüm stecke.«
Jeannette wartete ab, bis bei mir der Groschen fiel.
»Außer Pauline hat ihm davon berichtet.«
»Dafür spricht einiges.« Jeannette nickte mehrmals. »Unter anderem, weil sie fast das gleiche Kostüm wie du getragen hat. Das hat sie Dragan sicher erzählt. Die beiden waren erst zwei Wochen getrennt, und die Planung für das Solitude-Event läuft seit Monaten.«

»Stimmt. Außerdem wurde Andrés Agentur in den Nachrichten erwähnt.«

»Besonders vom Inhaber selbst.« Jeannette verzog bei der Erinnerung an Andrés geschmacklose Werbeaktion das Gesicht. Mir fiel auf, wie still Gerit geworden war. »Woran denkst du?«, wandte ich mich an sie.

Stumm sah Gerit zwischen mir und Jeannette hin und her. Sie wusste mehr, als sie uns bisher erzählt hatte, das las ich aus ihrem Blick.

»Gerit, spuck es aus!«, sagte Jeannette. »Pauline war unsere Kollegin und unsere Freundin. Also, was hast du herausgefunden?«

Gerit strich sich durch die blonden Haare. »Bei meiner Recherche bin ich auf etwas gestoßen. Es betrifft ihren Freund.«

»Lass mich raten«, warf Jeannette ein. »Dragan hat Dreck am Stecken?«

»So könnte man es ausdrücken.« Gerit überlegte kurz. »Wisst ihr, ob dieser Dragan Pauline gegenüber jemals handgreiflich geworden ist?«

»Du meinst, ob er sie geschlagen oder verprügelt hat?« Jeannette wirkte wie elektrisiert. »Gestern Abend sind die beiden im Treppenhaus aneinandergeraten und haben sich einen kleinen Ringkampf geliefert. Dabei hat er ihr eine Ohrfeige verpasst.«

»Worauf sie ihm die Fingernägel über die Wange gezogen hat«, ergänzte ich.

»Gestern Abend?« Gerit stieß einen erstaunten Laut aus. »War dies das erste Mal? Oder hat er sie schon öfter angegriffen?«

»Keine Ahnung.« Jeannette warf mir einen fragenden Blick zu. »Bea, hat sie dir gegenüber jemals was erwähnt?«

Entschieden schüttelte ich den Kopf. »Nein, niemals.« Dann fiel mir etwas ein. »Aber vor ein paar Wochen kam sie mit einem blauen Auge zur Arbeit. Erinnerst du dich, Jeannette? Mir hat sie damals gesagt, sie sei gegen eine Schranktür gelaufen.«

Jeannette richtete sich auf. »Ja! Das stimmt. Als ich sie darauf angesprochen habe, ist sie ausgewichen und meinte, sie sei gegen das Brett vor ihrem Kopf geprallt.« Sie lachte tonlos. »Wir haben beide gekichert. Später hat sie einen neuen Concealer erwähnt, der sogar Tattoos abdeckt. Ehrlich gesagt, habe ich das völlig vergessen.«

Gerit hatte unseren Wortwechsel schweigend verfolgt. »Ein blaues Auge also«, wiederholte sie, als würde dies ihre Vermutung bestätigen. »Versteht mich richtig, ich behaupte nicht, dieser Dragan sei der Verursacher gewesen. Doch es wäre denkbar. Bei meiner Recherche habe ich nämlich herausgefunden, dass er vor ein paar Jahren wegen Körperverletzung angezeigt wurde.«

»Körperverletzung?« Ein dicker Kloß verstopfte meinen Hals.

»Ja. Das liegt fast drei Jahre zurück. Es muss in einer früheren Beziehung gewesen sein«, erklärte Gerit.

»Demnach war es seine damalige Freundin, die ihn angezeigt hat?«, vergewisserte sich Jeannette.

Gerit nickte. »Laut Medienberichten hat er sie geschlagen und ihr die Nase gebrochen. Das Mädchen war deswegen sogar im Katharinenhospital.«

SECHS

Was Gerit über Paulines Ex-Freund herausgefunden hatte, schockierte mich. Wie sehr, das merkte ich erst in der Nacht. Stundenlang wälzte ich mich im Bett hin und her, weil ich entweder wach lag oder mein Unterbewusstsein einen Horrorfilm nach dem anderen in meinem Kopf abspielte. Bullige Gestalten mit Ketten um die tätowierten Hälse umringten mich mit ihren zähnefletschenden Kampfhunden. Vom Himmel flatterten überdimensionierte Geldscheine und Luxusuhren. In einer dieser Traumsequenzen blickte ich unvermittelt in den dunklen Lauf einer großkalibrigen Pistole, deren Öffnung ähnlich riesig wie das Eingangsportal des Schwabtunnels gleich um die Ecke unseres Hauses war. Als lauerte darin ein starkes Magnetfeld, wurde ich von dem schwarzen Loch angezogen. Ich strampelte verzweifelt mit den Beinen und klammerte mich an die Mündung, bis meine Finger zu brechen drohten. Vergeblich. Ich musste loslassen und verschwand in einem dunklen Nichts. Ohrenbetäubendes Getöse flutete mir entgegen und ließ meinen ganzen Körper vibrieren.

Plötzlich schreckte ich auf. Wo war ich? Es standen keine Rapper um mein Bett, durch die Vorhänge drang der Lichtschein der Straßenlaternen und aus den Wohnungen gegenüber herein. Ich befand mich in keinem schwarzen Loch, sondern zu Hause im Bett. Da! Wieder hörte ich dieses laute Geräusch. Das war die Klingel, ging mir auf. Ich verkroch mich unter der Bettdecke, weil ich von Überraschungsbesuchen die Nase voll hatte. Aber das nervende Klingeln hörte nicht auf. Mit vom Schlaf verklebten Augen schaute ich zum Wecker. Sechs Uhr dreißig. Auf einmal waren dumpfe Schritte und Männerstimmen aus dem Treppenhaus zu hören. Was war dort draußen los? Bitte nicht Dragan, flehte ich innerlich und sprang aus dem Bett.

»Öffnen Sie die Tür!«, drang eine Männerstimme vom Hausflur herein. »Hier ist die Polizei.«

Die Polizei? Nun ja, besser als eine Horde Rapper. Mit nackten Füßen tapste ich zur Wohnungstür und linste durch den Spion. Im Flur stand ein ganzer Trupp entschlossen aussehender Männer. Den vordersten erkannte ich an seinem Schnauzbart. Dieser Mann war gestern auch auf der Solitude gewesen. Nachdem ich die Sicherheitskette gelöst hatte, drehte ich den Schlüssel zweimal im Schloss herum und öffnete die Tür. Ein kalter Luftzug wehte herein und ließ mich im Baumwollnachthemd frösteln.

»Frau Pelzer?« Der Polizist hielt einen blauen Dienstausweis hoch. Auf dem scheckkartengroßen Dokument war das Logo von Baden-Württemberg im Polizeistern zu sehen. »Mein Name ist Klaus Henzler. Haben wir Sie geweckt?«, sagte er mit Blick auf mein Nachthemd. »Wir müssen das Zimmer von Pauline Ulmer durchsuchen.«

Ich ließ die Polizisten herein und zeigte ihnen, wo Pauline gewohnt hatte. Dann ging ich in mein Zimmer, schlüpfte in die Hausschuhe und zog den Bademantel über. Als Nächstes klopfte ich an Jeannettes Tür. Keine Reaktion. Vielleicht hatte sie eine Schlaftablette genommen. Als ich mich umdrehte, stand die Tür zu Paulines Raum bereits offen. Es war das erste Mal seit ihrem Tod.

Stockend trat ich näher. Ein Kripobeamter beugte sich über eine Schublade der Kommode und durchwühlte deren Inhalt. Klaus Henzler tastete in den Fächern des Kleiderschranks zwischen Paulines Pullis und ihrer Unterwäsche herum.

Das war alles, was von ihr geblieben war. Ein paar Kleidungsstücke, Schuhe, einige Romane, die sie mitgebracht hatte. Ein schwarzhaariger Mann nahm ihren Laptop vom Schreibtisch und schob ihn in eine durchsichtige Plastikhülle. Die Männer schienen ein eingespieltes Team zu sein. Während der Durchsuchungsaktion wechselten sie nur wenige Sätze, als wüsste jeder ganz genau, was er zu tun hatte.

Klaus Henzler war mit dem Schrank fertig und sah sich im Raum um. »Hat Frau Ulmer noch ein anderes Zimmer bewohnt?«

»Nein. Sie war erst gute vierzehn Tage hier«, erklärte ich

und schnürte den Bademantel enger um meine Taille. »Als sie einzog, hat sie nur zwei Taschen von zu Hause mitgebracht.«

»Zu Hause?«

»Sie wohnte vorher bei ihrem Freund in Zuffenhausen.«

»Wie lautet sein Name?«

Kurz schilderte ich die Umstände, unter denen Pauline in unsere WG gekommen war, und nannte ihm Dragans Namen. Gleichzeitig wunderte ich mich, dass die Polizisten noch nichts von Paulines Trennung wussten. Der Kommunikationsfluss bei der Kripo schien ähnlich gestört wie in Hohlbergs Reich. In dieser sogenannten Kommunikationsagentur kam ich oft nur durch Zufall an Informationen, die ich für meine Arbeit dringend benötigte.

»Klaus, schau mal«, sagte der Mann, der den Schreibtisch durchsucht hatte. Er hielt ein pfirsichfarbenes Notizbuch hoch. »Ihr Tagebuch.«

Fast wäre ich meinem ersten Impuls gefolgt und hätte protestiert, als der Mann Paulines Tagebuch in die Plastikhülle zu dem Laptop schob. Bei der Vorstellung, völlig fremde Menschen – und noch dazu Männer – würden Paulines intimste Gedanken erfahren, Gedanken, die noch nicht einmal ich oder Jeannette kannten, zog sich mein Magen zusammen. Nach einem gewaltsamen Tod war man offenkundig nur noch eine Nummer. Oder ein Fall, den es zu lösen galt.

Henzler schien mir meine Empörung anzusehen. »Frau Pelzer, ich kann mir vorstellen, wie schmerzhaft das für Sie ist.« Er machte eine unbestimmte Geste zum Kleiderschrank und zum Schreibtisch. »Möglicherweise finden wir hier wichtige Hinweise auf den Täter oder eine Spur, die uns bei den Ermittlungen weiterhilft.«

Was blieb mir anderes übrig, als zu nicken?

»Sie erhalten eine Quittung über die Gegenstände, die wir mitnehmen. Falls meine Kollegen oder ich etwas beschädigt haben sollten, melden Sie sich.« Erneut sah er sich im Raum um. »Wissen Sie, wo das Handy Ihrer Freundin ist? Wir haben es nirgends gefunden.«

»Nein. Ich vermute, es ist in ihrer Handtasche. Die habe ich gestern auf dem Parkplatz vor der Akademie Schloss Solitude einem Streifenbeamten übergeben. Pauline hatte ihre Tasche und ihre Alltagskleidung während der Veranstaltung in meinem Auto deponiert. Sie war ja wie ich im Kostüm unterwegs. Kommissar Gabriel weiß Bescheid.« Innerhalb von Sekunden waren die Männer verschwunden. Ich trottete in die Küche und setzte Teewasser auf. Von der Reinsburgstraße drang Motorenbrummen herein, ein stetiger Begleiter in den Straßenschluchten der Innenstadtviertel. Die Küchenuhr zeigte kurz nach sieben. Spätestens um neun musste ich in der Agentur sein. Eine halbe Stunde Schlaf hätte ich nachholen können, wollte aber keinen weiteren Alptraum riskieren.

Als ich am Küchentisch saß, die Hände um eine Tasse Kamillentee gelegt, tauchte endlich Jeannette auf. Gähnend kam sie in die Küche. Im Gehen zog sie gelbe Weichgummistöpsel aus ihren Ohren und stopfte sie in die Tasche ihres rot-weiß karierten Schlafanzugs.

»Diese Schlaftabletten sind jeden Euro wert. Mein Kopf wollte keine Ruhe geben, also habe ich gleich eine doppelte Portion davon genommen.« Sie schnupperte an meiner Tasse und runzelte die Stirn. »Seit wann trinkst du Kamillentee? Der duftet gefährlich gesund.«

»Die Kräuter beruhigen meinen Magen. Ich habe mich gewundert, wie du bei dem Lärm ausschlafen kannst.«

»Lärm? Welcher Lärm?« Sie gähnte erneut und nahm die Dose mit Kaffeepulver vom Regal.

»Die Kripo war da.« Ich schilderte Jeannette die Durchsuchungsaktion, die sie verpasst hatte.

Mit jedem Wort wurde meine Freundin blasser. »Mensch, Bea. Die Sache mit Pauline habe ich total vergessen, ist das zu glauben?« Sie sackte auf ihren Stuhl. »Das muss an den Chemikalien liegen, die ich eingeworfen habe. Vielleicht trinke ich ausnahmsweise auch Kamillentee. Als beruhigende Maßnahme im Voraus gewissermaßen. Wer weiß, mit was für schockierenden Neuigkeiten die Mordkommission nachher in der Agentur auftaucht. Vielleicht hat Kommissar Gabriel bereits einen Verdächtigen im Visier, von dem die Abwehrspuren unter Paulines Fingernägeln stammen.«

Gegen halb neun machten Jeannette und ich uns auf den Weg in die Agentur. Da meine Freundin heute keine Kundentermine außer Haus hatte, ließ sie ihren Golf stehen und fuhr bei mir im Corsa mit. Während unseres kargen Frühstücks, das aus Kamillentee und Haferflocken mit Milch und Banane bestanden hatte, hatte André per Whatsapp eine Krisensitzung um neun angekündigt. Alle, die gestern bei der Veranstaltung auf der Solitude dabei gewesen waren, sollten daran teilnehmen. Wie ernst es ihm damit war, unterstrich er mit einer ganzen Zeile voller Ausrufezeichen.

Mein Auto stand weiter oben in der Reinsburgstraße. Als ich auf die Schwabstraße abbog, bremste ich nach ein paar Metern unwillkürlich, obwohl die Straße leicht anstieg. Vor mir gähnte die Portalöffnung des Schwabtunnels. Genau so hatte ich sie in meinem Traum gesehen. Nur zu gut erinnerte ich mich, wie dunkle Kräfte mich in den Schlund hineingezogen und verschlungen hatten. So gesehen war ich den Polizisten fast dankbar. Ihre Durchsuchungsaktion hatte mich davor bewahrt, das böse Ende des Alptraums durchleiden zu müssen. Hinter mir hupte jemand. Ein weiterer Fahrer stimmte mit ein.

»Bea, wieso bremst du ab?«, wollte Jeannette vom Beifahrersitz aus wissen. »Hast du dir eine Klaustrophobie zugelegt?«

Statt einer Antwort gab ich Gas. Wir näherten uns dem Sandsteinportal des Schwabtunnels, das von einem grimmigen Löwenkopf auf dem Schlussstein des Rundbogens bewacht wurde. Schon öfter hatte ich darüber spekuliert, warum das Gesicht dieses Löwen erstaunlich menschliche Züge zeigte. Ob der Erbauer, ein gewisser Stadtbaurat Carl Kölle, in der Skulptur sich selbst oder einen seiner Zeitgenossen hatte verewigen lassen? Bekannter als Kölle war der Namensgeber des Schwabtunnels. Es handelte sich um Gustav Schwab, einen Stuttgarter Pfarrer und Dichter, der die »Sagen des klassischen Altertums« herausgegeben und in drei Bänden die antiken Mythen nacherzählt hatte. Im 19. Jahrhundert hatte sich Schwabs Werk zum populären Klassiker der Kinder- und Jugendbuchliteratur entwickelt. Das wusste ich, weil mich André vor ein paar Monaten damit beauftragt hatte, eine Führungstour durch den Stuttgarter Westen zu entwickeln, die einen starken Bezug zur Autogeschichte Stuttgarts haben sollte. Wie fast alles, was André tat, war auch dieser Wunsch von purem Gewinnstreben geleitet. Damals hatte mein Chef versucht, einen weltweit bekannten Automobilkonzern als Premiumkunden zu gewinnen. Was ihm misslungen war, weil die Werbeagentur Silber und damit sein Erzfeind Theo Silber ihm den Prestigejob vor der Nase weggeschnappt hatte. Aus diesem Grund hatte meine Führung bedauerlicherweise bisher nur auf dem Papier stattgefunden. Bedauerlich war das für mich vor allem deshalb, weil ich im hektischen Agenturalltag nie die nötige Ruhe für die Recherche gefunden hatte und daher einige Abende und zwei Wochenenden dafür opfern musste. Unbezahlte Überstunden, versteht sich.

Den Schwabtunnel hatte ich weniger wegen seines Namensgebers in meine Tour aufgenommen, sondern vielmehr weil er untrennbar mit der Geschichte des Automobils verbunden war. Im Jahr 1900 war genau durch diesen Tunnel weltweit das erste Mal ein Auto gefahren. Ein historischer Paukenschlag in der an Rekorden und Kuriositäten ohnehin reichen Geschichte Stuttgarts als Autostadt. Das Highlight bildete dabei unbestritten die Erfindung des Automobils durch Gottfried Daimler und Carl Benz. Ironischerweise war dieses Produkt derart erfolgreich, dass es sich buchstäblich selbst im Weg stand. Aufgrund der stetig wachsenden Anzahl von Fahrzeugen auf den Straßen war das Auto oft das Gegenteil von mobil, nämlich immobil. Wenn man wegen hohen Verkehrsaufkommens im Stau stand, wurde aus dem Fahrzeug im Handumdrehen ein Stehzeug.

Wir fuhren unter dem Massiv des Hasenbergs hindurch nach Heslach, also gewissermaßen von Stuttgart-West nach Stuttgart-Süd. Um diese Verbindung zu schaffen, war der Schwabtunnel erbaut worden. Damals hatte freilich noch niemand geahnt, welch wertvolle Dienste der durch den Hügel bestens gesicherte Tunnel während der Bombardierungen am Ende des Zweiten Weltkriegs als Schutzraum leisten sollte.

Als wir auf der anderen Seite wieder ans Tageslicht kamen und in die Schickhardtstraße einbogen, wiederholte Jeannette ihre Frage. »Bea, hast du dir eine Klaustrophobie zugelegt? Oder hast du gebremst, weil du Andrés Krisensitzung schwänzen willst?«

Ihr Instinkt war meist untrüglich. Dieses Mal lag sie daneben. »Die Krisensitzung zu verpassen klingt verlockend. Aber: nein. Heute Nacht hatte ich einen Alptraum, in dem der Schwabtunnel vorkam. Daher habe ich gezögert.«

Jeannette lachte heraus. »Du träumst allen Ernstes vom Schwabtunnel? Meine Liebe, du bist ziemlich auf den Hund gekommen, wenn langweilige Bauwerke anstelle von sexy Männern durch deine Träume geistern. Wird höchste Zeit, dich wieder mit Georg zu verabreden, Bea. Deinen Banker habe ich gestern auf der Solitude gesehen. Er war wegen dir dort, darauf verwette ich mein Septembergehalt.«

»Georg ist nicht *mein* Banker. Außerdem weißt du genau, dass ich meine Führung für Mitarbeiter der Stuttgart Bank konzipiert habe, und er arbeitet nun mal für dieses Institut. Auch wenn er bei meiner Führung nicht dabei war.« Selbst in meinen Ohren klang das nach zu vielen Wörtern. Als redete ich um den heißen Brei herum. Meine ablehnende Antwort war eine automatische Reaktion auf Jeannettes Stichelei, die sie pflegte wie ein Hobby. In Wirklichkeit hatte ich selbst darüber nachgedacht, mich bei Georg zu melden. Ich vermisste seine ruhige Art. Während unserer Beziehung war er ein Gegenpol zu meiner Unstetigkeit und zu dem chaotischen Arbeitsalltag in Hohlbergs Reich gewesen.

»Das hört sich an, als hättest du endgültig mit ihm abgeschlossen«, kommentierte Jeannette. »Bloß weil er es gewagt hat, dir einen Heiratsantrag zu machen. Überleg dir das gut, Bea. Ein solider Mann würde dir guttun und deinem Leben Stabilität geben.«

»Du klingst wie meine Mutter. Hast du dich mit Marlene verbündet?«

Jeannette sparte sich eine Antwort. Sie würde niemals gemeinsame Sache mit meiner Mutter machen, die weder an meinem Beruf noch an meinem Lebensstil oder an meinen Männerbekanntschaften jemals Gefallen gefunden hatte. Zumindest bis Georg Bergmann aufgetaucht war. Er war die ideale Verkörperung ihres Wunsch-Schwiegersohns. Glücklicherweise hatte ich dabei ein Wörtchen mitzureden. Unwillkürlich gab ich Gas und schoss auf den Lieferwagen vor uns zu. »Bea, alles gut.« Jeannette wich im Sitz zurück. »Ich hab's nicht so gemeint. Du kannst dich vergnügen, mit wem du möchtest. Riskier deswegen bitte keinen Auffahrunfall.«

Bevor wir auf die Heckklappe des Lieferwagens knallten, trat ich das Bremspedal durch und wurde in den Sicherheitsgurt geschleudert, der sich in meine Brust schnitt. Mir fiel der Schriftzug auf dem Kastenwagen ins Auge. Es handelte sich um das alte Logo des Schokoladenherstellers Bäuerle, für den Hohlbergs Reich eine Kampagne inklusive neuem Erscheinungsbild entwickelte.

»Das kann kein Zufall sein.« Jeannette hatte das Logo ebenfalls bemerkt. »Eher ein Wink des Universums. In dem Moment, in dem wir über Beziehungen sprechen, taucht ein Bäuerle-Logo auf. Vielleicht sollten wir die Kripo darüber informieren.« Ihre Finger trommelten auf das Armaturenbrett. »Nicht über diesen Lieferwagen, sondern darüber, wie scharf Martin Bäuerle bei dem Event gestern auf Paulines Gesellschaft war. Du hast das doch auch bemerkt, oder?«

Wir ließen den Marienplatz hinter uns und folgten der Filderstraße. Links kam die Markuskirche in unser Blickfeld, ein prachtvoller Jugendstilbau, der zu den Lieblingsstationen meiner Führungen durch den Stuttgarter Süden gehörte. Bei ihrer Einweihung im Jahr 1908 war sogar König Wilhelm II. dabei gewesen, der letzte Monarch des Königreichs Württemberg.

»Auch das ist kein Zufall, oder?« Jeannette wies zu der Hallenkirche, auf deren First die Steinfigur eines Löwen balancierte. Worauf sie anspielte, war mir klar. In einem der alten Bürgerhäuser neben der Kirche lag Teddys Wohnung. Eine Zeit lang hatte auch ich dort gelebt. Bis wir uns zum hundertsten Mal in unserer On-off-Beziehung getrennt hatten. In diesem Frühjahr hatte ich einen Rückfall auf Teddys Sofa erlitten. Dummerweise war er Jeannette nicht verborgen geblieben, und das rieb sie mir häufig unter die Nase.

»Kaum sprechen wir über Martin Bäuerle und Pauline«, fuhr Jeannette mit ihrer Schicksalsdeuterei fort, »kommen wir an einem Friedhof vorbei.«

Sie zeigte zu dem weitläufigen baumbestandenen Fangelsbachfriedhof, der hinter der Markuskirche begann und für Vögel, Eichhörnchen und Bewohner der umliegenden Stadtviertel eine beliebte grüne Oase war.

Zuerst war ich erleichtert, weil sie ausnahmsweise nicht meine wechselvolle Liebesgeschichte mit Teddy im Sinn gehabt hatte. Dann stutzte ich. »Was willst du damit sagen, Jeannette? Meinst du, der Schokoladenfabrikant ist in ihren Tod verwickelt?«

»Ich meine gar nichts«, gab sie zurück, hob aber bedeutungsvoll die Augenbrauen.

Ohne zu blinken, bog ich rechts in die Immenhofer Straße ein. Sie führte steil bergauf, und der Corsa verlor sofort an Tempo. Ich schaltete runter in den zweiten Gang.

»Der gute Martin war gestern auch auf der Solitude«, orakelte Jeannette weiter. »Vielleicht hat er ein süßes Geheimnis, von dem wir nichts wissen.«

Ich wusste nicht, worauf sie anspielte. »Äh, meinst du Schokolade?«

Wir näherten uns der Villa in der Neuen Weinsteige, in der sich Hohlbergs Reich befand. Neben Teddys weißem Alfa Romeo war ein Parkplatz frei. Teddy wohnte zwar gleich ums Eck, besaß aber keinen eigenen Parkplatz. Daher nutzte er den Stellplatz vor der Agentur als Dauerparker, was André oft in Rage brachte. Ich schaltete den Motor ab und sah zu Jeannette hinüber.

»Was soll das sein, dieses süße Geheimnis?« Als unmittelbar Betroffene wusste ich, wie viel Freude Jeannette an Spekulationen über das Liebesleben anderer Leute hatte. Wusste sie mehr über Pauline als ich?

Jeannette öffnete die Tür und stieg aus. »Wir müssen uns beeilen. Es ist kurz vor neun. Wenn wir zu spät kommen, flippt

André garantiert aus und brummt uns Extraschichten auf.« Mit Riesenschritten eilte sie auf die Jugendstilvilla zu. Das süße Geheimnis würde bis nach der Krisensitzung warten müssen.

André Hohlbergs Werbeagentur residierte im obersten Stock der stattlichen Villa am Hang. Von den Fensterfronten an vier Seiten bot sie einen erstklassigen Blick auf den Talkessel und die malerischen Hügel der Landeshauptstadt. Mit ihrer noblen Architektur, den Säulen mit verzierten Kapitellen und den klassizistischen Dreiecksgiebeln war die Villa aus rotem Sandstein ein Prachtstück aus der Epoche des Historismus, was André jedem Besucher voller Stolz verkündete, als hätte er sie selbst entworfen. Rings um die Villa erstreckte sich ein parkähnlicher Garten mit altem Baumbestand und Rosenstöcken, der vom Hausmeister liebevoll gepflegt wurde. Zur B 27 hin waren noch die Weinbergterrassen früherer Zeiten zu erkennen, als überall Rebstöcke wuchsen und Stuttgart in erster Linie eine Weingemeinde war.

Jeannette und ich gingen durch das herrschaftliche Treppenhaus hinauf in die Agentur. Dort wurden wir ausnahmsweise nicht von hämmernden Bässen aus dem Grafikatelier begrüßt. Die drei Designer ließen sich von peitschenden Metal-Rhythmen inspirieren wie andere Menschen von Koffein oder unerlaubten Aufputschmitteln. In der schwarzen Vase auf der Empfangstheke stand ein riesiger Strauß aus weißen Lilien. Der schwere, süßliche Geruch dieser typischen Trauerblumen wurde überlagert vom aromatischen Duft frisch gemahlenen Kaffees. Auf dem Weg in das winzige Büro auf der Rückseite der Villa, das Jeannette und ich uns teilten, kam mein Vater Peter Herzog uns auf dem Flur entgegen. Wie alle Werber trug auch er bei der Arbeit fast ausnahmslos Schwarz. Heute musste ich beim Anblick seines dunklen Anzugs an unsere ermordete Kollegin denken.

Mein Vater umarmte mich liebevoll. »Bea, wie geht es dir?«

In den Duft seines vertrauten Rasierwassers eingehüllt, hätte ich mich am liebsten in ein kleines Mädchen verwandelt und in seinen Armen genauso hemmungslos geheult wie früher. Bis zur Trennung meiner Eltern und zu dem danach folgenden Scheidungskrieg vor gut zwanzig Jahren hatte sein Trost in jeder Situation geholfen. Egal, ob ich mir beim Fahrradfahren die Knie aufgeschlagen hatte oder von meiner Mutter wegen einer schlechten Schulnote ausgeschimpft worden war. Leider war ich nun erwachsen und würde überdies gleich in Andrés Krisensitzung meine Frau stehen müssen. Dort wollte ich nicht mit verheulten Augen erscheinen.

Jeannette ließ uns allein und ging weiter ins Büro. Widerstrebend löste ich mich von Peter. »Die Kripo war heute früh bei uns und hat ihr Zimmer und ihre persönlichen Sachen durchsucht. Die Vorstellung, dass sie nie mehr zurückkommt, weder in die Agentur noch in die WG, ist schwer zu ertragen.« Hatte ich Paulines Namen absichtlich vermieden?

Vater sah mir in die Augen. »Bea, das geht uns allen so. Du bist mit deinen Gefühlen nicht allein, glaub mir. Pauline war eine begnadete Kundenberaterin, die wir sehr vermissen werden, auch unsere Kundschaft. Wir alle haben gern mit ihr zusammengearbeitet. André fährt am Mittag zu ihren Eltern, um ihnen stellvertretend für die gesamte Agentur unser Beileid auszusprechen.«

An Paulines Eltern hatte ich noch keinen Gedanken verschwendet. Für sie musste der Tod ihrer Tochter eine unvorstellbare Tragödie sein. In allen Medien waren heute Fotos ihres ermordeten Kindes zu sehen. Wie sollten sie dieser Bilderflut ausweichen?

»Wir können nur hoffen, dass die Kripo ihren Mörder bald findet«, sagte mein Vater. »Wenn du eine Weile bei uns auf dem Killesberg wohnen möchtest, Bea, bist du herzlich willkommen. Gerit und ich sind immer für dich da, das weißt du hoffentlich.« Die beiden hatten sich auf dem Killesberg ein Haus gekauft, in dem ich am Wochenende oft zu Gast war.

»Das ist nett von dir, aber Jeannette wäre dann allein in der WG.«

»Unser Angebot gilt selbstverständlich auch für Jeannette. Bea, hat sich deine Mutter bei dir gemeldet? Falls nicht, stell dich darauf ein, dass sie es eher früher als später tun wird.« Er räusperte sich und machte auf mich den Eindruck, als suchte er nach den richtigen Worten. »Du kannst dir vorstellen, wie sich die Zeitungen und die Sozialen Medien auf den Todesfall stürzen. Leider muss ich dir sagen, dass ich heute mehrfach Fotos von dir in deinem Herzoginnenkostüm gesehen habe. Ich weiß, wie sehr dir diese unfreiwillige Publicity zuwider ist.«

Obwohl ich innerlich darauf vorbereitet war, ballten sich meine Fäuste wie von selbst. »Gestern Abend war ich als Herzogin bereits Thema in den Fernsehnachrichten. Wieso, ist mir ein Rätsel. In diesem Drama spiele ich höchstens eine Nebenrolle.«

Peter neigte den Kopf zur Seite. »In deinem Kostüm und mit der Perücke bist du ein auflagensteigernder Eyecatcher. Du kennst die Macht solcher Bilder, wenn es um Klicks und Verkaufszahlen geht. Mach dich darauf gefasst, dich auf vielen Titelblättern wiederzufinden.«

»Bea!« Das war Jeannettes Stimme. Als ich an meinem Vater vorbeiblickte, entdeckte ich meine Freundin vor dem Besprechungszimmer. Sie winkte mir. »Kommst du? André will mit seinem Meeting starten.« Ihre Worte klangen neutral, ihr Gesichtsausdruck sprach eine andere Sprache. Ihre Botschaft war: Alarmstufe rot. Unser Chef hasste es, wenn er auf sein Fußvolk warten musste.

Mein Vater berührte mich am Arm. »Wir sprechen später miteinander, Bea. Ich habe gleich eine Besprechung per Zoom und bin bei Andrés Meeting nicht dabei. Den nächsten Kundentermin habe ich erst heute Nachmittag. Wenn du mich brauchst, ich bin in meinem Büro.«

Im Besprechungsraum saßen die Kolleginnen und Kollegen, die bei dem Event gestern auf der Solitude dabei gewesen waren, bereits auf ihren Plätzen. Auf dem Glastisch zwischen ihnen häuften sich Tageszeitungen aus der Stadt und der Region sowie Ausdrucke der Kampagnen, an denen wir derzeit arbeiteten.

Vor dem schwarzen Chromschwinger an der Schmalseite hatte sich André postiert. Er trug einen Anzug mit extra aufgepolsterten Schultern. Vor ihm lag sein Tablet. Der Agenturchef peilte mich an. Am liebsten hätte ich mich umgedreht und die Flucht ergriffen. Stattdessen richtete ich mich auf und ging zu meinem Platz neben Jeannette. Paulines Stuhl war leer. Während ich mich setzte, fing ich einen intensiven Blick aus Teddys dunkelblauen Augen auf. Für eine Sekunde zuckte sein linker Mundwinkel, und das kommaförmige Grübchen schickte einen geheimen Gruß.

Neben Teddy saß Jake. Auch vor dem jungen Influencer befand sich ein Tablet, außerdem drei Smartphones. Jake hatte die Ellbogen auf die Glasplatte des Tisches gestützt und sah von mir zu Teddy und wieder zurück. Ich verstand sofort. Jemand hatte ihn in unsere gemeinsame Vergangenheit eingeweiht.

»Wie ihr alle wisst, haben wir gestern eine wertvolle Mitarbeiterin verloren«, eröffnete André die Krisensitzung. Andächtig faltete er die Hände, als wollte er gleich das Vaterunser anstimmen. »Pauline arbeitete seit dem vergangenen Jahr bei uns, und ich übertreibe wohl nicht, wenn ich sage, dass sie uns allen in dieser kurzen Zeit sehr ans Herz gewachsen ist.«

Das klang erstaunlich menschlich für unseren Agenturchef, dessen Gefühlsspektrum in der Regel ohne nennenswerte Zwischenstufen zwischen Begeisterung und Wut pendelte. Begeisterung über gewonnene Etats und Preise. Wut über seine kreativen Sklaven, wenn unsere Ideen seine Erwartungen enttäuschten und er am liebsten alle Entwürfe aus dem Fenster geworfen hätte. Das hatte er bereits mehrfach getan, weil er theatralische Auftritte liebte. Selbstverständlich war der Hausmeister instruiert, alle Layouts und Ausdrucke sofort einzusammeln, bevor sie beschmutzt oder nass wurden, und sie wieder in der Agentur abzuliefern.

»Heute Mittag werde ich ihren Eltern mit einem großen Strauß Lilien kondelieren«, fuhr André fort und spähte in die Runde, als erwartete er Beifall.

Der falsche Vokal in seinem Verb brachte Jeannette zum Lachen, was sie geschickt als eine Mischung aus Husten und Räuspern tarnte. Ich verzog keine Miene. André liebte französische Redewendungen und Fremdwörter geradezu abgöttisch, hatte aber keinerlei Talent für ihre richtige Anwendung. Wenn seine groben Textentwürfe auf meinem Bildschirm landeten, strotzten sie vor erfundenen oder missgestalteten Begriffen. Im Laufe meiner Jahre in Hohlbergs Reich hatte ich gelernt, sie still und leise zu korrigieren und möglichst kein Wort darüber zu verlieren. Noch immer ging das Gerücht um, er würde die Büroräume abhören und hätte Minikameras installiert, um unsere Loyalität und die Arbeitsmoral zu überwachen. Hatte Teddy mir eben zugezwinkert, oder war das Wunschdenken? Egal, ich blieb bei meinem sachlichen Gesichtsausdruck.

Eine gute Entscheidung, denn in dieser Sekunde nahm André mich in den Fokus. »Bea, auf deinem Schreibtisch liegt eine repräsentative Trauerkarte, die ich ihren Eltern mit den Lilien überreichen will. Ich brauche einen würdevollen Text, der dem Anspruch meiner Agentur genügt.«

André nahm sein Tablet hoch, tippte auf den Bildschirm und drehte ihn, bis wir alle den Inhalt sehen konnten. Es war die Titelseite der Stuttgarter BILD-Zeitung. Der Großteil des Bildschirms war mit zwei Fotos gefüllt. Das linke zeigte Paulines Leiche und den Arzt, der sich über ihren toten Körper beugte. Im Hintergrund standen Zuschauer hinter dem Absperrband. Auf dem rechten Bild war, wie ich befürchtet hatte, ich in meiner Rolle als Franziska von Hohenheim zu sehen. Diesmal auf der Freitreppe neben dem Silbertablett mit den Äpfeln, die ich am Ende der Führung unter den Teilnehmern verteilt hatte. Obwohl Teddy in seiner Kostümierung als Friedrich Schiller der größere Blickfang gewesen wäre, war er vom Bildrand abgeschnitten. Lediglich ein blauseidener Ärmel und einige Locken seiner weißen Perücke waren zu erkennen.

»Falsche Herzogin entdeckt grausam zugerichtete Frauenleiche«, zitierte André in abfälligem Ton die Schlagzeile aus blutroten Buchstaben. Darunter waren, wie in diesem Boulevardblatt üblich, nur wenige fett gedruckte Textzeilen zu lesen. Eine Art reißerische Kurzzusammenfassung, die zum Weiterlesen beziehungsweise zum Kauf des Blattes animieren sollte.

André drehte das Tablet zu sich und spuckte die Worte geradezu aus:»Mörderischer Abschluss: Panik beim Schloss-Event! Wer erdrosselte Mitarbeiterin der Werbeagentur Hohlbergs Reich?« Er legte das Tablet ab und musterte mich ebenso erwartungsvoll wie verächtlich.»Bea, du schadest dem Image meiner Agentur.«

Gekränkt wich ich im Stuhl zurück, bis die Lehne in meinen Rücken drückte.»Aber André, was kann ich dafür, wenn sich die Reporter auf meine Verkleidung stürzen? Es war deine Idee, die Führung als Herzogin Franziska abzuhalten.«

»Genau, da stimme ich Bea zu«, kam es von links. Jeannette schlug mit der flachen Hand auf den Tisch. Ihr Wasserglas machte einen Hüpfer.»Außerdem hat Bea keine Interviews gegeben, das warst du. Wir haben dich gestern in den Nachrichten gesehen.«

»Ich habe deinen Auftritt ebenfalls verfolgt, André.« Teddy lehnte sich über den Tisch und wirkte angriffslustig.»Die anderen auch.« Sein Blick glitt über unsere Kolleginnen und Kollegen.

Praktikantin Tamara nickte. Teddys Grafikerkollege Stefan schloss sich an. Jake wirkte unentschieden, auf welche Seite er sich schlagen sollte. Er war erst seit ein paar Wochen für die Agentur tätig, insofern war seine Zurückhaltung nachvollziehbar.

»Was dieses Schmierblatt schreibt«, fuhr Teddy fort,»geht mir am Allerwertesten vorbei, André. Mich interessiert viel mehr, was die Polizei unternimmt, um Paulines Mörder zu finden.«

Unser Chef zupfte am Knoten seiner schwarzen Seidenkrawatte herum, als wäre ihm der Hemdkragen zu eng geworden. »Der Sender hat mich wegen des Interviews angefragt. Es war meine Pflicht, der Öffentlichkeit mein Bedauern über diesen grauenvollen Todesfall auszudrücken.«

»Das mag sein«, erwiderte Teddy.»Klüger wäre es gewesen, die Presse zu ignorieren, statt sie zusätzlich auf uns aufmerksam zu machen.« Seine Hand glitt über die ausgebreiteten Tageszeitungen, deren Titelseiten voll mit Frauen in blauen Kostümen waren. Genauer gesagt mit Fotos von Pauline und mir.»Die leben von schockierenden Schlagzeilen und Verdächtigungen. Wir müssen zusammenhalten. Schon um Paulines willen.« Eine Weile hing die Stille bedeutungsschwer über dem Glastisch. Vom Flur drangen die Geräusche schneller Schritte herein, als jemand am Besprechungsraum vorbeiging. Im Büro nebenan klingelte ein Telefon.

Ohne mich von der Stelle zu rühren und wegen einer auffälligen Bewegung womöglich erneut zu Andrés Zielscheibe zu werden, wartete ich gespannt auf seine Reaktion. Würde er sich diese kleine Revolte seiner Mitarbeiter gefallen lassen?

»Wir müssen zusammenhalten, *c'est vrai*«, griff André die Ansage von Teddy mit einem Selbstbewusstsein auf, als wäre sie seinem eigenen Mund entsprungen. Wieder einmal bewies unser Chef sein Talent in Sachen Windschlüpfrigkeit, indem er das aufmüpfige Verhalten seiner Angestellten einfach ignorierte und Praktikantin Tamara anwies, den Besprechungstisch von den Tageszeitungen zu befreien. »Konzentrieren wir uns auf unsere Arbeit.« Er zog einige Farbausdrucke zu sich.

Das waren die Entwürfe, die Teddy und seine Kollegen aus der Grafikabteilung für das neue Logo der Landeshauptstadt gestaltet hatten. Ein paar davon griffen den Gelbton und die schwarze Pferdefigur aus dem bisherigen Wappen auf. Das sich aufbäumende Pferd bezog sich auf den Ursprung des Namens Stuttgart. Er stammte von dem Begriff »Stutengarten«, der erstmals im 12. Jahrhundert im Hirsauer Codex erwähnt worden war, einer Sammlung von Texten aus dem Kloster Hirsau. Der Name bezog sich auf eine Siedlung nahe diesem Gestüt. Andere Ansätze spielten mit dem nahezu sternförmigen Umriss der Landeshauptstadt und dem Silberton, der auf ein jahrhundertealtes Wappen zurückging.

»Wir verfolgen diese Ideen weiter«, entschied André und zeigte auf die entsprechenden Ausdrucke. »Außerdem sollten wir mit der Silhouette eines Autos arbeiten und die Bedeutung als Autostadt thematisieren«, wies er Teddy und Stefan an. »Das Auto ist nach wie vor Baden-Württembergs Erfolgsprodukt Nummer eins, egal, ob die EU das Verbrenner-Aus beschlossen hat.«

Neben mir meldete sich Jeannette zu Wort. »Die Landes-CDU rückt bereits davon ab, habe ich gelesen. Das letzte Wort in Sachen Transformation steht noch aus.«

»Das ist ebenso meine Überzeugung«, erwiderte André. »Kümmert euch darum. Nach der Mittagspause will ich aussagekräftige Ergebnisse auf meinem Schreibtisch haben, bevor ich zu Familie Ulmer aufbreche.«

Als André erneut mich fixierte, zog ich sofort den Kopf ein. Sollte ich eine Argumentation für das Beibehalten von Verbrennungsmotoren schreiben? Oder gleich eine Petition an die EU?

»Bea, du musst deine Ansätze weiter ausarbeiten. Ich erwarte geeignetes Material. Wir brauchen passende Claims, verstanden?«

Ein Claim war eine Art Motto oder Slogan, der den Anspruch einer Marke deutlich machte, und ein entscheidender Baustein bei der Markenbildung von Unternehmen und Produkten. Auch wenn mir ein paar arbeitsintensive Stunden bevorstanden, waren mir Claims allemal lieber als EU-Petitionen.

Andrés ausgestreckter Zeigefinger machte die Runde und ließ keinen aus. »Wir müssen angreifen!«, pushte er sein Kreativteam. »Ihr wisst, morgen ist der nächste Pitch bei der Stadt. Unser Ziel ist glasklar: Wir werden Silber vernichten!«

Das war der übliche kämpferische Jargon unter Werbern, wenn es darum ging, unliebsame Konkurrenz zu übertrumpfen und feindliche Agenturen aus dem Rennen zu werfen. In diesem Fall war das die Werbeagentur von Theo Silber aus dem Westen, genauer gesagt der Silberburgstraße, in der seine Agentur passenderweise logierte. Silber und wir waren bis in diese Runde des Pitchs gekommen, und wie André unmissverständlich klargemacht hatte, wollte er diesen prestigeträchtigen Etat unter allen Umständen gewinnen. Ebenso den Ruhm, das neue Logo der Landeshauptstadt mit einem originellen Claim entwickelt zu haben. Normalerweise vertraute die Stadt auf die großen Namen renommierter Agenturen aus Hamburg oder Frankfurt, wenn es um solche Aufträge ging. Dieses Mal wollten die Entscheider, aus welchem Grund auch immer, den einheimischen Agenturen eine Chance geben. André würde über Leichen gehen, um sein

Ziel zu erreichen und endlich zu einer der führenden Kreativagenturen des Landes aufzusteigen.

Wir füllten Kaffeetassen und Wassergläser wieder auf, und dann wandte sich das Gespräch dem zweiten wichtigen Projekt der Agentur zu, der Werbekampagne für den Schokoladenhersteller Martin Bäuerle. Unsere Aufgabe war es, die bewährten Erzeugnisse und einige neu entwickelte Schokoladenprodukte mit ansprechenden Texten für Plakate und Anzeigen zu begleiten.

»Teddy, wie weit seid ihr?« Nachdem die erste Schlacht geschlagen war, setzte sich André endlich auf den Chromschwinger.

»Werner hat uns die Ergebnisse des Probeshootings gemailt.« Teddy zog einen Stapel mit Farbfotos aus einer Ledermappe und fächerte sie auf.

Werner war seit Jahren der Haus- und Hoffotograf von Andrés Agentur. Er mochte zwar ein hervorragender Fotograf mit einem guten Gespür für die Bedürfnisse seiner Kunden sein, aber menschlich betrachtet war er ein windiger Typ mit exzentrischem Moustache-Bärtchen und einem zweifelhaften Verhältnis zu Frauen. Um es deutlicher zu sagen: Er war ein sexistischer Macho, der Frauen von oben herab behandelte, als wären Männer die Krone der Schöpfung. Zum Ausgleich dafür, dass Jake nun die erste Geige bei den Videos spielte, hatte André Werner mit der Schokoladenkampagne beauftragt und Beschwerden seiner weiblichen Mitarbeiter und Models ignoriert.

Andrés Freundin Britta Hansen war als Model für diese Kampagne vorgesehen. Britta war über eins achtzig groß, ein dürres Ding mit einprägsamen Wangenknochen und Gesichtszügen. Die Arroganz bekannter Models musste sie sich nirgends abschauen, die hatte sie verinnerlicht. Keiner aus unserem Team mochte Britta, weil sie ihre Position als Lebensgefährtin des Chefs weidlich auskostete und alle herumkommandierte, als wäre es ihre Agentur.

Auf Werners Fotografien war Britta als kühler Vamp dargestellt, der mit laszivem Blick in eine Tafel Dark Chocolate aus Bäuerles Sortiment biss. Sie saß inmitten cooler Clubatmosphäre auf einem Barhocker, die langen Beine in Netzstrümpfen übereinandergeschlagen.

»Britta hat ihre Rolle als düsteren Engel angelegt«, erklärte Teddy die Grundidee der Fotoserie. Sein Tonfall gab dabei nicht zu erkennen, wie er zu Werners Konzept stand.

André stieß einen anerkennenden Pfiff aus, als er seine Freundin Marlene-Dietrich-mäßig inszeniert sah. »Wenn wir dieses Motiv auf Großflächen plakatieren, wird man in der ganzen Stadt darüber sprechen.«

»Man wird auch über die Auffahrunfälle sprechen, die wir damit verursachen«, warf Jeannette ein und rümpfte die Nase. »Britta hat die Femme fatale drauf, ich denke, das sehen wir alle. Ich frage mich nur, ob Bäuerle damit mehr Schokolade verkauft als bisher und neue Käufergruppen erschließen wird.«

»Das sehe ich genauso«, stimmte ich ihr zu und zog eines der Fotos näher zu mir. »Nach meiner Einschätzung spielt die Schokoladentafel, von der Britta kostet, nur eine Nebenrolle. Ihre Wangen, ihr Blick, die langen Beine stehen im Vordergrund. Sie ist lasziv und verführerisch, unbestritten. Aber fördert sie auch Bäuerles Umsatz?«

»Hat Bäuerle Eisschokolade im Produktsegment?« Teddy tippte auf die Schokoladentafel, die Britta in der Hand hielt. »Dafür wäre diese kühle Pose ein Knaller.«

Mit spitzen Lippen beugte sich André über den Tisch und schob das Foto zu sich. Er betrachtete es schweigend. Ohne seine Einschätzung zu erkennen zu geben, sah er zu Teddy. »Was ist mit der zweiten Linie? Hat Werner die ebenfalls geschickt?«

Zweite Linie? Was für eine zweite Linie? Erstaunt blickte ich zu Jeannette. Sie hatte ihr Pokerface aufgesetzt. Also wusste sie, was es damit auf sich hatte.

Nach kurzem Zögern nahm Teddy einen anderen Stapel Fotos aus einer Mappe, behielt sie aber noch in der Hand. »Ich denke nicht, dass wir die verwenden können. Oder verwenden sollten. Nicht nach dem, was gestern passiert ist.«

Mit einer unwilligen Handbewegung forderte André ihn auf,

uns diese Fotos ebenfalls zu zeigen. Teddy kaute auf seiner Unterlippe herum und schien mit sich zu ringen.

Was lief hier eigentlich? Ich ließ Teddy keine Sekunde aus den Augen.

Wie in Zeitlupe griff er das oberste Foto von dem zweiten Stapel, drehte es herum und schob es ohne Kommentar in die Mitte des Tischs.

Mir stockte der Atem. In einer üppig blühenden Blumenwiese lag ein anderes Model. Es trug ein rotes Sommerkleid, dessen Farbe mit der Schleife in ihrem Haar und den Mohnblumen um sie herum harmonierte. Das Model war weder dürr noch ausgehungert. Es hatte eine normale Figur und weibliche Formen. Ihr Gesicht war alles andere als ausgezehrt, sondern zeugte von Lebenslust und einem gesunden Appetit. Während sie in eine Tafel Vollmilchschokolade biss, spielte ihr kecker Blick mit der Kamera. Oder besser gesagt mit dem Betrachter. Dieses Motiv auf einem Plakat oder in einer Anzeige würde genau das tun, was Schokoladenfabrikant Bäuerle von uns erwartete. Es machte Lust auf Schokolade.

Allerdings gab es ein Problem, das wir nicht ignorieren konnten. Das fröhliche Model war gestern ermordet worden.

SIEBEN

»Seit wann ist Pauline Model?«, fragte ich. Mir entging, dass ich
in der Gegenwartsform von ihr sprach. »Ich dachte, sie wäre
unsere Kundenberaterin.«
    »Nun, lass es mich so formulieren.« Teddy nahm kurz Au-
genkontakt mit André auf, die Botschaft blieb mir verborgen.
»Wenn ein Kunde sich ein bestimmtes Model wünscht, dann tun
wir ihm den Gefallen. Martin Bäuerle wollte Probeaufnahmen
mit Pauline. Hier ist das Ergebnis.«
    Alle in der Runde betrachteten die Aufnahme von Pauline
in der Blumenwiese. Wahrscheinlich kamen meine Kollegen zu
dem gleichen Ergebnis wie ich. Pauline hatte weder die übliche
Körpergröße noch das typische Untergewicht eines professio-
nellen Fotomodells. Dafür besaß sie eine Natürlichkeit, die den
Betrachter in den Bann zog. Zumindest war es bei mir so, auch
wenn nun vor meinem inneren Auge ein anderes Bild von ihr
erschien. Darauf lag Pauline ebenfalls in einer Wiese und trug
ein buntes Kleid. Aber ihr Gesicht war aufgequollen, die Haut
rot gefleckt, ihr Hals von einer Schlinge eingeschnürt.
    »Wie es aussieht, haben wir die Talente unserer Kundenbe-
raterin unterschätzt.« Jeannette äußerte sich als Erste. Sie nahm
das Foto behutsam in die Hand, als handelte es sich dabei um
eine Kostbarkeit. »Wenn ihr mich fragt, verkörpert sie genau
das, was sich ein Schokoladenhersteller wünscht. Sie macht
Appetit auf Schokolade, sie hat Biss und wirkt ungekünstelt.
Rundum sympathisch.« Jeannette legte das Foto zurück auf
den Tisch und schob es zu Teddy. »Doch sie ist auf brutale
Weise ermordet worden, und es würde gegen die guten Sitten
verstoßen, Aufnahmen von ihr für eine Werbekampagne zu
verwenden. Das seht ihr sicher genauso.«
    Ich war hundertprozentig Jeannettes Meinung und wartete
gespannt, was André dazu sagte. Denn ehrlicherweise gab es
so etwas wie »gute Sitten« in unserer Branche nicht. Eher das
Gegenteil war der Fall. Jeder Verstoß gegen die in der Gesell-

schaft herrschenden Moralvorstellungen und jeder Tabubruch sicherten Aufmerksamkeit. Und dies war nun einmal die entscheidende Währung in der Werbebranche.

André blieb reglos, das Gesicht wie in Stein gemeißelt. Entweder er stimmte uns zu, oder er führte etwas im Schilde. Erwog er ernsthaft, ein Mordopfer, das zudem noch seine Angestellte gewesen war, als Model in einer Werbekampagne einzusetzen? Bei dem Gedanken wurde mir heiß und kalt zugleich. Die Medien würden sich auf die Plakate und die Anzeigen stürzen, und sie würden garantiert auf jeder Titelseite abgebildet werden. Auf jeder Titelseite? Moment mal ... Mir blieb die Luft weg, als mir die Tragweite aufging. War es dieser Gedanke, der sich hinter der verschlossenen Miene unseres Chefs verbarg? Unsere Media-Spezialisten würden wenig Anzeigenplatz und nur vereinzelt Plakatflächen für diese Kampagne buchen müssen, was unserem Kunden viel Geld sparen würde. Die letzten Fotos der toten Pauline würden ohnehin überall zu sehen sein und auf sämtlichen Kanälen viral gehen. Eine derartig große Reichweite war der feuchte Traum eines jeden Agenturchefs. Würde André den kläglichen Rest von Moral, der sich möglicherweise in einem hinteren Winkel seines Gewissens fand, sofern er überhaupt eines besaß, über Bord werfen und einen Pakt mit dem Teufel schließen?

André gab Teddy ein Zeichen, das Foto wieder in der Mappe zu verstauen. »Warten wir ab, was unser Kunde dazu sagt.« Er erhob sich und strich seine Krawatte glatt. »An die Arbeit, Herrschaften.«

Kurz nach dem Krisenmeeting traf Kommissar Gabriel ein, um die Mitarbeiterinnen und Mitarbeiter, die gestern auf der Solitude dabei gewesen waren, erneut zu befragen. Als Erstes bat er den Agenturchef in den Besprechungsraum.

Jeannette und ich gingen in unser Büro. Wie von André angedroht, lag neben meiner Tastatur eine überdimensionierte Trauerkarte. Auf der Vorderseite war eine einzelne weiße Lilie abgebildet, daneben stand in einer sachlichen, serifenlosen Schrift: »In stiller Trauer«.

Wenig originell, dafür authentisch. Nun ja, soweit man eine Werbeagentur überhaupt mit dem Adjektiv »still« assoziieren konnte. Ihre Aufgabe war das genaue Gegenteil, nämlich, laut zu sein, Aufmerksamkeit zu erregen und zweifelhafte Botschaften zu verbreiten. Was um Himmels willen sollte ich auf die geradezu beängstigend leeren Seiten schreiben, fragte ich mich verzweifelt.

Hilfesuchend sah ich zu Jeannette. Sie hob sofort die Hände und wehrte meine stumme Bitte ab. »Bea, du hast mein vollstes Mitgefühl. Aber was sensible Trauerbotschaften angeht, bin ich eher der Elefant im Porzellanladen.«

Für den Anfang notierte ich ein paar Stichworte und zog das World Wide Web zurate. Irgendwo in seinen Weiten gab es sicher eine Künstliche Intelligenz, die mir weiterhelfen konnte. Bald brach ich die Recherche ab. Diese wichtigen Worte an die Eltern einer toten Freundin musste ich selbst formulieren, das war ich ihr schuldig. Als ich mich daran erinnerte, was mein Vater vorhin über Pauline gesagt hatte, fand ich endlich einen brauchbaren Ansatz.

Eine gute Stunde später hatte ich eine halbwegs passable Botschaft fabriziert – und quälende Kopfschmerzen. Nachdem ich meinen Vorschlag ausgedruckt und im Büro meines Chefs deponiert hatte, holte ich mir einen Cappuccino aus der Küche. Neben der Kaffeemaschine stand wie üblich eine Porzellanplatte mit Croissants, Brezeln und belegten Brötchen für die Mitarbeiter. Das war weniger eine großzügige Geste als vielmehr Kalkül. Es würde deutlich mehr unserer Arbeitszeit in Anspruch nehmen, wenn jeder zum Bäcker ginge, um sich selbst was zu holen. Wenn die Wege kurz waren und es Essbares nur ein paar Meter entfernt gab, sparte das André Kosten.

Die Platte war fast voll, dem Häufchen Salzkristallen nach, die in einer Lücke lagen, fehlte nur eine Butterbrezel. Auch die Kollegen schienen keinen Appetit zu haben. Mit einer Tasse Cappuccino ging ich zurück zu meinem Platz. Nun musste ich Ideen für den morgigen Pitch bei der Stadt sammeln. Lustlos hackte ich ein paar Stichworte in eine Datei, die vom Meeting hängen geblieben waren: Pferd, Wappen, Auto, Stern. Um mich inspirieren zu lassen, holte ich ein Sachbuch über die erfolgreichsten Claims aus dem Regal hinter mir und blätterte es lustlos durch.

»Lass mich raten.« Jeannette streckte sich und schaute auf das Buch vor mir. »Du hast noch nicht den Hauch eines Plans für die Claims, die du produzieren musst. Das zumindest schließe ich aus deinem Ächzen und Stöhnen. Du klingst wie ein altes Fachwerkhaus, wenn's stürmt.«

Jeannettes schräger Vergleich heiterte mich ein wenig auf.

»Ein Sturm wäre großartig. Der würde meine Gehirnzellen durchpusten und Platz für Ideen machen. Alles, was ich brauche, sind drei bis fünf Wörter.« Zur Inspiration las ich ihr ein paar preisgekrönte Claims aus dem Sachbuch vor, die fast jeder kannte. Jeannette nannte das dazugehörige Unternehmen oder Produkt.

»Just do it.«

»Nike.«

»Quadratisch, praktisch, gut.«

»Ritter Sport.«

»Wohnst du noch oder lebst du schon?«

»Ikea.«

»Taste the Feeling.«

Jeannette schaute zur Decke hoch und überlegte. »Kondome?«, riet sie.

Amüsiert schüttelte ich den Kopf.

»Tja, vielleicht Kartoffelchips?«

Als ich erwiderte, »Taste the Feeling« sei einer der zahlreichen weltweiten Markenslogans von Coca-Cola, klingelte unser Telefon.

»Werbeagentur Hohlbergs Reich, Bea Pelzer, was kann ich für Sie tun?«

»Ebenfalls Pelzer.« Das war meine Mutter. Bevor ich Hallo sagen konnte, ging eine Worttirade am anderen Ende der Leitung los. »Beatrix, ich bin froh, dass du noch lebst. Du hast in der Stuttgarter Zeitung das gleiche Kleid an wie dieses arme tote Mädchen, da bin ich ganz durcheinandergekommen.«

Als hätte mir jemand einen Fausthieb in den Magen verpasst,

sackte ich zusammen. Auf meine Mutter war wie immer Verlass. Kaum hatte ich ein Problem verdrängt, brachte sie es wieder auf den Tisch.

»Was ist das nur für eine unseriöse Firma, in der du arbeitest, Kind? Such dir endlich was Anständiges. Die Staatsgalerie hat eine Stelle ausgeschrieben, das wäre das Passende für dich gewesen. Wenn du dein Studium abgeschlossen hättest.«

Diese Leier kannte ich zur Genüge. Für die Gründe, warum ich keinen Abschluss in Kunstgeschichte gemacht hatte, hatte meine Mutter sich noch nie interessiert. »Du weißt genau, dies ist eine Werbeagentur und keine unseriöse Klitsche«, gab ich zurück, obwohl ich ihr insgeheim zustimmte. »Morgen habe ich eine Präsentation bei der Landeshauptstadt. Wir entwickeln ein neues Logo für Stuttgart. Frank Nopper wird auch dabei sein.« Das würde meine Mutter beeindrucken, auch wenn unser Oberbürgermeister wahrscheinlich wichtigere Termine haben würde.

»Bea, was hast du mit dem barbarischen Mord an deiner Arbeitskollegin zu tun?«, wollte meine Mutter in forderndem Ton wissen. »Wieso gerätst du nur immer wieder in solche Verbrechen? Erst letztes Jahr ist jemand bei deiner Führung übers Stuttgarter Weindorf gestorben.«

Damals war ein Teilnehmer ermordet worden, sein Tod hatte allerdings nichts mit meiner Führung zu tun gehabt. Das teilte ich meiner Mutter auch mit. Genauso gut hätte ich jedoch mit einer Wand sprechen können.

»Den ganzen Morgen über haben mich zahlreiche Patienten auf dich angesprochen.« Meine Mutter war Hausärztin und hatte eine eigene Praxis in Leinfelden-Echterdingen. Seit der Scheidung von meinem Vater lebte sie allein in dem Bungalow, den meine Eltern nach meiner Geburt gebaut hatten. »Eine Nachbarin hatte sogar die Tageszeitung dabei und hat mich gefragt, warum um Himmels willen du bei der Arbeit so lächerlich verkleidet bist und ob das, was du machst, überhaupt ein richtiger Beruf ist. Ich wusste nicht, was ich darauf erwidern sollte.«

Auch diesen Vorwurf ignorierte ich und ließ sie einfach weiterreden. Wenn meine Mutter mit ihrer Jammerei in Fahrt gekommen war, hielt sie nicht einmal ein Bulldozer auf.

Erst als die Bürotür geöffnet wurde und Tamara mit wenig vertrauenerweckendem Ausdruck hereinschaute, fiel ich ihr ins Wort. »Mutter, ich muss aufhören. Der Agenturchef braucht mein Know-how.« Ich legte auf und wischte mir die stressfeuchten Handflächen an der Jeans ab.

Tamara wirkte blass um die Nase. »Bea, der Kommissar hat sein Gespräch mit André beendet. Du bist die Nächste. Er wartet im Besprechungszimmer.«

»Frau Pelzer, nehmen Sie Platz.« Kommissar Gabriel hatte sich Andrés Chromschwinger an der Stirnseite ausgesucht. Über der Lehne hing die schwarze Lederjacke, die er schon auf der Solitude getragen hatte. Er wies auf den Stuhl an der Längsseite diagonal gegenüber.

Um möglichst viel äußere Distanz zwischen uns zu bringen, hätte ich lieber die am weitesten entfernte Sitzgelegenheit auf der anderen Stirnseite gewählt. Ich rückte den Stuhl ein paarmal zurecht und entfernte mich dabei unmerklich von ihm.

»Haben Sie Angst vor mir, Frau Pelzer?« Gabriel blätterte in seinem Notizbuch. Zwischen den Fingern seiner rechten Hand klemmte ein Kugelschreiber, der einen blauen Klecks am obersten Gelenk des Mittelfingers hinterlassen hatte. »Dazu besteht kein Anlass, das kann ich Ihnen versichern. Von mir haben Sie nichts als Fragen zu befürchten.«

»Vor Ihnen habe ich keine Angst, Herr Kommissar. Wieso sollte ich?« Meine Stimme klang selbstbewusster, als mir zumute war. Sich den grauenvollen Bildern von gestern und den Erinnerungen an Pauline erneut zu stellen, würde kein Spaziergang werden.

Gabriel sah auf und stellte Augenkontakt her. »Wir hatten gestern bereits ein erstes Gespräch auf der Solitude, Frau Pelzer. Dabei haben Sie einen Streit des Opfers mit dessen Freund, Herrn Marić, angesprochen, der vor Ihrer Wohngemeinschaft stattgefunden hat«, begann er mit der Befragung. »Ist Ihnen dazu noch etwas eingefallen?«

Was genau hatte ich ihm gestern erzählt? Ich versuchte, mich zu erinnern. Eines hatte ich auf keinen Fall erwähnt, weil es mir erst im Gespräch mit Jeannette und Gerit am Abend wieder in den Sinn gekommen war. »Nun ja, eine Sache ist mir tatsächlich noch eingefallen.«

»Das wäre?«

»Vor ein paar Wochen hatte Pauline ... Sie hatte ein blaues Auge.«

»Aha. Ein blaues Auge.« Der Kommissar zückte den Kugelschreiber und machte sich eine Notiz. »Hat sie erklärt, wie es dazu kam?«

»Sie sagte, sie sei gegen einen Schrank gelaufen. Das schien mir eher ein Scherz zu sein. Eine Art Ablenkung, mit der sie deutlich machte, dass sie nicht darüber sprechen wollte.«

Der intensive Blick seiner hellen Augen war eine stille Aufforderung fortzufahren.

»Gerit, ich meine Gerit Herzog, hat mir gestern erzählt, jemand habe Dragan wegen Körperverletzung angezeigt. Das muss ein paar Jahre zurückliegen.«

»Gerit Herzog?« Der Kommissar runzelte die Stirn, als suchte er in seinem Gedächtnis nach einem Gesicht zu diesem Namen.

»Sie ist mit meinem Vater verheiratet. Ich meine, sie ist seine zweite Frau, nicht meine Mutter. Jedenfalls arbeitet Gerit als Journalistin für die Stuttgarter Zeitung. Bei einer Recherche ist sie auf die Anzeige gegen Dragan gestoßen.«

»Hat sie erwähnt, wer diese Anzeige erstattet hat?«

»Nein, Herr Kommissar. Sie hat keinen Namen genannt. Nur, dass es eine frühere Partnerin von Dragan gewesen ist. Und dass diese Frau im Katharinenhospital behandelt werden musste. Das hat sie im Archiv des Pressehauses herausgefunden.«

Kommissar Gabriel wirkte so gelassen, als hätte er bereits von dieser Anzeige gewusst. Kein Wunder, bestimmt stand Dragans Name ganz oben auf der Liste der Verdächtigen. Vielleicht hatte der Kommissar auch nur hören wollen, ob ich darüber Bescheid wusste und welche Details ich kannte. »Frau Pelzer, Sie und

Frau Ulmer haben ähnliche Kostüme getragen. Wir müssen die Möglichkeit einer Verwechslung in Betracht ziehen.« Unter dem Tisch verkrallten sich meine Hände ineinander, was dem Kommissar wegen der Glasplatte nicht verborgen blieb. »Falls es so war, dann hatte es der Mörder in Wahrheit auf Sie abgesehen. Haben Sie darüber nachgedacht, ob jemand aus Ihrem privaten oder beruflichen Umfeld ein Motiv für eine solche Tat haben könnte?«

Eine solche Tat. Wie harmlos diese Formulierung klang. Genau genommen wollte er erfahren, wem ich zutraute, mich ermorden zu wollen. Darüber hatte ich länger gegrübelt. Ohne Ergebnis. Wahrscheinlich war das eine natürliche Reaktion, eine Art Selbstschutz. Oder ich war zu naiv und musste mich erst daran gewöhnen, mein Umfeld und meine Bekannten und Freunde nach Mordmotiven zu scannen. »Nein, ich habe niemandem einen Grund gegeben, mich ...« Verstört brach ich ab.

Der Kommissar ersparte es mir, den Satz zu beenden. »Sie haben in dieser Firma jeden Tag Kontakt zu den Auftraggebern, wenn ich Ihr Geschäftsmodell richtig verstanden habe. Genauso wie es auch bei Frau Ulmer der Fall war. Es könnte demnach einer Ihrer Kunden gewesen sein.« Abwartend sah er mich an. »Kennen Sie jemanden, der dafür in Frage käme?«

Obwohl ich vergessen hatte, die Agenturkunden in meine Überlegungen mit einzubeziehen, verneinte ich. In dieser Agentur war ich nur ein kleines Licht, auch wenn mein Vater einer der Geschäftsführer war. Dieser Gedanke beruhigte meine aufgewühlten Nerven. Bis mir einfiel, dass auch Pauline kaum bedeutender gewesen war. Trotzdem hatte sie jemand loswerden wollen.

»Gut.« Der Kommissar notierte ein paar mysteriöse Kritzeleien.

Was genau meinte er mit »gut«? Gut war gar nichts.

Gabriel sah von seinem Notizbuch auf und schüttelte den Kugelschreiber. Mit einem Brummen drehte er sich im Stuhl und holte einen anderen Stift aus der Brusttasche seiner Jacke.

Das Leder quietschte leise. »Meine Kollegen haben das Handy des Opfers noch immer nicht gefunden. Es war weder in der Handtasche, die Sie uns übergeben haben, noch unter den wenigen persönlichen Habseligkeiten im WG-Zimmer. Haben Sie einen Tipp für uns, wo wir Frau Ulmers Handy finden könnten? Eventuell in den Räumen der Agentur? In ihrem Büro?«

»Leider nein. Dafür ist mir noch etwas eingefallen ...«

»Ja?«

»Ich weiß nicht, ob das wichtig ist.«

»Jeder Hinweis hilft uns weiter, Frau Pelzer. Der Mord an Ihrer Kollegin war eine äußerst kaltblütig ausgeführte Tat. Wollen Sie riskieren, dass der Täter weiterhin frei herumläuft und womöglich noch mehr Menschen umbringt?«

Meinte der Kommissar damit mich? Was, wenn der Mörder von Pauline sich wirklich geirrt hatte und ich in Lebensgefahr war? Hatte ich in einer solchen Situation Anspruch auf Polizeischutz? Dann wäre mir wohler zumute. Sollte ich ihn danach fragen?

»Frau Pelzer, Sie erwähnten einen sachdienlichen Hinweis.«

Sachdienlicher Hinweis. Dieser emotionslose Kripo-Jargon war wenig vertrauenerweckend. Der Blick des Kommissars intensivierte sich. In seinen Augenwinkeln bildete sich ein Netz aus feinen Fältchen, als wollte er mich damit einfangen.

»Ja genau. Mir ist eingefallen, dass ich vor unserem Verhör –«

»Unserer Befragung, Frau Pelzer«, korrigierte er. »Das, was wir machen, ist kein Verhör.«

»Vor unserer Befragung habe ich im Flur der Akademie Schloss Solitude einen Mann gesehen, der ebenfalls eine Aussage gemacht hat. Er leitet eine Werbeagentur im Westen, und für ihn hat sie ... ich meine Pauline ... gearbeitet, bevor sie zu Hohlbergs Reich gewechselt ist.«

»Sie sprechen von Theo Silber?«

»Ja. Paulines Arbeitsverhältnis mit ihm endete im Streit. Was der Grund für ihre Kündigung war oder ob ihr gekündigt wurde, kann ich Ihnen nicht sagen. Aber es muss etwas vorgefallen sein, das ihr keine andere Möglichkeit gelassen hat, als sich … umzuorientieren.«

Der Kommissar notierte zwei Wörter. Obwohl sie von mir aus gesehen auf dem Kopf standen, konnte ich sie entziffern. Sie lauteten »Silber« und »Konflikt«.

»Ihre Kollegin ist also ins Lager des Feindes gewechselt«, konstatierte der Kommissar, als wüsste er über die Streitigkeiten zwischen André und Theo Silber Bescheid. »Möglicherweise hat sie sich ihre Stelle hier in der Agentur mit Interna über Herrn Silbers Kunden und aktuelle Aufträge gesichert. Das dürfte ihrem früheren Chef nicht gefallen haben.«

Seine Analyse beeindruckte mich. In nur drei Sätzen hatte er ein Drama Shakespeare'schen Ausmaßes umrissen, dessen Dimension mir bisher entgangen war. »André dafür umso mehr«, kommentierte ich. »Er und Theo Silber sind alles andere als Freunde. Seit ich in der Agentur bin, versuchen sie, sich gegenseitig die Kunden abzujagen. Vor allem die Premiumkunden, die Prestige und Geld bringen.« Ich rieb die Kuppen von Daumen und Zeigefinger aneinander.

Der Kommissar fuhr sich übers Kinn. Das schabende Geräusch seiner dunklen Bartstoppeln war zu hören. »Wie zum Beispiel die Landeshauptstadt Stuttgart.«

Davon wusste er also auch. Nun ja, immerhin war Ermitteln sein Beruf. »Ja«, bestätigte ich. »Morgen findet die nächste Runde im Pitch der beiden Agenturen um diesen lukrativen Etat statt.«

»Ein Pitch ist eine Art Duell, wenn ich richtig informiert bin. Eine moderne Form, die mit Ideen statt mit Pistolen ausgefochten wird.«

»Eine gute Definition. Beide Agenturen präsentieren dem Auftraggeber ihre Entwürfe, und der entscheidet, wer weiter im Rennen ist.«

»Kommen wir zurück zu Herrn Silber.« Der Kommissar blickte in sein Notizbuch. »Sie sagten vorhin, Sie wüssten nicht, wieso er und Frau Ulmer sich im Streit getrennt haben. Hat Frau Ulmer Ihnen gegenüber ihr Verhältnis zu ihrem früheren Arbeitgeber beschrieben?«

»Sie hat nur das Übliche erwähnt. Zu viele Überstunden – unbezahlte, versteht sich – und häufig Wochenendarbeit, wie das in unserer Branche gängig ist. Über Silbers andere Mitarbeiter und seine Kunden hat sie wenig gesprochen.«
»Meine Frage zielte eher auf das persönliche Verhältnis«, präzisierte der Kommissar. »Hatten Herr Silber und Frau Ulmer privaten Kontakt?«
»Privaten Kontakt? Wieso fragen Sie danach?«
»Das gehört zur Routine, Frau Pelzer. Wir beleuchten alle Lebensbereiche des Opfers. Auch das Privatleben von Frau Ulmer.«
»Ihr Privatleben?«, wiederholte ich irritiert. »Was hatte Theo Silber denn mit Paulines Privatleben zu tun?«
»Genau das versuchen wir herauszufinden. Uns liegt das Tagebuch von Frau Ulmer vor. Darin deutet sie an, Herr Silber habe sich privat für sie interessiert.«
»Silber und Pauline? Das hat sie mir gegenüber nie erwähnt.«
»Nun, soweit wir bisher wissen, ging das Interesse wohl einseitig von Herrn Silber aus.«
»Sie meinen, er wollte etwas von ihr, aber sie nicht von ihm?«
»Sehr verkürzt könnte man es so beschreiben.« Der Kommissar schlug sein Notizbuch zu und klemmte den Kugelschreiber an eine Lederlasche. »Danke für Ihre Zeit. Bitte schicken Sie Ihre Kollegin Frau Wagenbach zu mir.«

Natürlich war ich erleichtert, weil ich die Befragung hinter mir hatte. Gleichzeitig fühlte ich mich innerlich aufgewühlt. Man erfährt nicht alle Tage, dass es ein Mörder auf einen abgesehen hat. Beziehungsweise dass man aufgrund einer Verwechslung sein nächstes Opfer sein könnte. Gestern war es mir gelungen, diesen beunruhigenden Gedanken irgendwann abzuschütteln. Aber nun hatte der Kommissar das Thema erneut angesprochen, und ich fragte mich, wie ich damit umgehen sollte.
Jeannette, du bist an der Reihe«, sagte ich beim Betreten unseres Büros. »Der Kommissar wartet auf dich.«
Meine Kollegin zeigte keine Reaktion. Sie hing lang gestreckt in ihrem Bürostuhl wie in einem Liegestuhl, die Lehne nach

hinten gekippt, und die Füße hatte sie neben ihrer Tastatur abgelegt. Ihre Aufmerksamkeit galt dem Smartphone in ihrer Hand. Etwas schien sie derart zu faszinieren, dass sie alles um sich herum vergessen hatte.

»Erde an Jeannette, Erde an Jeannette. Der Kommissar wartet auf dich.«

Zerstreut sah Jeannette von ihrem Handy auf. »Ach, Bea, hallo. Hab dich gar nicht reinkommen hören. Du errätst nie, was ich gerade auf Instagram entdeckt habe.« Sie nahm die Füße vom Tisch, stand auf und kam auf mich zu. »Da, schau mal.« Sie hob das Handy und streckte mir das Display entgegen. Das Sonnenlicht reflektierte auf dem Touchscreen. »Ich kann nichts erkennen, die Helligkeit blendet mich.«

Jeannette reichte mir ihr Telefon. »Sieh es dir an. Du wirst staunen, Bea.«

Ich ließ mich mit ihrem Handy auf der Tischkante nieder. Was hatte Jeannette so in den Bann gezogen? Ein neues Musikvideo ihrer Lieblingsband oder ein Paparazzo-Foto eines Hollywoodstars, auf den sie stand? Oder ein neuer Post von Dragan? Als ich auf den kleinen Bildschirm sah, stieß ich einen überraschten Laut aus. Es war ein Foto von Pauline. Kein privates, sondern die Aufnahme eines Profis, das erkannte ich sofort. Pauline befand sich in einer verschnörkelten Badewanne mit Löwentatzen-Füßen, wie ich sie einmal in einem Luxushotel in Venedig gesehen hatte. Sie trug einen roten Badeanzug und saß mit angezogenen Beinen inmitten einer braunen Masse. Wie auf dem Wiesenfoto, das Teddy uns im Meeting gezeigt hatte, biss sie in eine Schokoladentafel. Daher vermutete ich in der undefinierbaren Masse Schokolade.

»Ich schätze, diese Aufnahme ist ein weiterer Geniestreich von Werner«, warf Jeannette ein. »Die Idee mit dem Schokoladenbad finde ich sensationell. Aber ob das gut ist für die Haut, das bezweifle ich.«

Wie auf dem Foto von heute Morgen war Pauline auch in der Badewanne der reinste Hingucker. Ihr Blick war frech, aber gerade noch anständig. Die braunen Haare trug sie offen, ihr Farbton harmonierte mit der Tafel in ihrer Hand und der Schokoladenmasse, in der sie hockte.»Ich habe vor Jahren eine Schokpraline zum Geburtstag bekommen, die sich im Badewasser aufgelöst hat. Es roch lecker nach Schokolade, und meine Haut war hinterher glatt und geschmeidig, als hätte ich sie eingeölt.« Jeannette grinste.»Das war bestimmt kein Geschenk von deiner Mutter, Bea. Ich tippe auf Teddy. Stimmt's?«

Sie hatte natürlich recht, ich ignorierte ihre Bemerkung trotzdem.»Kakaobutter soll gut für die Haut sein. Aber die Vorstellung, in echter Schokolade zu baden, finde ich irgendwie ... unappetitlich.«

»Kommt darauf an, wer dir die Schokolade hinterher von der Haut leckt.«Jeannettes Phantasie ging mit ihr durch.»Und wer die Badewanne sauber machen muss. Wo hast du das entdeckt?«

»In einem Feed bei Instagram unter dem Hashtag #Bäuerleschokolade. Es ist nicht zu erkennen, wer das eingestellt hat, der Account ist anonym. Wenn du mich fragst, stammt das Bild aus Werners Probeshooting.«

»Teddy hat uns nur das oberste Foto des Stapels gezeigt, auf dem sie in der Wiese liegt.« Schweigend betrachtete ich das Bild mit dem Schokoladenbad.»Das ist fast genauso gut. Martin Bäuerle wäre begeistert. Einerseits von der Schokolade, andererseits von Paulines nackter Haut und ihrer Mähne. Sonst hat sie meist einen Pferdeschwanz. Hatte sie, meine ich.« Ich reichte Jeannette das Smartphone. Wie lebenslustig und heiter Pauline auf dieser Aufnahme wirkte. Ich vermisste meine Freundin.

Jeannette strich sich eine Strähne ihres langen Haars hinters Ohr.»Wer ist die undichte Stelle? Nun ja, der Erfolg gibt ihm recht. Mehr als achttausend Likes hat es bereits, und es werden ständig mehr. Schau mal, es gibt sogar einen Hashtag zu Hohlbergs Reich.« Sie tippte auf unseren Agenturnamen und zuckte zurück.»Fuck! Da ist ja auch das Wiesenbild von Pauline! Und die Titelseite unserer Tageszeitung mit den großen Buchstaben, auf der sie tot unter den Sträuchern liegt. Ups, jetzt sind es schon fast neuntausend Likes unter dem Badewannenfoto.«

»Ob Werner die Fotos eingestellt hat?«, überlegte ich laut.

»Oder Jake? Womöglich haben sie das auf Andrés Anweisung hin getan.«

»Echt? Meinst du?« Jeannette wirkte überrascht und gleichzeitig schockiert. Sie tippte auf das Display ihres Handys. »Tja, diese Fotos bringen Likes, und das bedeutet Aufmerksamkeit. André tut alles, um seine Agentur zu pushen.« Unser Festnetztelefon klingelte. Weder Jeannette noch ich nahmen ab. Plötzlich kam mir eine Idee. »Dragan!«, stieß ich aus. Vor Aufregung packte ich Jeannette am Arm. »Kannst du dich an den Streit zwischen Dragan und Pauline bei uns im Treppenhaus erinnern? Pauline hat gesagt, er hätte sich wegen Fotos aufgeregt, auf denen sie halb nackt zu sehen sei.«

Das Telefon klingelte nach wie vor im Hintergrund, und jetzt meldete sich auch mein Handy mit Vivaldis »Sommer« aus den »Vier Jahreszeiten«. Privatgespräche waren in der Agentur verboten, trotzdem zog ich das Handy heraus. Als ich sah, wer anrief, hätte ich es beinahe fallen gelassen. »Shit, das ist André.«

Jeannette sah zu dem schwarzen Apparat unseres Festnetzanschlusses. »Ich will ja nicht unken, aber vielleicht ist das ebenfalls unser Häuptling Misstrauischer Tyrann.« Plötzlich hatte sie es eilig. »Du, Bea, ich muss zum Kommissar. Du kriegst das allein geregelt.« Eine Sekunde später fiel die Tür hinter ihr ins Schloss. Schnelle Schritte entfernten sich.

Unschlüssig sah ich von meinem Handy zum Apparat auf unserem Schreibtisch. Ich entschied mich für das Handy und nahm den Anruf an.

»André? Hallo, hier ist Bea.«

»Hältst du mich für blöd?«, knurrte es aus dem Lautsprecher in meine Ohrmuschel. »Das höre ich. Ich erwarte deine Vorschläge für den Claim sofort auf meinem Schreibtisch. Rapidement, haben wir uns verstanden?«

Ich nickte möglichst dynamisch, bis mir einfiel, dass André mich nicht sehen konnte. »Klar, Chef, sofort. Es war … die Kripo. Der Kommissar hat mich mit seiner Befragung aufgehalten.« Ich beendete die Verbindung und hastete zum Festnetzanschluss.

»Hohlbergs Reich, Bea Pelzer, was kann ich für Sie tun?«

»Das weißt du bereits«, quoll Andrés verärgerte Stimme aus dem Hörer. Jeannette hatte also richtiggelegen mit ihrem Verdacht. Unser Chef hatte beide Nummern gewählt. André brüllte mich an: »Wie kannst du es wagen, mi-nu-ten-lang nicht ans Telefon zu gehen? Machst du das auch, wenn unsere Kunden anrufen? Das ist geschäftsschädigend.«

»Nein, das mache ich sonst nie«, stammelte ich und suchte nach einer Ausrede. Auf die Schnelle fiel mir keine ein. »Wie soll ich zwei Anrufe gleichzeitig annehmen? In einer Sekunde hast du meine Ideen.«

Glücklicherweise hatte ich mich mit dem neuen Claim für die Landeshauptstadt bereits befasst. Meine Ansätze waren alles andere als ausgereift, aber sie würden André vorerst ruhigstellen.

Ich druckte meine Ideen aus und rannte über den Flur zu Andrés Büro. Selbstverständlich logierte unser Chef auf der Talseite und genoss den herrschaftlichen Panoramablick über die Landeshauptstadt. Er hatte die beste Perspektive auf Stuttgart, um die kommunale Werbestrategie auf ein völlig neues Niveau zu heben. Ihm die Datei per Mail zu schicken wäre einfacher und schneller gewesen. Aber André war altmodisch und bestand auf Papierausdrucke. Zumindest behauptete er das. In Wahrheit liebte er es, uns herumrennen zu sehen wie aufgescheuchte Hühner, um seine Wünsche »rapidement« zu erfüllen.

Schweigend legte ich den Ausdruck auf Andrés Tisch und verzog mich wieder.

Zurück in meinem Büro, klingelte das Handy erneut. Hatte er meine Ideen so rasch durchgesehen? Beim Blick auf das Display atmete ich auf. Der Anrufer war Georg.

Für ein privates Gespräch mit meinem Ex fühlte ich mich derzeit emotional nicht gewappnet. Außerdem könnte André erneut mein Telefonverhalten überprüfen. Mit leisem Bedauern wies ich Georgs Anruf ab und ließ ihm die automatische Mitteilung »Ich fahre gerade« zukommen. Sobald ich den Rest dieses

Arbeitstages überstanden hätte und zu Hause wäre, würde ich ihn zurückrufen.

Als Nächstes stand ein Gespräch mit Teddy an. Nach dem Sichten der Shooting-Ergebnisse mussten wir über die Schokoladenkampagne für Martin Bäuerle sprechen. Meine Aufgabe war es, aufmerksamkeitsstarke Headlines für die Plakate und Anzeigen zu schreiben. Zudem sollte ich passende Posts für Social Media adaptieren. Bevor ich damit starten konnte, musste ich mit Teddy die besten Bildmotive auswählen. Bis heute Morgen hatte ich nichts von Werners Probeshooting mit Pauline gewusst und machte mich auf weitere Überraschungen gefasst.

Ich stellte meine Informationen über Bäuerle und seine Schokoladenfabrik zusammen und schob sie in eine der agenturüblichen schwarzen Ledermappen. Mit der Mappe unter dem Arm ging ich hinüber zum Grafikatelier. Normalerweise musste man nur den akustischen Reizen aus kreischenden E-Gitarren und wummernden Bässen folgen. Heute lag ein geheimnisumwittertes Schweigen in der Luft.

Das Grafikatelier war der größte Raum der Agentur. Umgeben von einer Menge Rechnern, Druckern, Scannern, Laminiergeräten, Whiteboards, Regalen mit speziellen Papierqualitäten, Schneidebrettern und Flachbildschirmen in allen Größen brüteten die drei fest angestellten Designer Teddy, Stefan und Ben über ihren Layouts. In hektischen Zeiten wurden sie von freien Grafikern unterstützt. Dabei assistierten ihnen zwei bis drei Praktikanten, die ihre Ausbildung oder ihr Studium gerade beendet hatten und sich nun in das Haifischbecken einer Werbeagentur wagten. Fast allen stand in Hohlbergs Reich ein Praxisschock bevor. Nach diesem ersten Kontakt mit der Realität der Werbebranche, die wenig mit den üblichen Klischees aus Hollywoodfilmen, Fernsehserien oder Romanen gemeinsam hatte, entschieden sich einige bereits nach wenigen Tagen für einen anderen Beruf.

Aus naheliegenden Gründen handelte es sich bei unseren Praktikanten meist um junge Frauen, die den optischen Vorstellungen der männlichen Grafiker entsprachen und deren

Machogehabe ohne große Proteste ertrugen. Da auch in der Werbebranche Fachkräftemangel herrschte, war Tamara zurzeit die einzige Praktikantin. Je nachdem, wo es gerade am meisten brannte und der größte Handlungsbedarf bestand, sprang Tamara zwischen der Grafikabteilung und der Kundenberatung hin und her. Seit gestern hatten wir eine Kontakterin weniger, demzufolge war Tamaras Arbeitsplatz in der Grafik heute verwaist.

Im Atelier empfing mich eine Wolke aus Kaffeegerüchen, in die sich Nikotindunst mischte. In der Agentur herrschte Rauchverbot für Mitarbeiter. Darüber setzten sich die Grafiker jedoch oft hinweg. Alle drei waren zudem hochgradig koffeinsüchtig, genau wie unser Agenturchef. Im Gegensatz zu André musste das Fußvolk mit handelsüblicher Kaffeeware vorliebnehmen, während der Chef für sich und seine lukrativsten Kunden ein spezielles Küchenfach mit edlen Bohnen aus Peru reserviert hatte. Deren unautorisierte Verwendung zog unschöne Folgen nach sich; je nach Ausmaß des Missbrauchs reichten sie von einem Anschiss bis zur Abmahnung.

In einer Ecke neben der Fensterreihe kauerte Ben vor drei riesigen Bildschirmen. Sein Blick hüpfte von einem zum anderen, als würde er Layouts miteinander vergleichen. Als ich hereinkam, machte er sich nicht die Mühe aufzublicken. Das mochte an den schwarzen Kopfhörern über seinen Ohren liegen, deren Bügel die rotblonden Haare abstehen ließ wie eine Zackenbarschflosse. Sein Kollege Stefan hob zumindest die Hand in meine Richtung, als wäre ich die Bedienung und er wollte eine Bestellung aufgeben. Wie bei Kreativen üblich, lebten diese Wunderlinge ihre seltsamen Eigenheiten aus. André war selbst ein Original und duldete ihr Verhalten, solange sie ihm preisverdächtige Entwürfe lieferten. Auch Teddy konnte sich Freiheiten erlauben. Zum Beispiel die dauerhafte Nutzung des Agenturparkplatzes.

Bei meinem Anblick rollte Teddy den Drehstuhl zurück und schüttelte den Kopf, bevor ich ein einziges Wort an ihn gerichtet hatte. »Ich weiß, ich weiß, Bea.«

Genau wie Jeannette besaß Teddy das Talent, mir die Ge-

danken von der Stirn abzulesen. Das war kein Wunder. Wir
kannten uns seit der Schulzeit und waren viele Jahre lang ein
Paar gewesen. So lange, bis ich Teddys Seitensprünge nicht mehr
ausgehalten hatte, egal, wie poetisch er seine Liebe zu mir be-
schwor. In den vergangenen drei Jahren hatten wir eine On-off-
Beziehung geführt. Er wusste genau, welche Knöpfe er bei mir
drücken musste, um zu bekommen, wonach ihm der Sinn stand.
Bis die nächste blonde oder rothaarige oder schwarzhaarige
oder brünette Versuchung seinen Weg kreuzte. Das war so gegangen, bis Georg Bergmann in mein Leben getreten war.

»Was weißt du, Teddy?«, gab ich zurück, rollte den verwaisten Stuhl des Praktikantenplatzes neben ihn und ließ mich
darauf nieder.

»Du denkst, ich stecke in diesem Komplott mit drin. Das
Shooting mit Pauline war nicht meine Idee.«

»Wessen Idee war es dann? Lass mich raten: Andrés?« Ich
erinnerte mich an Martin Bäuerles auffallendes Interesse an Pauline bei dem Event auf der Solitude und fügte hinzu: »Oder
steckt unser Schokoladen-Tycoon dahinter?«

Teddy raufte sich die schwarzen Haare und brachte seine
ohnehin legere Frisur durcheinander. »Martin findet, Britta sei
zu dünn für Schokolade. Wegen der vielen Kalorien. Wobei
dieses Thema in unserer Kampagne tabu ist.« Er senkte die
Stimme und sah sich unauffällig um, als lauerten um uns herum
Spione. »Werner und ich konnten die zweite Linie mit Pauline
nicht offen kommunizieren. Du weißt ja, welche Sonderstellung
Britta hat.«

»Sie ist die Geliebte des Paten. Was so viel heißt wie: Hände
weg von ihr. Auch im übertragenen Sinne.«

»Eine Mafiabraut, genau. Sie hat Sonderrechte, daher die
Heimlichkeiten.«

»André weiß Bescheid, oder?«

»Logisch. Hier läuft nichts ohne sein Wissen.« Teddy senkte
die Stimme und raunte: »Du kennst die Gerüchte.«

»Hm.« Ich war klug genug, die Worte »Kameras« und »Ab-
höranlage« nur zu denken, statt sie auszusprechen. Noch hatte
niemand handfeste Beweise für unsere Vermutung, André be-

lausche die Büros seiner Mitarbeiter. Aber ab und an wusste der Chef auffallend gut über Dinge Bescheid, die seine Mitarbeiter ohne ihn besprochen hatten. »Die Gerüchteküche brodelt auf höchster Stufe. Ihr habt eine undichte Stelle.«
»Du meinst die Fotos auf Instagram?« Teddy winkte ab. »Auf TikTok habe ich sogar ein Making-of unseres Shootings entdeckt. Ich frage mich, wer das dort eingestellt hat.«
»Glaubst du, Werner ist dafür verantwortlich?«
»Es könnte genauso gut Jake sein.« Teddy nippte an seiner Kaffeetasse und verzog das Gesicht. »Kalter Kaffee, igitt. Sollte verboten werden. Bea, du weißt, wie sehr André unserem Influencer vertraut. Jake genießt bei ihm Narrenfreiheit, solange er seiner Agentur und ihm Aufmerksamkeit verschafft.« Er warf mir einen verschwörerischen Blick zu. »Was glaubst du, wie die Szene mit deiner Führung vor dem Schloss ins Fernsehen geraten ist? Da musste jemand nachhelfen. So eine VIP bist du als Herzogin nicht.«

Beim Gedanken an die demütigende Erfahrung, mich in Kostüm und Perücke im Landesfernsehen wiederzufinden, ließ ich die Schultern hängen. »Erinnere mich bloß nicht daran. Dreimal darfst du raten, was meine Mutter dazu gesagt hat.«

Teddy warf sich in die Brust und imitierte die mahnende Stimme meiner Mutter: »Kind, wieso trägst du bei deinem Auftritt im Fernsehen dieses lächerliche Kleid? Sieht aus wie vom Faschingsumzug. Ich schäme mich, deine Mutter zu sein, Bea.«

Unfreiwillig musste ich lächeln. Sein Tonfall war täuschend echt. »Lass uns über die Fotos reden«, forderte ich ihn mit Blick auf meine Armbanduhr auf. »André begutachtet gerade meine Ideen für den neuen Stuttgart-Claim. Ich wette, er hat eine Menge Verbesserungsvorschläge.«

Teddy zog einen weißen Umschlag aus dem obersten Ablagefach neben seinem Bildschirm. Er schüttelte die Bilder des Shootings heraus und fächerte sie vor uns auf. »Dies ist das Vamp-Foto von Andrés Freundin. Aus künstlerischer Sicht brillant. Brittas Ausstrahlung ist aber viel zu kalt für Schokolade. Damit könnte man Tiefkühlkost verkaufen. Oder Gigs in einem

Jazzclub. Die Fotos von Pauline sind das genaue Gegenteil. Die Aufnahme in der Wiese ist süß und würde zu Martins Vorstellungen passen.« Er zögerte. »Es wäre geschmacklos, das Foto einer ermordeten Frau für eine Werbekampagne zu verwenden. Pauline zu shooten war Martins Idee, und sie hat wirklich Talent. Sie hatte Talent, meine ich. Ehrlich gesagt, hätte ich ihr diese Präsenz nicht zugetraut. Aber wir müssen uns wohl für die andere entscheiden.«

»Das sehe ich genauso.« Ich tippte auf das Foto von Britta. »Dann wird es Andrés bessere Hälfte.«

Ich kannte Teddy gut genug, um zu spüren, wie sehr ihm solche Zugeständnisse gegen den Strich gingen.

Ein Poltern ließ uns beide zusammenzucken. Die Tür schwang auf, und ein Lieferant rollte mehrere Kartons mit Druckerpapier auf einer Sackkarre herein.

»Papier, Papier! Der Nachschub kommt«, rief der untersetzte Mann quer durch den Raum. Er trug einen grauen Overall und eine Kappe mit dem Logo eines Papierherstellers.

»Na endlich, Alexej.« Teddy erhob sich und ging auf den Mann zu. »Wir warten seit Tagen auf diese Lieferung. Um ein Haar hätten wir die nächsten Aufträge auf Toilettenpapier ausdrucken müssen.« Er hob die Hand und klatschte ein High five in die erhobene Rechte des Lieferanten.

»Guter Joke, Teddy. An dir ist ein Stand-up-Comedian verloren gegangen.«

»Danke für den Tipp. Beim nächsten Ärger reiche ich meine Kündigung ein und wechsle auf die Bühne des Renitenztheaters. Bin sicher, die warten nur auf mich.« Teddy ging zu einem schwarzen Büroschrank an der Längswand, der bis zur Decke reichte, und öffnete die Türen. »Einfach reinstapeln. Wo muss ich unterschreiben?«

Während Alexej unter lautem Ächzen die Kartons in den Schrank räumte, zogen sich die beiden gegenseitig auf. Meine Aufmerksamkeit galt dem Wiesenfoto von Pauline. War es tatsächlich eine Verwechslung gewesen? Hätte in Wahrheit ich dort unter den Sträuchern auf der Solitude liegen sollen?

Nachdem der Lieferant sich mit einem »Tschüssikowski«

verabschiedet hatte, rollte er die Sackkarre durch die Bürotür und versperrte kurz den Eingang. Genau zu diesem Zeitpunkt bog eine hochgewachsene Rothaarige vom Flur ab.

»Vorsicht, schöne Frau«, warnte der Lieferant und breitete die Arme aus. Die Frau im eng anliegenden schwarzen Etuikleid geriet ins Stolpern. Dennoch brachte Britta das Kunststück fertig, sich an dem Mann im Overall vorbeizuwinden, ohne auf ihren Stöckelschuhen die Balance zu verlieren.

»Eine Zumutung«, zischte sie den gut einen Kopf kleineren Mann von oben herab an und hielt zielstrebig auf Teddy und mich zu. Ihre rotblonde Mähne wehte hinter ihr her und verbreitete einen blumigen Duft, der für meinen Geschmack eine Spur zu aufdringlich war.

Innerhalb von Sekundenbruchteilen wurde aus Brittas zickigem Blick ein Strahlen übers ganze Gesicht, als hätte sie einen inneren Schalter umgelegt. »Da ist ja mein Lieblingsgrafiker.« Mit Bussi links, Bussi rechts drückte sie Teddy an sich, wie ich es nur aus Filmen über die Münchener Schickeria oder von Besuchen auf dem Stuttgarter Wasen kannte.

Geistesgegenwärtig schob ich die Fotos vor mir zusammen und bemühte mich, die von Pauline im Stapel zu verbergen.

»Haben wir einen Termin, Britta?« Teddy wirkte überrascht.

»Seit wann brauche ich einen Termin? Ich bin hier, um die Fotos meines Shootings zu begutachten«, gab das Model zurück, ohne mich eines Blickes zu würdigen.

Daran war ich gewöhnt. Britta neigte dazu, das weibliche Fußvolk der Agentur zu ignorieren. Diesmal aber gab es einen anderen Grund für ihr Aufmerksamkeitsdefizit. Sie hatte die Fotografien auf dem Tisch vor mir entdeckt und starrte missbilligend auf das oberste Bild.

In der Eile war es mir zwar gelungen, die Fotos zusammenzuschieben. Leider lag nicht wie geplant das Barhocker-Foto von Britta obenauf, sondern die Aufnahme, die Pauline in der Wiese zeigte.

Als ich das verhängnisvolle Bild verschwinden lassen wollte, beugte sich Britta über den Tisch und schnappte danach. Sie kniff die mit Eyeliner betonten Lider zusammen und fixierte Teddy derart frostig, dass ich um sein Leben fürchtete.

»Was soll das hier?« Aufgebracht wedelte sie mit Paulines Foto vor Teddys Gesicht herum. »Hast du hinter meinem Rücken ein anderes Model geshootet?«

Die Muskeln in Teddys Gesicht arbeiteten. Diesen Ausdruck kannte ich nur zu gut. So sah er aus, wenn er sich aus einer unangenehmen Situation herauswinden wollte.

»Wie kannst du es wagen, mich zu hintergehen?«, schrie Britta den Grafiker an. »Das ist meine Kampagne! Das neue Werbegesicht von Bäuerle-Schokolade werde ich, so ist es abgemacht.«

Es hätte mich nicht gewundert, wenn sie mit dem Fuß aufgestampft hätte. Dafür war der Absatz ihres Stilettos wohl zu filigran.

»Britta, dein Shooting war erste Sahne, das weißt du«, redete Teddy beruhigend auf sie ein. »Du bist ein Profi. Dein Schokoladenvamp wird auf Großflächenplakaten überall in der Stadt für Aufsehen sorgen. Möglicherweise sogar landesweit, wenn Martin die neue Kampagne über die Region hinaus schaltet.«

Teddys Strategie war clever. Sie mit Komplimenten zuzuquatschen funktionierte üblicherweise. Eitelkeit war ihre Schwachstelle.

Britta hielt Paulines Foto zwischen spitzen Fingern, als ekelte sie sich davor. Der pinkfarbene Lack ihrer langen Nägel biss sich mit dem Rot des Kleides auf der Fotografie. »Wer ist diese dicke Person überhaupt? Jedenfalls kein professionelles Model, das sehe ich sofort. Ihr BMI ist höher als ihr Taillenumfang, pah!«

»Du hast recht«, erwiderte Teddy und nahm ihr damit ein wenig Wind aus den Segeln. »Sie ist eine Amateurin, kein Profi wie du, Britta. Höchstens zweite Wahl, und wir –«

»Ich kenne diese Person«, fiel Britta ihm ins Wort und klapperte mit ihren dick getuschten Wimpern. »Ha, das ist eine von euren unscheinbaren Büromäuschen! Sie sitzt drüben in der Kundenberatung am Telefon.«

»Stimmt. Sie ist Kundenberaterin.«

»Eine Kontakterin?« Britta stieß einen verächtlichen Laut aus. »Wie ist die denn vor Werners Linse geraten?« »Britta, du weißt doch, wie das bei uns läuft. Wir haben sie auf ausdrücklichen Wunsch von Martin Bäuerle geshootet. Eigentlich arbeite ich nicht mit Amateuren, wenn es um so wichtige Etats geht.« Teddy legte eine kurze Pause ein, bevor er in einem betont harmlosen Tonfall eine Frage nachschob. »Hat André dir nichts davon erzählt?«

Britta drückte die Knie durch, bis ihre langen Beine gerade wie Spazierstöcke waren. Ihr Körper versteifte sich. »Was meinst du damit? Willst du andeuten, André weiß über diese … diese Angelegenheit Bescheid?«

Teddy schob die Hände in die Hosentaschen. »Du hast sowieso nichts mehr zu befürchten, Britta. Die Frau auf dem Foto ist tot, falls dir das entgangen ist. Ihre Leiche wurde gestern bei unserem Event auf Schloss Solitude entdeckt.«

»Gestern? Bei Andrés Event mit Martin Bäuerle?« Britta wich zurück. »Das ist ja grauenvoll. Ich war für ein Shooting unterwegs. In Hamburg, genauer gesagt. Bin erst heute zurückgekommen.« Sie schleuderte Paulines Foto auf den Tisch und warf ihre Mähne über die Schulter. »Zeit für ein ernstes Gespräch mit André.« Britta reckte das Kinn und stöckelte aus dem Grafikatelier.

Verwundert sah ich zu Teddy. »Hat André ihr wirklich noch nichts davon erzählt? Auch wenn sie in Hamburg war, hat er sie doch bestimmt angerufen, oder?«

»Wieso fragst du mich das? In Beziehungen anderer Leute mische ich mich nie ein. Das gilt für die von André gleich dreimal.«

»Was für ein übler Tag.« Inzwischen spürte ich die Erschöpfung in jeder Zelle. »Am besten, ich verschiebe meine Headlines, bis die Chefetage eine Entscheidung über das Schokoladenmodel getroffen hat. So lange kümmere ich mich um unsere Präsentation morgen. Wie weit bist du damit?«

»Fast fertig. Deine Vorschläge für den neuen Claim fehlen noch.«

»Hoffentlich ist André mit ein paar meiner Ideen einverstanden. Sobald ich die Vorschläge überarbeitet habe, maile ich sie dir für deine Charts.«

Teddy setzte ein Lächeln auf. Neben seinen Mundwinkeln erschienen die Grübchen, für die ich früher so viele Namen gehabt hatte. Sie erinnerten mich an Kommas. Kleine, lebhaft geschwungene Kommas, die man mit dem Finger nachzeichnen konnte. Bevor das leichte Flattern in meinem Bauch sich weiter ausbreiten konnte, stand ich auf. »Du liest von mir.«

»Ich habe einen Vorschlag für dich. Wie wäre es mit ›Stuttgart zwischen Summ und Brumm‹?«

»Hey, die Idee ist ganz passabel für einen Grafiker. Falls mir kein besserer Claim einfällt, denke ich darüber nach.«

Während ich über den Flur zurück in mein Büro schlenderte, musste ich lächeln. Teddys Vorschlag »Stuttgart zwischen Summ und Brumm« war ein Scherz gewesen. Dafür ausgesprochen witzig. In den neunziger Jahren hatte die Landeshauptstadt als Motto »Großstadt zwischen Wald und Reben« genutzt. Da Stuttgart bundesweit zu den waldreichsten Städten gehörte, passte dieser Slogan ideal. Immerhin war gut ein Drittel der Stadtfläche bewaldet oder bestand aus Grünflächen. Ob das heute noch so war, entzog sich meiner Kenntnis. Wahrscheinlich hatten einige Ahornbäume, Buchen und Platanen den Hitzetod erlitten. Die Straßenschluchten im Kessel waren vollgepackt mit Beton und Asphalt. Materialien, die Wärme speicherten wie ein Schwamm Wasser. Auch unsere Weinberge ächzten unter der Klimaerwärmung. Ob sie weiter das Stadtbild prägen würden? Im alten Stuttgart-Slogan hatte das Wort »Reben« die traditionsreichen Weinberge in unmittelbarer Zentrumsnähe in den Fokus gerückt. Auch diesen Standortvorteil konnte kaum eine andere Stadt in Deutschland bieten. Dennoch war die verunglimpfte Version des Slogans, die »Stadt zwischen Hängen und Würgen« lautete, damals bekannter geworden und hatte bundesweit für Häme gesorgt. Zurzeit besaß Stuttgart keinen eigenen Slogan, weil die Region im Vordergrund stehen sollte. Einige der Verantwortlichen hatten diese Lücke erkannt und deshalb den Pitch ausgeschrieben, der morgen in die nächste Runde gehen würde.

»Das war eine Demütigung für mich!«
Eine aufgebrachte Frauenstimme riss mich aus meinen Ge-
danken. Sie kam aus der Küche. Britta. Unschwer zu erraten,
worüber sie sich aufregte.
»Schatz, eine Erscheinung wie du hat doch keine ernsthafte
Konkurrenz«, hörte ich André sagen. Dann ein Geräusch, als
würde er ihre Hand tätscheln, um sie zu beruhigen.
»Eine Amateurin als landesweites Werbegesicht!«, stieß
Britta aus. »Wer von euch ist auf diese dumme Idee gekommen?
Und dann ausgerechnet eine Dicke. Die könnte höchstens als
Curvy-Model für Maultaschen werben.«
Die Tür zur Küche war nur noch einen Meter entfernt. Was
sollte ich tun? So dezent wie möglich daran vorbeihuschen?
Oder warten, bis die beiden ihr Scharmützel ausgetragen hatten?
Drinnen ging es munter weiter.
»Das war Martins Idee, Britta. Er hat einen Narren an Pauline
gefressen.«
»Aber du hast mir den Job versprochen! Meine Fotos sind
atemberaubend, hast du gesagt.«
»Das stimmt, sie sind *formidables*.«
»Außerdem ist sie tot.«
André stieß ein Ächzen aus. »Eine Tragödie für meine Agen-
tur. Gestern hatte ich ein Live-Interview im Fernsehen, aber alle
wollten nur über dieses Unglück sprechen.«
»Na, dann ist sie ohnehin aus dem Rennen, oder? Erdrosselte
Frauen machen niemandem Lust auf Schokolade.«
Irritiert schob ich mich näher zur Tür. Woher wusste Britta,
dass Pauline erdrosselt worden war? Eben hatte sie noch so
getan, als hätte sie erst durch uns von dem Mordfall erfahren.
»Britta, sei nicht so kaltherzig. Denk an ihre Kollegen oder
an ihre Familie.« Kaum hatte André das ausgesprochen, gab
er ein schnalzendes Geräusch von sich. »*Merde*. Ich muss los.
Kondolenzbesuch bei den Eltern.«
Geschirrklappern war zu hören, und eine Sekunde später
rauschte André aus der Küche. Nicht auszudenken, wenn er
mich beim Spionieren erwischte. Ich presste mich flach an die
Wand, als würde ich dadurch unsichtbar. Das Schicksal war

auf meiner Seite. André wandte sich in die andere Richtung. Als er im Waschraum der Herren verschwunden war, ging ich auf Zehenspitzen an der Küchentür vorbei. Verstohlen warf ich einen Blick hinein. Britta stand vor der Spüle und drehte mir den Rücken zu. Sie hatte die Hände zu Fäusten geballt und reckte sie triumphierend in die Luft. Sah aus, als hätte sie etwas zu feiern.

Das hochmütige Model stand auf meiner Liste der unsympathischsten Menschen in meinem Umfeld weit oben. Jetzt eroberte sie endgültig den ersten Platz. Trotzdem hätte ich zu gern gewusst, worüber sie sich derart freute. Etwa über Paulines Tod?

ACHT

Als ich meinen Computer wieder hochgefahren hatte, trat André ins Büro und reichte mir die Ausdrucke mit meinen Slogans. »Halbwegs brauchbar«, lautete sein Urteil. »Ein paar innovative Ansätze, auf die du nicht gekommen bist, habe ich ergänzt. Ausarbeiten, *tout de suite*. Teddy muss die Charts für die Präsentation fertigstellen.« Sprach's und verschwand. Innovative Ansätze. Na, auf die war ich gespannt. Neugierig sah ich die Seiten durch und versuchte, seine Kritzeleien zu entziffern. Was er notiert hatte, war weniger überraschend, als von ihm angekündigt. Und alles andere als innovativ. In seinen Notizen rückte André die Autohersteller und ihre Zulieferer aus Stuttgart und der Region in den Mittelpunkt. Wenig verwunderlich, schließlich hoffte er nach wie vor darauf, einen der beiden Stuttgarter Premiumhersteller dazu bewegen zu können, dessen Etat seiner Werbeagentur anzuvertrauen. Darüber hinaus setzte André auf weltberühmte Erfindungen wie die Zündkerze, das Windkraftrad und den Plastikdübel. Den Dübel strich ich sofort durch, der stammte zwar aus dem Ländle, aber nicht aus Stuttgart. Zudem waren Dübel hässlich und winzig. Und sie weckten bei mir nur unangenehme Assoziationen.

Was das Windrad anging, musste ich meine Suchmaschine befragen. Diesmal lag André richtig. In den fünfziger Jahren hatte ein gewisser Herr Hütter die moderne Windkraftanlage erfunden, die sieben Jahrzehnte später gute Chancen hatte, unseren Energiehunger auf halbwegs umweltverträgliche Weise zu stillen. Man musste indes berücksichtigen, wie viele Menschen auf die Straße gingen, wenn vor ihrem Häusle oder ihrem Hausberg oder in der Nähe eines Touristenmagnets ein solches Riesending aufgestellt werden sollte. Für unsere Präsentation war dieses Eisen eindeutig zu heiß. Ich strich das Windrad. Übrig blieb die Zündkerze. Auch kein optisches Highlight. Was mir zusätzlich einfiel, war Schokolade in besonderer Form. Das hatte ich bei meiner Recherche für die Schokoladenkampagne von Martin Bäuerle herausgefunden. Die Schokolade war zwar keine Stuttgarter Erfindung, dafür aber die Quadratform der Ritter-Sport-Schokolade. Die Idee dafür stammte sogar von einer Frau, Clara Ritter, der Ehefrau des Firmengründers Alfred Eugen Ritter. Damals war der Firmensitz noch nicht in Waldenbuch, sondern in Bad Cannstatt gewesen, das nach wie vor zu Stuttgart gehörte. Zufrieden notierte ich »quadratische Schokolade« und begann, mit Slogan-Ideen rund um die Wörter »eckig«, »Viereck« und »quadratisch« zu experimentieren. Nur Minuten später strich ich alles wieder durch. Was sollte dieser Quatsch? Meine Konzentration war auf dem Nullpunkt. Vermutlich hatte ich mich nur wegen meines zu niedrigen Blutzuckers an der Schokoladenidee festgebissen.

Mitten in meinem Gähnanfall kam Jeannette herein und ließ sich auf ihren Stuhl fallen. »War der Kommissar bei dir auch so ungesprächig?«, wollte sie von mir wissen. »Ich habe mehrmals versucht, ihm Infos über den Schuhabdruck zu entlocken, und gefragt, ob die Suchtrupps die Perücke inzwischen gefunden haben. Gabriel war verschlossen wie eine Quagga-Muschel. Aus dem ist nichts rauszubekommen.« Nun gähnte sie ebenfalls, ich hatte sie angesteckt. »Was schreibst du so eifrig? Schokolade oder Stuttgart-Claim?«

»Beides gleichzeitig«, gab ich zurück. »Der Kommissar hat dich ziemlich lange befragt. Das müssen fast zwei Stunden gewesen sein.«

»Nö, das Verhör ging schnell. Danach saß ich drüben bei Jake. Wir haben die Videos durchgesehen, die er gestern auf der Solitude aufgenommen hat.«

Abrupt richtete ich mich auf. »Die Videos? Warum das?«

»Der Kommissar wollte von mir wissen, wann ich Pauline zum letzten Mal lebend gesehen habe.« Sie zupfte an ihren Fingernägeln herum. »Stell dir vor, darauf konnte ich ihm keine Antwort geben. Weil mir das keine Ruhe gelassen hat, wollte ich die Videos sehen. Von außen betrachtet, wirkt es ziemlich spooky, wie wir uns als barocke Adelige verkleidet unters Volk gemischt haben. Was frau für Geld nicht alles tut.«

»Von mir wollte der Kommissar wissen, ob ich Feinde in der

Agentur oder im Bekanntenkreis hätte, die mich umbringen wollen.«

»Stimmt. Er hat diese Theorie, dass der Mörder euch verwechselt haben könnte«, erinnerte sich Jeannette. »Glaubst du, da ist was dran?«

Ich verspürte keinerlei Bedürfnis, mich damit auseinanderzusetzen. »Sorry, ich muss Teddy meine Ideen für die Präsentation mailen.«

Die nächste Stunde über feilte ich an meinen Formulierungen. Halbwegs zufrieden schickte ich die Texte rüber ins Grafikatelier. Heute würde ich keine Abendschicht einlegen müssen. Zumindest nicht hier in der Agentur.

»Wie lange brauchst du noch?«, fragte ich Jeannette. »Ich möchte bald Schluss machen und nach Hause fahren. Meine Stellen für die Präsentation morgen kann ich genauso gut daheim auf dem Sofa vorbereiten.«

Jeannettes Blick glitt zur Uhrzeit-Anzeige in der rechten unteren Ecke ihres Bildschirms. »Eine halbe Stunde. Wenn du gleich losmöchtest, ist das okay. Ich kann mir ein Taxi rufen.«

»Nein, alles gut. Ich packe meine Sachen zusammen und warte draußen auf dich. Ein bisschen frische Luft wird mir guttun.«

»Oh ja, besonders die ozonhaltige, feinstaubgeschwängerte Luft, die von der B 27 zu uns herunterweht«, gab Jeannette in sarkastischem Ton zurück. »Ich beeile mich. Bis gleich.«

Ohne unangenehme Begegnungen verließ ich die Agentur. Im Treppenhaus roch es nach Pommes frites und Bratwurst. Obwohl ich Fleischreste zweifelhafter Herkunft in Tierdarm von meinem Speiseplan verbannt hatte, bekam ich Lust auf Currywurst mit Ketchup. Mein Magen knurrte bei dieser Vision erfreut und schlug mir vor, auf dem Nachhauseweg einen Stopp beim Brunnenwirt einzulegen. Am Rand des kleinen Rotlichtbezirks gelegen, lockte der Kultimbiss bis spät in die Nacht Menschen aus allen Gesellschaftsschichten mit pikanten Würsten, Leberkäse, gegrilltem Schweinebauch und Pommes ins Leonardsviertel.

Als die mit Schnitzereien verzierte Holztür der Villa hinter mir ins Schloss fiel, folgte ich dem schmalen Spazierweg in den Garten. André hatte den kleinen Park für seine Agentur in Beschlag genommen und bezahlte dem Hausmeister ein Extrahonorar, damit er die Pflanzen für seine gelegentlichen Open-Air-Meetings mit vielversprechenden Kunden in Form hielt. Unweit vom Parkplatz hatte der Hausmeister eine idyllische Rosenlaube angelegt. Sprich: Er hatte einige Rosenstöcke gepflanzt und dazwischen zwei Sitzbänke um einen protzigen Marmortisch aufgestellt. Die Rosen hatten sich erbarmt und rankten die beiden Spaliere hoch, um dem Namen Rosenlaube gerecht zu werden.

Ich ließ mich auf der Bank nieder, zog die Beine in den Schneidersitz und sah zu, wie der orangerote Kreis der Abendsonne sich im Westen dem Horizont näherte. Von der Verkehrsschneise der B 27, die sich oberhalb des Gartengeländes am Steilhang entlang nach Degerloch hinaufwand, fluteten Motorengeräusche herunter. Auch aus dem Kessel drangen das Dröhnen des Feierabendverkehrs und gelegentliches Hupen sowie die Sirene eines Rettungswagens oder der Feuerwehr herauf. Diese Stadtsinfonie als ständiges Hintergrundgeräusch war ich gewohnt. Auf dem Spalier über mir verströmten dunkelrote Edelrosen einen betörend sinnlichen Duft. Aus den gekippten Fenstern der nach hinten gelegenen Erdgeschosswohnung des Hausmeisters waren Melodiefetzen italienischer Schlager zu hören. Ab und zu verstand ich ein Wort, zum Beispiel »amore« oder »una donna«, und glaubte, zwischendurch die röhrende Stimme von Gianna Nannini zu erkennen. Mit jeder Minute sanken meine Schultern tiefer, und es gelang mir, den Stress loszulassen.

Wie von weit entfernt nahm ich ein einzelnes Motorengeräusch wahr. Es kam näher, wurde lauter und verstummte. Eine Autotür fiel ins Schloss. Der Bewohner einer der Privatwohnungen in der Villa war wohl von der Arbeit nach Hause gekommen. Oder war das womöglich André, der von seinem Besuch bei Paulines Eltern zurückgekehrt war? Ich duckte mich hinter einen Rosenstock und behielt den Gartenweg im Blick.

Jemand näherte sich der Villa. Es war ein Mann im dunklen Anzug. Statt zum Eingang abzubiegen, ging er in den Garten und hielt direkt auf mein Versteck zu.

Weil ich einen Konflikt mit dem Agenturchef befürchtete, hatte ich unwillkürlich die Luft angehalten. Nun erkannte ich den abendlichen Besucher und atmete auf, als er in die Rosenlaube trat.

»Guten Abend, Bea.« Georg lächelte und deutete auf meine Bank, als bäte er mich um mein Einverständnis. Einen guten halben Meter von mir entfernt setzte er sich.

Ich spürte, wie die lackierten Holzlatten unter seinem Gewicht nachgaben.

»Weißt du, ich hatte so eine Ahnung, dass ich dich hier finden würde.« Georg hob das Gesicht und schnupperte dem Rosenduft nach. »Blühende Rosen sind wunderbar, findest du nicht auch? Manchmal stelle ich mir vor, wie Menschen schon vor Tausenden von Jahren diesen feinen Duft inhaliert haben. Im antiken Athen, in den malerischen Dörfern auf den griechischen Inseln oder in den Gärten von Capri mit Blick auf den Krater des Vesuvs.«

Georg überraschte mich. Weil er mich in der Rosenlaube vermutet hatte und weil er gerade ein völlig anderer war als der sachliche Banker, der mit beiden Beinen im Geschäftsleben stand und erfolgreich die Karriereleiter hinaufkletterte. Auf andere Menschen wirkte Georg oft nüchtern und phantasielos. Dafür gab es einen einfachen Grund: Er machte das absichtlich. Sein wahres Gesicht zeigte er nur engen Freunden oder ehemaligen Liebschaften wie mir.

Über dem Horizont im Westen leuchtete das Abendrot postkartenreif in orange-violetten Streifen. Bereitwillig ließ ich mich vom romantischen Ambiente der Rosenlaube anstecken. »In antiken Sagen wird beschrieben, wie Rosen entstanden sind«, sagte ich. Das hatte ich neulich bei der Recherche für die Imagebroschüre einer Gärtnerei gelesen. »Als eine Art Überbleibsel der Morgenröte auf der Erde.«

»Ein Überbleibsel der Morgenröte?« Georg lächelte und rückte ein paar Zentimeter näher an mich heran. »Das klingt schön. Ob verliebte Männer damals bereits rote Rosen als Zeichen ihrer Zuneigung verschenkt haben?«

Zum ersten Mal an diesem Tag spürte ich, wie der eiserne Ring, der sich seit gestern um mein Herz gelegt hatte, ein wenig nachgab. Gleichwohl hoffte ich, Georg würde keine Rosenblüte abknipsen und mir in den Schoß legen. Oder meine Hand in seine nehmen. Das wäre zu viel Romantik für mich. Zumal auf unserem Beziehungsstatus nach wie vor das Etikett »ungeklärt« klebte.

»Du hast heute Mittag angerufen.« Bewusst führte ich unser Gespräch von gefühlsbetonten Pfaden zurück in die Realität. »Entschuldige, ich konnte nicht rangehen. Wir haben morgen eine wichtige Präsentation bei der Stadt, und du kennst ja André.«

»Ein Sklavenhalter erster Güte, um in der Antike zu bleiben.«

Georgs Schmunzeln sah ich trotz der Dämmerung. Seine Gesichtszüge wurden ernst. »Gestern auf der Solitude hatte ich leider keine Gelegenheit mehr, mit dir zu sprechen, nachdem ... nach dem, was dort geschehen ist.«

In meinem Hals machte sich ein Kloß breit. »Die Kripo war heute in der Agentur. Der Kommissar hat mich bereits zum zweiten Mal befragt. Er denkt, es könnte eine Verwechslung gewesen sein. Weil unsere Kostüme sich ähnelten.«

»Blaues Kleid, Fächer, braunes Haarteil«, murmelte Georg, als riefe er sich Erinnerungen ins Gedächtnis. »Was für eine erschreckende Vorstellung. Dieses wichtige Detail hat deine Stiefmutter verschwiegen.«

»Gerit? Hat sie einen Artikel geschrieben?«

»Ja. Über den Stand der Ermittlungen. Bei uns in der Bank war der Tod deiner Kollegin heute Gesprächsthema Nummer eins.« Er rollte die Schultern, als wollte er eine Verspannung im Nacken lösen. »Lass uns über andere Dinge reden. Wie geht es dir? Konntest du überhaupt schlafen?«

»Einigermaßen. Ich habe mich hin und her gewälzt, weil mein Kopfkino eine Spätvorstellung eingelegt hat.« Ich zögerte, die flapsige Formulierung schien mir nun unangemessen. »Du weißt, was ich meine. Gerit war gestern noch bei uns. Sie wollte mich trösten, aber natürlich wollte sie auch ...«

»Sie wollte dich aushorchen«, beendete Georg meinen Satz.

»Das ist nun einmal ihr Beruf.«

»Ja, ich weiß. Ich mag sie wirklich gern. Obwohl ich gestern zwischendurch verwirrt war, weil ich nicht wusste, ob sie mit mir als Peters Tochter oder mit einer Zeugin, besser gesagt einer ihrer Informantinnen spricht.«

Georg rutschte neben mich. Er nahm meine Hand in seine, und ich ließ es zu, weil es mir guttat.

»Bea, hättest du morgen Abend Zeit? Ich möchte für dich kochen. Was hältst du davon?«

Kochen war Georgs Hobby und eine Leidenschaft, mit der er sich von Zahlen und Bilanzen ablenkte. »Lasagne«, sagte ich leise und spielte mit seinen Fingern.

»Mit besonders viel Parmesan, ich weiß.« Georg neigte sich zu mir herüber, und ich lehnte meinen Kopf an seine Schulter. Schweigend saßen wir dicht beieinander.

Ein Knall aus Richtung der Villa schreckte mich auf. Jemand hatte die schwere Haustür hinter sich zufallen lassen. Im Licht der Straßenlaternen beobachtete ich, wie Jeannette zum Parkplatz lief und nach meinem Corsa Ausschau hielt. Sie stutzte, weil der Fahrersitz leer war, und blickte sich nach mir um. »Bea? Bea, wo steckst du?«

»Ich bin hier.« Mit leisem Bedauern löste ich mich von Georg.

Als Jeannette uns unter dem Spalier entdeckte, grinste sie frech. »Aha, der Rosenkavalier wird gespielt. Guten Abend, Georg.«

Georg nickte ihr zu. »Hallo, Jeannette. Suchst du deine Mitfahrgelegenheit?«

»Eigentlich ja. Wenn ihr beiden weiter herumknutschen wollt –«

»Wir können fahren«, unterbrach ich Jeannette, bevor ihr Mundwerk zur Höchstform auflief. Auch wenn sie mir regelmäßig riet, mich für Georg zu entscheiden, war er für sie nur ein Spießer mit Aktien und einer Eigentumswohnung auf dem Killesberg. Ich stand auf und hängte mir die Schultertasche um.

»Super. Weißt du, Bea, ich habe plötzlich unbändige Lust

auf Pommes. Lass uns beim Brunnenwirt vorbeifahren und was Ungesundes fürs Abendessen kaufen.«

»Pommes sind okay«, gab ich zurück und schickte Georg eine stumme Botschaft des Bedauerns.

Jeannettes scharfem Blick entging das nicht. »Georg, möchtest du uns vielleicht begleiten?« Das klang wie ein Friedensangebot.

»Ich lasse euch lieber allein, damit ihr in Ruhe über mich reden könnt.« Mit einem Lächeln stand er auf und wandte sich zu mir. »Bea, du meldest dich?«

Ich nickte und sandte das Lächeln an ihn zurück. Jeannette hakte mich unter, und wir folgten Georg zum Parkplatz.

Ohne sich noch einmal umzusehen, stieg er in seinen silbernen Mercedes, blinkte und bog auf die Neue Weinsteige ab. Sein Wagen beschleunigte, und weg war er.

Bei einem Stopp am Leonardsplatz hatten wir fettige Pommes in uns hineingeschlungen. In der WG angekommen, lagen sie mir wie ein Klumpen ausgehärteter Klebstoff im Magen. Jeannette schaffte Abhilfe mit einer doppelten Portion Magenbitter. Ich braute aus zwei verschrumpelten Stückchen Ingwer, die ich im Gemüsefach des Kühlschranks entdeckte, einen verdauungsfördernden Tee.

Damit setzte ich mich an den Laptop und ging den Teil der Präsentation durch, den ich morgen übernehmen sollte. Als ich meine Stichworte endlich parat hatte, rief ich die Online-Ausgabe der Stuttgarter Zeitung auf. Georg hatte einen Artikel von Gerit über den Mordfall erwähnt. Es war der Aufmacher, illustriert mit einer Aufnahme des abgesperrten Fundorts unweit des Lustschlosses. Das kleine Porträtfoto von Pauline im linken oberen Eck versuchte ich beim Lesen auszublenden, weil es mich mitten ins Herz traf. Wenigstens war diesmal kein Foto von mir als Herzogin abgedruckt.

»Mörder hinterließ Schuhabdruck bei seinem Opfer« lautete die wenig originelle Schlagzeile, die gleichwohl zum Lesen animierte. In wenigen Absätzen schilderte Gerit den Stand der Ermittlungen und berief sich dabei auf Informationen der

Kripo sowie Recherchen der Redaktion. Bald kam sie auf den Schuhabdruck zu sprechen, den ich im angetrockneten Schlamm einer Pfütze gesehen hatte. Es war der Abdruck eines Männerschuhs in Größe 45. Er stammte vermutlich von einem Schnürschuh aus Leder, wie man ihn in Büros oder Finanzinstituten trug. Gerit spekulierte darüber, inwiefern dieser Hinweis den Täterkreis einschränkte. Da die meisten Männer Turnschuhe oder Sneakers bevorzugten, schloss sie, der Täter könne kein Schlossbesucher und auch kein Spaziergänger oder Jogger gewesen sein, der zufällig auf der Solitude unterwegs gewesen war. Ohne es auszuformulieren, lenkte sie damit den Fokus auf Männer aus einem geschäftlichen Umfeld, in dem man Wert auf ein gepflegtes Äußeres legte.

In einem Nebensatz erwähnte sie die Veranstaltung einer Stuttgarter Werbeagentur in unmittelbarer Nähe des Schlosses, bei der fast nur männliche Teilnehmer mit Business-Dresscode anwesend gewesen seien. Obwohl sie den Namen der Agentur weggelassen hatte, stellten sich beim Lesen meine Nackenhaare auf. Ob mein Vater von Gerits Artikel wusste? Gerit war Journalistin, daher musste sie die Ermittlungen von Berufs wegen verfolgen und konnte Informationen schlecht unter den Tisch fallen lassen.

Was André dazu sagen würde, konnte ich mir lebhaft vorstellen. Er würde vor Wut schäumen und jeden beschimpfen, der das Pech hatte, sich gerade zufällig in seiner Nähe aufzuhalten.

Ein neuer Aspekt waren Gerits Überlegungen zu Paulines Todeszeitpunkt. Präzise rekonstruierte sie, wann unsere Kollegin zum letzten Mal lebend gesehen worden war. Einige Zeugen hatten ihre Ankunft in Privatkleidung auf der Solitude bemerkt. Unerwähnt blieb, wer sie begleitet hatte – nämlich ich. Deutlich mehr Zeugen erinnerten sich aus verständlichen Gründen daran, wie das spätere Opfer in einem barocken Kostüm mit Perücke aus der Akademie Schloss Solitude gekommen war. Gemeinsam waren wir beide hinüber zum Agenturzelt gegangen. Dabei hatte die Menge unsere auffallende Aufmachung bestaunt und uns mit Handys gefilmt oder fotografiert.

Vor dem Schloss hatten Pauline und ich uns verabschiedet.

Dann hatte Jake mich beim Shooting auf der Freitreppe herumkommandiert. Wann war das gewesen? Kurz nach halb neun oder vielleicht ein paar Minuten später.

Gerit schrieb weiter, Pauline habe bis circa halb zehn Uhr im Agenturzelt bei den Vorbereitungen für die Veranstaltung geholfen. Danach habe sie sich entschuldigt und laut Aussage einer Arbeitskollegin die Toilette in der Akademie aufsuchen wollen. Wer diese Kollegin wohl gewesen war, fragte ich mich. Jeannette? Oder Tamara?

Später an diesem Morgen sei Pauline nicht mehr lebend gesehen worden, zumindest nach dem jetzigen Stand der Zeugenbefragungen, berichtete Gerit. Laut Obduktionsbericht liege der Todeszeitpunkt zwischen neun und ungefähr elf Uhr. Gegen halb zwölf habe eine Spaziergängerin die Leiche entdeckt.

Ich fragte mich, wann ich bei Paulines Leiche angekommen war. Während ich bei der Verkostung bedient hatte, war ich auf den Tumult draußen aufmerksam geworden und aus dem Zelt gerannt. Es musste nur Minuten später gewesen sein.

Im letzten Absatz ihres Artikels warf Gerit mehrere offene Fragen auf. Zum Beispiel, wo genau Pauline ermordet worden war. Und wie die letzten Minuten ihres Lebens verlaufen waren. Was war zwischen ihrem Aufenthalt im Waschraum der Akademie und dem Zeitpunkt, als sie unter den Sträuchern gefunden wurde, geschehen? Wo hatte der Mörder ihr aufgelauert? Und wo hatte er ihr das Seil um den Hals geschlungen und sie erdrosselt?

Gerits letzter Absatz steckte voller Spannung, als hätte ihn ein Thriller-Autor verfasst. Aber wieso hatte sie Paulines Ex-Freund Dragan und die Strafanzeige wegen körperlicher Gewalt gegen ihn unerwähnt gelassen? Wegen der begrenzten Zcilenanzahl? Oder weil sie darüber im nächsten Artikel berichten wollte?

Aus einem Impuls heraus suchte ich nach Dragans neuesten Posts auf X, Facebook und Instagram. Ich fand lediglich einen aktuellen Eintrag. Der hatte es dafür in sich. Dragan hatte heute Morgen eine Fotografie von sich und Pauline gepostet. Auf dem Foto trug sie ein Fan-Shirt mit Dragans Namenszug und eine der schwarzen Kappen mit goldenem »D«, die man in seinem Merchandising-Shop bestellen konnte. Im Textfeld hatte Dragan geschrieben: »R.I.P. Ich denk an dich, Babe.« Unter diesem Abschiedssatz kündigte der Rapper einen neuen Song an, in dem es um seine verstorbene große Liebe gehen sollte. Also doch! Dragan verarbeitete Paulines Tod in einem neuen Stück. Ich klickte durch die Videos auf seiner Website und bei YouTube, stieß aber auf keinen neuen Song. War Dragan gestern auch auf der Solitude gewesen? Gesehen hatte ich ihn nicht, weil ich mit meiner Führung und Andrés Extrawünschen beschäftigt gewesen war.

Gezielt suchte ich in den Sozialen Medien nach den Videos, die Jake von unserer Veranstaltung online gestellt hatte. Der Reihe nach sah ich sie mir an. Viele zeigten mich bei meiner Führung und Schiller alias Teddy, wie er durch die Schaulustigen spazierte und sich bewundern ließ. Andrés weißes Zelt war ebenfalls aus jeder nur erdenklichen Perspektive zu sehen. Auch er selbst, wie er seine Gäste auf dem roten Teppich begrüßte. Darunter die Mitarbeiter aus Georgs Bank, die ich zuvor durchs Schloss geführt hatte, sowie Martin Bäuerle und seine Manager und Abteilungsleiter, die ihn zum Event begleitet hatten. Jeannette und Tamara hatte Jake beim Ausschenken des Aperitifs gefilmt und dabei, wie sie die Schokolade aus Bäuerles Produktion auf silbernen Platten für die Verkostung vorbereiteten.

Ein paarmal hatte Jake in die Menge der Schaulustigen und Spaziergänger gezoomt, die meine Führung und Andrés Event begafft hatten. Diese Szenen vergrößerte ich und durchsuchte die Menge nach Dragan. Anhand seiner eigenartigen Frisur oder der schwarzen Kappe mit dem goldenen Logo hätte er leicht zu finden sein müssen. Fehlanzeige. Auf diesen Videos war er nicht zu sehen. Dafür fiel mir zwei- oder dreimal die halblange silberne Mähne von Agenturchef Theo Silber auf. In den letzten Monaten war er regelmäßig bei Andrés Events aufgetaucht, und auch gestern hatte er die Machenschaften seines Konkurrenten verfolgt und war sogar von der Polizei befragt worden.

Einmal stoppte ich ein Video, das mich bei meiner Führung mit wedelndem Fächer und einer Geste zum Schloss zeigte, weil ich Georg im Publikum entdeckt hatte. Er hatte sich meinen Auftritt angeschaut, das wusste ich. Was mich erstaunte, war der gefühlvolle, fast verträumte Ausdruck in seinem Gesicht. Offenbar hatte er sich unbeobachtet gefühlt und seinen Emotionen freien Lauf gelassen. Georg hatte ein Faible für Architektur, aber ich nahm nicht an, dass er das Lustschloss angehimmelt hatte. Hatte sein Blick also mir gegolten?

Wahrscheinlich waren meine Hormone durch unser kleines Rendezvous in der Rosenlaube vorhin in Aufruhr. Ich wollte das Video weiterlaufen lassen, als ich unmittelbar neben Georg eine junge Frau bemerkte, die mir bekannt vorkam. Aber woher? Sie war zierlich, wirkte athletisch und hatte lange schwarze Haare, die sie zu einem Zopf geflochten trug. Er lag seitlich über ihrer Schulter. Diese Frisur hatte ich neulich schon irgendwo gesehen. Erst beim Anblick ihrer hohen Wangenknochen und des auffallend schmalen Nasenrückens klickte es in meinem Kopf. Sie erinnerte mich an die Frau, die ich neulich in der Reinsburgstraße beobachtet hatte. Aus einem Eingang gegenüber hatte sie verfolgt, wie Dragans aufgemotzter BMW die Straße heruntergefahren war und vor unserem Haus gestoppt hatte, die Bässe laut aufgedreht. War diese Frau eine Bekannte von Dragan? Oder womöglich eine seiner vielen Verehrerinnen?

Ich schaute mir das Video erneut an. Auch dieses Mal keine Spur von Dragan. Vielleicht hatte er gar keine Kappe getragen und war ausnahmsweise geschmackvoll frisiert gewesen? Beim dritten Durchlauf konzentrierte ich mich auf die Männer. Keiner ähnelte dem Rapper. Beim Anblick eines blauen Farbflecks zuckte ich zurück und löste die Finger von der Maus. Hinter den Reihen der Schaulustigen, die meine Führung verfolgt hatten, lief eine Frau in einem blauen Kleid. Sie sah nicht in Jakes Kamera. Die Frau war vielleicht zehn Meter entfernt und nur unscharf zu erkennen. Ich fror das Bild ein und starrte sie an. Was mich triggerte, war das Missverhältnis zwischen ihrer Körpergröße und der Frisur. Sie hatte braune Haare, die sie hochgesteckt trug. Zumindest dachte ich das anfangs. Bis mir aufging, dass die Frau eine Perücke aufhatte. Das war niemand anders als Pauline!

Meine ermordete Freundin so unerwartet zu sehen, war ein Schock. Ich lief im Raum umher und dachte an Gerits Spekulationen in ihrem Zeitungsartikel. Irgendjemand hatte Pauline aufgelauert und sie an einen Ort abseits der Schlossbesucher gelockt. Dort hatte der Mörder sie überwältigt und ihr die Schlinge um den Hals gelegt. Und dann hatte er zugezogen, bis es ihr die Luft abgeschnürt hatte und sie erstickt war.

Mit einem Mal hatte ich das Bedürfnis, in Paulines Nähe zu sein. Oder zumindest dort, wo sie einen Teil der letzten beiden Wochen ihres Lebens verbracht hatte. Ich schaltete den Computer aus und ging über den Flur zu ihrem Zimmer. Nachdem ich mich ein paar Sekunden lang gesammelt hatte, trat ich ein und ließ die Tür hinter mir einen Spaltbreit offen. Es war dunkel im Raum, trotzdem schaltete ich die Deckenlampe nicht an. Durch den Türspalt und das Doppelfenster drang genug Streulicht herein, um mich orientieren zu können.

Ich setzte mich auf das Zweiersofa, das gegenüber von ihrem Bett stand, und ließ den Blick durch den Raum gleiten. Das Bett sah aus, als wäre sie gerade aufgestanden. Das Kopfkissen hatte eine Kuhle in der Mitte, genau an der Stelle, an der ihr Kopf gelegen hatte. Die Bettdecke war halb zurückgeschlagen und das Leintuch voller Falten. Im Bereich der Füße hatte wohl ein Zehennagel ein kleines rundes Loch in den Baumwollstoff gerissen. Die Türen des Kleiderschranks, den die Polizisten durchwühlt hatten, standen offen. Die Schreibtischschubladen waren unterschiedlich weit zugeschoben. Ihren Laptop, ihr Tagebuch und ein paar persönliche Dinge hatte die Polizei mitgenommen. Einige T-Shirts, Pullover, Unterwäsche und ein Stapel Jeans, blaue und schwarze, befanden sich in den Schrankfächern. Bei der Durchsuchungsaktion hatten die Polizisten die Stapel durcheinandergebracht und sich nicht die Mühe gemacht, die Kleidungsstücke ordentlich zurückzulegen. Viel konnte ich nicht mehr für Pauline tun, aber ich wollte ihre Sachen sortieren. Ich schob mich vom Sofa hoch und legte die T-Shirts zusammen. Dann formte ich daraus einen akkuraten Stapel. Ebenso verfuhr ich mit den Pullovern. Die Hosen zog ich eine nach der anderen heraus und faltete sie ebenfalls korrekt zusammen. Auch ihre BHs, Unterhemden und Höschen brachte ich in Ordnung. Dabei stieg mir ein Hauch von Jasmin und Orange in die Nase. So hatte Pauline gerochen, wenn sie nah an mir vorbeigegangen war oder ihre Haare frisch gewaschen hatte. Woher dieser Duft stammte, hatte ich sie nie gefragt. War das ein Parfüm oder die französische Seife, die sie in einem Ladengeschäft im Listviertel ein paar Straßen unterhalb der Agentur gekauft hatte?

Nachdem ich ihre Kleidung im Schrank aufgeräumt hatte, betrachtete ich mein Werk und ging langsam rückwärts, bis ich das Sofa in den Kniekehlen spürte. Ich sank in das Polster und griff nach einem der blauen Samtkissen. Die Vormieterin dieses Zimmers hatte sie hiergelassen. Das rechteckige Kissen legte ich auf meinen Schoß und umklammerte es. Was würde mit Paulines Kleidern und ihren restlichen Besitztümern geschehen, fragte ich mich. Sollten wir sie ihren Eltern übergeben? Deren Adresse musste leicht herauszufinden sein. Oder sollten wir die Sachen in Umzugskisten räumen und warten, bis die Familie sich bei uns meldete?

Von draußen drang das Knattern eines Hubschraubers herein, der über der Innenstadt kreiste. Vermutlich ein Notfalleinsatz in einem unserer Krankenhäuser. Oder es war ein Polizeihubschrauber, der den Transport von beschlagnahmtem Rauschgift ins Landeskriminalamt sicherte. Erschöpft zog ich die Beine aufs Sofa und streckte mich lang aus. Etwas Hartes drückte in meine Leiste. Ich neigte mich zur Seite und tastete nach der Stelle. Was war das? Da steckte ein glatter, flacher Gegenstand in der Ritze zwischen Sitzfläche und Lehne. Mit Zeigefinger und Daumen fischte ich das Ding heraus. Ein kurzes Aufblitzen, als das Licht der Flurlampe sich in der Oberfläche spiegelte. Verblüfft betrachtete ich meinen Fund. Es war ein Handy. Das Handy von Pauline.

Was sollte ich damit tun? Übergib es der Polizei, sagte mein Verstand und schob eine ganze Reihe von Gründen nach. Die suchen es, du machst dich strafbar, wenn du das nicht sofort meldest. Wo hatte ich die Visitenkarte des Kommissars hingetan? In meinen Geldbeutel? Sollte ich ihn so spät noch stören? Oder genügte es, einfach auf dem nächstgelegenen Revier anzurufen? Beim Polizeirevier in der Gutenbergstraße? Oder beim Kriminaldauerdienst?

Während mein Gehirn einen Vorschlag nach dem anderen ausspuckte, bemerkte ich, dass Paulines Handy eingeschaltet war. Der Akku war fast voll. Ich aktivierte das Handy, und das Display zeigte mir einen Sandstrand mit Palmen und Sonnenuntergang. War das eine Aufnahme aus einem Urlaub? Oder ein Sehnsuchtsort, den meine Freundin auf der Wunschliste gehabt hatte? Ich wischte den Strand weg und starrte auf das Zahlenfeld. Was war ihre PIN gewesen? Sie hatte sie mir mehr als einmal genannt, als ich ihr Handy benutzen wollte. Mir blieben drei Chancen. Ich richtete mich auf und streckte den Rücken durch, als ob mir das beim Denken helfen würde. Nummer eins: ihr Geburtstag. Der 14.8. Ich gab 1408 ein. Nein, das war es nicht. Ihr Geburtsjahr? Auch diesmal Fehlanzeige. Ich hatte noch einen Versuch. Denk nach! Vier Zahlen. Nach ein paar Sekunden erinnerte ich mich. Die Zahlenfolge war so einfach wie naheliegend für jemanden, der zum Fancub der schwäbischen Metropole gehörte. Es war die Vorwahl von Stuttgart. 0711 wurde unter Fans als eine Art Kennzeichen verwendet. Bingo! Was nun? Was wollte ich mir anschauen? Die Galerie? Ihre Kontakte? Ich entschied mich für die Anrufliste.

Den letzten Anruf ihres Lebens hatte Pauline an dem Abend erhalten, an dem wir im Wohnzimmer unsere Kostüme geflickt und die Perücken frisiert hatten. Um zwanzig Uhr zweiunddreißig hatte ein Mann namens Max Ulmer angerufen. Das war ihr Bruder, der Einzige aus ihrer Familie, mit dem sie regelmäßig Kontakt gehabt hatte. Ich hatte ihn nur einmal gesehen, als er seine Schwester abends von der Agentur abgeholt hatte. Ich erinnerte mich, dass er und Pauline die gleiche Haarfarbe hatten. Ein Braunton, den ich als brünett bezeichnen würde. Pauline hatte ihn »mausig« genannt.

Ich scrollte zurück und überflog die weiteren Anrufe. Da war eine Stuttgarter Nummer, die mir unbekannt war. Und hier noch jemand aus Stuttgart. Als ich den Eintrag »Bea Agentur« las, musste ich heftig schlucken. Unser letztes Telefonat. Aus welchem Grund hatte ich sie angerufen? Ich konnte mich nicht erinnern. Waren wir zum Abendessen verabredet gewesen, und ich hatte absagen müssen, weil André mich bis spätabends auf Trab gehalten hatte?

Dragans Name erschien häufig in der Liste. Auch in den vierzehn Tagen nach ihrer Trennung, in denen sie bei uns in der WG gelebt hatte. Das war nachvollziehbar, schließlich hatte der Rapper versucht, sie zurückzugewinnen.

Beim nächsten Eintrag stieß ich einen überraschten Laut aus. Da war ein Name, der mich irritierte. Es war der Name des Agenturchefs, bei dem sie früher gearbeitet hatte. Der Erzfeind ihres neuen Arbeitgebers: Theo Silber. Soweit ich wusste, hatten Pauline und Silber ihr Arbeitsverhältnis im Streit beendet. Warum hatte er sie angerufen?

NEUN

Am nächsten Morgen herrschte in der Agentur das übliche
Chaos vor einer wichtigen Präsentation. Die letzten Farbausdrucke wurden auf Pappen aufgezogen, kurz vor knapp wurde
die Reihenfolge der Charts in der digitalen Präsentation über
den Haufen geworfen und geändert, Fusseln wurden von
schwarzen Hemden und Blazern entfernt, und an der Kaffeemaschine in der Küche bildete sich ein Stau, weil alle Beteiligten
einen letzten Koffeinkick vor der Abfahrt brauchten. Als es
Zeit war, verstauten Teddy und Jeannette alle Präsentations-
unterlagen in Andrés Jaguar, und wir verteilten uns auf sein
Auto und meinen Corsa. Hintereinander fuhren wir von der
Weinsteige ins Zentrum und parkten in der Rathausgarage in
der Nadlerstraße. Teddy rauchte eine Zigarette vor dem Eingang
und teilte sie mit Jeannette. Ich lief nervös vor den Stufen zum
Rathausgebäude auf und ab und wunderte mich, wie hässlich
dieser zentrale Platz war. Ringsum reihten sich vielstöckige
Häuserkisten aneinander, die meisten in bemerkenswert stil-
loser Architektur.

Auch das Stuttgarter Rathaus war alles andere als eine
Freude für die Augen. Von Postkarten kannte ich das bereits im
15. Jahrhundert erbaute und deutlich kleinere Alte Rathaus im
repräsentativen Stil der Deutschen Renaissance mit seinen geschwungenen Giebelformen und einem von Säulen getragenen
Portikus vor dem Eingang. Um 1900 war es durch ein deutlich
größeres Neues Rathaus ersetzt worden, das Stilelemente verschiedener Epochen vereinte und mit seinen Erkern, Türmchen,
Rundbogenfenstern und seiner filigranen Ornamentik heute
weltbekannt gewesen wäre. Leider teilte das Neue Rathaus
das Schicksal so vieler anderer Gebäude und war im Zweiten
Weltkrieg nach einem Fliegerangriff bis auf die Mauern ausge-
brannt. In den fünfziger Jahren des vergangenen Jahrhunderts
war historistische Architektur ungefähr so beliebt gewesen wie
Omas Schrankwand. So kam, was kommen musste: Statt die-

ses faszinierende Gebäude wieder aufzubauen, entschied man sich für den Abriss und einen Neubau. Und nun mussten wir Stuttgarterinnen und Stuttgarter sowie Touristen aus aller Welt mit dieser langweiligen Ansammlung aus Quadraten leben, die außer dem Glockenspiel und den Paternostern im Inneren wenig Interessantes bot. Die Fassade war ursprünglich mit Korallenfels von der Schwäbischen Alb verkleidet gewesen, der musste aber wegen Witterungsschäden in den Siebzigern durch Travertinplatten ersetzt werden, auch dies kein Ruhmesblatt. Ein Highlight war für mich die Bronzefigur der Stuttgardia an der Ecke Marktplatz und Hirschstraße. Die Schutzfigur der Stadt hielt in der linken Hand ein Modell des Alten Rathauses und in der rechten einen Eichenzweig. Als optisches Vorbild hatte der Hofbildhauer Heinz Fritz die jüdische Stuttgarterin Else Weil gewählt.

Andrés Stimme holte mich zurück in die Realität.

»Ich bin per Handy erreichbar, muss es aber während meines Auftritts auf leise stellen«, sagte mein Chef gerade. Er telefonierte demnach mit einer Kollegin aus der Agentur und gab letzte Anweisungen durch, falls während seiner Abwesenheit ein Neukunde auftauchen sollte.

Eine halbe Stunde vor unserem Termin betraten wir das Rathaus, dessen Innenarchitektur genauso unspannend und nüchtern war, wie ich mir die Arbeit in einer Stadtverwaltung vorstellte. Die Präsentation fand in einem Konferenzraum im oberen Stock statt. Vor uns war die Werbeagentur Silber aus dem Westen an der Reihe.

Wir von Hohlbergs Reich mussten in einer Sitzecke im Flur vor dem Raum warten, bis wir aufgerufen wurden. Durch eine Glasscheibe verfolgten wir, wie sich Agenturchef Theo Silber vor den lauschenden Entscheidern an in U-Form aufgestellten Tischen produzierte. Seinem Spitznamen »Silberrücken« machte er dabei alle Ehre. Breitbeinig hatte er sich vor den Zuhörenden aufgebaut, nahm mit ausgreifenden Gesten den Raum ein und warf seine fast schulterlange Mähne zurück wie in einem Werbespot für Haarspray. Hätte nur noch gefehlt, dass er mit den Fäusten auf den Brustkorb trommelte, um seinen

Anspruch auf die Lorbeeren geltend zu machen. Ab und zu drang Lachen aus dem Raum, zweimal sogar Beifall, auf den André mit grimmigen Geräuschen reagierte, die ebenfalls nach Tierreich klangen. Die Entwürfe, die Theo Silber präsentierte, konnten wir leider nicht sehen, da die Leinwand außerhalb unseres Blickwinkels lag. Als Silber eine Verbeugung andeutete, wurde geklatscht, und seine Brust schwoll vor Selbstbewusstsein an. Das war zu viel für unseren Chef. André sprang von seinem Stuhl auf und lief umher. Die Absätze seiner handgenähten Leder-Schnürschuhe knallten auf den Steinfliesen und kündeten davon, wie sehr er sich über die gelungene Präsentation seines Konkurrenten echauffierte.

Es konnte nur noch wenige Minuten dauern, bis wir dran waren. Obwohl wir zuerst die Grafikideen präsentieren würden und mein Part später kam, waren meine Hände schweißnass. Ich wischte sie an der Anzughose ab und konzentrierte mich auf das Geschehen im Konferenzraum. Gerade war allgemeines Händeschütteln angesagt. Das Gremium aus Entscheidern verschiedener Abteilungen der Landeshauptstadt umringte Silber. Der Wortführer aus dem Marketingteam in Jeans und blauem Jackett wollte Silbers Hand gar nicht mehr loslassen. Ein großer Dünner mit modischer Hornbrille bekundete seine Begeisterung, indem er dem Agenturchef auf den Oberarm schlug. Ein Untersetzter mit schwarzem Haarkranz hob beide Hände an, als holte er den himmlischen Segen ein. Die einzige Frau in der Runde übte sich in Dauerlächeln und schien kurz davor, Silber zu daten. Keine guten Vorzeichen für uns.

»Sieht nach Homerun aus«, brummte Teddy und tastete nach der Zigarettenschachtel in der Brusttasche seines Jacketts.

»Wie gut, dass wir in Deutschland leben und nicht in den USA«, erwiderte Jeannette und schaute hinüber zu André. Der Chef hatte beide Arme auf eine Fensterbank gestützt und starrte auf den Marktplatz hinunter, als handelte es sich bei der öden Stein- und Betonwüste um Stuttgarts Hauptsehenswürdigkeit.

»Sonst würde André jetzt seine Pumpgun ziehen und Silber zeigen, wer der Sheriff in der Stadt ist.«

Meine Kollegen bauten mit solchen Bemerkungen ihre Anspannung ab. Auch ich musste Energie loswerden. »Wir dürfen uns von Silbers Schaulaufen nicht beeindrucken lassen«, sagte ich zu ihnen und zu mir selbst. »Konzentrieren wir uns lieber auf unsere großartigen Slogans und Teddys geniale Logo-Vorschläge. Wir haben Silber bereits mehr als einmal aus dem Rennen geworfen, und heute werden wir das wieder tun. Der ist bald Schnee von gestern.«

Jeannette kicherte. »Hast du aus Versehen ein Motivationsseminar belegt, Bea? Schade, dass André deine Ansprache entging. Damit hättest du mindestens einen deiner bösen Einträge im Klassenbuch neutralisiert.«

Die Tür des Konferenzraums ging auf, und Silbers Team kam heraus. Er hatte fünf Mitarbeiter dabei, zwei Frauen und drei Männer. Die hatten bei der Präsentation wohl nur Statistenrollen gespielt. Das Rudel scharte sich um den Anführer, der vor Testosteron strotzend auf den Flur trat. Silbers Blick erfasste André an der Fensterbank in angespannter Haltung. Ein siegesgewisses Grinsen überzog Silbers gebräuntes Gesicht.

Als André sich herumdrehte, hob Silber die Hand und reckte den Daumen nach oben. »Das Feld ist abgeerntet, Hohlberg. Für dich sind nur noch die billigen Plätze übrig.«

André verschränkte die Arme vor der Brust. Blasiert betrachtete er seinen Rivalen. »Das werden wir sehen, *coc vaniteux*. Wie sagt man so schön: Das Beste kommt zum Schluss.«

Wenn meine Französischkenntnisse stimmten, hatte André seinen Erzfeind soeben als eitlen Gockel beschimpft, eine passende Bezeichnung. Diesmal zeigte ich mich solidarisch mit meinem Chef und verschränkte ebenfalls die Arme. Teddy schnaubte geringschätzig und setzte zu einem Kommentar an, als Jeannette ihm den Ellbogen in die Seite rammte.

»Was wollen die denn hier? Haben wir falsch geparkt?« Sie deutete den Flur entlang zum Aufzug.

Ich folgte ihrer Blickrichtung und bekam große Augen. Aus dem Aufzug trat eine Gruppe von Männern, die nicht nach Verwaltungsmitarbeitern aussahen. Zwei von ihnen erkannte ich wieder. Die beiden waren bei der Durchsuchung von Paulines

Zimmer in der WG dabei gewesen. Ihnen voran marschierte eine schlanke Gestalt mit nach vorn geneigten Schultern. Es war Kommissar Gabriel. Er trug dunkle Jeans und wie üblich seine schwarze Lederjacke. Mit seinen ungewöhnlich hellen Augen scannte er die Anwesenden im Flur, bis er Theo Silber in Siegerpose ausmachte. Entschlossenen Schrittes ging der Kommissar auf den Agenturchef zu.

»Theo Silber?«

Silber musterte den Kommissar von oben bis unten. »Wer will das wissen?«

Der Kommissar holte seine Marke aus der Lederjacke und hielt sie Silber hin. »Kommissar Gabriel von der Soko Schloss.« Hinter ihm scharten sich die Kripobeamten für den Fall, dass ihr Anführer Verstärkung brauchte. »Herr Silber, ich verhafte Sie wegen dringendem Tatverdacht, Pauline Ulmer ermordet zu haben. Gegen Sie besteht ein Haftbefehl –«

»Stopp, stopp!« Mit abschätzigem Blick fixierte Silber den Kommissar, als würde der Ermittler ihn zum Vergnügen belästigen. »Das kann nur ein Scherz sein«, stieß er aus und warf den Kopf in den Nacken. Nach der gelungenen Präsentation war Silber bis obenhin voll mit Adrenalin. Er wandte sich zu André. »Hohlberg, hast du dir diesen miesen Scherz ausgedacht? Das ist genau dein Niveau.«

Unser Agenturchef schob die Hände in die Hosentaschen und lehnte sich gegen die Fensterbank, als ginge ihn das Geschehen auf dem Flur nichts an. Seine Miene war undurchdringlich. Wer André kannte, las seinen inneren Triumph heraus.

»Herr Silber, bitte folgen Sie uns«, forderte Kommissar Gabriel ihn auf.

Silber drehte sich von André weg zum Kommissar und hob ablehnend die Hände. »Den Teufel werde ich tun! Was soll das alles? Was werfen Sie mir vor?«

»Sie sind wegen Mordverdachts vorläufig festgenommen, Herr Silber. Wir haben einen anonymen Hinweis erhalten, dem wir nachgegangen sind«, erklärte der Kommissar.

»Ein anonymer Hinweis?« Silber stieß ein missbilligendes Geräusch aus. »Das kann jeder gewesen sein. Ein erfolgreicher

Unternehmer wie ich hat eine Menge Neider. Sie wissen ja: Viel Feind, viel Ehr. Wie kommen Sie überhaupt auf mich?«

Inzwischen war das Gremium der Stadtverwaltung auf die Auseinandersetzung aufmerksam geworden und sammelte sich vor dem Konferenzraum.

Kommissar Gabriel blieb von Silbers bockigem Verhalten unbeeindruckt. Zwei seiner Begleiter traten mit ernster Miene neben Silber und schienen bereit, den Agenturchef beim geringsten Zeichen von Widerstand niederzuringen.

»Der Abdruck, der neben der Leiche von Pauline Ulmer gesichert wurde, stammt von Ihrem Schuh, Herr Silber«, sagte der Kommissar.

»Von meinem Schuh? Woher wollen Sie das wissen?«

»Das fragliche Paar Schuhe wurde heute Nacht in einer Plastiktüte vor dem Polizeipräsidium abgestellt. Es handelt sich um schwarze Schnürschuhe der Größe 45 mit einem Riss in der Sohle.«

»Riss in der Sohle?« Silber reckte das Kinn. »Sehe ich aus, als würde ich Schuhe mit einem Riss tragen?«

Der Kommissar ignorierte Silbers provokante Frage. »Pauline Ulmer hat vor drei Wochen Anzeige gegen Sie erstattet, Herr Silber. Wegen sexueller Belästigung, aber das wissen Sie ja bereits. Bitte folgen Sie uns.«

Silber zuckte zusammen und trat einen Schritt zurück. Dann wechselte er die Strategie. »Ich habe das Recht auf einen Anwalt, und den rufe ich jetzt an.« Er fasste in die Innentasche seines Jacketts, worauf die Polizeibeamten neben ihm aktiv wurden und ihn an den Oberarmen packten.

»Wir müssen Sie durchsuchen, Herr Silber«, sagte der austrainierte Mann mit beiger Blousonjacke zu seiner Linken. »Bitte stellen Sie sich mit dem Gesicht zur Wand und strecken Sie Ihre Arme aus.« Er gab seinem Kollegen einen Wink und löste die Hand von Silbers Arm. Nachdem der Agenturchef seiner Aufforderung gefolgt war, begann er, ihn abzutasten.

Silber wirkte wie in Schockstarre.

»Ihren Anwalt können Sie auf dem Weg ins Präsidium informieren«, sagte der Kommissar und ging voran zum Aufzug.

Die Polizeibeamten beendeten ihre Durchsuchung und führten Silber ab, ohne ihm jedoch Handschellen anzulegen. Mit offenem Mund schaute ich der Gruppe hinterher, bis sich die Aufzugtüren hinter ihr schlossen.

»Das war meine erste Verhaftung.« Jeannette nahm die Linkskurve in die Immenhofer Straße mit hohem Tempo. »Genauer gesagt war es die erste Verhaftung, bei der ich Augenzeugin war. Ab heute sehe ich Polizeifilme mit völlig anderen Augen, Bea. Wie Kommissar Gabriel diesen Silber im Rathaus in Gewahrsam genommen hat, hat mich beeindruckt. Meinst du, ich wäre eine gute Ermittlerin? Vielleicht sollte ich den Beruf wechseln und in Zukunft für die Gerechtigkeit kämpfen statt für die Kohle anderer Leute.«

»Mir würde es genügen, wenn du um mehr Reifenhaftung kämpfst«, gab ich zurück und klammerte meine Rechte um den Haltebügel über dem Beifahrersitz. »Diese Kurve hast du auf höchstens zwei Rädern genommen.« Jeannettes temperamentvolles Fahrverhalten führte ich auf die Stresshormone in ihrem Blut zurück. Ich konnte ihre Aufregung nachvollziehen, mir ging es genauso. Trotzdem hing ich an meinem Leben und wollte an einem Stück in Hohlbergs Reich ankommen.

»Bea, das ist dein Corsa. Er reagiert viel langsamer als mein Golf, daher muss ich ordentlich Stoff geben. Willst du lieber das restliche Stück bis zur Agentur fahren?«

»Nein, schon gut. So durcheinander, wie ich bin, würde ich die Pedale verwechseln.«

»Wer hätte ahnen können, wie spektakulär die Präsentation endet? Hättest du auch nur im Traum daran gedacht, Theo Silber könnte der Mörder von Pauline sein? Darauf wäre ich niemals gekommen. Auch wenn er zunächst nur unter Verdacht steht, bis seine Schuld bewiesen ist.« Jeannette bremste ruppig und bog ohne zu blinken in den Parkplatz vor der Jugendstilvilla ein.

Als sie den Motor abstellte, löste ich den Sicherheitsgurt. »Auf keinen Fall wäre ich darauf gekommen. Aber bisher habe ich auch nichts von ihrer Anzeige gegen ihn gewusst. Du etwa?«

»Nein, hab ich nicht.« Jeannette sank in sich zusammen, als

hätte meine Bemerkung sie von einer Sekunde auf die andere zurück auf den Boden der Realität geholt.

»Wieso hat sie uns nie davon erzählt? Immerhin waren wir Freundinnen, oder? Na ja, viel hat sie uns über den Gorilla sowieso nicht verraten. Und das, was sie gesagt hat, klang alles andere als angenehm. Aber dass er sie belästigt hat, das ist … das ist eine widerliche Vorstellung.«

»Ich frage mich, wieso sie erst vor drei Wochen Anzeige erstattet hat, wo sie doch seit über einem Jahr nicht mehr in seiner Agentur gearbeitet hat.«

»Vielleicht hatte sie vorher nicht den Mut dazu«, überlegte ich laut.

»Oder es ist etwas geschehen, was sie dazu gebracht hat, diesen Schritt endlich zu tun. Vor Kurzem, meine ich.«

»Das wäre gut möglich. Ich weiß, dass Silber mit Pauline gesprochen hat. Vor ihrem Tod.«

»Was? Silber hat mit ihr gesprochen?« Jeannette zog die Augenbrauen zusammen. »Das kann ich kaum glauben. Ich hätte gewettet, sie würde nie mehr ein Wort mit ihrem früheren Boss wechseln. Langsam denke ich, alle Agenturchefs leiden unter einer schweren Persönlichkeitsstörung. Jedenfalls habe ich noch nie einen kennengelernt, der mir sympathisch gewesen wäre. Du?«

Mein Schulterzucken fiel müde aus. »Die Werbebranche bringt selten das Beste im Menschen zum Vorschein.«

»Druckreif formuliert, Bea. Woher weißt du, dass Silber und Pauline wieder Kontakt hatten?«

»Er hat sie angerufen. Mehrmals.«

»Silber hat Pauline angerufen? Hat sie dir das erzählt?«

»Nein. Das habe ich in ihrer Telefonliste gesehen.«

»Bea, du sprichst in Rätseln. Klär mich bitte auf.«

»Gestern habe ich ihr Handy gefunden. Es steckte in der Ritze des Sofas in ihrem Zimmer. Deshalb hat die Polizei es bei der Durchsuchungsaktion übersehen.«

»Du hast es aufgestöbert? Bei uns in der WG?« Ungläubig musterte Jeannette mich. »Und dann hast du ihre Telefonate gecheckt, statt es dem Kommissar zu übergeben?«

»So ist es. Ich habe keine Ahnung, warum ich das getan habe. Muss eine Eingebung gewesen sein.«

»Hast du auch eine Eingebung, wer der Kripo den anonymen Hinweis wegen Silbers Schuhen gegeben hat?«

»Nein.«

»Oder wer seine Schuhe vor das Polizeipräsidium gestellt hat? Auf die Idee muss man erst einmal kommen.«

Erneut schüttelte ich den Kopf. »Auf jeden Fall muss es jemand gewesen sein, der wusste, wo er seine Schuhe aufbewahrt, so viel ist sicher. Das heißt, jemand aus seinem persönlichen Umfeld. Ich glaube freilich, da steckt mehr dahinter. Mehr als der Riss in seiner Schuhsohle, meine ich. Ein Motiv zum Beispiel. Meinst du, Silber könnte Pauline wegen der Anzeige ermordet haben?«

»Das werden wir bald erfahren. Entweder aus den Medien oder von deiner Stiefmutter.«

Ich deutete auf Andrés Jaguar. »Wir müssen los, der Chef ist bereits da. Nach der geplatzten Präsentation wartet er bestimmt auf uns.«

Wir stiegen aus dem Corsa und betraten die Villa. Dieser Vormittag war völlig anders verlaufen als erwartet. Nachdem die Kripo Theo Silber im Rathaus abgeführt hatte, waren die Entscheider des städtischen Gremiums nach längerer Diskussion übereingekommen, unsere Präsentation auf einen späteren Zeitpunkt zu verschieben. André war darüber wenig erfreut gewesen, hatte aber Verständnis gezeigt. Schließlich wurde im Rathaus nicht jeden Tag jemand verhaftet.

Jeannette und ich ließen uns in der Küche einen Cappuccino aus der Maschine, nahmen Butterbrezeln von der Frühstücksplatte und gingen in unser Büro. Wann genau die Präsentation nachgeholt werden sollte, war noch nicht klar. Ich hatte also heute unerwartet Zeit für andere Jobs. Meine Konzentration war nicht die beste, aber die Arbeit würde mich vom Nachdenken über Pauline ablenken. Während ich die Butterbrezel aß, ging ich meine To-do-Liste durch. Priorität Nummer eins waren die Headlines für den Schokoladenhersteller Bäuerle.

Die mussten allerdings warten, bis entschieden war, welches Model das Gesicht der Kampagne werden würde. Was ebenfalls drängte, war meine nächste Führung im Alten Schloss, mit deren Vorbereitung ich verspätet begonnen hatte. Diesmal würde ich keine feudale Landesherrin darstellen, sondern ein mittelalterliches Burgfräulein. Ebenfalls eine von Andrés zweifelhaften Ideen. Wenn ich seine Begründung richtig verstanden hatte, sollte meine Aufmachung eine Art Reminiszenz an das im 10. Jahrhundert gegründete Schloss sein. Der damalige Herzog hatte es als Wasserburg anlegen lassen, um sein Gestüt namens »Stutengarten« zu schützen.

Wie mein Kostüm aussah und ob es für meinen Geschmack genügend Stoff besaß, würde ich heute Mittag erfahren. Um dreizehn Uhr hatte ich einen Abholtermin im Fundus der Staatsoper, danach würde ich mir den Hof des Alten Schlosses ansehen und die Stationen meiner Führung festlegen. Mit den Texten hatte ich letzte Woche angefangen. Ich öffnete die Datei und überflog meine bisherigen Erkenntnisse über die Geschichte, die Architektur und die Bewohner des Schlosses.

Als ich das nächste Mal auf die Uhr sah, war bereits eine Stunde vergangen. Keine Spur von André. Schmollte er, weil seine Präsentation verschoben worden war? Oder das Gegenteil war der Fall, und er feierte eine Party, weil sein stärkster Konkurrent sich vorerst um seine Verteidigung kümmern musste statt um den Werbeetat der Landeshauptstadt.

Ich schloss die Datei und fuhr den Computer herunter. »Falls André sich meldet, ich bin wegen der Schokoladenkampagne im Grafikatelier. Mal sehen, ob Teddy bereits weiß, wer das Gesicht von Bäuerle Schokolade wird. Erst dann kann er mit dem Layouten der Plakate starten und ich mit den Headlines. Die müssen zur Ausstrahlung des Models passen.«

Jeannette sah von ihrer Tastatur auf und musterte mich über ihren Bildschirm hinweg. »Was gibt es denn da zu entscheiden? Bäuerle ist ein schwäbischer Unternehmer mit Prinzipien. Er wird kaum in Betracht ziehen, ein Mordopfer auf seinen Plakaten abzudrucken, oder?«

»Warten wir es ab.«

Nachdem ich meine leere Kaffeetasse in die Spülmaschine geräumt hatte, kam mir André auf dem Flur entgegen. Es war zu spät, um im Damenwaschraum zu verschwinden. Heute tat mir André den Gefallen, mit selbstzufriedenem Gesichtsausdruck an mir vorüberzugehen, als wäre ich durchsichtig. Triumphierte er, weil sein Konkurrent aus dem Rennen um den lukrativen Etat der Landeshauptstadt war?

Im Grafikatelier herrschte im wörtlichen Sinn dicke Luft. Sowohl Teddy als auch sein Kollege Stefan rauchten und verteilten Zigarettendunst wie stinkenden Nebel im Raum. Nur ein Fensterflügel stand offen, zu wenig, um den Rauch nach draußen zu befördern.

Auf dem Weg zu Teddys Platz verlangsamte ich mein Tempo. Er hatte Gesellschaft. Der rote Langhaarschopf neben ihm gehörte Britta. In ihrer Löwenmähne steckte eine riesige Sonnenbrille mit Strass auf den Bügeln, der zu dem Collier um ihren Hals passte. Sie trug eine schmal geschnittene schwarze Jacke und einen Bleistiftrock, der an ihren dünnen, durchtrainierten Oberschenkeln hochgerutscht war.

Vor ihr und Teddy waren Fotografien auf dem Tisch ausgebreitet. Sprachen die beiden über die Schokoladenkampagne? Ich trat näher, um die neuesten Entwicklungen aus erster Hand zu erfahren.

Als Teddy mich bemerkte, winkte er mich zu sich. »Bea, du kommst genau rechtzeitig. In einer Minute hätte ich dich zu uns gebeten.« Er zog einen freien Bürostuhl heran und klopfte auf die stoffbezogene Sitzfläche, als wäre ich sein Schoßhündchen. »Britta und ich überlegen gerade, welches Motiv wir für das Auftaktplakat verwenden. Was meinst du?«

Nachdem ich mich gesetzt hatte, schaute ich mir die Fotos der Reihe nach an. Einige zeigten Britta mehr oder weniger bekleidet auf dem Barhocker. Dieses Motiv kannte ich bereits. Auf dem nächsten Foto saß sie wie Pauline in der verschnörkelten Badewanne. Drei weitere Motive waren mir neu. Das erste inszenierte Britta auf dem Rücken liegend inmitten einer Blumenwiese, ein Setting wie bei den Fotos mit Pauline. Auf anderen Bildern rekelte Britta sich auf einem mit gelbem

Satin bezogenen Boxspring-Doppelbett in einem feudal ausgestatteten Zimmer, das nach Luxushotel aussah. Ihre schwarzen Spitzendessous bildeten einen spannungsvollen Gegensatz zu ihrer hellen Haut und der roten Mähne, die in kunstvolle Wellen gelegt war. Ein drittes Motiv zeigte sie in einer Schokoladenmanufaktur, die aus längst vergangenen Zeiten oder aus einem Museum zu stammen schien. Diese Umgebung erinnerte mich an Werbespots der Firma Lindt, in denen sympathische ältere Herren in blütenweißer Konditorenaufmachung mit Holzlöffeln in Kesseln Schokolade anrührten und dabei strahlten, als wären sie im Paradies. Obwohl diese Illusion nur wenig mit der sterilen Fabrikhallen-Atmosphäre moderner Schokoladenproduktion zu tun hatte, war sie raffiniert und berührte mich emotional. Wahrscheinlich sprach sie Kindheitserinnerungen an.

Eines war auf allen Fotos gleich: Brittas Lippen waren glänzend rot lackiert, und ihre Zähne knackten eine Schokoladentafel. Oder taten zumindest so. Angesichts ihres überschlanken Körpers war es unwahrscheinlich, dass sie jemals in Kontakt mit Schokolade oder anderen Süßigkeiten kam. Oder sie trainierte sich die Kalorien in schweißtreibenden Sporteinheiten ab, worauf die beeindruckenden Muskelstränge an ihren Ober- und Unterschenkeln hinwiesen.

»Die sprechen mich alle an«, verkündete ich und folgte der goldenen Regel, zuerst zu loben, bevor es ans Kritisieren ging. »Sie sind sinnlich, an Genießer adressiert und inszenieren das Produkt hervorragend.«

Teddy duckte sich. Britta war alles andere als mein Lieblingsmodel, das wusste er.

Selbstverständlich war ich klug genug, das in ihrer Gegenwart – oder wenn André dabei war – nicht auszusprechen. Ich tippte auf die Wiesenfotos. »Das ist mein Favorit. Wegen der Naturnähe. Schokolade wird aus Milch gemacht, einem Naturprodukt. Nun ja, mehr oder weniger, wenn man bedenkt, wie viele Betriebe mit dem Vieh umgehen.« Ich dachte an Kuhställe, in denen die Tiere dicht an dicht in hässlichen Boxen mit Eisengittern lebten. In einem Schokoladenspot würde man diesen realistischen Anblick niemals zeigen. Wenn Kühe zu sehen waren, grasten sie auf grünen Weiden in herrlichen Landschaften und rupften selig blühenden Löwenzahn ab.

»Die Aufnahme in der Schokoladenmanufaktur«, fuhr ich fort, »ist für meinen Geschmack zu nah an der Bildwelt der Konkurrenz. Was ebenfalls gut funktioniert, sind die Szenen auf dem Hotelbett. Die sind erotisch und regen die Phantasie an. In erster Linie die von Männern.«

»Tja, diese Zielgruppe ist für uns eher vernachlässigbar. Wir wollen vor allem Mütter, Großeltern und die Kinder selbst ansprechen.« Teddy kratzte sich mit dem Ring- und dem kleinen Finger über das stoppelige Kinn, die brennende Zigarette zwischen Daumen und Zeigefinger. »Ihr Einfluss auf das Kaufverhalten der Eltern ist riesig. Ein starkes Argument, Bea.«

Schweigend hatte Britta zugehört. Entweder sie ignorierte mich, oder meine Argumente waren ihr egal, weil André sowieso das letzte Wort hatte. Beim Aufstehen schob sie ihren Rocksaum zurecht und sammelte die Fotos ein. »Wir werden gleich wissen, welches Motiv Andrés Favorit ist.« Sie deponierte den Stapel in einer der schwarzen Agenturledermappen und verließ den Raum.

Teddy drückte seine Zigarette in einem Keramik-Aschenbecher aus, auf dem der Vesuv und die Bucht von Neapel zu sehen waren. »Wetten, der Chef steht auf die Dessous-Nummer im Hotelzimmer? Du hast recht, die Wiesenfotos funktionieren besser. Außerdem sind sie weniger zweideutig.« Er schwieg eine Weile. »Das Foto von Pauline in der Wiese war super. Viel natürlicher und … irgendwie unschuldig, wenn du verstehst, was ich damit sagen will.«

Was er meinte, war mir klar. Pauline hatte keine Erfahrung als Fotomodell gehabt, und genau dieses Ungekünstelte und Nahbare hätte unserer Kampagne gutgetan. Mit einem Seufzer lehnte ich mich im Stuhl zurück und rollte ein Stück nach hinten, um Abstand zu Brittas Fotos zu gewinnen. »Ich kann das alles nicht begreifen. Ich meine, wir besprechen unsere Jobs, als wäre alles in Ordnung. Als säße Pauline drüben im Zimmer der Kundenberatung und würde nach Feierabend mit uns eine Pizza essen gehen.«

Teddy nestelte eine neue Zigarette aus einer Packung und steckte sie zwischen seine Lippen, ohne sie anzuzünden. »Geht mir genauso, Bea. Andere in diesem Laden scheint das wenig zu jucken. Auf der Fahrt vom Rathaus hierher hat André kein einziges Wort über ihren Tod verloren. Die ganze Zeit über hat er seiner Schadenfreude freien Lauf gelassen, weil Silber verhaftet worden ist und er sich nun den fetten Etat der Stadt holen kann.«

»Genau wie Britta sich den Schokoladenjob sichert.«

»Wenn du dich da mal nicht täuschst«, gab Teddy zurück. Beim Sprechen wippte die Zigarette in seinem Mundwinkel auf und ab. »Ich verrate dir ein Geheimnis.« In aller Seelenruhe nestelte er sein Feuerzeug aus der Jeanstasche und zündete die Zigarette an. Er wollte mich auf die Folter spannen.

»Nun spuck es endlich aus, Teddy! Was für ein Geheimnis meinst du?«

Seine dunkelblauen Augen blitzten. »In der Schokoladensache ist ein weiteres Fotomodel im Spiel.«

»Eine andere Frau? Jemand, den ich kenne?« Vorsichtshalber wich ich Teddys intensivem Blick aus, der ein leichtes Kribbeln in meiner Herzgegend verursachte. Während ich auf meiner Unterlippe herumkaute, ging ich in Gedanken die Models in unserem Agenturpool durch. Welches davon kam in Frage?

»Werner hat heute ein Shooting mit einem Nachwuchsmodel namens Jessy. Er hat sie in einer Diskothek entdeckt und will sie groß rausbringen.«

Wie von selbst verzog sich mein Gesicht, als hätte ich auf eine bittere Haselnuss gebissen. Wenn ich eines in diesem Leben auf keinen Fall sein wollte, dann ein Nachwuchsmodel, das von dem schmierigen Werner in die Welt der Werbung eingeführt wurde. Der Fotograf hatte seine Hände nie unter Kontrolle und tatschte gern an Frauen herum. Je jünger, desto besser. »Diese Jessy tut mir leid. Hoffentlich ist jemand dabei, um ihm auf die Finger zu klopfen.«

»Bea, sei nicht so pessimistisch. In Zeiten von MeToo muss Werner sich im Zaum halten. Die jungen Mädels wissen genau, wo die Grenzen sind.«

»Klingt, als hättest du Erfahrung mit dem Nachwuchs.« Ob er Jessy kannte? Ich versuchte, es an seiner Miene abzulesen. Er inhalierte, und sein Blick folgte dem aufsteigenden Rauch. »Beide könnten von Paulines Tod profitieren. Ich meine Britta und André. Ist dir das aufgefallen?«

Genau das war mir beim Sichten von Brittas Fotos auch durch den Kopf gegangen. »André kriegt den Etat und Britta die Kampagne«, fasste ich zusammen. »Ich musste sofort daran denken, als ich euch beide vor den Fotos gesehen habe. Da war keines von Pauline dabei. Außerdem hast du das Shooting mit Jessy nicht erwähnt.«

»Nun ja, hättest du das an meiner Stelle getan?« Teddy warf die Stirn in Falten. »Denk daran, wie übel Britta gestern ausgeflippt ist, als sie die Aufnahmen von Pauline gesehen hat. Besser, man reizt das dürre Ding nicht. Das ständige Hungern macht sie aggressiv wie eine Hyäne vor einem ausgetrockneten Wasserloch. Warten wir ab, wie Jessy auf den Fotos rüberkommt.«

»Weiß André davon?«

Enervierend langsam nahm Teddy einen Zug, hielt den Rauch in der Lunge und blies ihn genießerisch aus. »André weiß alles, was hier geschieht. Bei der Schokoladensache arbeitet er mit gezinkten Karten. Britta glaubt, ihn unter Kontrolle zu haben. Aber das Einzige, was für unseren Chef zählt, ist seine Agentur. Er träumt seit Jahren davon, in die oberste Riege aufzusteigen und diesen arroganten Hamburger und Düsseldorfer Agenturen eine lange Nase zu drehen.«

»Dabei würde Publicity ihm helfen. Egal von welcher Sorte. Glaubst du, André hat den Medien das Foto von Pauline zugespielt?«

»Du meinst die Titelseite unserer Boulevardzeitung?«

»Ja. Und die unserer Tageszeitung sowie diverser anderer Blätter. Dazu kommen Dutzende Posts auf Social Media. Ihr Porträt war überall zu sehen. Genau wie der Name von Andrés Agentur.«

Mit angewiderter Miene drückte Teddy die Zigarette im Aschenbecher aus. »Im Umfeld einer Mordermittlung erwähnt zu werden, ist keine ideale Publicity. Nicht einmal für eine Werbeagentur, die sich auf Teufel komm raus promoten will. Viele in unserer Branche sehen das anders, nach dem Motto: Hauptsache, der Name ist richtig geschrieben.« Nachdenklich nippte er an seiner Kaffeetasse.»Es könnte André gewesen sein. Oder einer seiner Handlanger.«

»Jake. Werner. Oder eine andere Ratte, die lieber Zuckerbrot als Peitsche mag. Was sagt eigentlich unser Kunde zu der Auswahl des Models?«

»Bäuerle? Das werden wir sehen. André und ich haben heute Mittag ein Meeting mit ihm in seinem Unternehmen. Bis dahin hat Britta genug Zeit, den Chef auf ihre Seite zu bringen.«

»Wird sie bei dem Gespräch dabei sein?«

Teddy schüttelte den Kopf.»Nein. Ist besser so. Werner wollte uns die ersten Bilder von der Neuen mailen. Die Entscheidung wird aber nicht heute fallen.«

»Das bedeutet für mich: weiter abwarten. Sicher will André meine Vorschläge für die Headlines dann rapidement sehen. Strategisch klug wäre es, mich vorab in die Motive einzudenken und Ideen zu sammeln.« Ich stand auf und rollte den Bürostuhl an seinen Platz zurück.»Du gibst mir Bescheid, wenn sich in Sachen Schokolade was tut, ja?«

»Mach ich.«

Eine Stunde später nahm ich im Fundus der Staatsoper mein Kostüm für die bevorstehende Führung in Empfang. Unsere Oper gehörte zu den renommiertesten Kulturtempeln Europas. Was das Burgfräulein-Kostüm anbelangte, hatte ich meine Zweifel, ob es jemals in einem Stück der ernsten Sparte getragen worden war. Möglicherweise eher bei einer Operette mit heiterer Handlung. Oder es stammte aus einer Seifenoper, die fürs Fernsehen produziert worden war.

Die zuständige Schneiderin zeigte mir das Kleid, verstaute es samt Perücke in einem Kleidersack und legte ihn mir über den Arm. Als ich mich bedankt und verabschiedet hatte, ging ich zurück ins Parkhaus. Dort deponierte ich den Kleidersack auf der Rückbank meines Corsas. Zögernd öffnete ich den Reißverschluss, um mich zu vergewissern, ob ich vorhin richtig gesehen hatte. Das flaschengrüne Kleid in Samt-Optik war bodenlang und hatte einen goldfarbenen Einsatz in der Mitte des Rocks. Passend dazu waren goldene Bordüren an Taille und Ärmeln aufgenäht. Reichlich unpraktisch erschienen mir die langen Trompetenärmel aus Chiffon. Damit würde ich überall hängen bleiben. Zum Kostüm gehörten ein goldfarbenes Haarband und eine Perücke mit taillenlangem Haar, die billig wirkte. »Billig« war ein gutes Stichwort. Täuschte mich der Eindruck, oder hatte André das Budget verringert? War das seine Rache für die teure Reinigung, die er beim letzten Kostüm hatte übernehmen müssen? Das Kleid hatte auf der Solitude große Grasflecke im Bereich der Knie und Verschmutzungen am Saum abbekommen. Beim Gedanken daran, wie ich mich vor dem leblosen Körper meiner Freundin auf den Boden geworfen hatte, zog sich mein Magen schmerzhaft zusammen. Was zählte angesichts dieser Tragödie ein geschmackloses Kostüm mehr oder weniger? Ich zippte den Reißverschluss des Kleidersacks hoch und verließ das Parkhaus.

Im Oberen Schlossgarten steuerte ich eine freie Sitzbank an. Ich wollte die Zeit, bis die Entscheidungen der Geschäftsführung und unserer Kunden gefallen waren, nutzen, um mich auf meine Tour im und rund ums Alte Schloss vorzubereiten. Heute wollte ich die Stationen festlegen, an denen ich die Teilnehmer über den Bau und die Besonderheiten der Architektur informierte.

Die Gebäude der Staatstheater hatte ich noch nie in eine Führung integriert, was angesichts des Renommees dieser Kulturtempel erstaunlich war. Mir war das nur recht. Weder Theater noch Oper noch die künstliche Welt des Balletts gehörten zu meinen Leidenschaften. Mein Blick schweifte über den klassizistischen Bau des Opernhauses mit seinem eindrucksvollen Portikus, der von Doppelsäulen oberhalb der millionenfach fotografierten Eingangstreppe getragen wurde.

Bevor ich mir das nahe gelegene Alte Schloss anschaute, legte ich eine verspätete Mittagspause ein und beobachtete das tierische Treiben am Eckensee. Der Ausdruck »See« war reichlich übertrieben angesichts des Betonbeckens. Es war anlässlich der Bundesgartenschau 1961 statt des ursprünglichen runden Anlagensees geschaffen worden. Zwischen den Theaterbauten, dem Neuem Schloss, dem Haus des Landtags, dem Kunstgebäude und den Funktionsbauten der Königstraße mit ihren Läden und den in allen Fußgängerzonen der Welt vertretenen Modeketten war der Schlossgarten eine kleine Oase der Natur. Oder besser gesagt ein Überbleibsel von Restnatur, das sich an die Stadt angepasst hatte. Auch wenn der Eckensee nur sechzig Zentimeter tief war und eine Algenplage der nächsten folgte, genossen Enten, Gänse und kleinere gefiederte Luftbewohner wie Amseln, Meisen und Grünspechte die Mini-Idylle. Genau wie zahlreiche menschliche Bewohnerinnen und Bewohner der Stadt. Sie legten eine Shopping-Rast ein, waren unterwegs zum Kauf von Tickets für Theater- oder Ballettvorstellungen oder verbrachten ihre Arbeitspause im Park.

Im Sommer sorgten Wasserfontänen für Erfrischung im aufgeheizten Stadtkessel, Laubbäume boten Schatten, und ausgedehnte Grasflächen luden zum Barfußgehen und Picknicken ein. Farbenfrohe Blüten und Gräser beteiligten sich in Beeten an der Aufhübschung. Weniger hübsch waren das Motorendröhnen sowie die Musikfetzen und blechern klingenden Stimmen aus den Handys von Passanten, die im Gehen telefonierten oder sich mit Videos und Chats beschäftigten. Es schien mir wie ein Wunder, dass unsere ordnungsliebende und sicherheitsorientierte Stadtverwaltung den Eckensee nicht längst abgesperrt hatte. Wahrscheinlich plumpsten regelmäßig Smartphone-Hypnotisierte ins Wasser.

Die Natur spielte bestenfalls eine Nebenrolle. Das machten die akustische Umweltverschmutzung genauso wie gedankenlos weggeworfene Fast-Food-Verpackungen sowie ebenso gedankenlos verteilte Entenkacke deutlich. Die Zeiten, in denen die Kehrwoche ein heiliges Gesetz gewesen war, schienen vorbei. Ich erinnerte mich noch gut an die mehr oder weniger ungeschickten Versuche einiger Stadtoberhäupter, die Kehrwoche bundesweit bekannt zu machen. Zu den peinlichsten Aktionen hatte gehört, wie sich Oberbürgermeister mit blauen Müllsäcken als Saubermänner in Szene setzten. Der Untergang der Ersatzreligion Kehrwoche war ein Fortschritt, auch wenn sie angesichts des stetig steigenden Müllaufkommens unserer Take-away- und Wegwerfkultur vielleicht wiederbelebt werden sollte.

Eine Stockentendame mit schillernd grünem Kopf kam im Watschelgang auf die Sitzbank zu. Sie spähte auf meine Umhängetasche, als hätte sie die halbe Butterbrezel darin erschnuppert. Als ich die Papiertüte herausholte, um der Ente ein paar Bissen zuzuwerfen, hielt ich inne. War Entenfüttern in unserer Stadt überhaupt erlaubt, oder riskierte ich eine rüde Bemerkung oder sogar eine Anzeige? Tauben zu füttern hatte das Amt für öffentliche Ordnung verboten, weil ihr Kot gesundheitsschädlich war und die Denkmäler und Fassaden zerfraß. Jeannette hatte neulich sogar ein Bußgeld von fünfzig Euro bezahlen müssen, weil sie es gewagt hatte, Haferflocken an die Tauben rund um den Feuersee zu verteilen. Aber wie stand es mit Enten? Nun ja, Weißbrot mit Lauge war sowieso kein entengerechtes Futter. Mit Bedauern stopfte ich die Papiertüte zurück in meine Tasche, wobei das Rascheln wie ein Schlüsselreiz auf das Tier wirkte.

»Tut mir leid, meine Kleine«, tröstete ich die Entendame. »Such dir lieber einen saftigen Regenwurm oder ein leckeres Schneckchen.«

Die Ente ignorierte diesen Rat und watschelte vor meinen Sneakers auf und ab, um mich zu erweichen. Ein kleiner Junge in Latzhose rannte auf uns zu und versuchte, per »Quak, quak« Kontakt mit ihr aufzunehmen. Die Ente hatte keine Lust auf Kinder, flatterte auf und kehrte zu ihren Kumpels in den Eckensee zurück.

In der Nähe schrillte der Klingelton eines Telefons. Ich sah mich nach dem Störenfried um, bis mir aufging, woher die Lärmbelästigung kam. Aus der Umhängetasche, die ich achtlos neben mir auf die Sitzbank geworfen hatte. Aber das war nicht mein Klingelton. Irritiert öffnete ich meine Tasche und suchte nach der Geräuschquelle. Es war das Handy von Pauline, das ich gestern in der Sofaritze gefunden hatte. Irgendjemand rief sie an.

Der Klingelton wurde lauter, und ich konnte die Blicke aus der Umgebung im Nacken spüren. Ich zog das Handy heraus und las den Namen des Anrufers. Es war ein gewisser Max. Das kleinformatige Bild, das aus Paulines Galerie eingeblendet wurde, zeigte Max Ulmer, ihren Bruder. Wieso rief er seine Schwester an? Er wusste doch sicher von ihrem Tod. Was sollte ich tun? Für den Fall, dass er noch nichts davon erfahren hatte, wäre ich diejenige, die ihm die Schreckensnachricht überbringen musste.

»Hallo? Hier ist Bea Pelzer.«

Ein paar Sekunden herrschte Schweigen am anderen Ende.

»Äh, ja. Ich bin Max. Max Ulmer. Ich bin der Bruder von … Pauline.«

»Ich bin eine Freundin und Kollegin deiner Schwester.« Kurz zögerte ich und überlegte, wie ich fortfahren sollte. »Mein herzliches Beileid, Max«, sagte ich schließlich.

»Danke.« Er schluckte hörbar. »Ich … ich habe Paulines Freund angerufen. Er hat mir gesagt, Pauline sei ausgezogen und er wisse nicht, wo …« Er nahm einen neuen Anlauf. »Ich dachte, ich versuche es einfach auf ihrem Handy. Das hast jetzt du«, stellte er fest. Es klang wie eine Frage.

»Ja, das ist richtig«, sagte ich und hatte das Bedürfnis, mich zu rechtfertigen. »Ich habe es zufällig gefunden und wollte es eigentlich längst der Kripo übergeben.«

»Der Kripo?«

»Die Kriminalpolizei hat Paulines Zimmer durchsucht, um Hinweise zu finden, wer … Na ja, sie haben Anhaltspunkte für die Ermittlungen gesucht. Das Handy haben sie dabei irgendwie … übersehen.«

»Ihr Zimmer? Wo genau hat sie denn …?« Er brach ab.

Vielleicht irritierte ihn das lautstarke Streitgespräch auf der Sitzbank neben mir. Dort hatte sich ein Teenagerpärchen niedergelassen und übertraf sich nun in gegenseitigen Vorwürfen. Er beschuldigte sie eines Seitensprungs, während sie ihm vorwarf, er trage daran eine Mitschuld.

Ich rutschte ans andere Ende der Bank und schirmte das Telefon mit der Hand ab. »Sie hat bei uns gewohnt, wenn du das meinst. Seit ungefähr zwei Wochen.« Vielleicht hatte Dragan dem Bruder seiner Ex-Freundin schlicht und ergreifend nicht weiterhelfen wollen. Denn wo Pauline Zuflucht gefunden hatte, das hatte er genau gewusst. Schließlich war er mehrfach bei uns aufgekreuzt.

»Wo ist diese Wohnung?«, erkundigte sich Max.

»Im Westen. Meine Freundin Jeannette und ich leben in einer WG in der Reinsburgstraße, und bei uns war ein Zimmer frei. Als Pauline mit Reisetasche und Rucksack vor unserer Tür stand, haben wir es ihr zur Verfügung gestellt.«

»Verstehe. Ihre Sachen, sind die noch bei euch in der WG? Deshalb rufe ich an. Meine Eltern haben mich darum gebeten, sie ihnen zu bringen.«

»Tja, es ist so …« Ich erzählte ihm, dass Polizisten ihr Tagebuch, den Laptop und ein paar andere Dinge mitgenommen hätten.

»Kann ich ihre restlichen Sachen bei euch abholen? Ginge es heute Abend?«

»Ja, kein Problem. Vor acht sind wir wegen der Arbeit allerdings selten zu Hause.«

Ich vereinbarte mit Max, er solle um neun vorbeikommen. Unsere Adresse würde ich ihm per SMS schicken.

Erst nachdem ich das Gespräch beendet hatte, fiel mir Georgs Einladung zum Essen ein. Ich würde unterwegs sein, wenn Max in die WG kam. Soweit ich wusste, hatte Jeannette keine Pläne für diesen Abend. Sie würde Paulines Kleider und die anderen Dinge sicher für ihn einpacken.

Nachdem ich auf das Symbol für Textnachrichten getippt hatte, gab ich die Adresse unserer WG ein. Für alle Fälle fügte ich meine Handynummer hinzu und versendete die SMS an Max. Als ich den Dienst beenden wollte, fiel mein Blick auf einen bekannten Namen. Ich klickte die zugehörigen Nachrichten an. Wie es aussah, hatte Pauline privaten Kontakt mit unserem Kunden Martin Bäuerle gehabt. Seit drei oder vier Wochen hatte sie Textnachrichten von Bäuerle bekommen oder ihm welche gesendet.

Das streitbare Pärchen nebenan war zu Beschimpfungen

übergegangen. Die beiden machten den Eindruck, als würden sie gleich aufeinander losgehen. Ich verstaute Paulines Handy in einem Seitenfach meiner Tasche, stand auf und lief auf das Neue Schloss zu. Ihren Chat mit Martin Bäuerle würde ich mir nachher in der Agentur durchlesen.

Als ich den Schlossplatz überquerte und mich dem burgähnlichen Gebäude des Alten Schlosses näherte, versuchte ich, mein Gedankenkarussell anzuhalten und mich auf die nächste Führung zu konzentrieren. Das Alte Schloss war riesig und durch seine wuchtige Architektur beeindruckend. Wo früher Grafen und Herzöge residiert hatten, war heute das Württembergische Landesmuseum mit bedeutenden Sammlungen zur Landesgeschichte und Landeskunde untergebracht. Von Archäologie über Kunsthandwerk, Kostüme und der Kunstkammer bis hin zu wissenschaftlichen Instrumenten und Skulpturen erstreckten sich die Schätze über vier Stockwerke. Schwerpunkte meiner Führung würden der arkadengesäumte Innenhof und die Schlosskirche mit ihrem filigranen Bauschmuck aus der Zeit der Renaissance sein. Für die Kirche hatte ich bereits einen Führungstext verfasst. Heute wollte ich mir den Innenhof ansehen, in dem auch Andrés Verkostung stattfinden sollte. Meine erste Station war das Reiterstandbild von Graf Eberhard im Bart, über das ich zwei, drei Sätze einbauen wollte.

Dann versuchte ich zu rekonstruieren, wo sich die frühere Reitertreppe befunden hatte. Über diesen Aufgang konnten die Gäste des Herzogs direkt in den Rittersaal reiten, in dem prunkvolle Feste gefeiert worden waren. Solche Kuriositäten erzählte ich zur Auflockerung, damit die Teilnehmer etwas zu lachen hatten.

Am Durchgang zum Schillerplatz betrachtete ich am Hauptportal das Wappen von Herzog Christoph von Württemberg und seiner Gemahlin Anna Maria. Inzwischen war ich unruhig geworden und beschloss, in die Agentur zurückzukehren. Womöglich waren André und Teddy bereits von ihrer Besprechung mit Martin Bäuerle zurückgekehrt und wollten mich auf den neuesten Stand in Sachen Schokoladenmodel bringen.

Auf dem Rückweg über den Schlossplatz versetzte ich mich gedanklich wieder in die Vergangenheit. Wo heute Sitzbänke, Rasenflächen und gepflegte Wege zum Spazieren und Ausruhen einluden, hatten im 18. Jahrhundert die herzoglichen Truppen das Exerzieren geübt und Paraden abgehalten. Meine lebhafte Phantasie ließ mich die Trommler und Kommandos der Offiziere hören, die für die Soldaten den Takt beim Marschieren vorgaben. Bis ich realisierte, dass die Geräuschkulisse keineswegs aus der Vergangenheit stammte, sondern real war. Vor der Freitreppe neben dem Kunstmuseum entdeckte ich einen Menschenauflauf. Von dort wehten laute Bässe, vereinzelte Rufe und Beifall herüber.

Ich hielt auf die Säulenkolonnade des Schlossbaus zu, passierte die Terrasse eines Cafés und arbeitete mich in die erste Reihe der Menge vor. Je näher ich der Freitreppe kam, desto lauter wummerten die Bässe. Was war hier los? Eine Demonstration von Verdi oder wütenden Bauern? Hatte sich die Letzte Generation festgeklebt? Nein, das war unwahrscheinlich, nachdem sie sich von solchen Aktionen verabschiedet hatten.

Diese Freitreppe gehörte zu den berühmten Stuttgarter Stäffele und war seit drei Jahrzehnten ein Hauptanziehungspunkt und ein Ärgernis zugleich. Für die weltweit gefeierte Leichtathletik-Weltmeisterschaft Anfang der Neunziger war eine dreißig Meter breite Freitreppe entstanden, die zum Kleinen Schlossplatz hinaufführte und sich zum beliebten Treffpunkt entwickelte. Die Treppe war eine Art Gegenentwurf zur autogerechten Stadt gewesen und hatte das Gefühl südlicher Lebensart ins Zentrum einer arbeitssüchtigen Metropole gebracht. Dort saß man, sonnte sich, genoss den Blick auf die Baudenkmäler ringsum und verfolgte das Geschehen in der Fußgängerzone ganz ohne Konsumzwang. Noch heute schwärmten manche von Stuttgarts Spanischer Treppe, eine ziemlich übertriebene Reminiszenz an die weltberühmten Stäffele Roms. Für den Bau des Kunstmuseums hatte die Treppe weichen müssen, sie war später schmaler und nach hinten versetzt rekonstruiert worden. Den schwäbischen Stadtoberen war das dort erneut aufblühende Dolce Vita ein Dorn im Auge. Nach Pöbeleien und einem Angriff auf Polizisten wurde die Treppe eine Zeit lang abends durch einen Bauzaun abgesperrt, um Tumulte zu verhindern.

Das vor mir hörte sich ebenfalls nach einem Tumult an. Als ich in der ersten Reihe ankam, staunte ich. Auf den breiten Stufen war eine Art Filmset aufgebaut. Hip-Hop-Klänge waren zu hören, in die sich nach ein paar Beats eine tiefe Männerstimme mischte.

»Stuttgart, meine Stadt, deine Schönheit macht mich platt«, drangen grobe Reime aus den riesigen Lautsprechern rechts und links neben den Stahlgeländern.

Diese Songzeile erkannte ich, selbst wenn ich nie zur eingeschworenen Stuttgarter Rap-Szene gehört hatte. Der Text stammte aus einem in Stuttgart weltberühmten Song von StuggiD, der sich zu einer Art Hymne für junge Fans der Schwabenmetropole entwickelt hatte. Zu den Beats bewegte sich der Rap-Star auf den Stufen in typischen Hip-Hop-Moves. Dragan war von Kopf bis Fuß in Schwarz gekleidet und trug seine berühmte Kappe mit dem goldenen D. Mit lässigen Gesten animierte er das Publikum um mich herum und am oberen Ende der Freitreppe zum Mitrappen.

»Sexy und hässlich, du bist so geil wie grässlich«, reimte der Rapper in ein Mikro und wippte mit dem ausgestreckten Arm im Rhythmus auf und ab.

Drei Sängerinnen in goldenen Overalls bildeten den Chor und tanzten aufreizend um Dragan herum, als wäre er der coolste Typ auf diesem Planeten. Zwei Kamerateams filmten das Geschehen.

»Cut!«, rief ein Typ mit Headset neben mir und signalisierte dem Rapper eine Pause. Eine Stylistin eilte herbei, tupfte Dragan den Schweiß von der Stirn und kämmte die voluminöse Schnittkante seines kurzen Ponys zurecht. Während der Stylingaktion redete der Headset-Mann auf ihn ein, als gäbe er ihm Regieanweisungen.

Erst jetzt entdeckte ich auf der Treppe hinter Dragan eine schmale, hohe Steinplatte. An ihr war das Farbfoto einer jungen Frau befestigt. Um das Gebilde waren Liliengestecke und kunstvolle Kränze verteilt, wie sie bei Beerdigungen üblich waren. Skeptisch musterte ich das seltsame Ensemble und versuchte, mir einen Reim darauf zu machen. Bis ich die Frau auf dem Foto erkannte. Unter ihrer schwarzen Kappe mit dem goldenen StuggiD-Logo ragten zwei braune Zöpfe hervor. Sie trug ein weit ausgeschnittenes schwarzes Oberteil und hatte die Hände erhoben. Ihre Finger streckte sie in einer Rappergeste von sich, und mit den rot bemalten Lippen formte sie einen Kussmund. Das war Pauline!

Als die Bässe wieder einsetzten, begriff ich endlich, was hier gespielt wurde. Das war eine bizarre Form von Trauerfeier, und sie diente als Setting für einen Videodreh. Worüber Jeannette und ich nach Paulines Einzug in unsere WG schlechte Scherze gemacht hatten, war Realität geworden. Dragan verarbeitete das Beziehungsende und nun auch den Tod seiner Freundin, besser gesagt seiner Ex-Freundin, für einen neuen Song.

Ich holte mein Smartphone heraus und fotografierte das eigenwillige Denkmal mit Paulines Foto. Nur Sekunden später trat der Rapper neben die improvisierte Grabplatte, legte die Hand bedeutungsschwer auf den Stein und nahm seine Kappe ab.

Was sollte das darstellen? Eine Art innerer Andacht? Nach ein paar Sekunden setzte er die Kappe wieder auf und schob das Mikro vor dem Kinn zurecht. Sein Kopf bewegte sich im typischen Hip-Hop-Move, Beats setzten ein, und dann begann er, einen neuen Song zu intonieren. Wem er den Song gewidmet hatte, war angesichts des Settings offensichtlich.

»Dein Leben, meine Liebe. Dein Tod, keine Triebe. Meine Liebe bleibt – bei dir für alle Zeit.«

Mit Hip-Hop und Rap kannte ich mich wenig aus. Dank der musikalischen Vorlieben meiner Mutter war ich mit deutschem Schlager aufgewachsen. Als Kind hatte ich Roland Kaiser ertragen, und pubertiert hatte ich mit Howard Carpendales Hits. Heute bevorzugte meine Mutter einen Österreicher in kurzen Lederhosen mit Akkordeon, für dessen Name mein Gehirn keinen Platz verschwenden wollte, außerdem die unvermeidliche Helene Fischer. Wenigstens eine weibliche Vertreterin dieser

Kunst. Von den treibenden Rhythmen einmal abgesehen, erkannte ich verstörende Parallelen zwischen den Schlagertexten und Dragans Zeilen. Herz, Schmerz und eingängige Reime, das waren die Konstanten.

Als ich dachte, es könnte kaum schlimmer kommen, löste sich vom mittleren der drei Stahlgeländer auf der Treppe eine schmale, schwarz gekleidete Gestalt mit romantisch verwuscheltem Lockenkopf, die Dragans Auftritt per Smartphone dokumentierte. Ich musste zweimal hinsehen, so perplex war ich. Das war niemand anders als Jake. Wie es schien, hatte Andrés neuer Lieblings-Influencer neben Hohlbergs Reich einen weiteren Kunden.

Als ich im Parkhaus bei der Oper angekommen war, bezahlte ich meine Gebühren am Automaten und lief zum Corsa. Unterwegs sah ich mich mehrfach um und behielt alle im Auge, die sich auf meinem Parkdeck aufhielten. Auf dem Weg von der Freitreppe hierher hatte ich plötzlich das Gefühl gehabt, verfolgt zu werden. Immer wieder hatte ich mich umgedreht, um meinen Verfolger auszumachen, aber es waren zu viele Menschen auf dem Schlossplatz und im Schlossgarten unterwegs gewesen. Nach einem letzten Kontrollblick über das Parkdeck stieg ich in den Corsa und gab Gas.

Auf der Rückfahrt über die Hauptstätter Straße klemmte ich mein Handy in die Freisprechanlage und tippte auf die Kurzwahltaste von Gerits Nummer im Möhringer Pressehaus. Dort logierte die Zeitungsgruppe Stuttgart. Die Redaktionen der Stuttgarter Zeitung und der Stuttgarter Nachrichten, unserer traditionsreichen Tageszeitungen, waren nach jahrzehntelanger Konkurrenz zusammengelegt worden. Bei deutlich reduzierter Besetzung der Redaktion und einem verkleinerten Stamm an freien Mitarbeitern, versteht sich. Das war kein Einzelfall, sondern passierte bei allen Tageszeitungen, seit die Anzahl der Abonnenten dramatisch zurückging und Kaufleute statt Verleger die Geschäfte übernommen hatten. Ob es da einen Zusammenhang gab? Wie ich von Gerit wusste, war die verkaufte Auflage der Stuttgarter Zeitungen in den letzten fünfundzwanzig Jahren fast ebenso viel Prozent kleiner geworden.

Mitten im zweiten Klingelton meldete sich Gerit. »Bea, schön, von dir zu hören. Peter und ich machen uns Sorgen um dich. Wie geht es dir?«

»Ich bin immer noch schockiert, das kannst du dir vorstellen. Gerit, weshalb ich anrufe: Dragan – du weißt schon, der Ex-Freund von Pauline – dreht ein Video auf der Freitreppe neben dem Kunstmuseum. Dreimal darfst du raten, worin es darum –«

»Ja, ich hab's mitbekommen«, fiel sie mir ins Wort. Ihre Stimme klang angespannt, als wäre sie in Eile. »Einige Mitschnitte des Drehs gehen gerade viral und sind überall zu sehen. Für einen Musiker ist dieser StuggiD in Sachen Public Relations erstaunlich fix. Er scheint das professioneller anzugehen als viele seiner Kolleginnen und Kollegen.«

Was Gerit erzählte, bestätigte meine Befürchtungen. Dragan instrumentalisierte den Mord an Pauline für Promotionzwecke. »Das könnte an den Fernsehteams liegen, die seinen Auftritt gefilmt haben. Weißt du, wer seine Show ebenfalls mitgeschnitten hat? Andrés neuer Lieblingsmitarbeiter Jake.«

Trotz des regen Autoverkehrs um mich herum hörte ich, wie Gerit nach Luft schnappte. »Was? Euer Influencer? Hat André den Jungen denn nicht exklusiv gebucht?«

Vor dem Österreichischen Platz sprang die Ampel auf Rot. »Exklusiv?« Ich brachte den Corsa zum Stehen. »Dafür ist er zu geizig. Gerit, du hast mir erzählt, Dragan sei von einer früheren Freundin wegen Körperverletzung angezeigt worden. Weißt du, wie die Kripo seine Rolle bei Paulines Tod einschätzt?«

»Und ob ich das weiß. Gerade bin ich von der Pressekonferenz der Soko Schloss zurück und muss den Aufmacher für morgen schreiben. Bin unter Druck und hab leider nur noch ein Minütchen für dich.«

»Ich mach's kurz. Hat Dragan ein Alibi für die Tatzeit?«

»Nein, hat er nicht. Wenn ich die Andeutungen des Polizeisprechers richtig interpretiere, hat Pauline ihn in ihren Tagebucheinträgen als aggressiv beschrieben. Die Staatsanwaltschaft hat einen DNA-Test angeordnet, um zu klären, ob die Abwehrspuren unter Paulines Fingernägeln von ihm stammen.«

Die Ampel zeigte grünes Licht. Ich legte den ersten Gang ein, blinkte und bog in die Immenhofer Straße ab. Um den Schwung beizubehalten, drückte ich das Pedal durch und quälte den Corsa die Steigung hoch. »In Untersuchungshaft ist Dragan aber nicht, sonst könnte er keine Filme machen.«

»Genauso ist es. Er darf die Stadt nur verlassen, wenn er die Kripo informiert. Solange er sich in Stuttgart aufhält, kann er ein Video nach dem anderen drehen.«

»Und den gewaltsamen Tod seiner Ex-Freundin dazu benutzen, mehr Follower zu generieren und seine Verkaufszahlen in die Höhe zu treiben.« Zum wiederholten Mal fragte ich mich, was Pauline an diesem Typen gefunden hatte.

»Bea, lass uns später weiterreden. Der Chefredakteur hat mir ein Zeichen gegeben, in die Puschen zu kommen. Der Zweispalter muss in den Satz.«

»Okay. Wir hören voneinander.« Ich beendete die Verbindung, bog von der Neuen Weinsteige ab und parkte den Corsa vor der Agentur. Leider war keine Zeit mehr gewesen, mich nach dem Stand der Ermittlungen in Sachen Theo Silber zu erkundigen, dem anderen Verdächtigen in diesem Mordfall. Wie ich seit der geplatzten Präsentation im Rathaus wusste, hatte Pauline Anzeige gegen ihn wegen sexueller Belästigung erstattet. War es nur ein Zufall, dass ihr Ex-Freund Dragan ebenfalls angezeigt worden war? Sobald ich eine freie Minute hätte, wollte ich die Meldungen im Internet sichten. Ich nahm den Kleidersack von der Rückbank und ging zur Villa.

»Sieh an, das Burgfräulein besinnt sich auf seine beruflichen Pflichten«, unkte Jeannette, als ich in unser Büro trat. In der Luft hing ein verlockend süßer Duft von Schokolade, dessen Quelle ein Teller mit Kostproben neben Jeannettes Platz war.

»Darauf besinne ich mich bereits den ganzen Tag«, gab ich zurück, während ich das Kostüm in unserem Büroschrank deponierte und darauf achtete, dass der lange Rock und die Ärmel frei hingen und keine Falten bekamen. »Ich bin für meine

Führung ein paar Stationen im Alten Schloss vor Ort durchgegangen. Du wirst es nicht glauben, aber ich wurde Zeuge, wie –«

»Bea, ich plaudere gern mit dir«, unterbrach mich Jeannette. Ihre Miene verdüsterte sich. »Aber dreimal darfst du raten, wer jede Viertelstunde hereingerauscht ist und nach dir Ausschau gehalten hat.« Sie nahm ein Stück dunkle Schokolade mit Pistazien vom Teller, schnupperte daran und schob es sich in den Mund.

Dafür brauchte ich keine drei Versuche. »Ist André aus dem Schokoladenmeeting zurück?«

»Jep. Mit einem Karton voller Kalorien für unser Team. Damit wir uns in das Produkt, das wir bewerben sollen, besser einfühlen oder eher reinschmecken können. Seit André wieder da ist, verlangt er nach deiner Gesellschaft. An deiner Stelle würde ich mich schleunigst in seinem Allerheiligsten sehen lassen und ihn ...« Sie brach ab, als die Klinke energisch gedrückt wurde und die Bürotür aufschwang.

Als hätten ihm die Ohren geklingelt, tauchte unser Chef auf. Sein Blick fokussierte sich auf mich. »Beatrix! Du hast deinen Arbeitsplatz verlassen, ohne mich zu informieren. Glaubst du, ich habe nichts anderes zu tun, als zu warten, bis die feine Dame sich an ihren Computer bequemt?« Andrés Augenbrauen zogen sich zu einer durchgehenden Linie zusammen. Vor lauter Wut vergaß er prompt, französische Begriffe in seine Tirade einzubauen. »Du bekommst eine Abmahnung wegen Arbeitsverweigerung von mir!«

Statt wie üblich den Kopf einzuziehen und mich ohne Gegenwehr abkanzeln zu lassen, streckte ich die Wirbelsäule durch, bis meine Augen fast auf der Höhe von Andrés waren. Diesmal war ich im Recht. Außerdem hasste ich es, wenn er die Langversion meines Namens benutzte, um den Ernst der Lage zu betonen. Das Gleiche tat meine Mutter oft. »Augenblick, André. Lass mich das klarstellen. Ich habe mein Kostüm in der Oper abgeholt, und dann habe ich am Alten Schloss die Stationen für die nächste Tour festgelegt. Das ist Arbeitszeit und keine Arbeitsverweigerung.«

Demonstrativ schob der Chef den Ärmelbund seines schwarzen Jacketts zurück, wobei die goldenen Manschettenknöpfe aufblitzten. Er schaute auf seine protzige Armbanduhr, von deren Gegenwert ich locker ein einjähriges Sabbatical hätte finanzieren können. »Jetzt ist es kurz nach vier. Du bist seit halb eins unterwegs, hat Jeannette gesagt. Das sind über dreieinhalb Stunden. Du willst mir ernsthaft weismachen, das bisschen Schauplatzrecherche hätte derart lange gedauert?«

Nun sank ich doch ein wenig in mich zusammen. »Die Kostümübergabe hat mich aufgehalten, weil die Schneiderin nach einer passenden Perücke suchen musste«, erwiderte ich. »Unterwegs ins Zentrum stand ich auf der Hauptstätter Straße im Stau. Und auf dem Rückweg zum Parkhaus habe ich einen Videodreh auf der Freitreppe beobachtet und dabei Jake entdeckt. Weißt du eigentlich, dass dein Influencer auch für StuggiD arbeitet? Er hat den Auftritt mitgefilmt.«

Insgeheim hatte ich gehofft, André würde mir für diesen wichtigen Hinweis auf Jakes Nebentätigkeit danken. Da hatte ich mich getäuscht.

Salopp hob André eine seiner Brauen, die sich wieder separiert hatten. »Selbstverständlich bin ich darüber informiert. Wir planen ein gemeinsames Projekt.«

»Du und Jake?«

»Nein. Ich und StuggiD.« André rieb die Hände aneinander, als erwartete er sich von diesem Deal sprudelnde Einkünfte. »Bei der Präsentation werde ich die Entscheider der Stadt mit meiner Idee vom Stuhl hauen. Die werden den Etat für das neue Logo sofort an meine Agentur vergeben. Wir werden Geschichte schreiben, *n'est-ce pas?*« Nach dieser überraschenden Ankündigung drehte er sich auf dem Absatz um und verließ den Raum.

»Ein Deal mit StuggiD?« Jeannette blinzelte verwundert und wählte ein neues Stück Schokolade aus. Diesmal nahm sie eine weiße Sorte und biss eine Ecke davon ab. »Na, da bin ich gespannt. Will er ein Video mit ihm drehen? Oder hat er einen Song bei ihm in Auftrag gegeben?«

Erneut ging die Tür auf. Zum zweiten Mal streckte André

den Kopf herein. »Bea, ich erwarte deine Headlines für Bäuerle auf meinem Schreibtisch. Rapidement.«

»Ja, gut. Dafür sollte ich wissen …«

Entweder hatte André meine Frage überhört, oder er ignorierte sie. Die Tür schloss sich hinter ihm, und ich blieb ratlos zurück.

»Rapidement«, äffte Jeannette ihn nach und schob sich den Rest der Schokolade in den Mund.

Trotz des Ärgers brachte mich ihre Imitation zum Lachen.

»Schlauerweise habe ich mir bereits Gedanken gemacht. Nun muss ich nur noch wissen, für welches Model sich Bäuerle und André entschieden haben.« In wenigen Worten weihte ich Jeannette in Andrés Geheimaktion mit Werners Nachwuchsmodel Jessy ein.

»Ups«, lautete ihr Kommentar. »Da ist es wohl besser, wir gehen Britta in der nächsten Zeit aus dem Weg. Ich lege keinen Wert darauf, dabei zu sein, wenn sie explodiert und André mit ihren langen Fingernägeln die Augen auskratzt.«

»Ich erkundige mich bei Teddy. Bis gleich.« Als Wegzehrung nahm ich mir ein Stück Vollmilchschokolade mit Karamell vom Teller.

»Es wird Britta, das lag auf der Hand.« Teddy neigte den Kopf und fuhr zögernd fort. »Und diese Jessy ist ebenfalls dabei. Werner hat uns ein paar Eindrücke von seinem Shooting zukommen lassen. Die Kleine ist gut. Noch grün hinter den Ohren, hat aber Potenzial.«

Ungläubig starrte ich ihn an. »Zwei Models?«

Teddy beugte sich zurück. Die Lehne gab mit einem Quietschen unter seinem Gewicht nach. »Offiziell bekommt Britta den Job. Inoffiziell ist Jessy weiterhin im Rennen. Martin Bäuerle war angetan von ihr. Sie ist das nette Mädchen aus der Nachbarschaft, das jeder attraktiv findet.«

Genau wie Pauline, schoss es mir durch den Kopf. »Und wie soll das gehen? Wir können Bäuerles Kampagne doch unmöglich mit zwei Models parallel fahren?«

»Können wir schon. Doch das behalten wir vorerst für uns.«

Teddy machte vor seinem Mund eine Bewegung, als würde er einen Schlüssel im Schloss herumdrehen. »Nur damit ich dich richtig verstehe«, vergewisserte ich mich. »Wir bauen Britta in die Plakate und Anzeigen ein, und ich texte für sie passende Headlines. Gleichzeitig entwickelst du Entwürfe mit Jessy. Ich schreibe ihr Headlines in einem anderen Ton. Wer es wird, erfahren wir kurz vor dem Start.«

»Korrekt zusammengefasst.«

»Das bedeutet doppelten Aufwand«, sagte ich mürrisch. »Mailst du mir ein paar Fotos vom Shooting mit Jessy? Ich muss ihre Bilder sehen, damit ich mir was Passendes für ihren Typ ausdenken kann.«

Mit einer krabbelnden Bewegung seiner Füße schob Teddy seinen Stuhl an den Schreibtisch, beugte sich über die Tastatur und gab ein paar Befehle ein. »Sind in deinem Postfach.«

»Danke. Sag mal, weißt du, was André mit diesem Stuttgarter Rapper vorhat? Vorhin habe ich zufällig gesehen, wie StuggiD das Video für einen neuen Song gedreht hat. Eine Art Hymne auf seine tote Freundin. Und wie immer auf unsere glorreiche Stadt.«

Teddy griff nach der Schachtel neben seiner Tastatur, zog eine Zigarette heraus und zündete sie an. Genüsslich blies er den Rauch über den Bildschirm. »Es geht um ein Video im Hip-Hop-Stil. Bleibt zu hoffen, dass wir nicht rappen oder gar twerken müssen.« Mit einem anzüglichen Grinsen schielte er auf meinen Po. »Obwohl, wenn ihr Mädels tanzen würdet, hätte ich nichts dagegen. Ihr seid einfach geschmeidiger in dieser Körperzone.«

»Pass auf, sonst verpasse ich dir gleich geschmeidig eine wegen Belästigung am Arbeitsplatz«, gab ich zurück. Ich griff nach seiner Zigarette, nahm einen Zug und improvisierte währenddessen eine mehr oder weniger gelungene Bewegung mit meinem Becken nach vorn und hinten. Das hatte mit professionellem Twerken wenig zu tun, war aber einen Versuch wert.

Bei meiner kleinen Tanzeinlage klappte Teddy der Unterkiefer herunter. »Boa, wenn hier jemand sexuell belästigt wird, dann ja wohl ich von dir!«

Mit hochnäsigem Ausdruck gab ich ihm die Zigarette zurück. Der Nikotingeschmack hatte sich mit dem Schokoladenaroma in meinem Mund vermischt. Keine gute Kombination, stellte ich fest. »Danke für die Drogen. Du bist und bleibst mein Lieblingsdealer. Und was Andrés verrückte Idee anbelangt, hopse ich garantiert nicht für ihn vor einer Kamera herum.«

Auf dem Flur übte ich meinen geschmeidigen Hüftschwung dennoch weiter. Tamara kam mir mit einem Stapel Versandmappen im Arm entgegen. Die Praktikantin hielt sich eng an der Wand und machte einen Bogen um mich. Dass die kreativen Mitarbeiter ihre Macken auslebten, hatte sie bereits in den ersten Tagen ihres Praktikums mitbekommen. Inzwischen war sie an allerlei Merkwürdigkeiten gewöhnt.

Zurück im Büro fiel Jeannette meine gute Laune sofort auf. »Was ist los mit dir, Bea? Du wirkst so beschwingt und sexy. Fast als hättest du heimlich … Nein!«, brach sie ab und schmunzelte. »Sag bloß, du hattest Sex im Grafikatelier?«

»Quatsch«, gab ich zurück. »Das ist nur Bewegungsenergie.«

Mit ein paar Mausklicks druckte ich die Fotos von Britta und Jessy in meinem Postfach aus und verteilte sie auf dem Tisch vor mir. Zur Inspiration nahm ich mir eine Kostprobe der jeweils passenden Schokoladensorte von Jeannettes Teller. Nachdem ich ein paar vorzeigbare Headlines getextet hatte, mailte ich meine Vorschläge an André und klickte »Empfangsbestätigung« an. Fast sofort kam die Rückmeldung. Er hatte meine Datei bekommen. Nun hieß es abwarten, wie sein Urteil ausfiel.

Zeit für eine Pause. Ich öffnete den Browser und durchsuchte die regionalen Medien nach Meldungen über den Mordfall. Gerits längerer Artikel würde erst morgen online sein. Bisher gab es lediglich ein paar knappe Zeilen über die Pressekonferenz der Soko Schloss und den DNA-Test, dem sich Paulines Ex-Freund unterziehen musste.

Einerseits inszenierte sich Dragan als StuggiD in seinem neuen Video als trauernder Liebhaber seiner ermordeten Ex, andererseits stand er plötzlich unter dringendem Tatverdacht. Davon ging ich aus, sonst hätte die Staatsanwaltschaft einem DNA-Abgleich mit den Abwehrspuren unter Paulines Fingernägeln kaum zugestimmt. Noch weniger Informationen war den Medien Theo Silbers Verhaftung bei der Präsentation im Rathaus heute Morgen wert. Einige Zeitungen spekulierten, warum seine Schuhe von einem Unbekannten vor dem Polizeipräsidium deponiert worden waren. Ein Onlineportal zeigte sogar die Abbildung eines schwarzen Herrenschuhs, dessen Ledersohle im Bereich des Ballens einen Riss aufwies. War dies einer der Schnürschuhe aus der abgestellten Plastiktüte? Oder handelte es sich nur um ein Beispielbild, um die Leser bei der Stange zu halten? Neben der Abbildung des Schuhs war eine Fotografie platziert, die den abgesperrten Fundort auf der Solitude mit den Markierungen der Spurensicherung zeigte. Der Schuhabdruck im Matsch der Pfütze war deutlich zu sehen. Aus dem Artikel ging nicht hervor, ob dieser Abdruck von Silbers Schuh stammte. Alle Aussagen waren spekulativ und insofern wenig hilfreich.

Eines war auf jeden Fall sicher: Silber war zur Tatzeit auf der Solitude gewesen. Ich hatte ihn ja vor meiner Befragung durch Kommissar Gabriel selbst dort angetroffen. Doch wie stand es mit Dragan? Gerit hatte mir erzählt, er habe laut Pressekonferenz kein Alibi für die Tatzeit angeben können und sei von Zeugen auf dem Schlossgelände gesehen worden. Beim Sichten einiger von Jakes Videos hatte ich den Rapper nicht in der Menge entdeckt. Vielleicht hatte ich die falschen Ausschnitte gewählt.

Sicherheitshalber prüfte ich meinen Posteingang. Noch keine Reaktion von André. Falls er wieder unangemeldet in unser Büro stürmen sollte, drehte ich den Bildschirm zum Fenster. Erneut rief ich einige Videos von Jake in den Sozialen Medien auf, die meine Führung und Andrés Verkostung dokumentierten. Diesmal galt meine Aufmerksamkeit den beiden Verdächtigen. War Dragan vor oder während unseres Events auf dem Schlossgelände gewesen?

Bei Silber interessierten mich die Schuhe, die er getragen hatte. Waren es dieselben wie in dem Onlinebericht, den ich eben gelesen hatte? Ich klickte mich durch die Videos. Bald wurde ich betriebsblind. Die vielen Spaziergängerinnen, Familien, händchenhaltenden Paare, Flaneure, Joggerinnen und Schaulustigen vermischten sich zu einer undefinierten Masse. Ich stand auf, öffnete das Fenster und gönnte mir eine Portion Sauerstoff, vermischt mit Feinstaub und Kohlenstoffdioxid. Minimal erholt, setzte ich mich zurück an den Rechner. Nach ein paar Minuten stieß ich auf eine silbergraue Mähne. Gehörte die womöglich Theo Silber? Ich stoppte das Video und zoomte den Haarschopf näher heran. Treffer! Das war Silber. Ich gab einen zufriedenen Laut von mir.

»Was ist los?«, erkundigte sich Jeannette und gähnte mit offenem Mund. »Du hast mich aus einem leidenschaftlichen Tagtraum gerissen, einer Mission mit Timothée Chalamet auf dem Wüstenplaneten.«

»Eben habe ich Theo Silber auf einem von Jakes Videos entdeckt. Und jetzt sehe ich mir die Schuhe an, die er auf der Solitude getragen hat.«

»Seit wann interessierst du dich für Herrenschuhe? Hat der Häuptling einen neuen Kunden an Land gezogen?«

»Nein, das hat nichts mit André zu tun. Ich will wissen, ob Silber die Schuhe mit dem Riss in der Sohle getragen hat.«

»Ach ja. Die hat der Kommissar im Rathaus erwähnt. Überlass das der Kripo. Die machen das hauptberuflich, weißt du.«

Sie nahm mich auf den Arm, was ich einfach ignorierte. »Ich habe eine Ahnung, als könnte ich – da!« Mein Finger deutete auf den Bildschirm.

Nun wurde Jeannette neugierig. Sie stand auf und kam um unsere Schreibtische herum auf meine Seite. »Wo? Ich sehe nur Hosen und Turnschuhe.«

Der Ausschnitt, den ich vergrößert hatte, zeigte den Fußbereich der Gefilmten. Ich tippte auf die Stelle, an der ich die schwarzen Hosenbeine von Silber in der bunten Menge aus legeren Freizeithosen und Joggingleggings ausgemacht hatte. »Schau hier, die eleganten Schnürschuhe. Das müssen die von Silber sein. Er ist der Einzige, der schwarze Hosen trägt.«

»Ja und?« Jeannette sank neben mir in die Hocke. Ihre Knie knackten. »Was willst du damit beweisen? Die Sohlen kann man nicht sehen – und ergo auch nicht sagen, ob eine einen Riss hat.«

»Aber ich kann die Schuhe heranzoomen und mit dem Foto auf dieser Website vergleichen, warte.« Rasch öffnete ich den entsprechenden Link in der Browserleiste und verkleinerte die Ansicht, bis beide Ausschnitte nebeneinander zu sehen waren. »Okay. Beide Male schwarze Businessschuhe«, sagte Jeannette zögernd, als fragte sie sich, was ich herausfinden wollte. »Die ähneln sich, das stimmt. Das ist aber auch schon alles.« Sie erhob sich und kehrte an ihren Platz zurück.

Ein paar vergleichende Blicke später ging mir auf, wie sehr ich meine Zeit mit dieser Schuh-Sache verschwendete. Besser, ich kümmerte mich um den zweiten Verdächtigen. Meine Suche galt nun dem Video von Dragan, bei dessen Aufnahme ich Zeugin geworden war.

Es war keine große Kunst, das richtige Video zu finden. Der Mitschnitt wurde auf Instagram, YouTube, TikTok und der Website von StuggiD gezeigt. Jake hatte ganze Arbeit geleistet. Ich entschied mich für Dragans Internetauftritt und schaute mir das Making-of des Videos an. Danach widmete ich mich jenem Content, den ich noch nicht gesichtet hatte oder der neu auf der Seite hinzugekommen war. Dazu gehörte ein Statement über den neuen Song von StuggiD, das leider keine weiteren Informationen enthielt.

Dann klickte ich mich durch die umfangreiche Bildergalerie. Sie war vollgestopft mit Fotos von Dragans Clubauftritten, Promotionbildern mit Groupies und mehreren Aufnahmen mit den drei Tänzerinnen in den goldenen Anzügen.

Als ich genug davon hatte, öffnete ich eine Bilderstrecke, die mit »Privat« betitelt war. Laut dem kurzen Intro zeigte sie authentische Fotos, die der Künstler selbst aufgenommen hatte. Die Zusammenstellung enthielt Familienszenen, Fotos seiner Freundinnen und Freunde sowie Schnappschüsse von Partys, bei denen er Gast gewesen war. Die neueste Aufnahme stammte von heute und präsentierte die Tänzerinnen in Gold. Ich klickte mich weiter durch, bis ich auf das vorletzte Bild stieß. Es irritierte mich, weil es nicht zu den anderen in dieser Galerie passte. Das Bild war unscharf, im Hintergrund waren ein angeschnittenes Gebäude und der Teil einer Baumkrone zu erkennen. Im Vordergrund war eine Frau in einem langen blauen Kleid zu sehen. Stammte diese Aufnahme aus einem früheren Video, in dem StuggiD mit anderen Settings experimentiert hatte? Es dauerte eine Weile, bis der Groschen fiel. Die braunen Locken der Frau brachten mich auf die richtige Spur. Das Foto zeigte Pauline. Und zwar in dem Kostüm, das sie bei unserem Event auf der Solitude getragen hatte. Am letzten Tag ihres Lebens. War das der Beweis dafür, dass auch Dragan dort gewesen war?

ZEHN

Mit einem farbigen Ausdruck des Fotos, das ich in Dragans privater Galerie entdeckt hatte, verließ ich die Agentur, ohne unliebsamen Zeugen zu begegnen. Ich lief zum Parkplatz, setzte mich in den Corsa und fuhr zur Solitude. Was ich auf dem Gelände rund ums Schloss wollte, war mir selbst nicht ganz klar. Es war mehr ein Instinkt, der mich an den Ort führte, an dem Pauline und ich die letzte gemeinsame Zeit verbracht hatten. Jeannette gegenüber hatte ich erklärt, ich müsse erneut zum Alten Schloss, um eine weitere Station meiner Führung zu erkunden. Das war meine Ausrede, falls André meine Anwesenheit kontrollierte.

Diesmal stellte ich meinen Wagen auf dem großen Besucherparkplatz an der Abzweigung Bergheimer Steige ab. Sie führte über eine kurvenreiche Abwärtsstrecke durch den Wald in die nördlich gelegenen Stadtteile Stuttgarts. Um diese Uhrzeit wies der Parkplatz deutlich mehr Lücken als Fahrzeuge auf. Von meinem Startpunkt östlich des Schlosses wollte ich dem Fußgängerweg entlang der schmalen Zufahrt folgen, die an Häusern und Nebengebäuden vorbei zum eigentlichen Jagd- und Lustschloss führte. Mein Plan war es, unterwegs jedes Bauwerk mit dem Ausschnitt auf Dragans Foto zu vergleichen. Auf diese Weise wollte ich herausfinden, ob das Foto von Pauline im Kostüm auf dem Gelände aufgenommen worden war.

Laut Gerits Auskunft hatte Dragan kein Alibi für die Tatzeit. Allerdings bestritt er, auf der Solitude gewesen zu sein. Wenn das Foto hier gemacht worden war, könnte dieser Beweis Dragan als Lügner überführen. Denn das Kostüm hatte Pauline nur an dem Tag getragen, an dem unser Event stattgefunden hatte. An ihrem Todestag.

Bevor ich ausstieg und mich auf die Suche nach der Stelle machte, an der das Foto geknipst worden war, rief ich Jeannette in der Agentur an.

»Der Chef hat dich noch nicht fristlos entlassen, falls es das ist, was du wissen möchtest«, sagte sie statt einer Begrüßung. »Ich nehme an, er sinniert über deinen Headlines. Was Wörter anbelangt, gehört er ja eher zu den Begriffsstutzigen.«

»Ich rufe aus einem anderen Grund an. In der Eile habe ich vorhin vergessen, dir etwas zu sagen. Paulines Bruder Max wird heute Abend gegen neun in der WG vorbeikommen. Er möchte die Sachen seiner Schwester mitnehmen. Ich bin bei Georg eingeladen.« In wenigen Worten schilderte ich das Telefonat, das ich im Schlossgarten mit Max geführt hatte.

Jeannette schwieg eine Weile. »Sag bloß, du hast noch immer ihr Handy?«

»Das von Pauline? Ja.«

»Soweit ich mich erinnere, hatte ich dir geraten, es der Kripo zu übergeben, oder?«

»Ja, das hast du.«

»Du hast es aber noch nicht getan.«

»Nein.«

»Warum?«

»Es ist nur so ein Gefühl«, erwiderte ich und trommelte mit den Fingern auf das Lenkrad. »Das Telefon ist meine Verbindung zu ihr, verstehst du?«

»Deine Verbindung? Du meinst spirituell? Seit wann bist du unter die Esoteriker gegangen?«

»Du, ich muss los. Gleich beginnt es zu dämmern, und ich habe –«

»Verstehe«, unterbrach sie mich. »Du hast so ein Gefühl. Na, dann wünsche ich dir einen guten Riecher.«

Ich schaltete das Handy aus, schob es in meine Umhängetasche und stieg aus dem Auto. Während der Fahrt hierher hatte es zu nieseln begonnen. Ich zog die Kapuze meiner schwarzen Blousonjacke über den Kopf und fröstelte. Auf der ausgesetzten Anhöhe inmitten des Glemswalds, der den Stuttgarter Stadtkessel im Westen begrenzte, war es deutlich kälter. Das lag an dem riesigen Waldgebiet zwischen Botnang, Büsnau, Sindelfingen, Gerlingen und Leonberg. Das Schlossgelände war von Hainbuchen, Eichen und Ahornbäumen umgeben. Der Mischwald speicherte die Feuchtigkeit aus der Luft und der Erde. An warmen Tagen und in den Abendstunden oder in der Nacht kühlte er damit die Umgebung. Unten in der Stadt war es genau umgekehrt. Die Millionen Kubikmeter an Asphalt und Beton sowie die Mauern aus Sand- oder Kalkstein speicherten tagsüber die Wärme und die Kraft der Sonne. Nachts strahlten sie diese wieder an die Umgebung ab.

Hier auf der Solitude war die Luft erfrischend. Nach den vielen Stunden vor dem Bildschirm weckte sie meine Lebensgeister. Der Nieselregen ließ nach und erlaubte mir einen guten Blick auf die Bauwerke ringsum. Bis die Dämmerung einsetzen würde, hätte ich hoffentlich genug Zeit, um meine Theorie zu bestätigen.

Ich nahm den Ausdruck aus meiner Tasche und studierte das Foto erneut. Am Rand war ein schmales Stück von einem Gebäude zu sehen, und eine Baumkrone ragte ins Bild. Anhand dieser beiden Anhaltspunkte wollte ich Paulines Standort rekonstruieren. Wenn mir das gelang, hätte ich den Beweis dafür, dass Dragan das Foto auf dem Schlossgelände aufgenommen hatte.

Voller Tatendrang verließ ich den Parkplatz. Einige Joggerinnen, Spaziergänger und Paare waren unterwegs, die ihre Hunde ausführten oder sich vor dem Abendessen die Beine vertraten. Zügig folgte ich dem Fußweg, der wie die Zufahrt von Kastanienbäumen gesäumt war, in Richtung Schloss. Das erste Gebäude lag rechts von mir deutlich von der Straße zurückgesetzt und war hinter Laubbäumen fast verborgen. Es war die landeseigene Dienstvilla unseres Ministerpräsidenten Winfried Kretschmann. Das Ende der sechziger Jahre errichtete Landhaus war mit seinen fünfzehn Zimmern auf vierhundertfünfzig Quadratmetern weniger bescheiden, als es nach außen hin wirkte. Günther Oettinger hatte hier gewohnt, bis ein Skandal ihn nach Brüssel verschlagen hatte. Kretschmann zog es genau wie sein Vorgänger Stefan Mappus vor, weiterhin in seinem Privathaus zu leben. Soweit ich wusste, war die Dienstvilla von einem bekannten Maschinenhersteller für Mitarbeiterschulungen angemietet worden. Für mich war nur eines entscheidend: Die Villa sah anders aus als das angeschnittene Haus auf dem Foto.

Um keine Zeit zu verlieren, sah ich mir das nächste Gebäude an, das Museum Fritz von Graevenitz. Das malerische Häuschen gehörte zum ursprünglichen Gebäudeensemble des Schlosses aus dem 18. Jahrhundert. Annähernd vier Jahrzehnte hatte der Bildhauer darin gearbeitet und gelebt. Eines seiner Werke, ein feingliedriges Reh aus Bronze, war vor der schmalen Fassade auf einem Podest zu sehen. Das zweistöckige Haus mit dem Obergeschoss im Dach war viel niedriger als das auf meinem Ausdruck. Also weiter. Das Laub der Kastanien entlang des Fußwegs war gelb. Braun verfärbte, vertrocknete Blätter säumten meinen Weg. Ich folgte der Allee bis zu den Kavaliershäuschen. Von ursprünglich zwanzig waren heute noch sechzehn erhalten. Die Pavillons waren zu beiden Seiten des Jagdschlosses in Form eines Kreissegments angeordnet. Zu Zeiten von Herzog Carl Eugen hatten sie einen Speisesaal, ein Billardzimmer, mehrere Küchen sowie Räume für die Verwaltung, den Hofstaat und Bedienstete beherbergt. Heute lebten in den vielfach fotografierten Häusern meist Staatsbeamte. In einigen waren die Stipendiaten der Akademie Schloss Solitude untergebracht.

Weil ich sichergehen wollte, nahm ich den Farbausdruck zu Hilfe und verglich den abgebildeten Teil mit den Kavaliershäuschen. Ihre Bauweise ähnelte der des Graevenitz-Museums und passte nicht zu dem Ausschnitt auf dem Foto.

Bald gelangte ich zu den Offizien- und Kavaliersgebäuden. Im Gegensatz zum eigentlichen Schloss waren diese Trakte betont schlicht gehalten und symmetrisch angelegt, wie es für die Zeit des Barock charakteristisch war. Die zwei Gebäudegruppen südlich des Schlosses bestanden aus jeweils einem mehrstöckigen Bau, einem halbrunden Seitentrakt und kurzen Flügeln auf der Rückseite.

Mein Puls beschleunigte sich, als ich mich dem östlichen der beiden Flügelbauten näherte. Der Kavaliersbau war drei Stockwerke hoch und zeigte Ähnlichkeiten zu dem angeschnittenen Haus auf dem Foto. Wo einst der Herzog und seine Mätresse gelebt hatten, war heute die Schlossgastronomie untergebracht. Die Schlosskapelle befand sich wie früher im rückwärtigen Flügel. Vor dem Restaurant stoppte ich und verglich die Ansicht mit dem Farbausdruck. Wie es aussah, kam ich der Lösung meines Rätsels näher. Auf dem Foto war ein mehrgeschossiges Bauwerk zu sehen, genau wie vor mir. Wo war der Laubbaum, der ins Bild ragte? Ich drehte mich zweimal um die eigene Achse. In direkter Nähe befand sich kein Baum. Die Kastanien an der Straße waren zu weit entfernt. An dem geschwungenen Gebäudeteil entlang marschierte ich hinüber zu dem Gegenstück auf der Westseite. Ich passierte den ebenfalls dreistöckigen Bau, in dem die Akademie Schloss Solitude untergebracht war. Auf der gegenüberliegenden Seite der Zufahrtsstraße erhoben sich ein paar Fahnenstangen, dahinter wuchsen mehrere Bäume. Auch sie lagen zu weit weg. Auf der Westseite des Akademiegebäudes blieb ich alle paar Meter stehen. In diesem Bereich gab es mehrere Bäume. War Pauline hier fotografiert worden? Immer wieder verglich ich meine Perspektive mit dem Foto, bis ich endlich fündig wurde. Drei Stockwerke, weiße Klappfensterläden, Sprossenfenster. Und die Krone eines Laubbaums, die ins Bild ragte. Endlich hatte ich die Stelle entdeckt. Genau hier musste das Foto von Pauline gemacht worden sein. An dem Tag, an dem sie ermordet worden war.

Ich ging an dem Gebäudeflügel vorbei und bog um die Ecke. In einer Art Innenhof stand eine Sitzbank aus Holz, die rings um den Stamm einer Linde angebracht war. Ein guter Platz, um sich auszuruhen. Aus dem Gebäude führten mehrere Flügeltüren mit Sprossenfenster hierher. An diesem Ort trafen sich die Stipendiaten, um sich über ihre Kunst auszutauschen. Einige Fahrräder warteten neben einem Eingang auf ihre Besitzer. Vor mir erstreckte sich eine weitläufige Wiese, in der ich Schafgarbe, Klee und zart violettfarbene Acker-Witwenblumen ausmachte. In der Dämmerung sangen Vögel, und aus dem hohen Gras drangen die zirpenden Töne von Grillen herüber. Die ruhige Abendstimmung tat gut. In meinem Körper löste sich die Anspannung.

Ich erhob mich von der Bank und ging um den rückwärtigen Flügel zurück in die Richtung, aus der ich gekommen war. Vor dem Eingang der Akademie nahm ich meinen Mut zusammen und tat etwas, das ich bei meiner Suchaktion bisher vermieden hatte. Mit scheuem Blick schaute ich hinüber zu der Baum- und Strauchgruppe, unter der Pauline gelegen hatte. Kein rot-weißes Absperrband flatterte im auffrischenden Abendwind, keine Markierungen der Spurensicherung unterbrachen die Grasfläche. An einigen Stellen waren die Halme niedergetrampelt worden, an anderen hatten sie sich bereits wieder aufgerichtet. Nichts wies mehr darauf hin, dass dort drüben die Leiche einer jungen Frau gefunden worden war.

Du musst den Kommissar informieren, sagte meine innere Stimme. Über das Foto, das du in Dragans Galerie entdeckt hast. Und dass du soeben die Stelle aufgespürt hast, an welcher der Rapper seine Ex-Freundin am Tag ihres Todes fotografiert hat. Das Foto bewies, dass er auf der Solitude gewesen war.

Noch war ich viel zu aufgewühlt für diesen Anruf. Um ruhiger zu werden, folgte ich der schmalen Zufahrt entlang der Kavaliershäuschen. Sie führte zur Solitudestraße, die auf der Nordseite in einiger Entfernung um das Schlossgebäude herum und weiter östlich bis zu dem Parkplatz verlief, auf dem mein Auto stand.

Rechts von mir befand sich ebenfalls ein Parkplatz. Er war wesentlich kleiner und bot nur für wenige Wagen Stellfläche. Ein dreckverkrusteter weißer Lieferwagen und ein grauer Kombi der Marke Volvo parkten hier. In trübe Gedanken versunken, passierte ich die Fahrzeuge. Dabei fiel mein Blick auf ein kleines Fellbüschel unter einem Busch dicht am Rand der Solitudestraße. Lag dort etwa ein überfahrenes Tier?

Trotz der zunehmenden Dunkelheit konnte ich die Farbe des Fells erkennen. Es war hellbraun. Möglicherweise eine Katze oder ein Fuchs. Ich trat näher und ging in die Hocke. Anfassen wollte ich den Kadaver auf keinen Fall. Dafür brauchte ich einen Stock oder etwas Ähnliches. Unter dem Strauch machte ich einen längeren Ast aus. Damit stocherte ich nach dem Fellbündel und versuchte, es umzudrehen. Aus der Nähe sah es nicht aus wie ein totes Tier. Das Fell hatte keine glatten Haare, sondern wies Wellen auf. Was konnte das nur sein? Argwöhnisch kniete ich mich hin und robbte näher an den Fund. Das war kein überfahrenes Tier. Das war eine Perücke.

Wo hatte ich die Visitenkarte von Kommissar Gabriel hingetan? Eines wusste ich: Ich trug sie irgendwo bei mir. Mit fahrigen Händen durchsuchte ich die Innen- und Außenfächer meiner Umhängetasche, die Taschen der Jeans und die meiner Jacke. Inzwischen war es dunkel geworden. Ein Motorengeräusch näherte sich. Instinktiv wich ich aus dem Lichtkegel der Straßenlampe zurück. Ihre Helligkeit war nur gedämpft, trotzdem war die Vorstellung, in diesem riesigen Waldgebiet völlig allein zu sein, mehr als beunruhigend. Jeder perverse Typ konnte mich vom Auto aus sehen und als leichte Beute identifizieren.

Ein Wagen tauchte aus dem Wald auf und hielt auf mich zu. Ich duckte mich hinter einen Busch. Das Auto fuhr langsamer und ... Wollte der Typ etwa auf diesen Parkplatz? Mein Hals schnürte sich zu. Gleich würden mich die Scheinwerfer erfassen. Ich wich weiter in den Schatten des Buschs zurück und schaute zu Boden, damit mein helles Gesicht nicht aufleuchtete. Ein paar Sekunden später bog der Wagen in die Zufahrtsstraße zu den Kavaliershäuschen ein. Die roten Bremslichter leuchteten auf, und das Auto hielt vor einem der Häuser. Ein Anwohner auf dem Nachhauseweg.

Dann entdeckte ich die Visitenkarte in meinem Geldbeutel. Ich hatte sie in ein Extrafach mit Druckknopf geschoben. Rasch tippte ich die Nummer ein.

»Gabriel.«

»Guten Abend, Herr Kommissar. Hier spricht Bea Pelzer.« Meine Stimme war zu leise. Das lag an der unheimlichen Umgebung. Lauter fuhr ich fort. »Von der Agentur Hohlbergs Reich. Es geht um den Mord an meiner Freundin Pauline Ulmer.«

»Frau Pelzer«, erwiderte der Kommissar. »Ist Ihnen etwas eingefallen, das uns bei den Ermittlungen weiterhelfen könnte?«

Dem Anschein nach konnte er Gedanken lesen. »Ja genau. Ich bin auf der Solitude und habe was entdeckt, nach dem Ihre Kollegen bisher vergebens gesucht haben.«

Schweigen am anderen Ende.

»Pauline hat an diesem Tag ein Kostüm getragen, daran erinnern Sie sich bestimmt. Zu ihrer Verkleidung gehörte eine Perücke. Soweit ich weiß, wurde diese noch nicht gefunden. Ich habe sie zufällig auf einem Parkplatz gesehen. Westlich des Schlosses. Zuerst dachte ich, es sei ein totes Tier, das jemand überfahren und achtlos am Straßenrand liegen lassen hat.«

»Was genau wollen Sie mir sagen, Frau Pelzer?«

»Die Perücke. Ich habe sie gefunden.«

»Sind Sie sicher, dass es sich um das Haarteil der Toten handelt?«

Diese Frage irritierte mich. Was glaubte er, wie viele Perücken auf dem Gelände rund ums Schloss herumlagen? »Ja. Sie ist verschmutzt und nass, aber ich bin mir sicher.« Mit diesem Satz lehnte ich mich weit aus dem Fenster. Es war dunkel, und näher als einen Meter hatte ich mich nicht an die Stelle herangewagt. Natürlich hätte es auch eine andere braunhaarige Perücke sein können. Das hielt ich jedoch für sehr unwahrscheinlich.

»Wo genau sind Sie?«

»Ich stehe direkt neben der Perücke.«

»Das hilft mir wenig weiter, Frau Pelzer. Bitte etwas genauer.«

»Auf einem kleinen Parkplatz an der Solitudestraße, vielleicht ein- oder zweihundert Meter westlich des Schlosses. Er liegt in der Nähe der Zufahrt.«

»Haben Sie Ihren Wagen dort geparkt?«

»Nein, er steht am anderen Ende der Allee. An der Bergheimer Steige.«

»Frau Pelzer, hören Sie mir jetzt gut zu. Bleiben Sie, wo Sie sind. Versuchen Sie auf keinen Fall, in der Dunkelheit zu Ihrem Auto zurückzugehen. Haben Sie verstanden?«

»Ja, das mache ich. Herr Kommissar, ich habe noch etwas entdeckt. Ein Foto von Pauline in ihrem Kostüm. Es wurde an dem Tag aufgenommen ... an dem Tag, als sie gestorben ist. Von ihrem Ex-Freund.«

»Sie meinen Herrn Marić?«

»Ja. Das Foto ist der Beweis dafür, dass er auch auf der Solitude war.«

»Erklären Sie mir das am besten nachher, wenn wir uns sehen. Ich fahre gleich los.«

»Wann werden Sie hier sein?«

»Ich bin im Polizeipräsidium auf dem Pragsattel. Bis zur Solitude brauche ich eine Viertelstunde. Bis gleich.«

»Gut. Ich warte auf Sie.« Meine Antwort ging ins Leere. Kommissar Gabriel hatte die Verbindung beendet.

Ich schob das Handy in die Jackentasche und zog die Kapuze enger um meinen Kopf. Mittlerweile war es kalt geworden. Der Nieselregen hatte wieder eingesetzt. Ich lauschte aufmerksam und registrierte bald, dass es gar nicht so still war, wie ich angenommen hatte. Aus dem Wald hinter mir drangen fremdartige Geräusche. Ein Vogel zwitscherte ein paar hohe Töne. Dann folgte ein Krächzen, das ziemlich furchterregend klang. Wie aus einem Horrorfilm. Da! Wieder das Krächzen. Was war das nur? Der Laut war von oben gekommen. Als ich den Blick hob, sah ich, wie sich die Baumwipfel im weißen Licht des Mondes abzeichneten. Das Geräusch hatte sich nicht nach einem Tier angehört. Jedenfalls nach keinem gewöhnlichen Tier. Vielleicht rieben zwei Äste aneinander. Ja, das musste es sein. Zwei Äste. Kein Monster.

Erneut näherte sich der Lichtkegel eines Wagens. Ich duckte mich hinter den Busch, bis das Fahrzeug den Parkplatz passiert hatte. Der Kommissar sollte bei seinem Eintreffen keine weitere Frauenleiche finden. Das Motorengeräusch entfernte sich. Um mich herum wurde es ruhig. Auf einmal drang ein lauter, lang gezogener Ton durch die Dunkelheit, der wie ein »U« klang. Oder eher wie ein »U-uuuh«. Unheimlich, fremd. Eindeutig nicht menschlichen Ursprungs. Was mochte das sein? Ein nachtaktives Tier? Ein Vogel oder vielleicht Wild? Ein Rehbock? Oder ein Hirsch? Als eingefleischte Städterin wusste ich nicht, welche Tiere in unseren Wäldern lebten und nachts aktiv waren. Die einzigen Waldbewohner, die ich kannte, waren Fledermäuse.

Kein vertrauenerweckender Gedanke. Fledermäuse waren mir nicht geheuer. In Horrorfilmen flogen sie in Schwärmen aus Höhlenöffnungen oder hingen zu Hunderten kopfüber an der Decke. Fledermäuse waren oft die Begleiter von abscheulichen Gestalten wie Werwölfen oder mutierten Wesen, die Jagd auf Menschen machten. Besser gesagt auf Frauen. Auf Frauen, die so unklug waren, sich nachts allein im Wald aufzuhalten. Meine Kapuze klebte feucht am Kopf, und ich war bis auf die Knochen durchgefroren. Ein paar Sekunden lang hüpfte ich auf der Stelle, um meinen Kreislauf in Schwung zu bringen. Im Licht der Straßenlampe kondensierte mein Atem und bildete kleine Zuckerwattewolken vor Mund und Nase.

Mein Blick glitt zu der Stelle, an der Paulines verschmutzte Perücke im Gras lag. Wie war das Haarteil auf diesen Parkplatz gekommen? Es schien mir unwahrscheinlich, dass Pauline die Perücke hier verloren hatte. Was konnte sie auf dem Parkplatz gewollt haben, so weit entfernt vom Agenturzelt, in dem das Event stattgefunden hatte? Vielleicht war sie bereits tot gewesen, als die Perücke von ihrem Kopf gerutscht war. Womöglich hatte ihr Mörder sie hierhergelockt? Weg von den vielen Spaziergängern und Schlossbesuchern, die sich an jenem Tag auf dem Gelände aufgehalten hatten. Wo mochte er sie ermordet haben? Hier auf dem Parkplatz? In unmittelbarer Nähe der Stelle, an der ich gerade stand?

Als das Krächzen aus dem Wald wieder begann, war ich fast dankbar. Das Geräusch lenkte mich von den quälenden Gedanken ab. Plötzlich blitzte etwas Helles zwischen den Bäumen auf. Was war das? Eine Taschenlampe? Lief jemand nachts die Straße entlang? Aus einem hellen Fleck wurden zwei. Das waren die Scheinwerfer eines Wagens. Erneut wich ich hinter den Busch zurück und versuchte vergeblich, die Uhrzeit von meiner Armbanduhr abzulesen. Ich blieb in geduckter Haltung, als die Lichtkegel sich näherten. Jetzt leuchtete der Blinker als gelber Fleck durch die Nacht. Der Wagen fuhr langsamer. Im Scheinwerferlicht identifizierte ich ihn als dunklen Audi.

Bei unserem letzten Fall hatte Gabriel einen dunkelroten Audi gefahren. War er das? Ich wagte mich einen Schritt vor und spähte um den Busch herum. Auf dem Fahrersitz machte ich eine Bewegung aus. Der Fahrer winkte mir zu. Der Wagen parkte, der Motor wurde abgestellt. Ein dunkelhaariger Mann mit hängenden Schultern stieg aus. Er sah sich um und rief:»Ich bin's, Frau Pelzer. Wo sind Sie?«

Erleichtert atmete ich durch und kam hinter dem Busch hervor. Ein Zweig verfing sich in meiner Kapuze und sprühte kalte Wassertropfen in mein Gesicht. Im Gehen schob ich mir die Kapuze vom Kopf.

Der Kommissar eilte mir entgegen.»Da sind Sie ja. Ich habe schon befürchtet, Sie hätten sich im Dunkeln auf den Weg zu Ihrem Wagen gemacht.«

»Guten Abend, Herr Kommissar. Ich bin froh, Sie zu sehen.«

Er schien mir am Gesicht abzulesen, wie ich mich fühlte.

»Unheimlich, so allein auf einem Parkplatz am Waldrand, vor allem in der Dunkelheit, nicht wahr?«

»Und wie.«

»Wo ist sie?«

»Wer?«

»Die Perücke, die Sie gefunden haben.«

»Ach so, ja natürlich.« Ich trat wieder zum Busch. »Dort drüben, in der Nähe der Straße.«

Ein schmaler Lichtkegel flammte auf. Der Kommissar hatte eine Taschenlampe eingeschaltet und leuchtete damit in die Richtung, in die ich zeigte.

»Dort, wo der Zweig liegt. Damit habe ich sie umgedreht.«

»Ich sehe sie.« Er ging an mir vorbei zu der Stelle, wo die Perücke war. Dort ging er in die Hocke und musterte das verschmutzte Häufchen Haare, auf dem sich Steinchen, kleine Äste und vertrocknete Blätter angesammelt hatten. »Befindet sich die Perücke noch da, wo Sie sie entdeckt haben? Sie haben sie nicht angefasst?«

»Nein. Nur mit dem Zweig umgedreht.«

Erneut war ein Motorengeräusch zu hören. Es war ein Transporter. Der Blinker leuchtete auf, und der Wagen hielt am Straßenrand.

Kommissar Gabriel stand auf und gab mit der Taschenlampe ein Zeichen.

Der Transporter rangierte, bis sein Lichtkegel uns beide erfasste. Der Motor starb ab. Zwei Männer stiegen aus und sahen zu uns herüber.

»Die Spezialisten von der Kriminaltechnik«, erklärte er mir. »Sie werden sich um die Perücke kümmern. Bitte warten Sie, ich spreche kurz mit ihnen.« Er entfernte sich und wechselte ein paar Worte mit den Männern. Daraufhin öffneten sie die Schiebetür des Transporters und holten ihre Ausrüstung heraus. Ein silberner Koffer, ein paar Strahler und weitere Gegenstände, die ich nicht identifizieren konnte. Die beiden liefen an uns vorbei, stellten die Strahler um den Busch herum auf und schalteten sie ein. Die Grasfläche unter dem Gebüsch, der Parkplatz und die Fahrbahn der Solitudestraße waren nun in helles Licht getaucht. Die Perücke war nicht zu übersehen.

»Frau Pelzer«, wandte sich der Kommissar an mich, »bei Ihrem Anruf haben Sie ein Foto des Opfers erwähnt, das von einem Verdächtigen stammen soll.«

»Ja, von ihrem Ex-Freund Dragan Marić. Sie kennen ihn vielleicht auch unter seinem Künstlernamen StuggiD. Er ist ein stadtbekannter Rapper. Das Foto ist von ihm. Ich habe es in der privaten Bildergalerie seiner Künstler-Website entdeckt.« In ein paar Sätzen fasste ich meine Theorie zusammen und deutete mit dem Kinn hinüber zum Schloss. »Ich habe herausgefunden, wo es aufgenommen wurde. Drüben bei der Akademie.«

»Können Sie mir die exakte Stelle zeigen?«, bat der Kommissar. »Es ist bereits dunkel, aber die Scheinwerfer rund ums Schloss und die Häuser ringsum dürften genug Helligkeit spenden.« Er drehte sich zu den Kollegen von der Spurensicherung um. Sie suchten jeden Zentimeter des Fundorts mit gleißend hellen Stablampen ab. Über ihren Schuhen trugen sie blaue Überzieher aus Plastik.

»Frau Pelzer möchte mir etwas zeigen«, rief er hinüber. »Ich bin in ein paar Minuten zurück.«

Seite an Seite verließen der Kommissar und ich den Parkplatz und folgten der schmalen Zufahrtsstraße, die zum Schloss und zu der Akademie führte.

ELF

Nach langem Umherirren fand ich endlich einen freien Stellplatz in der Augustenstraße. Ich war todmüde und hätte auf der Stelle einschlafen können. Aber die Nacht auf dem Rücksitz zu verbringen wäre keine gute Idee. Erschöpft machte ich mich auf die letzte Etappe des Heimwegs. Für die Treppe in unserem Mietshaus brauchte ich doppelt so lange wie sonst. Auf unserem Stockwerk angekommen, war ich zu faul, um nach meinem Wohnungsschlüssel zu suchen. Es war Viertel vor neun. Jeannette musste bereits zu Hause sein. Als ich den Finger nach der Klingel ausstreckte, erstarrte ich. Was war mit unserer Wohnungstür passiert? Rund ums Schloss war das Holz gesplittert, und die Tür stand einen Spaltbreit offen. Hatte jemand sie aufgebrochen? Mein Puls beschleunigte sich. Wie sollte ich mich in dieser Situation verhalten? Abhauen? Die Polizei rufen? Oder hineingehen? Ich entschied mich für Letzteres, griff nach dem Knauf und schob die beschädigte Tür auf. Mit einem großen Schritt trat ich über die Splitter am Boden in den Flur.

»Jeannette, bist du da?«

In der Wohnung roch es nach Oregano und geschmolzenem Käse. Diesem Duft nach zu schließen, hatte Jeannette als Abendessen eine Pizza vom Italiener an der Ecke mitgenommen. Ich warf den Schlüssel in die Porzellanschale auf dem Garderobenschrank und ließ die Umhängetasche von der Schulter gleiten. Die durchnässte Jacke hängte ich an einen Bügel und zog mir die schwarzen Sneakers von den Füßen. Erst als ich in Strümpfen auf dem Parkettboden stand, ging mir auf, dass der Einbrecher womöglich noch in der WG sein könnte. Lautlos drehte ich mich auf den Zehenspitzen herum und öffnete die Tür des Garderobenschranks, um den Baseballschläger herauszunehmen. Doch der Platz neben dem Putzeimer und dem Bügelbrett war leer.

»Falls du den Schläger suchst, der steht im Wohnzimmer«,

sagte eine Frauenstimme hinter mir. Das war Jeannette. Sie klang erstaunlich gelassen. »Ich habe ihn dort griffbereit deponiert, falls der Einbrecher zurückkehren sollte.« Jeannette schlappte in ihrem grauen Jogginganzug aus der Küche und lehnte sich an den Türrahmen. Am Oberteil prangte ein Fettfleck auf Höhe des Brustbeins.

»Einbrecher?«

Jeannette nickte. »Stell dir vor, du hast heute Abend zweimal Besuch verpasst. Zuerst den Einbrecher, dann die Polizei. Den Einbrecher habe ich leider auch verpasst. Oder besser gesagt zum Glück. Wer weiß, was der mit mir angestellt hätte, wenn er mich allein überrascht hätte.« Sie deutete hinter sich in die Küche. »Hast du Hunger? Ein Stück Pizza Prosciutto e Funghi ist noch da. Das kannst du haben. Die Pilze habe ich schon runtergefuttert.« Sie senkte den Kopf und tippte auf den Fleck an ihrem Oberteil. »Ein besonders großes Stück Champignon hat mir als Rache für seine Vernichtung diese fettige Erinnerung hinterlassen.«

»Die Einbrecher waren also tagsüber hier, während wir in der Agentur waren?«

»Ja. Als ich heimkam und die aufgestemmte Tür sah, habe ich das nächste Polizeirevier alarmiert. Es hat fast eine halbe Stunde gedauert, bis unsere Freunde und Helfer von der Gutenbergstraße eingetroffen sind. In der Zeit hätte ich dreimal vergewaltigt und ermordet werden können, wenn der Einbrecher zurückgekommen wäre. Beziehungsweise die Einbrecher, falls es mehrere waren.«

»Sie sind aber nicht zurückgekommen, oder?«

»Nein. Sie haben gründlich gearbeitet. Paulines Zimmer ist leer geräumt, unsere Räume sind durchwühlt, und im Wohnzimmer haben sie jedes Schrankfach und jede Schublade durchsucht. Soweit ich es bisher überblicken kann, sind meine Sachen alle noch da. Nicht einmal das Sparbuch von der Volksbank, das ich am ersten Schultag von meiner Oma bekommen habe, haben sie mitgehen lassen. Auf Geld oder Wertsachen waren sie demnach nicht aus.«

Innerhalb von Sekunden war ich in meinem Zimmer und

schaute mich um. Alle Schubladen der Kommode und des Schreibtischs standen offen. Die Kleider aus dem Schrank waren achtlos herausgezogen worden und türmten sich auf dem Boden. Daneben lagen ein paar Romane aus dem Bücherregal. Der Laptop auf dem Schreibtisch war noch da, ebenso das Kleingeld und ein paar Euroscheine, die ich zwischen Wollsocken und Unterwäsche in der Kommode aufbewahrte. Soweit ich feststellen konnte, fehlte nichts.

Jeannette hatte es sich auf dem roten Sofa im Wohnzimmer bequem gemacht und rieb mit einem Schwammtuch an dem Fettfleck auf ihrer Brust herum. Als ich hineinkam, sah sie fragend auf. »Alles okay bei dir?«

»Sieht so aus.«

»Es sind also nur Paulines restliche Sachen verschwunden«, erwiderte Jeannette und spitzte die Lippen. »Das sieht nach einer gezielten Aktion aus. Der Einbrecher wusste genau, was er wollte. Das habe ich auch den Polizisten erzählt, aber die wirkten wenig beeindruckt von meiner messerscharfen Schlussfolgerung.« Jetzt erst bemerkte sie meine nassen Haare und die feuchte, verschmutzte Hose. »Wo hast du dich herumgetrieben? Mir hast du gesagt, du wolltest zum Alten Schloss. Sieht eher aus, als hättest du eine abenteuerliche Wandertour hinter dir.«

»Ich war auf der Solitude. Mit dem Kommissar.« Erledigt nach all der Aufregung, plumpste ich auf das Ledersofa. Der Bezug war abgenutzt und an einigen Stellen aufgerissen. Eine dreckige Hose mehr oder weniger schadete dem guten Stück nicht. »Ich habe Paulines Perücke gefunden. Und ich weiß, dass Dragan an dem Tag, als sie starb, auch dort war. Auf der Solitude, meine ich.«

Jeannettes Augen weiteten sich. »Hast du bei der Soko angeheuert?«

In ein paar Sätzen erläuterte ich, was ich auf dem Schlossgelände herausgefunden hatte. Dass ich mir vor Angst fast in die Hose gemacht hätte, ließ ich unter den Tisch fallen.

»Dragan könnte also der Täter gewesen sein«, fasste Jeannette zusammen. »Ein Motiv hätte er auf jeden Fall. Schließlich hat Pauline ihn verlassen und seine Versöhnungsversuche abgewiesen. Wer weiß, was zwischen den beiden noch abgelaufen ist. Viel hat sie uns über ihre Beziehung sowieso nicht erzählt.«

»Das, was sie erzählt hat, reicht für meinen Geschmack. Zum Beispiel, wie aggressiv er ihr gegenüber manchmal war.«

»Ich glaube, das hat sie uns nicht direkt gesagt, sondern in ihrem Tagebuch erwähnt. Aber wir haben es mit eigenen Augen gesehen. Am Abend vor unserem Event hat er sie sogar ins Gesicht geschlagen.«

»Soweit ich mich erinnere, waren beide an diesem Streit beteiligt. Pauline wollte zunächst gar nicht mit ihm reden und hat sich im Wohnzimmer versteckt. Sie war erst dazu bereit, nachdem es dir nicht gelungen ist, den Kerl abzuwimmeln.«

»Stimmt«, lenkte Jeannette ein. »Zuerst hatte sie Angst vor ihm. Dann wurde aus dem Gespräch vor unserer Tür schnell ein Kampf. Erst als ich damit kam«, sie deutete auf den Baseballschläger, der neben dem Fernseher an der Wand lehnte, »haben die zwei aufgehört.«

Als es an der Tür klingelte, zuckten wir beide zusammen. »Erwartest du noch Besuch?«, fragte ich Jeannette. Dann fiel mir ein, um wen es sich handeln könnte. »Ach, das wird Paulines Bruder sein.« Ich ging in den Flur und schob die Eingangstür auf. Aus der Wohnung gegenüber roch es nach angebrannten Zwiebeln.

Im Treppenhaus stand ein stämmiger Mann Ende dreißig in Chinos und Strickpullover. Nicht nur die Farbe seiner verwuschelten dunkelbraunen Haare, sondern auch seine Gesichtszüge erinnerten mich an Pauline. Er hatte Ringe unter den Augen, die seine Haut noch fahler wirken ließen, und machte auf mich einen verstörten Eindruck. Das wunderte mich nicht. Die persönlichen Dinge seiner ermordeten Schwester einzusammeln, musste eine furchtbare Erfahrung sein.

Der Mann starrte auf das zerstörte Schloss.

»Du bist Max, nicht wahr?«, fragte ich mehr der Form halber.

»Ich bin Bea. Wir haben telefoniert.«

Er sah auf. »Was ist mit eurer Tür passiert?«

»Bei uns ist eingebrochen worden.« Ich bat Max herein und führte ihn ins Wohnzimmer.

Jeannette begrüßte ihn und stellte sich vor. Mit einem Schulterzucken sagte sie:»Schlechtes Timing, Max. Leider ist dir jemand zuvorgekommen und hat Paulines Zimmer ausgeräumt.« Sie deutete auf die durchwühlten Schubladen und die offenen Schranktüren um uns herum.»Unsere Besitztümer haben die Einbrecher ebenfalls durchsucht, scheint aber noch alles da zu sein. Die wussten offenbar genau, was sie wollten.«

Als ich bemerkte, dass Max' Knie nachzugeben drohten, bot ich ihm einen Platz auf dem Ledersofa an.»Setz dich doch, Max. Möchtest du etwas trinken? Vielleicht einen Kaffee? Oder ein Bier?«

»Oder lieber einen Schnaps? Du siehst aus, als könntest du ein Glas vertragen«, warf Jeannette ein.»Wir haben Wodka und Kirschwasser.«

Max winkte ab und ließ sich auf dem Sofa nieder.»Danke, ich trinke keinen Alkohol mehr.«

Ich setzte mich neben ihn.»Tut mir leid, nun bist du umsonst gekommen. Es waren sowieso nur noch ein paar Kleidungsstücke und einige Bücher da. Die Polizei hat das meiste bereits vor ein paar Tagen mitgenommen.«

»Ihren Laptop zum Beispiel. Und ihr Tagebuch«, ergänzte Jeannette. Sie rutschte vor auf die Sofakante, und ihr Blick fokussierte sich auf Max.»Von Kommissar Gabriel wissen wir, dass sie Dragan darin als aggressiv beschrieben hat. Und dass ihr früherer Chef, Theo Silber, sie belästigt hat. War das der Grund für ihre Kündigung? Was meinst du?«

Max wich mit jedem Satz weiter zurück, bis die Sofalehne ihn stoppte.»Äh, dazu kann ich wenig sagen«, stammelte er.

Obwohl ich Mitleid mit ihm hatte, war ich gespannt auf seine Antwort.

»Diesen Dragan kenne ich kaum, und ich weiß nicht, warum Pauline sich von ihm getrennt hat. Wir hatten nicht viel Kontakt in letzter Zeit, aber es schien ihr besser zu gehen.«

»Besser?« Jeannette kniff die Augen zusammen.»Was meinst du damit?«

»Na ja, sie war nicht mehr so deprimiert wie damals, als sie für diesen Silber gearbeitet hat.«

»Weißt du, warum sie deprimiert war?«, fragte ich. »Wegen der Arbeit? Oder gab es dafür private Gründe?«

Max hob die Schultern, als fühlte er sich bedrängt.

»Ich meine nur, weil es mir manchmal ebenso geht«, schob ich nach und zupfte an einem Stück Leder herum, das sich vom Sofa löste. »Der ständige Zeitdruck, die unberechenbaren Kunden, und du musst immer kreativ sein. Das kann einen fertigmachen.«

»Nein, daran lag es nicht. Es war ... es war eher ihr Chef, der ihr zugesetzt hat.«

»Silber? Ja, der hält sich für unwiderstehlich und behandelt seine Mitarbeiterinnen wie Groupies«, erwiderte Jeannette, als wäre das eine stadtbekannte Tatsache. »So was spricht sich in unserer Branche schnell herum.«

»Was genau vorgefallen ist, hat sie mir nicht erzählt. Es waren nur Andeutungen. Aber es muss schwer für sie und einige ihrer Kolleginnen gewesen sein. Manchmal hat sie sich sogar krankgemeldet, um ein paar Tage Ruhe zu haben.«

»Ihre Kolleginnen, sagst du?«, hakte Jeannette nach. »Er hat also nicht nur Pauline belästigt?«

»Darüber kann ich wirklich nicht mehr sagen«, erwiderte Max, dem das Gespräch zunehmend unangenehm schien. »Ich muss jetzt los, meine Eltern warten auf mich.«

»Was ist mit der Anzeige?«, schoss es aus Jeannette heraus. »Warum hat deine Schwester Silber erst jetzt angezeigt, also über ein Jahr später?«

»Von einer Anzeige weiß ich nichts. Entschuldigt, mir wird das gerade alles zu viel.« Max stand auf und wandte sich zur Tür. Dann zögerte er. »Bevor ich gehe, könnte ich vielleicht ... Ich meine, ich würde gern ihr Zimmer sehen.«

»Ja klar. Ich zeige es dir.« Ich stand auf und führte ihn zu dem Raum, in dem seine Schwester die letzten beiden Wochen ihres Lebens verbracht hatte.

Nachdem Max gegangen war, sah Jeannette auf ihre Uhr. »Bald beginnen die Nachrichten. Vielleicht bringen die eine Sondersendung über deine privaten Ermittlungen.« Mit einer Geste setzte sie die letzten beiden Wörter in Anführungszeichen.

Sie nahm mich auf den Arm. Nach dem Gespräch mit Max wäre ich am liebsten gleich ins Bett gegangen und hätte mich unter der Decke verkrochen. Trotzdem stimmte ich zu, den Fernseher einzuschalten. »Ich ziehe mich kurz um.« Ein paar Minuten später kehrte ich ins Wohnzimmer zurück. Die Nachrichten liefen bereits.

»Es geht um die Schuhe, die jemand vor dem Präsidium abgestellt hat«, brachte mich Jeannette auf den Stand der Berichterstattung.

Hinter dem Moderator wurde ein Paar schwarze Herren-Schnürschuhe eingeblendet, wie ich sie im Online-Artikel einer Tageszeitung gesehen hatte. Dazu sagte der Moderator, der einen blauen Anzug und eine gestreifte Krawatte trug: »Nach einem anonymen Hinweis fand die Kripo ein Paar Herrenschuhe in einer Plastiktüte, die vor dem Präsidium stand. Eine Analyse der Spurensicherung ergab, dass der Abdruck, der neben der Leiche des Opfers gesichert wurde, von diesen Schuhen stammt.«

»Wetten, die zeigen gleich ein Bild von Theo Silber«, spekulierte Jeannette. »Wenn André das von seinem Designersofa aus verfolgt, öffnet er eine Flasche Champagner. Der Erzfeind sitzt hinter schwedischen Gardinen, und er kann sich den Riesenetat einverleiben.«

Die Redaktion blendete kein Foto des verdächtigen Agenturchefs ein, sondern eine Aufnahme des Fundorts mit den im Boden steckenden Schildchen der Spurensicherung. Mitten im Bild war der Schuhabdruck, um den es ging, in einer halb eingetrockneten Pfütze zu erkennen.

»Wie ein Polizeisprecher uns bestätigte, gehören die Schuhe dem Inhaber der Stuttgarter Werbeagentur Silber. Theo Silber wurde heute Vormittag verhaftet und befindet sich in Polizeigewahrsam. Soweit wir wissen, hat er zugegeben, dass es seine Schuhe sind. Er beharrt darauf, sie seien ihm im Fitnessstudio gestohlen worden.«

»Das würde ich an seiner Stelle auch behaupten«, kommentierte Jeannette.

Der Bericht war zu Ende. Das Foto vom Fundort wich einer Aufnahme, die eines der Lichtaugen des Stuttgarter Bahnhofs zeigte. Im nächsten Beitrag ging es mal wieder um eine Verzögerung bei der Fertigstellung des neuen Hauptbahnhofs.

Von diesem Thema hatte ich wie die meisten Bewohnerinnen und Bewohner der Landeshauptstadt die Nase gehörig voll. Mit einem Griff auf die Fernbedienung ließ ich den Ton verstummen. »Du hast Max vorhin ziemlich zugesetzt.«

»Findest du? Na, ich wollte diese Chance nutzen. Wir kennen Paulines Familie nicht, und Silber können wir schlecht fragen. Der sitzt in U-Haft.«

»Ich hatte nicht den Eindruck, als ob Max viel über ihre Zeit in seiner Agentur wüsste.«

»Immerhin wusste er, wie sehr Silbers Verhalten sie belastet hat.«

»Das würde mir genauso gehen.« Bei der Vorstellung, mein Chef würde mich bedrängen, schüttelte es mich. »Das ist bestimmt das einzig Positive, das ich jemals über André sagen werde. Er hat mich nie belästigt. Oder berührt. Oder eine zweideutige Bemerkung mir gegenüber gemacht.«

»Das könnte daran liegen, dass er zu dumm für solche sprachlichen Feinheiten ist.« Jeannette richtete sich auf und rutschte auf dem Sofa herum. Ihrem Gesichtsausdruck nach zu schließen, würde es gleich um etwas Unangenehmes gehen. »Bea, wo du gerade André erwähnst, sollte ich dir vielleicht sagen … Oh Mann, wie soll ich mich ausdrücken?«

»Hat er mitbekommen, dass ich früher gegangen bin?«

Jeannette nickte. »Er kam ins Büro, da warst du gerade mal zehn Minuten weg. Ich habe ihm gesagt, du müsstest eine weitere Station für die Führung im Alten Schloss recherchieren.« Sie presste die Lippen aufeinander.

Mir war klar, was das zu bedeuten hatte. »Er hat dir nicht geglaubt.«

»Nein. Er hat den Braten gerochen. Mach dich auf eine üble Strafpredigt gefasst.«

»Daran bin ich gewöhnt, wie du weißt. Bleibt nur zu hoffen, er stellt mich nicht mitten in der nächsten Besprechung vor dem ganzen Team bloß.«

»Wir sind alle auf deiner Seite«, sprach mir Jeannette Mut zu.

»Als er dich das letzte Mal fertigmachen wollte, habe ich sofort für dich Partei ergriffen. Das würde ich jederzeit wieder tun. Auch wenn ich nun weiß, dass du nicht am Alten Schloss warst, sondern mit Kommissar Gabriel auf Mörderjagd.« Sie schien beleidigt, weil ich ihr meine wahren Absichten verschwiegen hatte.

»Ich wollte dich da nicht mit reinziehen. Es war nur … Ich hatte so ein Gefühl.«

»Du und deine Gefühle.« Sie winkte ab. »Alles gut. Hauptsache, die Kripo findet bald heraus, ob es wirklich Theo Silber war, der Pauline ermordet hat.«

»Oder ihr Ex-Freund«, ergänzte ich. »Verschmähte Liebe und Leidenschaft sind die stärksten Motive für einen Mord.«

»Was du alles weißt.«

»Jahrzehntelanger ›Tatort‹-Konsum. Ich bin der beste Beweis dafür, welche Früchte der Bildungsauftrag der öffentlichen Medien tragen kann. Außerdem habe ich den Kommissar schon bei mehreren Fällen unterstützt. Zum Beispiel bei den Ermittlungen am Bärensee oder als unser Festzelt auf dem Wasen abgebrannt ist.«

»Unterstützt?« Jeannette gluckste. »Du hast ihm ins Handwerk gepfuscht.«

Ich sparte mir eine Antwort, denn sie hatte nicht ganz unrecht.

Nachdem ich ein Käsebrot gegessen und ein Bier getrunken hatte, zog ich meinen Schlafanzug an. Bevor ich zu Bett ging, sah ich nach, ob ich einen Anruf verpasst hatte. Mein Display zeigte mir, dass Georg versucht hatte, mich zu erreichen. Warum hatte er mich sprechen wollen? Es dauerte ein paar Sekunden, bis mir unsere Verabredung in seiner Penthouse-Wohnung auf dem Killesberg einfiel. Die hatte ich völlig vergessen. Mist. Vor lauter Detektivspielen hatte ich die Chance verpasst, unseren Beziehungsstatus zu klären. Vielleicht wären wir uns wieder nähergekommen. Nun war es bereits halb elf. Um diese Zeit lag Georg längst im Bett und träumte von steigenden Aktienkursen. Da ich ihn nicht wecken wollte, schrieb ich ihm eine SMS.

»Georg, bitte entschuldige, dass ich dich versetzt habe. Es

tut mir sehr leid. Ich war beruflich unterwegs und habe es nicht rechtzeitig wieder in die Stadt geschafft. Ich melde mich. Schlaf gut. Liebe Grüße, deine Bea.« Bevor ich die Nachricht abschickte, las ich sie noch mal durch. »Deine Bea«? Hm. Sollte ich das wirklich schreiben? Oder war das zu viel des Guten? Und wieso enthielt die Nachricht so viele »Ichs«? Mein Verstand war zu müde für einen guten Rat. Ich verschickte die SMS, wie sie war, schaltete das Handy aus und schob es in die Umhängetasche. Dabei fiel mein Blick auf ein anderes Smartphone. Das trug ich mit mir herum, seit ich es in Paulines Sofa gefunden hatte. Heute Abend hätte ich es endlich dem Kommissar übergeben können. In all der Aufregung hatte ich das vergessen.

Grübelnd starrte ich auf Paulines Handy. Ich musste an Silbers Anrufe denken, die ich in ihrer Liste gesehen hatte. Was hatten die beiden miteinander besprochen? War Silber immer noch hinter ihr her gewesen und hatte sie mit Anrufen belästigt? Oder war es in den Telefonaten um etwas ganz anderes gegangen? Womöglich um die Präsentation bei der Landeshauptstadt? Hatte Pauline interne Informationen an Silber weitergeleitet? Aber wieso hätte sie das tun sollen, wenn ihr Arbeitsverhältnis mit Silber im Streit geendet hatte? Eines war sicher: Heute Abend würde ich das nicht mehr herausfinden. Mit dem unguten Gefühl, an diesem Tag gleich zwei Chancen verpasst zu haben, schlüpfte ich unter die Bettdecke.

ZWÖLF

Trotz Alpträumen und unerfreulicher Vorahnungen begann der nächste Arbeitstag friedlich. Auf dem Weg zu meinem Büro schlich ich auf den Fußballen an Andrés Allerheiligstem vorbei. Durch die geschlossene Zimmertür drangen die Stimmen zweier Männer bis auf den Flur. Die eine gehörte meinem Chef. Auch die andere kam mir bekannt vor. Da die Luft gerade rein war, wagte ich mich in die Küche und ließ einen Milchkaffee mit extra viel Schaum aus der italienischen Edelmaschine, die unser Chef deutlich besser behandelte als sein Team. Abgesehen von Jake. Auf dem Flur kam mir Teddy mit einem Pantone-Farbfächer in der einen und Papiermustern in der anderen Hand entgegen.

»Bea, wir müssen über deine Führung im Alten Schloss reden.« Er blieb stehen. »André plant eine eigene Website und eine Broschüre, um seine Genießer-Events zu promoten. Dafür braucht er hochwertige Fotos. Ich soll deine Gruppe und dich im Kostüm von den Arkaden des Schlosshofs aus fotografieren. Wäre gut zu wissen, welche Stationen du eingeplant hast, damit ich mich entsprechend platzieren kann und dich gut im Blick habe.«

»Gut, ich komme später rüber ins Atelier. Bis dahin fertige ich eine kleine Skizze mit meinen Standorten für dich an.«

Wie an den meisten Arbeitstagen war Frühaufsteherin Jeannette bereits vor mir in die Agentur gefahren, um in Ruhe ein paar wichtige Aufgaben zu erledigen, bevor das nervenaufreibende Tagesgeschäft begann.

Als ich unser kleines Büro auf der Rückseite der Villa betrat, lehnte sie am geöffneten Fenster und schaute in den bewölkten Himmel. Von draußen drangen die Geräusche der Autos auf der Neuen Weinsteige herein, vermischt mit dem gleichmäßigen Brummen des Rasenmähers, den der Hausmeister über die Grasfläche hinter der Rosenlaube schob.

»Suchst du den Feierabend?«, fragte ich.

Jeannette drehte sich um und zog die Mundwinkel hoch, als müsste sie sich zu einem Lächeln zwingen. Es reichte nicht bis zu ihren Augen. »Brauchte dringend ein paar Moleküle frische Luft.«

»Was ist los? Schlechte Nachrichten?« Ich stellte den Milchkaffee ab und hängte meine Jacke in den Büroschrank. »Davon hatte ich gestern eine Überdosis, die reicht locker noch für heute.«

Ich setzte mich auf den Drehstuhl und richtete ihn auf meinen Computer aus. Dabei fiel mir ein weißer Briefumschlag mit dem Logo von Hohlbergs Reich auf. Er lag mitten auf meiner Tastatur. Das Logo ähnelte einer kleinen Krone und schimmerte in einem Bronzeton. Diese teure Sonderfarbe hatte André selbst entworfen. Skeptisch betrachtete ich den Umschlag, als enthielte er Anthrax.

»Bist du dem Häuptling unterwegs begegnet?« Jeannette schloss das Fenster.

»Erfreulicherweise habe ich heute noch keinen bösen Blick abbekommen. Was ist das?« Ich deutete auf den Umschlag.

»Jedenfalls kein Liebesbrief, fürchte ich.«

Mit dem Brieföffner schlitzte ich den Umschlag auf und zog einen Bogen des Agentur-Briefpapiers heraus. Beim Lesen der Betreffzeile zuckte ich zurück und stieß die Kaffeetasse neben mir um. Die hellbraune Brühe ergoss sich über den Tisch und bildete einen kleinen See in einer unappetitlichen Farbe. Bevor ich meinen Schreck überwinden und reagieren konnte, holte Jeannette ein paar Papiertaschentücher aus ihrer Schublade und tupfte den Kaffee-See auf. Nur ein paar Tropfen fielen auf den cremefarbenen Teppichboden.

Ich schluckte ein paarmal, bevor ich ihr die Betreffzeile vorlas: »Abmahnung wegen Arbeitsverweigerung und unentschuldigtem Fehlen«. Dann suchte ich Augenkontakt mit Jeannette. »Hast du davon gewusst?«

»Nein.« Sie machte eine vage Handbewegung. »Eher geahnt. Angedroht hat André dir das ja bereits. Vorhin kam er hereingestürmt und hat den Umschlag – ohne mich zu grüßen – an deinen Platz gelegt.«

Mit belegter Stimme fuhr ich fort:»Im Folgenden möchte ich Ihnen nachfolgende festgestellte Verstöße darlegen …« Nachdem ich auch die nächsten Absätze laut gelesen hatte, warf ich das Schreiben von mir. Es landete in den Resten der Kaffeebrühe und saugte die hellbraune Flüssigkeit sofort auf. Mein Schreck machte einer gehörigen Portion Wut Platz. »Der spinnt doch!«, stieß ich aus.»Weißt du was, ich habe große Lust, ihm rapidement eine fristlose Kündigung um die Ohren zu hauen. Der Idiot behandelt uns wie Sklaven, und der Ton, den er mir gegenüber anschlägt, ist mies und menschenverachtend und … und …« Nach diesem kurzen Ausbruch verschlug es mir die Sprache.

Tröstend strich Jeannette über meinen Arm.»Mach dir nichts draus, Bea. Es hätte jeden von uns treffen können. Blöd nur, dass er dich gestern beim Schwänzen erwischt hat. Vielleicht kann dein Vater ein gutes Wort für dich einlegen?«

Sofort schüttelte ich den Kopf.»Nein, das will ich nicht. Diese Angelegenheit muss ich allein klären.«

»Das verstehe ich. Hör zu, du machst Folgendes: Da wir keinen Betriebsrat haben, schreibst du eine Gegendarstellung und entkräftest jeden einzelnen Vorwurf. Dann muss er das Ding zurücknehmen. Oder du suchst dir einen Anwalt. Dem übergibst du alles, dann musst du dich nicht weiter mit dieser Angelegenheit herumärgern. So würde ich es machen. Oder du forderst ihn zum Duell auf. Im Flur wäre genug Platz für einen Schwertkampf. Ich stelle mich als Sekundantin zur Verfügung.«

Ihr Versuch, mich zum Lachen zu bringen, nahm ein wenig der Schwere von mir.»Das ist lieb gemeint, Jeannette.« Ich tippte auf einen Absatz des Schreibens.»Woher weiß er überhaupt von meinen privaten Telefonaten während der Arbeitszeit? Er schreibt auch was von privatem Surfen.«

»Ach was.« Sie machte eine abfällige Handbewegung.»Du musst ständig Infos recherchieren für deine Führungen und die Massen von Texten, die du schreibst. Wie will er dir da nachweisen, was privat und was beruflich ist?«

Während ich überlegte, wie schlüssig ihre Argumentation war, klingelte unser Festnetztelefon.

Es war Gerit. »Bea, wie geht es dir?«

Dieser Anruf war eindeutig privat. Obwohl … Gerit war mit meinem Vater verheiratet, und Peter war ebenfalls Geschäftsführer dieser Agentur. Also war es zumindest halbwegs beruflich.

Ohne meine Antwort abzuwarten, fuhr Gerit fort. »Du, wir haben doch neulich über diesen Dragan gesprochen. Er hat kein Alibi für die Tatzeit, wie du bereits weißt. Seit ein paar Minuten liegen uns die Ergebnisse der kriminaltechnischen Untersuchung vor. Darin geht es um die Abwehrspuren, die unter Paulines Fingernägeln gefunden wurden. Es waren winzige Hautpartikel. Sie stammen von Dragan.«

»Was? Bedeutet das, er hat sie ermordet?« Obwohl ich gestern Stunden damit verbracht hatte zu beweisen, dass der Rapper am Tag ihres Todes auf der Solitude gewesen war, war ich wie vom Blitz getroffen.

Aus den Augenwinkeln sah ich, wie Jeannettes Kopf hochschoss. Ich formte mit den Lippen ein stummes »Dragan«.

»Nein, das ist noch kein Beweis«, erwiderte Gerit. »Doch es macht ihn zu einem dringend Tatverdächtigen. Er dürfte bald in Untersuchungshaft sitzen. Auch wenn er leugnet, etwas mit dem Mord zu tun zu haben.«

»Ein Motiv hätte er. Er könnte gekränkt gewesen sein, weil sie ihn zurückgewiesen hat. Oder eifersüchtig.«

»Kränkung ist eines der häufigsten Mordmotive, genau wie Eifersucht. Ob er sich dazu geäußert hat, geht aus den wenigen Zeilen der Pressemeldung nicht hervor.« Für eine Weile war Gerits Stimme nur gedämpft zu hören, als hätte sie die Hand über den Hörer gelegt. Vielleicht hatte ein Redaktionskollege sie um eine Auskunft gebeten.

Bald war sie wieder dran. »Bea, entschuldige, ich muss in ein Meeting. Mach's gut.« Die Verbindung wurde beendet.

»Hab ich das richtig verstanden?«, hakte Jeannette nach. »Es war Dragan, der Pauline umgebracht hat?«

»Er leugnet es.« Ich stellte den Hörer in die Ladestation zurück. »Aber laut DNA-Analyse stammen die Hautpartikel unter Paulines Fingernägeln von ihm.«

Auf dem Parkett im Flur waren Schritte zu hören. Sie kamen näher. War das André? Ich unterdrückte den Impuls, mich im Büroschrank zu verstecken. Auf der Schwelle erschien nicht mein Chef, sondern unsere Praktikantin Tamara. »Ihr seid beide da. Das ist gut. Kommissar Gabriel hat gerade mit André gesprochen, und nun will er euch befragen.« Sie schaute zum Kommissar, der hinter ihr erschien. »Können Sie das Gespräch hier durchführen, oder wollen Sie mit jeder einzeln rüber ins Besprechungszimmer?«

Was der Kommissar erwiderte, entging mir. Dafür wusste ich nun, wessen Stimme ich vorhin aus Andrés Büro gehört hatte.

Tamara forderte den Ermittler mit einer Geste auf, einzutreten. »Kaffee oder Cappuccino, Herr Kommissar?«

»Ein Glas Wasser genügt, danke.« Gabriel betrat unser Büro. Er sah sich um und warf einen fragenden Blick zu Tamara.

Die verstand schneller als ich. »Ach ja. Ich hole Ihnen einen Stuhl aus dem Besprechungszimmer. Dauert nur eine Sekunde.«

Als sie einen dritten Drehstuhl hereinrollte und an meinen Tisch schob, griff ich nach der braun gesprenkelten Abmahnung und ließ sie in der Schublade verschwinden.

»Herr Kommissar, wir haben eben erfahren, dass Ihre Kollegen Dragan Marić im Visier haben«, sagte Jeannette und riss das Gespräch an sich. »Die Ergebnisse der kriminaltechnischen Untersuchung belasten ihn.«

Der Kommissar hob die grauschwarzen Augenbrauen. »Gehört es zu Ihren Aufgaben, unsere Ermittlungen zu verfolgen?«

Jeannette winkte in schlecht gespielter Bescheidenheit ab. »Nein, nein. Bea ist diejenige, die über alles Bescheid weiß. Ihre Stiefmutter arbeitet für die Stuttgarter Zeitung und hat uns eben über die Ergebnisse der DNA-Analyse informiert.«

Die hellen Augen des Kommissars richteten sich auf mich. »Ihre Stiefmutter?«

»Ja. Sie ist für die Berichterstattung über den Mordfall zuständig.«

»Genau der führt mich hierher, Frau Pelzer«, erwiderte der Kommissar und verstummte, als Tamara erneut hereinkam und ihm ein Glas Mineralwasser auf einem Porzellanunterteller servierte. Daneben lag auf einer cremefarbenen Serviette ein Mandelkeks.

Der Kommissar bedankte sich und wartete ab, bis Tamara den Raum verlassen hatte.

»Ich habe einige Fragen zu Herrn Marić«, sagte er. Während ich mich für das Kommende wappnete, griff er nach dem Mineralwasser und trank ein paar Schlucke. »Aufgrund Ihrer hervorragenden Verbindungen zur Presse wissen Sie ja bereits von unserem Verdacht ihm gegenüber.«

Schwang in seinen Worten leise Ironie mit, oder bildete ich mir das nur ein? Wahrscheinlich war das so. Er hatte Wichtigeres zu tun, als sich über mich lustig zu machen.

»Die Abwehrspuren unter den Fingernägeln des Opfers stimmen mit seiner DNA überein«, fuhr der Kommissar fort. »Nachdem Sie, Frau Pelzer, uns gestern darauf hingewiesen haben, dass der Verdächtige sich zur Tatzeit auf Schloss Solitude aufgehalten hat, hat der zuständige Richter einen Haftbefehl gegen Herrn Marić erlassen.«

Jeannettes Blick war voller Stolz, als wäre ich selbst es gewesen, die ihn in Gewahrsam genommen hatte.

»Ich muss Sie beide getrennt befragen«, sagte der Kommissar und beendete damit ihren Höhenflug. »Frau Wagenbach, würden Sie bitte den Raum verlassen?«

Jeannette schob sich aus ihrem Stuhl hoch. »Na gut. Ich bin in der Küche bei den Schokoladenvorräten von Bäuerle, falls du mich brauchst, Bea.« Lauter als sonst fiel die Tür hinter ihr ins Schloss.

Der Kommissar schien an derlei Unmutsbekundungen gewöhnt. In aller Seelenruhe zog er sein Notizbuch und einen Kugelschreiber aus der Innentasche seiner Lederjacke.

»Der Verdächtige beteuert seine Unschuld«, fuhr er fort. »Herr Marić hat uns von einem Streit berichtet, den er mit dem Opfer gehabt haben will. Er hat ausgesagt, die Hautspuren unter Frau Ulmers Fingernägeln stammten davon. Und er hat Sie, Frau Pelzer, und auch Frau Wagenbach als Zeuginnen benannt.«

Über diese Wendung war ich mehr als verblüfft. Wieso sollte ich plötzlich auf Dragans Seite stehen? »Ich verstehe nicht.«

Kommissar Gabriel griff nach dem Keks und schob ihn sich in den Mund. Kauend sprach er weiter. »Handelt es sich um die Auseinandersetzung zwischen Herrn Marić und Frau Ulmer, die Sie in unseren vorigen Gesprächen erwähnt haben?«

»Sie meinen, bei uns in der WG?«

Der Kommissar nickte und zückte seinen Stift, um meine Aussage mitzuschreiben.

»Ja, ich denke schon«, antwortete ich stockend. »Dragan wollte sie zurückgewinnen. Nach ihrem Einzug in die WG tauchte er mehrfach auf und versuchte sie davon zu überzeugen, zu ihm zurückzukehren. Aber der Zug war abgefahren.«

Kommissar Gabriel machte sich Notizen. »Frau Ulmer wollte also nichts mehr von ihm wissen?«, vergewisserte er sich.

»Definitiv.«

»Hat sie sich Ihnen gegenüber entsprechend geäußert?«

Ich versuchte, mich an den Abend zu erinnern. »Nicht wörtlich. Aber ihr Verhalten war eindeutig.«

Der Kommissar bat mich, den Streit der beiden im Hausflur erneut zu schildern.

»Ein Handgemenge also?«, hakte er nach. »Bitte beschreiben Sie noch mal genau, was Sie gesehen haben.«

»Gesehen habe ich ihre Auseinandersetzung nicht, Herr Kommissar, nur gehört. Jeannette und ich hatten uns in die Wohnung zurückgezogen, um den beiden die Gelegenheit zu geben, sich unter vier Augen auszusprechen.« So exakt wie möglich gab ich meine Eindrücke wieder. »Und dann hat er ihr eine Ohrfeige verpasst«, ergänzte ich. »Das habe ich Ihnen bereits erzählt.«

»Wegen dieser Fotos, die im Internet kursierten?«

»Ja.«

»Herr Marić hatte also Fotos in den Sozialen Medien entdeckt, die Frau Ulmer nackt oder annähernd nackt zeigten?«

»Das hat er gesagt. Er hat Pauline vorgeworfen, ihn mit diesen Fotos kompromittieren zu wollen.«

»Und daraufhin hat er sie geohrfeigt?«

»Erst nachdem Pauline ihm gesagt hatte, das gehe ihn nichts an, weil sie kein Paar mehr seien.«

»Hatten Sie den Eindruck, dass es ihm schwerfiel, diese Tatsache zu akzeptieren?«

»Ja. Er wirkte in seinem Stolz verletzt.«

»Wie ging es dann weiter?«

»Die beiden rangen miteinander. Jeannette und ich rissen die Tür auf, um zu sehen, ob Pauline unsere Hilfe benötigte.« Den Baseballschläger, den wir bereitgehalten hatten, ließ ich unerwähnt. »Dragan ist viel kräftiger als sie, daher war es ein ungleicher Kampf. Als er sie in den Schwitzkasten genommen hatte, zog sie ihm die Fingernägel über die Wange.«

Der Kommissar richtete sich auf und wirkte plötzlich hellwach, als wären wir an einem entscheidenden Punkt der Befragung angelangt. »Das haben Sie bisher nie erwähnt, Frau Pelzer. Haben Sie es mit eigenen Augen gesehen?«

»Das habe ich.«

»Hat Frau Wagenbach es ebenfalls beobachtet?«

»Ja, sie stand direkt neben mir.«

Der Kommissar notierte sich ein paar Wörter. »Eine wichtige Information, Frau Pelzer. Herr Marić behauptet, die Hautspuren unter den Fingernägeln des Opfers stammten von diesem Streit. Er beteuert seine Unschuld und schwört, seine Ex-Freundin nicht umgebracht zu haben.«

Nun ging mir auf, wieso der Kommissar so angespannt war.

»Die DNA-Analyse ist also korrekt«, fasste ich zusammen. »Die Hautpartikel sind von Dragan. Doch nicht von ihrem Kampf mit dem Mörder, sondern vom Abend zuvor.«

Der Kommissar nickte ernst. »Das könnte durchaus sein.«

»Aber Dragan wurde auf der Solitude gesehen«, warf ich ein. »Er hat sogar Fotos von Pauline in ihrem Kostüm gemacht. In dem Kostüm, das sie beim Event auf der Solitude getragen hat. Das beweist: Er war auf dem Schlossgelände, und zwar an dem Tag, an dem sie ermordet wurde. Gestern habe ich Ihnen sogar die exakte Stelle gezeigt, an der das Foto aufgenommen wurde. Ich verstehe nicht, warum er auf einmal unschuldig sein soll.«

»Bitte beruhigen Sie sich.« Kommissar Gabriel hob besänftigend die Hände.

Die Vorstellung, Dragan würde womöglich ungeschoren davonkommen, empörte mich.

»Frau Pelzer, Sie sind voreingenommen, weil Sie mit dem Opfer befreundet waren. Unsere Ermittlungen beruhen allein auf Tatsachen, nicht auf Gefühlen. Wir brauchen eindeutige Beweise, um einen Verdächtigen einer Tat beschuldigen zu können. Oder ein Geständnis.«

»Aber denken Sie an das Foto, das er gemacht hat. Das ist der Beweis dafür, dass er auf der Solitude war.«

Kommissar Gabriel kratzte sich im Nacken. »Es gibt ein Foto, das Frau Ulmer am Tag ihres Todes auf dem Schlossgelände zeigt, das ist korrekt.«

Na bitte, dachte ich. Endlich sind wir uns einig. Ich schluckte meine Verärgerung hinunter.

»Wir wissen jedoch nicht«, gab er zu bedenken, »ob es tatsächlich Herr Marić war, der das Bild aufgenommen hat.«

Was? Jetzt verstand ich die Welt nicht mehr. »Das Bild stammt von seiner Website. Ich habe es in seiner persönlichen Galerie entdeckt. Dort sind nur Fotos zu sehen, die er selbst geschossen hat.« Meine Schlussfolgerung war absolut logisch.

»Herr Marić ist ein bekannter Künstler«, erwiderte der Kommissar. »Er hat Mitarbeiter, die ihn bei seiner Öffentlichkeitsarbeit unterstützen. In Ihrem Beruf haben Sie täglich mit Werbung zu tun. Sie wissen, wie solche Fotos entstehen.«

»Es stammt aus seiner persönlichen Galerie«, beharrte ich. Wieso stellte der Kommissar sich stur?

Gabriel schaute mich mit einer gewissen Missbilligung an, als wäre ich schwer von Begriff. »Das mag sein, Frau Pelzer. Doch es gibt keinen Beweis dafür, dass Herr Marić derjenige war, der dieses Foto aufgenommen hat.«

Es war, als hätte jemand auf eine Pauke geschlagen. Endlich ging mir mein Denkfehler auf. Wie hatte ausgerechnet mir als Werbeexpertin so ein Fauxpas unterlaufen können? Verlegen ließ ich den Kopf sinken.

Der Kommissar gab mir Zeit, mich zu fangen. Er blätterte in seinem Notizbuch, als suchte er nach einer bestimmten Stelle. Dann sah er auf. »Frau Pelzer, das Polizeirevier in der Gutenbergstraße hat uns über einen Einbruch in Ihre Wohnung in der Reinsburgstraße informiert. Das muss gestern im Lauf des Tages geschehen sein, als Sie und Frau Wagenbach bei der Arbeit waren.«

»Das stimmt. Jeannette war vor mir zu Hause, da war die Tür aufgebrochen. Ich bin erst später gekommen, ich war ja auf der Solitude mit Ihnen unterwegs, Herr Kommissar. Die Einbrecher haben alles durchsucht und die Sachen von Pauline mitgenommen, die Ihre Kollegen bei der Durchsuchung noch nicht beschlagnahmt hatten.«

»Herr Henzler und sein Team haben mögliche Beweismittel in Verwahrung genommen, Frau Pelzer, nicht beschlagnahmt. Konnten Sie und Frau Wagenbach feststellen, ob etwas aus Ihren Räumen fehlt?«

»Nein, wir vermissen nichts. Gibt es schon Hinweise, wer die Einbrecher sind?«

Gabriel zögerte und schien zu überlegen, inwieweit er mich in die Ermittlungen einweihen wollte. »Die Hausbesitzerin aus dem Erdgeschoss hat ausgesagt, sie hätte nachmittags den Türöffner betätigt, um einen Paketzusteller hereinzulassen. Ihr ist aufgefallen, dass der Zusteller die Treppen in eines der oberen Stockwerke hinaufging, das Haus aber erst eine halbe Stunde später wieder verlassen hat.«

»Unsere Hauspolizei«, murmelte ich.

Die Mundwinkel des Kommissars zuckten kurz. »Die Dame sagte weiter aus, sie hätte keinen Lieferwagen gesehen. Nun ja, der Fahrer könnte ebenso gut ein paar Häuser weiter geparkt haben. Haben Ihre Nachbarn etwas Ungewöhnliches bemerkt oder jemanden erwähnt, der nicht ins Haus gehört?«

Ich hob die Schultern und ließ sie wieder sinken. »Dazu kann ich nichts sagen, Herr Kommissar. Wir haben kaum Kontakt zu den Nachbarn. Direkten Kontakt, meine ich. Die Wohnungen sind hellhörig, wir bekommen sowieso schon genug mit.«

»Gut, Frau Pelzer. Falls Ihnen noch etwas einfällt oder Sie doch etwas vermissen sollten, melden Sie sich bitte bei mir.«

Er bat mich, das Protokoll meiner Befragung in den nächsten

Tagen im Polizeipräsidium zu unterschreiben. Dann wies er mich an, Jeannette hereinzuholen, und ich war entlassen.

Solange Jeannette befragt wurde, verzog ich mich mit einem Tablet in ein kleines Besprechungszimmer in einer hinteren Ecke der Agentur, das nur selten benutzt wurde. Es war mehr als unwahrscheinlich, dass André ausgerechnet heute hier auftauchen würde. Nach dem emotionsgeladenen Gespräch mit dem Kommissar fühlte ich mich wie betäubt. Mechanisch fertigte ich eine Skizze des Schlosshofs für Teddy an und markierte die Stellen, an denen ich meinen Vortrag für die Teilnehmer der Führung plante. Damit ging ich ins Grafikatelier.

Teddy bemerkte mich nicht, da er wie gebannt auf seinen Bildschirm starrte.

Ich hielt ihm das Blatt vors Gesicht. »Die Skizze, die du wolltest.«

Er runzelte die Stirn, als hätte ich ihn beim Layouten eines preisverdächtigen Entwurfs gestört.

»Danke«, knurrte er und legte die Zeichnung auf den Tisch, ohne sie anzusehen. Seine Aufmerksamkeit galt dem Inhalt des Bildschirms.

Um herauszufinden, was ihn so faszinierte, folgte ich seinem Blick. Eine junge Frau mit halblangen braunen Haaren lag diagonal über einem Doppelbett, das nach Hotelmöblierung aussah. Das Motiv kam mir bekannt vor. Es dauerte ein paar Sekunden, bis mein Gehirn die richtigen Synapsen verband.

»Ist das ein neuer Entwurf für die Schokoladenkampagne? Mit Jessy?«

Teddy brummte Zustimmung, während er mit der Maus das Logo des Unternehmens Bäuerle am unteren Rand des Bildes herumschob, um den richtigen Platz dafür zu finden.

»Das Motiv mit dem Hotelbett kenne ich nur mit Britta.«

»Das hier ist besser«, erwiderte Teddy. »Werner hat es heute gemailt. Jessy ist unsere Geheimwaffe. Sie hat nur ein bisschen Provinzerfahrung als Miss Böblingen. Oder war es Miss Sindelfingen? Egal, hab ich vergessen. Krass, oder?«

Männer sahen solche Fotos mit anderen Augen als Frauen,

das wusste ich nach vielen Jahren in der Werbebranche. Aber auch ich erkannte, worauf er hinauswollte. Jessy war nicht mager, eher gut proportioniert. Ihre Beine waren keine langen, dünnen Stelzen, sondern wirkten natürlich. Genauso wie die Anmut, mit der sie das Spitzennachthemd trug. »Nachthemd« war vielleicht nicht der passende Ausdruck, denn das aufreizende Teil wirkte eher wie aus einer eleganten Dessous-Kollektion. Jessy hielt eine Tafel weiße Schokolade vor ihren Mund und leckte sich mit der Zunge über die Lippen. Es war, als würde sie mit dem Betrachter spielen.

»Starke Ausstrahlung«, sagte ich beeindruckt. »Wie alt ist sie? Gerade mal zwanzig, wenn's hochkommt, oder?«

Teddy verzog keine Miene. »Sie ist sechsundzwanzig und hat einen Abschluss in Betriebswirtschaft. Intellektuell steckt sie uns beide in die Tasche. Dennoch schafft sie es, so unschuldig auszusehen, als hätte sie noch nicht einmal einen Führerschein.«

»Werner hat also was richtig gemacht.«

»Das kannst du laut sagen. Bäuerle ist hin und weg.«

Das wunderte mich nicht. Bereits neulich war mir die Ähnlichkeit zwischen Jessy und Pauline aufgefallen. Und für die hatte der Unternehmer Bäuerle viel übrig gehabt. »Weiß Britta davon?«

»Nein, und das ist gut so. Die flippt aus, wenn sie diese Fotos zu Gesicht bekommt. Als Profi sieht sie sofort, wie talentiert Jessy ist.«

»Und was für eine ernst zu nehmende Konkurrenz sie ist. Vor allem, weil Bäuerle gesagt hat, Britta sei zu dürr und zu kühl für seine Schokoladenprodukte.«

»Ich würde mein Geld nicht mehr unbedingt auf Britta setzen«, erwiderte Teddy und hatte endlich die beste Stelle für Bäuerles Logo gefunden.

Nach der Abstimmung mit Teddy kam ich am Raum der Kundenberaterinnen vorbei. Ich blieb stehen und schaute hinein. Genau gegenüber der Tür hatte Pauline gesessen. Nun war ihr Platz leer. Beim Betrachten von Teddys Layouts war mir bewusst geworden, dass alle in der Agentur mit ihrer Arbeit fortfuhren, als hätten sie den Mord an ihrer Kollegin bereits vergessen. Ich bildete keine Ausnahme.

Niedergeschlagen ging ich zu unserem Büro. Ob die Befragung von Jeannette schon beendet war? Die Tür stand offen, und es waren keine Stimmen zu hören. Also trat ich ein. Jeannette notierte am Flipchart ein paar Stichpunkte für die Kampagne der Landeshauptstadt. Wir warteten nach wie vor auf den Termin für unsere Präsentation. Bis dahin nutzten wir die Zeit, um unsere Ideen weiter auszufeilen.

»Wie war die Befragung?«

»Weniger aufregend, als ich gedacht hatte.« Jeannette drehte sich zu mir um. »Ich musste ihm den Streit zwischen Dragan und Pauline vor der WG schildern.«

»Hast du ihm erzählt, wie sie ihm über die Wange gekratzt hat?«

»In aller Ausführlichkeit. Auch wenn dieser Streit Dragan entlastet, was mir gehörig gegen den Strich geht.«

»Dragan gehört zwar nicht zu meinen Lieblingsmenschen«, erwiderte ich, »aber wenn er unschuldig ist, sollten wir das akzeptieren.« Stockend gestand ich Jeannette meinen mutmaßlichen Irrtum wegen Paulines Foto vor der Akademie.

Jeannette verzog das Gesicht. »Blöd gelaufen. Mach dir keine Vorwürfe, das hätte mir auch passieren können. Die Puzzleteile haben perfekt ineinandergepasst, und deine Schlussfolgerung war logisch. Wer weiß, ob sich die Kripo ohne deinen Hinweis überhaupt so intensiv mit Dragan beschäftigt hätte.«

»Falls er das Foto von Pauline auf der Solitude nicht aufgenommen hat, wer könnte es dann gewesen sein?«, überlegte ich laut. »Ich möchte mich ungern erneut aus dem Fenster lehnen, aber eigentlich bleibt da nur …«

»Der gute Jake«, nahm mir Jeannette die Antwort ab. Sie steckte die Kappe auf ihren Marker und deponierte den Stift in der Ablage des Flipcharts. »Nach deinen Beobachtungen beim Videodreh auf der Freitreppe tippe ich auf unseren Influencer. Jake ist für Dragan in Sachen Öffentlichkeitsarbeit aktiv.«

»Ich war überzeugt davon, ich hätte mit dem Foto den Beweis gefunden.«

»Bea, du solltest lieber die Finger von den Ermittlungen lassen. Vor allem, weil immer noch unklar ist, ob der Mörder es in Wahrheit nicht auf dich abgesehen hatte.«

Auf dieses Thema hatte ich keine Lust. »Ich muss mich jetzt um meine Jobs kümmern.«

Obwohl ich mit den Gedanken nicht bei der Sache war, ergänzte ich die noch fehlenden Texte für meine Führung im Alten Schloss. Danach entwickelte ich ein paar Headlines für das neue Motiv mit Model Jessy. Als ich fertig war, zog ich die Schreibtischschublade auf und nahm die mit Milchkaffee gesprenkelte Abmahnung heraus. »Ich mache Feierabend. Bevor ich fahre, schaue ich kurz bei Peter vorbei. Er hat vielleicht einen Rat für mich.«

Das Büro meines Vaters lag an der Westseite und war weniger prunkvoll eingerichtet als das Königreich von André. Obwohl Schwarz die klassische Werberfarbe war, bevorzugte Peter Creme- und Grautöne, wodurch der Raum menschlicher wirkte. Das passte zu ihm und seiner besonnenen Art.

Während mein Vater die Abmahnung durchlas, lief er auf und ab. Drei Schritte nach links, Drehung, drei Schritte nach rechts. Die Fähigkeit, im Gehen konzentriert lesen zu können, hatte er nicht an mich weitervererbt. Dann sah er auf und schwenkte den Brief verärgert durch die Luft. »André gehört diese Agentur, was ihm eine gewisse Narrenfreiheit gibt, die er weidlich ausnutzt. Aber diese Abmahnung schlägt dem Fass den Boden aus.« Er schnaubte wütend. »Ich werde ihn sofort zur Rede stellen.«

So aufgebracht hatte ich meinen Vater schon lange nicht mehr erlebt. »Tu das bitte nicht, sonst denkt André, ich hätte dich geschickt. Ich muss das allein klären.«

Um sich abzuregen, atmete er ein paarmal tief durch. »Ich verstehe. Wenn du das so möchtest.«

»Hast du einen Rat für mich?«

Er schwieg eine Weile. »Du weißt, wie André ist. Schließlich hast du bereits ein paar Jahre hier gearbeitet, bevor ich eingestiegen bin. Er ist emotional und schießt gern übers Ziel hinaus.«

Ich zog eine Grimasse.»Meiner Ansicht nach betreibt er eher eine Art Selbstvergötterung. Bald wird er im Garten ein Denkmal für sich errichten.«

Mein Vater lächelte kurz, dann wurde er wieder ernst.»Wenn du meine Unterstützung nicht möchtest, was ich nachvollziehen kann, dann werde selbst aktiv. Schreib eine sachliche Gegendarstellung oder entschuldige dich wegen der Vorwürfe, die zutreffen, bei ihm. Das dürfte kein Problem für dich sein. Was Rhetorik angeht, bist du ihm haushoch überlegen, das weißt du.«

»Mag sein. Leider schrumpfe ich auf Zwerginnengröße, wenn ich ihm gegenüberstehe.«

»Dann arbeite an deiner Einstellung. Du bist nicht seine Assistentin oder gar seine Dienerin. Du bist Spezialistin für gute Texte, und dafür wirst du bezahlt. Das ist ein einfaches Geschäftsverhältnis, Bea, nicht mehr und nicht weniger. Jeannette als Konzeptionerin und die Kolleginnen aus der Kundenberatung können auch Texte schreiben. Die Nummer eins aber bist du. Das weiß André.«

Seine Worte gingen mir runter wie Honig.»Danke für deine Einschätzung. Ich denke darüber nach.«

Er reichte mir den braun gesprenkelten Briefbogen. Ich faltete ihn in der Mitte und stopfte ihn in meine Tasche.

Mein Vater legte mir die Hände auf die Schultern.»Gerit hat mir von deinen privaten Ermittlungen auf der Solitude erzählt. Überlass das lieber der Polizei, immerhin geht es um ein Kapitalverbrechen. Wir machen uns Sorgen um dich, meine Kleine.« Er nahm mich in die Arme und tätschelte mir den Rücken, als wäre ich noch immer ein Baby und sollte ein Bäuerchen machen.

Nach einer liebevollen Verabschiedung machte ich mich auf den Heimweg.

DREIZEHN

Mein Burgfräulein-Kostüm aus dem Fundus der Oper erwies sich wie befürchtet als wenig praktisch. Gleich zu Beginn meiner Tour blieb ich vor der Erinnerungsstätte für Graf von Stauffenberg mit dem überlangen Trompetenärmel an der rauen Steinmauer hängen. Influencer Jake stand nur wenige Meter entfernt und filmte meinen Auftritt inklusive Kostüm-Fauxpas für die Social-Media-Kanäle der Agentur. Mit einer unauffälligen Bewegung löste ich den Chiffon von der Mauer, ohne meinen Vortrag zu unterbrechen. »Wie Sie wahrscheinlich wissen, diente die Wasserburg im 10. Jahrhundert zum Schutz eines nahe gelegenen Gestüts namens Stutengarten. Von der Bezeichnung dieses Gestüts leitet sich der Name unserer Stadt ab.« Fast alle Teilnehmer nickten. Die Gruppe bestand aus zwei Dutzend Mitarbeiterinnen und Mitarbeitern der Presseabteilung eines bekannten Automobilzulieferers. In den letzten Jahren hatte der Konzern mehr mit Betrugssoftware bei Dieselfahrzeugen und Entlassungswellen als mit technischen Innovationen Furore gemacht.

»Wissen Sie auch, was Graf von Stauffenberg mit dem Schloss verbindet?«, fragte ich und leitete damit zum nächsten Thema über. Niemand antwortete.

»Claus von Stauffenberg wurde in Bayern geboren«, erklärte ich. »Da sein Vater der Oberhofmarschall des württembergischen Königs Wilhelm II. und seine Mutter die Hofdame und Gesellschafterin von Königin Charlotte war, lebte die Familie meist in einer Dienstwohnung im Alten Schloss.«

Meine Idee, den Rundgang bei der Gedenkstätte zu beginnen, hatte zunächst heftigen Protest bei André ausgelöst. Aufgebracht und in voller Lautstärke hatte er seine Ansicht kundgetan, ein Widerstandskämpfer aus dem 20. Jahrhundert habe keinerlei Bezug zur Geschichte des Alten Schlosses. Äußerlich war ich ruhig geblieben und hatte André in sachlichem Ton darüber aufgeklärt, dass Graf von Stauffenberg immerhin im

Alten Schloss aufgewachsen sei. Weil die halbe Besetzung der Agentur seine historische Leerstelle mitbekommen hatte, ließ André mir nach dieser unerfreulichen Kontroverse freie Hand.

Als ich zur nächsten Station weitergehen wollte, trat ich mit der Gummisohle meines Sneakers auf den bodenlangen Samtstoff. Ich geriet ins Stolpern und kämpfte um mein Gleichgewicht, wobei mir die hässliche Perücke mit dem taillenlangen Haar in die Stirn rutschte. Daran war ich selbst schuld. Beim Anziehen des Kostüms hatte ich spontan entschieden, auf das billig wirkende goldene Haarband zu verzichten.

»Hoppla, Eure Hoheit«, bekundete ein untersetzter Mittvierziger in Jeans und Cordjackett. Beherzt packte er mich am Oberarm und bremste auf diese Weise meinen Vorwärtsdrall. Wohl aus Unwissenheit gestand er mir einen deutlich höheren Rang zu, als ich ihn einige Jahrhunderte zuvor gehabt hätte.

Reichlich undamenhaft schob ich mir die Perücke aus der Stirn. »Danke für Ihre Hilfe. Das Kopfsteinpflaster ist wenig kostümfreundlich. Ich frage mich, wie die anderen Burgfräulein damit zurechtkommen.«

Mein Scherz heiterte die Gruppe auf. Alle lachten und tauschten flapsige Bemerkungen über den miserablen Zustand der Straßen aus.

»Das kommt davon, wenn das Verkehrsministerium über Jahrzehnte von der bayrischen Staatspartei geführt wird«, sagte ein Teilnehmer, der als Einziger im Anzug gekommen war.

Seine Kollegin in Hosenanzug und Freizeitschuhen konterte: »Seit der Minister auch für Digitales zuständig ist, kümmern die sich eher um Glasfaserkabel als um den Straßenbelag.«

»Nun ja«, warf ein Dünner im Polo-Hemd mit dem Logo des Konzerns ein. »Auch der Datenverkehr weist eine Menge Schlaglöcher und Dauerbaustellen auf.«

Für Automobilzulieferer war der Straßenbau anscheinend ein beliebtes Thema. Der muntere Wortwechsel dauerte noch eine Weile an, bis ich die Aufmerksamkeit wieder auf mich lenkte. Dafür setzte ich bewusst die Ärmel ein. Wenn ich die Arme theatralisch öffnete, zog die opernbühnenreife Geste alle Blicke auf mich. Leider auch die Aufmerksamkeit der Passanten, die zur Markthalle oder in die hochpreisigen Ladengeschäfte von Louis Vuitton bis Porsche im Dorotheen Quartier strömten. Um uns bildete sich ein Pulk aus Schaulustigen. Gefühlt jeder Eineinhalbste dokumentierte meinen Auftritt mit dem Smartphone und würde ihn später bei Instagram oder TikTok posten. Trotz des Publikums versuchte ich mich auf meinen Vortrag zu konzentrieren und kehrte zur Lebensgeschichte des Grafen zurück. »Claus von Stauffenberg machte zunächst Karriere als hoher Offizier, bevor er sich besann und zur führenden Kraft der Umsturzbewegung gegen die Nationalsozialisten wurde«, erläuterte ich. Dabei beobachtete ich, wie viele Schaulustige ihre Smartphones sinken ließen und weitergingen. Ein Widerstandskämpfer schien heute deutlich weniger Zugkraft zu haben als Designertaschen oder exklusive Leckereien aus aller Welt.

Mein untersetzter Begleiter im Cordjackett war nach wie vor an meiner Seite. »Wäre sein Attentat erfolgreich gewesen«, äußerte er nachdenklich, »hätte das den Lauf der Weltgeschichte verändert.«

»Ein wahres Wort«, erwiderte ich und erlaubte mir ausnahmsweise einen Kommentar als Bea Pelzer. »Kaum vorstellbar, wie viel Leid dadurch verhindert und wie viele unschuldige Menschen gerettet worden wären.«

Diesmal hob ich den bodenlangen Rock mit beiden Händen an und näherte mich der nächsten Station der Führung. Die eindrucksvollen Trompetenärmel schwingend, wies ich auf vier schwarze Granitblöcke. »Dies ist ein Mahnmal für die Opfer des Nationalsozialismus. Es wurde 1970 errichtet. Die massiven Steinblöcke sind ein Symbol dafür, wie schwer diese Zeit für die Verfolgten war.«

Am runden Eckturm entlang führte ich die Gruppe zum Eingang des Landesmuseums und fragte mich, was uns im Innenhof erwarten würde. Dass ich mich mit der Gedenkstätte als Startpunkt der Führung gegen André durchgesetzt hatte, hatte sich heute Morgen als Segen erwiesen. Wegen eines Streiks waren die Zufahrtsstraßen ins Zentrum stundenlang blockiert gewesen. Wer auch immer dafür verantwortlich gewesen war – Bauern, Mitarbeiter des Konzerns, für den ich die Tour heute durchführte, oder die Letzte Generation –, hatte die Vorbereitungen unserer Veranstaltung gestört. Der Transporter mit dem weißen Zelt für Andrés Genießer-Event war viel zu spät am Schloss eingetroffen. Kurz vor Beginn meiner Führung waren die Kollegen und Helfer des Caterers noch mit dem Aufbauen des Zeltes beschäftigt gewesen. Umso neugieriger war ich nun darauf, ob meine Tour wie geplant weitergehen konnte. Falls nicht, würde ich die Teilnehmer länger in der Schlosskirche beschäftigen müssen. Vor der Treppe zum Innenhof hob ich meinen Rock gute zehn Zentimeter an. Dadurch kamen meine nicht mehr ganz weißen Sneakers zum Vorschein. Während ich die Stufen hinaufschritt, stimmte ich die Gruppe auf das Kommende ein.

»Freuen Sie sich nun auf den einzigartigen Innenhof des Schlosses, das rund vierhundert Jahre lang Sitz des württembergischen Herrscherhauses und ein bedeutendes Machtzentrum war.«

Im Hof angekommen, sah ich zu dem Zelt. Es stand, und der rote Teppich war ausgerollt. Auch wenn aus dem Zeltinneren hektische Rufe, Hämmern und Rumpeln drangen, atmete ich auf.

Während Tamara auf einem Tisch mit weißem Damasttuch und silbernem Kerzenleuchter den Champagner-Aperitif vorbereitete, wandte ich mich an die Gruppe.

»Meine Damen und Herren, willkommen in einem der bedeutendsten Renaissancebauten Süddeutschlands. Bitte folgen Sie mir zu einem besonderen Schmuckstück unserer Stadt.« Ich ging auf das Portal der Schlosskirche unter den Arkaden zu. Die Geräusche aus dem Zelt würden in der Kirche kaum zu hören sein. Bis wir zurückkehrten, wäre hoffentlich alles für das Event bereit.

»Die Schlosskirche war der erste protestantische Kirchenbau in Württemberg und wurde im Jahr 1562 geweiht«, fuhr ich fort. »Von der ursprünglichen Ausstattung sind leider nur wenige Stücke erhalten. Das meiste stammt aus einer Renovierung im 19. Jahrhundert.«

Kühle Luft und der Geruch von Stein und Staub begrüßten

uns im Inneren der Kirche. Die prunkvolle, farbenfrohe Architektur mit spätgotischen Einflüssen ließ die Teilnehmer verstummen. Andächtigen Blickes schauten sie sich um, während Jake mit seinem Smartphone auf mich zoomte. Würdevoll breitete ich die Ärmel aus. »Wie Sie sehen, hat die Kirche die Form eines quergestellten Rechtecks und ist deutlich breiter als lang.« Ich zeigte zum Fenster hinter dem Altarbereich. »Die bunten Fenster gingen leider im Zweiten Weltkrieg zu Bruch.«

Die Teilnehmerin im Hosenanzug legte den Kopf in den Nacken und schaute zur Decke. »Was sind das für Wappen?«

Wappen waren für mich ein Buch mit sieben Siegeln, daher hatte ich mich auf diese Frage vorbereitet. »Die Schlusssteine in der Mitte zeigen das Wappen des Herzogs von Württemberg mit den typischen Hirschstangen und den beiden Barben auf goldenem Grund. Die übrigen Wappen gehören zu anderen Häusern und Herzogtümern.« Um weiteren Fragen vorzubeugen, führte ich die Gruppe in die Gruft im Untergeschoss. Dort hatten unter anderem die beliebte Königin Olga und Herzog Carl Eugen ihre letzte Ruhe gefunden.

Zehn Minuten später kehrten wir in den Innenhof zurück. Wie meine Teilnehmer saugte auch ich die frische Luft in meine Lungenflügel und freute mich darüber, einige malerische Wölkchen vor blauem Himmel über den Innenhof ziehen zu sehen. Nach kurzem Lauschen zum Zelt entspannte ich mich. Es waren keine störenden Aufbaugeräusche mehr zu hören.

Mit gesetzten Schritten ging ich hinüber zum Reiterstandbild. Dabei hielt ich Ausschau nach Teddy, der meinen Auftritt von den Arkaden aus fotografieren wollte. Im zweiten Stock entdeckte ich ihn neben dem runden Uhrtürmchen. Von dort oben hatte er den besten Blick auf unsere Gruppe.

Teddy ließ die Kamera kurz sinken und winkte mir zu. Das war unser vereinbartes Signal.

Ich wählte meinen Standort so, dass er mich frontal fotografieren konnte. Dann begann ich mit der vorletzten Station der Führung, die mit einer Erläuterung zur Reitertreppe enden sollte. Zunächst galt meine Aufmerksamkeit aber dem Reiterstandbild.»Von diesem grimmig dreinschauenden Herrn mit dem erhobenen Schwert haben Sie alle sicher schon gehört. Eberhard im Bart war der erste regierende Herzog von Württemberg und hat 1477 die Universität von Tübingen gegründet. Er residierte im Uracher Schloss, das damals ein Wasserschloss war.«

Der Mann im Anzug hob die Hand, als wäre ich seine Lehrerin und müsste ihm das Wort erteilen. Ich nickte ihm zu, wobei ich den Kopf nur leicht neigte, um meine Perücke nicht ins Rutschen zu bringen.

»Woher stammt sein seltsamer Name ›im Bart‹?«, erkundigte sich der Teilnehmer.

Mit einem Lächeln breitete ich die Trompetenärmel aus, damit Teddy mich in meiner neuen Lieblingsgeste fotografieren konnte. »Graf Eberhard unternahm eine Pilgerfahrt nach Jerusalem, wo er in der Grabeskirche zum Ritter vom Heiligen Grab geschlagen wurde. Einem Gelübde zufolge –«

Ein markerschütternder Schrei gellte durch den Innenhof. Er kam von oben. Ich schaute auf und sah, wie jemand über die Balustrade stürzte und in die Tiefe fiel. Dabei löste sich ein dunkler Gegenstand und schlug nur wenige Meter von mir entfernt aufs Pflaster auf. Eine Glasscherbe wurde gegen meinen Rocksaum geschleudert und traf mich am Knöchel.

Um mich herum schallten Rufe wie »Mein Gott!« und »Hilfe!« durch den Hof, die ich wie durch eine Wattewand wahrnahm. Mein Blick fokussierte sich auf den dunklen Gegenstand. Es war eine Kamera. Das Objektiv war in mehrere Teile zerbrochen. Mein Herz wurde wie von einer unsichtbaren Hand zusammengepresst. Diese Kamera gehörte Teddy. Ich sah hoch zur obersten Arkade neben dem Uhrtürmchen. Dort war er gestanden. Nun war er nicht mehr zu sehen.

Obwohl ich mich innerlich dagegen sträubte, wandte ich mich zu der Stelle, wo ein schwarz gekleideter Körper auf dem Kopfsteinpflaster lag.

Ich raffte meinen Rock und rannte zu dem reglosen Mann. »Teddy! Sag doch was!« Das Echo meines Schreis wurde von den Steinwänden rundum zurückgeworfen. Alles kam mir plötzlich so unwirklich vor, als wäre ich unbemerkt in einen Krimi geraten.

Teddy befand sich in Bauchlage. Unter seinem Kopf bildete sich eine Blutlache. Behutsam legte ich meine Hand auf seinen Rücken und registrierte ein leichtes Auf und Ab. Er atmete noch. Mit einem schnellen Blick erfasste ich seinen Körper. Der linke Unterschenkel stand in einem unnatürlichen Winkel ab. Die schwarze Jeans war am Knie zerrissen. Etwas Spitzes, Helles ragte heraus. War das ein Knochen? Eine hellrote Lache war unter seinem Knie zu sehen.

Ich beugte mich über Teddys Gesicht. Seine Haut war bleich, die Augen von dunklen Wimpern bedeckt. »Teddy, sprich mit mir.«

Plötzlich flatterten seine Lider. Die Augen öffneten sich und suchten meinen Blick.

»Wie fühlst du dich?«, flüsterte ich und blendete alles um mich herum aus. Ich konzentrierte mich nur auf ihn.

Teddy öffnete die Lippen und versuchte, etwas zu sagen. Wegen der Lärmkulisse konnte ich ihn nicht verstehen.

»Ruhe!«, hörte ich mich schreien. »Seid still, er will etwas sagen.«

Die Geräusche ebbten ab. Nun verstand ich, was aus Teddys Mund kam. Es klang wie »niemand«. Er versuchte, weitere Worte zu formen, die sich anhörten wie »ein Umfallen«.

Was sollte das bedeuten?

»Ich höre dich. Bitte wiederhole, was du gesagt hast.«

Doch die Lider über seinen dunkelblauen Augen schlossen sich. Sein Körper erschlaffte.

Fassungslos sah ich den beiden Sanitätern hinterher, die Teddy auf einer Trage durch den Gang zum Schillerplatz brachten. Wenige Meter dahinter folgte der Notarzt. In der Linken hielt er seinen Einsatzkoffer, in der Rechten ein Handy. Leider war der Mann zu weit weg von mir, als dass ich hätte verstehen können, was er sagte. Ob er mit seinen Kollegen im Krankenhaus telefonierte und die Notaufnahme über Teddys Ankunft informierte?

Kaum war die Trage mit Teddy außer Sichtweite, begann mein Herz zu rasen, als verstünde es erst in diesem Augenblick, was gerade geschehen war. Die Gedanken schossen wie nervöse Bienen in meinem Kopf hin und her. Was sollte ich tun? Die Teilnehmer meiner Führung einsammeln und zum Agenturzelt bringen? Oder sie nach Hause schicken? Nach Teddys Unfall würde kein Genießer-Event mehr stattfinden.

Ohne zu zögern, folgte ich meinem Instinkt und rannte in den Durchgang. Um mich herum wurde es dunkler, und ich spürte die Kühle der jahrhundertealten Steinmauern. Als ich am anderen Ende wieder ans Tageslicht kam, schaute ich mich nach dem Rettungswagen um. Er setzte sich gerade in Bewegung. Auf dem Dach flackerte ein Blaulicht. Der Wagen fuhr im Schritttempo an mir vorbei zur Planie, blinkte und bog zwischen Alter Kanzlei und Landesmuseum rechts ab. Wieso hatte ich so lange überlegt? Wäre ich ein paar Minuten früher gekommen, hätte ich im Rettungswagen mitfahren und Teddy ins Krankenhaus begleiten können.

Über seinen Zustand hatte mir der Notarzt keine Auskunft geben wollen. An seinem Gesicht hatte ich abgelesen, dass Teddys Kopfwunde ihm Sorgen bereitete. Wie schwer waren seine Verletzungen? Würde er den Unfall überleben? Ich ließ den Kopf sinken. Mir war genauso elend zumute wie nach dem Mord an Pauline.

Dann spürte ich, wie jemand mich an sich zog.

»Bea, komm. Ich bringe dich nach Hause.« Das war Jeannette. Ihre Stimme war ungewöhnlich sanft.

Sofort schüttelte ich den Kopf. »Nein. Ich will jetzt nicht allein sein. Wir fahren in die Agentur zurück. Und nachher besuche ich Teddy im Krankenhaus.«

»Wie du meinst«, erwiderte Jeannette geduldig und wischte mir über die Wange.

Hatte ich geweint? Ich schob mir die Perücke aus der Stirn und richtete mich auf. »Lass uns gehen. Die anderen warten auf uns.« Mit dem Chiffonstoff des Trompetenärmels trocknete ich meine Tränen.

Im Schlosshof drängten sich Dutzende Touristen, Schaulustige und Mitarbeiter des Landesmuseums. Nur eine Stelle war menschenleer. Dort, wo Teddy gelegen hatte, stand niemand. Sein Blut hatte sich auf dem Pflaster ausgebreitet und begann bereits zu trocknen.

Einige Streifenpolizisten waren im Hof unterwegs und suchten nach Zeugen, die den Unfall beobachtet hatten. Ich sah mich nach den Teilnehmern meiner Gruppe um. Sie waren verschwunden, ohne sich von mir zu verabschieden. Das war jetzt unwichtig. Wichtig war nur Teddy.

Unser Chef sah das anscheinend anders. Mit rudernden Armen lief er über den roten Teppich vor dem Eventzelt und schrie jeden an, der ihm unter die Augen kam.

»Wie konnte das passieren?«, brüllte er Tamara an, die erschrocken zurückwich. »Wer ist so blöd und beugt sich über eine Balustrade, ohne sich irgendwo festzuhalten?«

Tamara verzog sich ins Zelt, um Andrés Ausbruch zu entkommen.

André drehte sich im Kreis und suchte nach jemand anderem, an dem er seinen Ärger auslassen konnte.

Seine Wahl fiel auf mich. »Beatrix, wo hast du gesteckt? Wieso hast du deine Gruppe einfach stehen lassen? Du warst verantwortlich für den Erfolg dieser Veranstaltung, und du hast es vermasselt. Wieder einmal. Eines sag ich dir: Wenn der Konzern meine Agentur verklagt, dann fliegst du, darauf kannst du dich verlassen.« Sein erhobener Zeigefinger intonierte die Beschimpfungen. Vor lauter Wut vergaß André die üblichen französischen Ausdrücke.

Seine Vorwürfe berührten mich erstaunlich wenig. Ich fühlte mich, als wäre ich von einem Schutzpanzer umgeben. Ohne André weiter Beachtung zu schenken, drehte ich mich um und suchte nach Jeannette. Sie stand direkt hinter mir und ließ mich keine Sekunde aus den Augen, als befürchtete sie, ich könnte jeden Moment ausflippen.

Aufgewühlt sah ich zu ihr. »Lass uns gehen. Ich halte es hier keine Sekunde länger aus.«

»Bin startklar.« Jeannette hob die Hand, in der sie meine Umhängetasche hatte.

Bevor wir aufbrachen, sammelte ich die Reste von Teddys Kamera ein und wickelte sie in den Stoff meines Ärmels. Die ganze Zeit über vermied ich es, zu der Stelle hinüberzublicken, an der sein Körper aufs Pflaster aufgeschlagen war. Niemand hielt Jeannette und mich auf, als wir den Schlosshof verließen.

Auf der Fahrt in die Agentur hing ich meinen düsteren Gedanken nach. Zu beobachten, wie Teddy vom Arkadengang herabstürzte, war mit das Schlimmste, was ich jemals erlebt hatte. Das Bein würde wieder heilen, aber was, wenn sein Sturz eine Gehirnerschütterung ausgelöst hatte? Oder ein Schädel-Hirn-Trauma, von dem er sich nie mehr erholen würde? Hinter alldem lauerte der furchtbarste aller Gedanken: War ich schuld daran, dass er über die Balustrade gestürzt war? War ich zu weit im Schatten gestanden? Hatte er wegen mir seinen sicheren Standort verlassen müssen, um ein besseres Foto machen zu können?

»Wir sind da, Bea.« Jeannette löste meinen Sicherheitsgurt, umrundete das Auto und öffnete die Beifahrertür. »Komm, steig aus. Ich mache dir einen Kamillentee.«

An dieser Bemerkung erkannte ich, wie groß ihre Sorge um meinen Gemütszustand war. Üblicherweise hätte sie mir einen Schnaps angeboten, keinen langweiligen Kräutertee.

Schweigend folgte ich ihr durchs Treppenhaus in die Agentur. Im Flur war es still. Totenstill. War das womöglich ein Zeichen? In mir stieg Panik auf, und ich packte Jeannette am Arm. »Meinst du, die lassen mich zu Teddy, wenn ich ins Krankenhaus fahre?«

»Nein, Bea. Er wird erst einmal gründlich untersucht. Computertomografie und was weiß ich noch. Kann sein, dass die ihn gleich operieren müssen, falls sie eine Blutung im Gehirn feststellen.«

Eine Operation am Gehirn? Mir wurde schwindelig.

Jeannette zog mich in die Küche. »Setz dich und hör auf, dir Sorgen zu machen. Im Krankenhaus ist er in den besten Händen. Dort sind die Spezialisten, die er braucht.« Sie füllte

Wasser in den Kocher und nahm einen Beutel Kamillentee aus dem Aufsteller.»Wo haben sie ihn hingebracht?«

»Ins Katharinenhospital, hat der Notarzt gesagt.« Während das Wasser kochte, sank ich auf einen der schwarzen Stühle.»Dann rufe ich nachher an. Hoffentlich bekomme ich eine Auskunft.«

»Gib dich einfach als seine Frau aus, Bea, dann klappt das schon.« Jeannette goss das Wasser in einen der Agentur-Teebecher, hängte den Beutel hinein und stellte die Tasse vor mir auf den Tisch.»Möchtest du etwas essen?« Sie sichtete die Porzellanplatte mit den belegten Brötchen und Brezeln auf der Ablage.»Das solltest du. Das Frühstück ist lange her.«

»Nein, ich bekomme jetzt nichts runter.«

Sie nahm sich eine Butterbrezel, setzte sich damit an den Tisch und biss in das Gebäck. Ein paar Salzkörner lösten sich und rieselten herab.

Während ich auf das Muster der Salzkörner starrte, hörte ich ein Telefon klingeln. Der Klingelton kam mir bekannt vor, wenn es auch nicht meiner war.

Überfordert sah ich zu Jeannette. Sie kaute mit vollen Backen und deutete auf meine Umhängetasche, die sie auf den Stuhl neben mir gelegt hatte.

Ich zog den Reißverschluss auf und durchwühlte den Inhalt der Tasche. Mein Handy war seit der Führung auf lautlos gestellt, das Display zeigte keinen Anruf an. Dann ging mir auf, woher der Klingelton kam. Von Paulines Handy, das ich nach wie vor mit mir herumtrug.

Jeannette verschluckte sich, als ich das Telefon unserer ermordeten Freundin herausholte.»Sag bloß, jemand will Pauline erreichen?«, sagte sie hustend.

Ich versuchte, aus der Nummer schlau zu werden. Die Vorwahl war nicht die von Stuttgart.

Mit einem Tastendruck nahm ich den Anruf an und hielt das Handy ans Ohr.»Hallo, wer ist da? Hallo?« Ich wartete eine Weile. Niemand meldete sich. Dann wurde aufgelegt.

»Mysteriös«, sagte Jeannette.»Entweder hat sich jemand verwählt, oder der Anrufer weiß noch nichts von ihrem Tod. Ein gruseliger Gedanke.«

Weil ich Durst hatte, griff ich nach der Tasse und trank einen Schluck Kamillentee. Er schmeckte scheußlich.

In einer meiner Gehirnzellen regte sich etwas. Es hatte mit Paulines Handy zu tun. Mit einem Anruf, den ich entgegengenommen hatte? Nein, mit einem Chat. Sie hatte Textnachrichten mit einem Agenturkunden ausgetauscht. Martin Bäuerle.

Erneut griff ich nach ihrem Telefon und rief das Menü mit den Textnachrichten auf. Pauline hatte mehrfach mit Bäuerle gechattet. Bisher war ich nicht dazu gekommen, mir die Nachrichten genauer anzusehen. Das holte ich nun nach.

»Was machst du da?«, wollte Jeannette wissen. Sie stand auf und ging zur Kaffeemaschine.

»Ich spiele Detektivin.«

»Mit Paulines Handy? Wieso hast du es nicht längst dem Kommissar übergeben? Es könnte für die Ermittlungen der Kripo von Bedeutung sein.« Sie stellte eine Tasse in die Maschine und drückte die Taste für Milchkaffee.

»Ja, ich weiß«, murmelte ich und las mich weiter durch die Nachrichten. Meine erste Erkenntnis war: Martin Bäuerle und Pauline hatten sich privat geduzt. Die zweite: Die beiden hatten sich mehrmals zu zweit getroffen. Bei einem bekannten Italiener am Kleinen Schlossplatz, ein anderes Mal in einer Weinstube im Bohnenviertel. Und sie hatten eine gemeinsame Aktion geplant, bei der es um Fotos gegangen war. Für die Schokoladenkampagne? Oder handelte es sich um andere Fotos? Ob ich diese in ihrer Galerie finden würde?

»Die Falte zwischen deinen Augenbrauen ist bald so tief wie der Grand Canyon. Lass hören, Bea.«

»Gleich. Warte kurz. Ich muss mich konzentrieren.« Ich rief die Galerie auf und scrollte mich durch ihre private Fotosammlung. Als ich auf ein paar Aufnahmen von Dragan stieß, stoppte ich und sah mir die Bilder genauer an. Es waren private Schnappschüsse bei Clubbesuchen, ein paar Pärchen-Selfies und einige Fotos, die ihn bei Auftritten zeigten. Aufnahmen von ihr und Bäuerle waren nicht dabei. Also wechselte ich in die Galerie, die sie mit »beruflich« betitelt hatte. Diese enthielt deutlich weniger Fotos. Ein paar dokumentierten Shootings mit Werner, außerdem war ein Schnappschuss von Jeannette und mir vor der Agentur dabei. Wann hatte sie den gemacht? Das Datum lag ein gutes Jahr zurück. Also kurz nachdem sie bei Hohlbergs Reich angefangen hatte. Beim Weiterscrollen stieß ich auf Fotos von mir unbekannten Menschen. Ihrem Look nach zu schließen, handelte es sich um Werber. Das mussten Aufnahmen ihrer Kollegen aus der Agentur sein, für die sie zuvor gearbeitet hatte. Theo Silbers Agentur.

Ich wischte mich durch die Galerie. Einen Mann mit Bart und Haarknoten kannte ich von der Präsentation bei der Stadt. Eine Frau mit kurzen blonden Haaren war ebenfalls im Rathaus dabei gewesen. Dann stieß ich auf eine Person, die mir bekannt vorkam. Aber woher? Bei der Präsentation hatte sie nicht zum Team gehört. Die Frau hatte schwarze Haare, die sich in Wellen um ihr Gesicht schmiegten. Irgendwoher kannte ich dieses Gesicht. Langes Haar, hohe Wangenknochen und ein auffallend schmaler Nasenrücken.

Jeannette verlor die Geduld. Sie trat neben mich und beugte sich über das Display. »Wer ist das?«

»Das frage ich mich auch. Ich kenne diese Frau. Mir will nur nicht einfallen, woher.«

»Weißt du, an wen sie mich erinnert?«, erwiderte Jeannette. »An Michelle Pfeiffer. Diese blonde Schauspielerin, die mit den Baker Boys aufgetreten ist und sich beim Singen auf dem Flügel gerekelt hat. Hab vergessen, wie der Film heißt. Jedenfalls hat diese Frau ein ähnliches Gesicht. Schau, die Wangenpartie und vor allem ihre schmale Nase. Wie bei Michelle Pfeiffer. Die ist bestimmt operiert.«

»Wer? Die Frau auf dem Foto? Das muss eine ehemalige Kollegin von Pauline sein.«

»Ob die operiert ist, weiß ich nicht. Bei der Pfeiffer würde ich darauf wetten.«

Ich hörte Jeannette nur mit halbem Ohr zu, während ich die Gesichtszüge studierte. Wo hatte ich diese Frau schon einmal gesehen?

Jeannette griff nach ihrer Tasse. »Wo bleiben die anderen

nur? Dauert es so lange, das Zelt abzubauen?« Sie sah auf ihre Armbanduhr und trank einen Schluck. »Gleich fünf. Möchtest du dich ausruhen, bevor du ins Krankenhaus fährst? Ich könnte dich auch nach Hause bringen. In der WG hättest du deine Ruhe.«

»In der WG wäre ich allein, das möchte ich vermeiden«, sagte ich, ohne den Blick von Paulines Handy zu lösen. Dann hielt ich inne und schaute auf. »In der WG«, wiederholte ich tonlos. »Genau das ist es! Daher kenne ich diese Frau.« Ich sah zu Jeannette. »Erinnerst du dich an den Abend vor meiner Führung auf der Solitude? Wir saßen im Wohnzimmer und haben unsere Kostüme vorbereitet.«

»Na klar. Das war der letzte Abend zu dritt. Du, Pauline und ich.«

»Den meine ich. Als Dragan mit seinem BMW vorfuhr, stand ich am Fenster im Wohnzimmer. Im Hauseingang auf der anderen Straßenseite habe ich diese Frau gesehen.« Ich tippte auf das Display. »Sie hat unser Haus beobachtet.«

»Unser Haus? Bist du sicher? Wieso hast du mir nichts davon erzählt?«

»Wahrscheinlich wegen der Aufregung um Dragan. Und jetzt habe ich diese Frau in Paulines Galerie entdeckt.«

»Vielleicht war sie mit ihr befreundet.«

»Oder sie waren früher Kolleginnen. Und zwar in Theo Silbers Agentur«, ergänzte ich. »Vor und nach diesem Foto sind zwei Mitarbeiter aus seiner Agentur abgebildet, die ich neulich bei der Präsentation im Rathaus gesehen habe.«

»Aha.« Jeannette überlegte. »Sie könnte auch ein Fan von Dragan sein und ihm vor unserem Haus aufgelauert haben. Eine Stalkerin.«

»Ich glaube, da steckt etwas anderes dahinter. Etwas, das mit Paulines Tod zu tun hat.«

VIERZEHN

Unsere Kollegen würden bald aus dem Alten Schloss zurück-kehren. Um eine weitere unerfreuliche Begegnung mit André zu vermeiden, zog ich mein Kostüm aus und hängte es in den Büroschrank. Dann streifte ich meine schwarze Jeans und die Bluse über, die ich vor der Fahrt zum Schloss hier deponiert hatte.

»Falls der Häuptling nach dir verlangt, erkläre ich ihm, du hättest dich unwohl gefühlt und wärst nach Hause gegangen«, sagte Jeannette. »Das würde jeder verstehen, nach allem, was du im Schlosshof mitansehen musstest.«

»Jeder außer André«, gab ich trocken zurück und verabschiedete mich.

Als mein Corsa den Agenturparkplatz verließ, fiel die Spannung von mir ab. Nach der Abmahnung und Andrés ungerechtfertigter Strafpredigt vorhin stand mir früher oder später eine ernsthafte Auseinandersetzung mit ihm bevor. Heute war kein guter Tag dafür, denn ich hatte etwas zu erledigen. Statt im Krankenhaus anzurufen, hatte ich mich dafür entschieden, gleich vorbeizuschauen. Vielleicht konnte ich zu Teddy.

Vor der Universität in der Keplerstraße ergatterte ich einen freien Parkplatz. Mit gemischten Gefühlen näherte ich mich dem futuristischen Neubau des Katharinenhospitals. Die Glas- und Steinflächen des Hauptgebäudes, die wie Bausteine übereinandergeschoben waren, wirkten abweisend. Was die Macher als Erfolgsprojekt für jährlich über siebenhunderttausend Patientinnen und Patienten verkauften, wirkte auf mich wie eine riesige Maschine und alles andere als menschenfreundlich.

Wenigstens war der Eingangsbereich des hypermodernen Klinikums hell und freundlich gestaltet. Es war bereits halb sechs, und ich befürchtete, abgewiesen zu werden, weil Teddy auf der Intensivstation lag. Zu meiner Überraschung durften Angehörige die Patienten bis acht Uhr abends dort besuchen. Als ich endlich das Zimmer gefunden hatte, in dem Teddy versorgt wurde, wappnete ich mich für das, was ich gleich sehen würde. Ich zog einen unförmigen Wegwerfkittel über und betrat mit weichen Knien den Raum. Es war ein Doppelzimmer. Das Bett an der Tür war leer. Teddys Bett stand am Fenster, das erstaunlich groß ausfiel und Aussicht in den Stadtgarten bot. Sein Bein war geschient, und nur ein Büschel schwarzer Haare hatte es geschafft, sich durch den engen weißen Verband um seinen Schädel zu kämpfen. Teddys Gesicht war genauso bleich wie die Verbände und die Bettwäsche. Auf dem Nachttisch stand ein Herbststrauß mit dunkelroten Astern und fotogen verfärbten Weinblättern. Wer den wohl mitgebracht hatte?

Teddy lag reglos da. Er sah aus, als würde er schlafen. Oder war er bewusstlos?

»Hallo, Teddy. Ich bin's, Bea.« Möglichst geräuschlos schob ich einen Stuhl ans Bett und legte meine Hand auf seinen Unterarm, der unter der Bettdecke hervorragte. Genau wie mehrere Schläuche, deren Funktion ich lieber nicht näher erkunden wollte.

»Wie geht es dir?«

In seinem Gesicht bewegte sich nichts. Ob er überhaupt mitbekam, dass jemand ihn besuchte? Ich rückte den Stuhl näher zu ihm und lauschte seinen Atemzügen. Sie waren ruhig und gleichmäßig, als wäre er zu Hause in seinem selbst gezimmerten Holzbett. Oder auf dem alten Sofa im Wohnzimmer, von dem aus man die steinerne Löwenfigur auf dem First der Markuskirche sehen konnte. Wie oft hatten wir uns aneinandergekuschelt und beobachtet, wie lebendig der Löwe im wandernden Mondlicht wirkte, als würde er gleich vom Firstbalken springen und drüben im Fangelsbachfriedhof Jagd auf Feldhasen und Eichhörnchen machen. Oder sich eine der Nilgänse schnappen, die zwischen den Gräbern herumstolzierten.

Beim Gedanken an frühere Zeiten wurde ich sentimental. Teddy und ich hatten wunderbar verträumte Jahre miteinander verbracht. Niemand kannte mich so gut wie dieser Mann vor mir im Krankenhausbett. Würde er mich jemals wieder aus diesen tiefblauen Augen anlachen, in denen ich mich noch heute verlor?

Hätte ich doch nur verstanden, was er nach seinem Sturz im Schlosshof zu mir gesagt hatte. Es waren nur ein paar Wörter gewesen. Vielleicht seine letzte Gelegenheit, mit mir zu sprechen. Ein lautes Piepsen kam von dem Monitor, der seine Vitalfunktionen aufzeichnete. Es klang wie ein Alarmsignal. Stimmte etwas nicht? Spürte er meine Anwesenheit? Würde gleich ein Pfleger hereinstürzen, um nach ihm zu sehen? Die Bedeutung der farbigen Linien mit ihren Bergen und Tälern war mir schleierhaft. Puls, Körpertemperatur, Herzschlag, Blutdruck. Der Verlauf dieser wenigen Anzeigen entschied über Leben und Tod. Über Teddys Leben.

Meine Hand wanderte zu seinen Fingern. Sie fühlten sich kühler an als sonst. Eigentlich war ich immer diejenige, die kalte Finger hatte. Da, was war das? Hatte er sich bewegt? Ich glaubte, einen leisen Druck von seinem Daumen zu spüren.

»Teddy, kannst du mich hören?« Ohne seine Hand loszulassen, stand ich auf und beugte mich über ihn. »Du weißt, wie viel du mir bedeutest.«

Mit der anderen Hand strich ich über seine Stirn. Über die schwarzen Augenbrauen, deren Verlauf ich so viele Male mit dem Finger nachgezeichnet hatte. Sie waren seidig-weich. Meine Lippen berührten seine Stirn. »Ich liebe dich, Teddy. Das wird nie aufhören.«

Zärtlich betrachtete ich seine langen Wimpern. »Schau mich an. Nur ein Mal. Bitte.«

Diesmal war der Druck deutlich zu spüren. Mein Blick wanderte zu seiner Hand, die in meiner lag. Sein Zeigefinger krümmte sich und strich über meine Haut.

»Bea.«

Mir blieb fast das Herz stehen, als ich seine Stimme hörte.

»Ja, ich bin hier, Teddy.«

Seine Lider hoben sich. Würde er gleich zu sich kommen? Ich sah hinüber auf den Monitor, konnte aber keine Veränderung der Linien erkennen.

»Fall.«

Er erinnerte sich! Und er sprach mit mir. »Ja, du bist gefallen«, erwiderte ich sanft. »Aber jetzt bist du in Sicherheit.«

»Kein Fall.«

Was sollte das bedeuten, »kein Fall«?

»Sag es noch einmal, Teddy. Ich höre dir zu.« Ich beugte mich über ihn und legte mein Ohr an seinen Mund.

»Unfall. Kein …«

Ich drückte seine Hand, damit er mich spürte.

Teddy fuhr sich mit der Zunge über die Lippen, die spröde und aufgerissen waren. »Kein Unfall.«

Als er die Lider öffnete und seine blauen Augen mich suchten, flatterte mein Herz wie ein kleiner Vogel.

Ich hatte ihn deutlich verstanden. »Du sagst, es war kein Unfall?« Ich ließ seinen Blick nicht los, während er weitere Wörter zu formen versuchte.

»Stoßen. Ge…stoßen. Hat mich gestoßen.«

Der Schreck fuhr mir bis ins Mark. »Willst du sagen, jemand hat dich gestoßen?«

Er reagierte nicht. Seine Lider schlossen sich wieder.

»Du meinst, es war kein Unfall?«

Teddys Kopf neigte sich nur wenige Millimeter. Das genügte mir. Sein Sturz vom Arkadengang war kein Unfall gewesen.

Deutlich schneller als erlaubt fuhr ich in die Agentur zurück. Es war mein innerer Aufruhr, der mich das Gaspedal durchdrücken ließ. Der Anschlag auf Teddys Leben war der zweite versuchte Mord innerhalb weniger Tage. Gab es einen Zusammenhang zwischen diesen beiden Verbrechen? Mein Gefühl sagte mir, dass es so war. Steckte womöglich derselbe Täter dahinter, der Pauline auf dem Gewissen hatte?

Es gab einen weiteren Grund für meine Eile. Unterwegs zu meinem Auto in der Keplerstraße war mir eingefallen, was Jake vor meiner Führung gesagt hatte. Am Nachmittag wollte er in die Agentur kommen, um seine Videos aus dem Alten Schloss zu sichten und daraus einen Clip für Social Media zusammenzustellen. Wenn ich Glück hatte, erwischte ich ihn noch.

Selbstverständlich würde ich mit keinem Wort erwähnen, was Teddy mir eben anvertraut hatte. Weder Jake noch jemand anderem gegenüber. Kommissar Gabriel würde ich erst informieren, wenn ich eine heiße Spur hätte – oder noch besser: einen handfesten Beweis, zum Beispiel eine Videoaufnahme.

Inzwischen war das Team, das meine Führungen und Andrés Genießer-Event betreute, in die Agentur zurückgekehrt. Alle außer Teddy. Im Flur war es auffallend still. So still wie bereits die letzten Tage über. Seit Paulines Tod hatte niemand mehr laute Bässe und Gitarrenkreischen aus dem Grafikatelier durch das gesamte Stockwerk schallen lassen. In der Küche entdeckte ich Stefan, einen von Teddys Grafikerkollegen, auf dem Balkon. Mit Stefan wechselte ich nur selten ein privates Wort, weil meine Kunden in der Regel von Teddy betreut wurden. Der sportlich gebaute Kreative trug einen gepflegten Vollbart und hatte das schulterlange Haar mit einem Lederband im Nacken zusammengefasst. Wie üblich an den Tagen, an denen kein Meeting mit Agenturkunden anstand, trug er schwarze Jeans und einen schwarzen Hoodie, auf dessen Brust der Name und das Logo einer Metalband aufgedruckt waren, die mir unbekannt war. Ihre Stücke hatte ich aber wahrscheinlich bereits in Dauerschleife gehört.

Vor Stefan stand eine Espressotasse auf dem Balkongeländer. Von der Zigarette in seiner Linken stieg eine Rauchsäule auf. Der Grafiker starrte in den Garten hinter der Villa, wo der Hausmeister gerade die Rosen zurückschnitt und dabei einen italienischen Schlager ziemlich schräg intonierte.

Als Stefan mich bemerkte, öffnete er die Balkontür und streckte den Kopf in die Küche. »Na endlich, Bea. Hab schon befürchtet, du wärst nach Hause gefahren. Du warst im Krankenhaus, hat Jeannette mir verraten. Wie geht es ihm?«

Während ich mir eine passende Antwort zurechtlegte, ließ ich einen Milchkaffee aus der Maschine. Solange das Mahlwerk arbeitete, war es zu laut für eine Unterhaltung. Das verschaffte mir ein paar Sekunden, um nachzudenken. »Er liegt auf der Intensivstation.«

Stefan sog Luft durch seine Zähne ein. »Böse Sache. Hat er das Gleichgewicht verloren, oder wie ist diese Scheiße passiert?«

»Du, da bin ich überfragt. Ich war mit meinem Vortrag über Graf Eberhard im Bart beschäftigt und habe nur einmal kurz zu Teddy hochgesehen. Wir hatten vereinbart, dass er mir ein Zeichen gibt, ob der Lichteinfall an meinem Standort für die Fotos günstig ist. Er stand ja einige Meter über mir in den Arkaden.« Meiner Stimme war anzuhören, wie sehr mich Teddys Worte aufgewühlt hatten. Stefan würde meine Sorge hoffentlich mit dem Unfall verbinden, von dem alle ausgingen. Alle außer mir.

Die Aschesäule an der Spitze von Stefans Zigarette war annähernd drei Zentimeter lang. Er war mit den Gedanken woanders und hatte vergessen, sie zu entfernen. Wieso hatte er sich die Mühe gemacht, zum Rauchen auf den Küchenbalkon zu gehen? Im Grafikatelier scherte sich niemand um das Rauchverbot in der Agentur.

Er hob die Hand mit der Zigarette an, die er lässig zwischen Daumen und Zeigefinger hielt, und zuckte mit dem Mundwinkel. »André hat mächtig schlechte Laune. Er hat mich aus meinem eigenen Büro geworfen, als ich mir eine anstecken wollte. Wir haben die Plakatentwürfe für Bäuerle durchgesprochen. Den Job hab ich von Teddy geerbt.« Er ließ den Kopf sinken. An seinen malmenden Backenknochen las ich ab, wie es in ihm arbeitete. »Das war blöd formuliert. Ich wollte sagen, dafür bin ich ab sofort zuständig. So lange, bis Teddy wieder ... bis er wieder an Bord ist.«

Ich sah den voluminösen Verband um Teddys Kopf vor mir. »Das wird eine Weile dauern, vermute ich. Er hat wohl eine Kopfverletzung.«

»Puh.« Stefan blies die Backen auf. »Das hört sich schlimm an.«

»Ja, schlimm«, wiederholte ich und pustete über meinen Milchkaffee.

»Bea, wir müssen über die Schokoladensache sprechen. Morgen Vormittag kommt Martin Bäuerle vorbei, um die ersten Plakatentwürfe für seine Kampagne freizugeben. Hast du heute noch Zeit?«

Demonstrativ sah ich auf meine Armbanduhr. Es war kurz vor sieben. Andere hatten um diese Zeit bereits seit Stunden

Feierabend. Vor mir lag eine Abendschicht, die noch länger dauern würde, wenn Stefan und ich die Plakate zusammen sichten wollten. »Zuerst muss ich mit Jake sprechen. Ist er hier?« Stefan schnippte die Zigarettenasche über das Balkongeländer. »Sitzt im Atelier und schaut sich Filme an. Muss ein toller Job sein, dieses Influencen.«

»Du meinst seine Videos für Social Media?«

»Kann sein. Mit dem Zeug habe ich nichts zu schaffen. Ich bin mindestens bis neun da, um die Plakate auf die Reihe zu bekommen. Du weißt, wo du mich findest. Komm einfach rüber, wenn du mit den Texten fertig bist. Wenn die Headlines von der Länge her passen, muss ich sie nur ins Layout einfließen lassen. Kein großer Aufwand.« Stefan zog die Glastür hinter sich zu, lehnte sich wieder übers Balkongeländer und fuhr mit seiner Betrachtung des Gartens fort. Vielleicht war das seine Art, mit der Attacke auf Teddy umzugehen. Seinem Unfall, korrigierte ich mich. Pass auf, was du sagst. Noch sollte niemand erfahren, dass Teddy angegriffen worden war.

Wie Stefan erwähnt hatte, hockte Jake vor einem riesigen Bildschirm in einer Ecke des Grafikateliers und schaute sich Videos an. Die Frau im Kostüm erkannte ich schon von Weitem. Das war ich.

»Hey, Jake. Kann ich mich zu dir setzen? Ich brauche ein paar Anregungen für die Sprechertexte. André will den Imagefilm über seine Genießer-Events damit hinterlegen.« Diesen Vorwand hatte ich spontan erfunden. Von einem Imagefilm war bisher nie die Rede gewesen. Die Idee war gut. Wenn ich sie unserem Chef vorschlug, bekam ich vielleicht Bonuspunkte.

Jake rückte seinen Stuhl ein Stück zur Seite und war so nett, einen Hocker für mich heranzuziehen. Er fuhr sich durch den dunklen Lockenkopf. »Wie schlimm ist es? Ich meine Teddy.«

Der Einfachheit halber blieb ich bei der Version, die ich Stefan eben erzählt hatte, und fasste mich kurz. Dann kam ich wieder auf mein Anliegen zurück. »Bist du am Schneiden?«, fragte ich und deutete auf den Bildschirm, auf dem meine Gruppe und ich vor der Gedenkstätte zu sehen waren. Dort hatte meine

Führung begonnen. Was mich interessierte, war vor allem deren abruptes Ende. Oder besser gesagt: der Grund dafür.

»Nein, ich sichte das ganze Material, um zu entscheiden, was davon ich verwenden kann und wie ich dramaturgisch vorgehen will.«

»Das passt«, gab ich zurück und konzentrierte mich auf den Screen. Auf den Videos zu beobachten, welche Grimassen ich beim Erklären der Sehenswürdigkeiten zog, war demütigend. Ich rümpfte die Nase, riss die Augen auf, lächelte breit. Meine Mimik erinnerte an alte Stummfilme.

Ich schüttelte den Kopf über mich selbst. Mit welchen Nebensächlichkeiten beschäftigte ich mich, während der Mann, mit dem ich viele Jahre lang zusammen gewesen war, schwer verletzt auf der Intensivstation lag?

»Soll ich den Ton lauter stellen?« Jake wies auf den Bildschirm. »Mir sind nur die Bilder wichtig. Möchtest du hören, was du den Leuten erzählst?«

»Nein, nein, lass das ruhig so. Meinen Text kenne ich, mich interessiert vor allem, wer ihn …« Gerade rechtzeitig bremste ich mich und passte das Satzende an. »Ich meine, was zu sehen ist.«

Eben zeigte das Video, wie ich mit meiner Gruppe aus der Schlosskirche trat und auf das Reiterdenkmal zuging. Ich beugte mich näher zum Bildschirm und blinzelte kaum noch, um keine Einstellung zu verpassen. Gleich würde der Moment kommen, in dem ich zu den Arkadengängen gesehen und nach Teddy Ausschau gehalten hatte.

Auf dem Bildschirm glitt mein Blick nach oben und bewegte sich suchend nach rechts und links, bis er sein Ziel gefunden hatte.

Würde ich gleich Teddy sehen, wie er mir zuwinkte? Nein, die Kamera schwenkte auf meine Teilnehmer, dann fing sie mich ein, wie ich auf Eberhard im Bart deutete und seinen Namen erklärte.

Obwohl meine Stimme nur gedämpft aus den Lautsprechern des Rechners drang, war der Schrei, der jetzt ertönte, sehr laut. Das Video zeigte, wie ich vor Schreck zusammenfuhr und mein

Kopf hochschoss. Dann wackelte das Bild und fror ein. Das Standbild zeigte eine Großaufnahme des Pflasters im Schlosshof sowie Turnschuhe und Ballerinas.

»Mir ist das Smartphone aus der Hand gerutscht.« Jake schnalzte mit der Zunge, als wäre ihm das peinlich. »Zum Glück ist das Glas nicht zerbrochen.« Entsetzte Rufe gellten aus den Lautsprechern. Nun bewegte sich das Bild wieder. Für einen Augenblick erfasste die Linse den Männerkörper und die Blutlache auf dem Boden. »Das war's«, kommentierte Jake, als der Bildschirm schwarz wurde. »Weiter habe ich nicht mehr gefilmt.«

»Du hast auch nicht zu den Arkaden hochgeschwenkt?«, fragte ich möglichst beiläufig. »Dorthin, wo Teddy mit dem Fotoapparat stand, bis er … bis zu seinem Unfall?«

Jake musterte mich irritiert. »Nein, hab ich nicht. Wieso hätte ich das tun sollen?«

Statt einer hob ich gleich beide Hände. »Ach, vergiss es. Ich rede wirres Zeug. Der Krankenbesuch bei Teddy hat mich durcheinandergebracht. Danke für deine Hilfe.« Schnell erhob ich mich, schob den Hocker weg und wollte mich gerade abwenden, da hatte ich einen Geistesblitz.

»Du, Jake, ich habe noch eine Frage. Zufällig habe ich mitbekommen, wie Dragan das Video für seinen neuen Song auf der Freitreppe am Schlossplatz aufgenommen hat. War ein großes Spektakel. Du warst mit dabei, oder? Ich glaube, du hast seinen Auftritt sogar gefilmt.«

»Ja, hab ich.« Jakes Stimme klang stolz. »Er hat mich für seine Videoclips engagiert. Als Fan von StuggiD habe ich sofort zugesagt.«

»Schön für dich. Postest du die Mitschnitte für ihn in den Sozialen Medien? Ich meine, genau wie für unsere Agentur?«

»Logo. Er hat ein Package bei mir gebucht. Komplettbetreuung. Filmen, schneiden, posten.« Sein Gesicht hellte sich auf. »Beim nächsten Clip soll ich sogar Regie führen.«

»Gratuliere zu deinem Einstieg ins Musikbusiness. Ist eine tolle Chance für dich. Betreust du eigentlich auch die Bildergalerien seines Internetauftritts? Auch die private?«

»Ja, das gehört zu meinen Aufgaben. Wieso fragst du?«

»Ach, nur so.« Ich wich seinem Blick aus. »Es ist nur … Ich habe in seiner Galerie ein Foto von Pauline gesehen. Im Kostüm. Auf der Solitude. Da habe ich mich gefragt, ob dies … das letzte Foto von ihr sein könnte, bevor sie … ich meine, das letzte, auf dem sie noch lebte.«

Jakes Mundwinkel sanken. Seine Begeisterung erlosch. »Das habe ich mich auch gefragt. Wir haben es bei der Akademie aufgenommen, weil dort nicht ständig Besucher durchs Bild getrampelt sind. Direkt beim Schloss ging es zu wie auf der Königstraße.«

Also hatte Jake diese Aufnahme gemacht, nicht Dragan. Wieso hatte ich das Foto in seiner Web-Galerie keiner genaueren Prüfung unterzogen? Wie peinlich. Kommissar Gabriel hatte meine voreiligen Schlüsse sofort richtiggestellt.

Ich ging kurz in mein Büro und druckte meine Vorschläge für die Headlines der Plakate aus. Je nach Model und Setting hatte ich unterschiedliche Akzente gesetzt und hoffte, meine Ideen würden bei Bäuerle ankommen. André kannte einige Headlines bereits, hatte sich aber bisher nicht dazu geäußert.

Als ich in die Grafikabteilung zurückkehrte, war der Platz in der Ecke vor dem großen Bildschirm leer. Jake war verschwunden. Stefan saß inzwischen wieder an seinem Schreibtisch, außer ihm hielt sich niemand mehr im Raum auf. Die anderen hatten Feierabend gemacht, verständlich, nach dem, was heute geschehen war.

»Stefan, ich hätte jetzt Zeit. Passt es gerade bei dir?«

Der Grafiker sah auf und wirkte erfreut. Wahrscheinlich fühlte er sich ohne seine Kollegen und vor allem ohne Teddy einsam. »Passt. Komm, lass uns die Dinger ins Layout hauen, damit wir endlich nach Hause gehen können.«

Ich legte den Ausdruck mit meinen Headlines neben Stefans Tastatur und rollte Teddys verwaisten Drehstuhl neben ihn. Als ich mich darauf niederließ, stieg der Geruch nach Wildleder auf. Teddys Lieblingsjacke hatte ihn auf dem Stoff hinterlassen.

Nachdem Stefan sich die Handflächen an den Oberschenkeln abgewischt hatte, klackerte er auf die Tasten und rief eine Bilddatei im Verzeichnis des Agenturkunden Bäuerle auf. »Gleich siehst du die Motive von Werner, die der Schokoladenhersteller in die engere Wahl gezogen hat. Morgen will er über die Gestaltung der Plakate sprechen.« Ungeduldig wartete ich, bis die Bilddatei geöffnet wurde. Innerlich machte ich mich darauf gefasst, gleich eine Aufnahme von Pauline zu sehen. Obwohl es mir unwahrscheinlich erschien, dass der Schokoladenfabrikant sich für ein Model entschieden hatte, das vor wenigen Tagen ermordet worden war. Doch wenn ich eines in der Werbebranche gelernt hatte, dann, dass es immer um Geld ging und man deshalb mit allem rechnen musste.

Oder würde doch Britta den Job bekommen? André hatte sich zweifellos für seine Freundin starkgemacht, und ich wusste aus leidvoller Erfahrung, wie überzeugend der Agenturchef sein konnte, wenn er sich etwas in den Kopf gesetzt hatte und Britta ihm Druck machte.

Der Bildschirm füllte sich mit der Szene im Hotelzimmer, die ich bereits mehrfach gesehen hatte. Zu meiner Verblüffung war es nicht Britta, die sich auf dem Doppelbett rekelte. Es war auch nicht Pauline. Auf dem Bett lag Jessy. Das junge Nachwuchsmodel, das Werner entdeckt hatte.

»Na, so was«, entfuhr es mir. »Jessy.«

Stefan kraulte seinen Vollbart. »Hundertpro hätte ich auf Andrés bessere Hälfte getippt. Das war auch Teddys Einschätzung, obwohl ihm die Motive mit Jessy am besten gefallen haben.« Er verstummte und schluckte.

Wie würde Stefan reagieren, wenn er die Wahrheit erfuhr? Dass es kein Unfall gewesen war, sondern jemand Teddy vom Arkadengang gestoßen hatte? Vorerst behielt ich das jedoch für mich.

»Unser Chef ist damit einverstanden?«, vergewisserte ich mich.

»Sieht so aus. Das müssen er und Teddy mit Bäuerle ausbaldowert haben. Soweit ich weiß, war von Anfang an Pauline die Favoritin unseres Kunden. Tja, sie ist aus dem Rennen.« Er räusperte sich. »Ich meine, sie kommt nicht mehr in Frage.

Auch wenn ich ihre Ausstrahlung am stärksten fand. Und am schokoladigsten.«

»Warte, ich lese dir meine Headlines für Jessy vor, dann kannst du sie einfließen lassen.«

Stefan wirkte genervt. »Mail sie mir lieber. Das geht schneller.«

Grafiker hassten es, Texte von Hand eintippen zu müssen. Dafür waren sie sich zu schade. Wer schrieb, stand in ihrem Weltbild mehrere Stufen tiefer als sie, die wahren Helden der Bilderwelt.

»Zu umständlich. Sind nur ein paar Zeichen.« Wort für Wort las ich Stefan die erste Headline vor. Im Adlersuchsystem tippte er sie mit zwei Fingern ein und passte die Schriftgröße an. Dann betrachtete er sein Layout. »Die Länge passt. Sieht gut aus. Was hältst du davon?«

»Gekauft.«

Wir bauten zwei weitere Headline-Varianten zur Auswahl ein und gingen beim anderen Motiv genauso vor. Das zeigte Jessy in einem geblümten gelben Sommerkleid inmitten einer Blumenwiese mit Schafgarbe, Johanniskraut und violetten Acker-Witwenblumen. Jessy lag auf dem Bauch, die Unterschenkel lässig verschränkt, und biss in eine Tafel Vollmilchschokolade. Sie lächelte verschmitzt, als wäre Schokolade für sie eine verführerische Leckerei.

»Okay, wir haben's gleich.« Stefan nahm Feinjustierungen am Abstand der Wörter vor. Ein paar Minuten lang war nur das Klackern seiner Computermaus und der Tasten zu hören.

Während er nach der besten Optik suchte, fragte ich ihn, wie Britta die Entscheidung aufgenommen hatte.

»Willst du die lange oder die kurze Fassung?« Stefan grinste mich an.

»Sag einfach.«

»Sie hat in Andrés Büro herumgetobt und ihn beschimpft, ohne auf Teddy und mich zu achten. Dabei hat sie alles, was ihr in die Finger kam, nach ihm geworfen. Tacker, Locher, sogar sein teurer Füllhalter musste dran glauben. War ein Höllenspektakel.«

»Kann ich mir vorstellen.«

»Der Chef hat später Teddy und mir gegenüber angedeutet, wir sollten uns deswegen keinen Kopf machen. Er will Britta mit einem anderen fetten Job beruhigen.«

»Fetter Job? Welcher soll das sein?« Hoffentlich keiner, bei dem ich mit im Team war.

»Soweit ich es verstanden habe, will er sie zum Gesicht der Stuttgart-Kampagne machen.«

»Du meinst das neue Logo für die Landeshauptstadt?«

»Puh, das weiß ich nicht, da musst du Teddy ...« Er brach den Satz ab. »Hoffentlich landet der Job nicht bei mir. Diese Bitch mischt sich in alles ein.«

Wir stellten die Plakate fertig. Ich verabschiedete mich von Stefan und ging in mein Büro.

Jeannette gab keine Ruhe, bis sie alles über meinen Besuch bei Teddy aus mir herausgequetscht hatte. Zu guter Letzt vertraute ich ihr an, was Teddy über den vermeintlichen Unfall gesagt hatte.

Daraufhin verschlug es Jeannette die Sprache. Sie sah mich mit großen Augen an. »Gestoßen? Du meinst, jemand hat ihm einen Schubs gegeben?«

»Muss eher ein kraftvoller Stoß gewesen sein. Die Balustrade ist aus massivem Stein und hüfthoch.«

»Hat Teddy dir verraten, wer ihn angegriffen hat?«

»Nein. Wahrscheinlich hat er den Angreifer nicht gesehen, weil er damit beschäftigt war, mich zu fotografieren.«

Jeannette runzelte die Stirn. »Wo warst du? Vor dem Reiterdenkmal, oder?«

»Ja. Dort habe ich seinen Schrei gehört. Ich habe sofort zu ihm hochgesehen, da war es bereits zu spät.«

»Hast du oben auf dem Arkadengang jemanden bemerkt?«

»Nein. Hab auch nur kurz nach oben geschaut, dann bin ich zu Teddy gerannt.«

»Es muss ein kräftiger Typ gewesen sein, von der Statur her, meine ich.«

Sollte ich aussprechen, was mir durch den Kopf ging? Jeannette war meine beste Freundin. Sie wusste über alles Bescheid, was mich bewegte, und falls ich ihr einmal nichts sagte, las sie es mir an der Nasenspitze ab. Also wagte ich es. »Jemand Kräftiges ist eine Option. Oder es war jemand, der wütend auf Teddy war. Wütend genug, um ihn über die Brüstung zu stoßen.«

»Du hast einen Verdacht, stimmt's? Das sehe ich dir an.«

»Ja, hab ich. Eben habe ich mit Stefan die Plakate für die Schokoladenkampagne durchgesprochen.« In wenigen Sätzen fasste ich das Gespräch im Grafikatelier zusammen.

»Du glaubst also, es könnte Britta gewesen sein?«, fragte Jeannette.

»Sie war außer sich, als sie die Fotos von Pauline auf seinem Tisch entdeckt hat. Teddy hat ihr eine Amateurin vorgezogen, das hat sie rasend gemacht.«

»Wie ich Teddy kenne, hat er mit seiner Meinung auch André und Martin Bäuerle gegenüber nicht hinterm Berg gehalten.« Jeannette zupfte an ihrer Unterlippe. »Jetzt ist die Entscheidung für diese Jessy gefallen. Britta hat also das zweite Mal den Kürzeren gezogen.«

»Sie muss sich aufgeführt haben wie eine Furie. Stefan hat mir erzählt, sie hätte mit einem Locher und mit anderem Bürozubehör nach André geworfen.«

»Hoffentlich hat sie ihn getroffen und seinen Dachschaden behoben.« Jeannette schaute mich fragend an. »War Britta bei dem Event überhaupt dabei? Hast du sie im Alten Schloss gesehen?«

»Nein. Ich war die meiste Zeit mit meiner Gruppe beschäftigt und habe mich auf die Stationen meiner Tour konzentriert. Von dem Geschehen um uns herum habe ich nur wenig mitbekommen.«

»Ich habe mich wegen der Vorbereitungen für das Genießer-Event im Zelt aufgehalten«, erwiderte Jeannette. »Gut möglich, dass Britta zwischendurch im Hof war.«

»Genau genommen hätte es genügt, wenn sie im Schloss gewesen wäre. Was, wenn sie Teddy die ganze Zeit über beobachtet und nur auf den richtigen Augenblick gewartet hat, um zuzuschlagen?« Bei dieser Vorstellung zog sich mein Magen schmerzhaft zusammen. »Sie hat ihn gestoßen und ist danach sofort wieder verschwunden, damit niemand von uns sie bemerkt.«

»Oder sie hat sich getarnt«, mutmaßte Jeannette. »Mit einem anderen Look als üblich und einer Perücke auf dem Kopf, so wie du. Keiner hätte sie erkannt. Mit ihrer Größe sticht sie zwar aus der Menge heraus, aber heute waren massenhaft Besucher im Schloss und im Landesmuseum unterwegs. In flachen Schuhen hätte man sie inmitten all der Leute nicht erkannt.«

»In Jakes Videos habe ich Britta jedenfalls nicht gesehen.«

Auf Jeannettes fragenden Blick hin schilderte ich ihr, wie ich mit dem Influencer die Mitschnitte meiner Führung durchgesehen hatte.

Jeannette wirkte beeindruckt. »Du gehst ziemlich raffiniert vor, Bea. Willst du lieber Karriere bei der Kripo machen? Du könntest diesem miesen Laden endlich den Rücken kehren und deine Detektivspiele zum Hauptberuf machen.«

»Nach der Abmahnung wäre das verlockend. Der Kommissar wird mir aber wohl kaum eine Empfehlung schreiben.«

»Kriminalhauptkommissarin Bea Pelzer«, intonierte Jeannette übertrieben. »Hört sich fabelhaft an. Ich bewerbe mich als deine Assistentin und fahre schon mal den Wagen vor.« Dann hob sie die Hand. »Schluss mit lustig. Ich habe eine Theorie, was deinen aktuellen Fall angeht, die ist … sagen wir mal, gewagt. Beweise habe ich keine, nicht mal Indizien, ich spekuliere nur. Warte, ich erzähle sie dir.«

Jeannettes Verdacht verblüffte mich weniger, als sie vielleicht erwartet hatte. Im Geheimen hatte ich bereits eine ähnliche Schlussfolgerung gezogen, nämlich, dass Britta nicht nur Teddy angegriffen, sondern auch Pauline ermordet haben könnte. Bei unserem Gespräch über die Schokoladenkampagne mit Teddy im Grafikatelier hatte Britta so getan, als hätte sie von Paulines gewaltsamem Tod noch nichts gewusst, weil sie bei einem Shooting in Hamburg gewesen war. Dabei hatte sie wenig später bei einem Streit mit André in der Küche sogar erwähnt, dass Pauline erdrosselt worden sei. Und wie groß die Demütigung für sie gewesen sei, weil Teddy ihr ein Amateurmodel vorgezogen hatte.

Bedauerlicherweise hatte ich keine Ahnung, wie ich meinen Verdacht beweisen sollte. Auf jeden Fall würde ich Britta ab sofort nicht mehr wie bisher aus dem Weg gehen, sondern sie im Gegenteil besonders im Auge behalten. Vielleicht gelang es mir, einen Anhaltspunkt zu finden, der meine und Jeannettes Theorie bestätigte.

Nach dem Meeting mit Schokoladenfabrikant Bäuerle war die Entscheidung gefallen. Nachwuchsmodel Jessy sollte die Chance bekommen, mit einem großen Job in die verlockende Welt der Werbung einzusteigen. Ein Triumph für Fotograf Werner, der sie entdeckt und für die Kampagne vorgeschlagen hatte. Gleichzeitig war es eine bittere Niederlage für Britta, die sich bereits länger abgezeichnet hatte. Spätestens seit dem Zeitpunkt, als ihr Förderer und Gönner André dem Kunden freie Hand bei der Auswahl des Models gelassen hatte. Wie sich das auf die Beziehung zwischen unserem Agenturchef und seiner hochnäsigen Freundin auswirken würde, war mir egal.

Alles andere als egal war mir aber, ob Britta hinter dem Mord an Pauline und dem Angriff auf Teddy steckte. Falls dem so sein sollte, würde ich mich grausam an ihr rächen.

Bereits einen Tag später bekam ich die Gelegenheit, Britta auf den Zahn zu fühlen. Nachdem ich sie Andrés Wünschen gemäß als Testimonial, also eine Art Markenbotschafterin, in die Präsentation für die Landeshauptstadt integriert hatte, war meine Konzentration bei annähernd null. Ich brauchte dringend eine Aufmunterung in Form von Koffein und Zucker.

In der Küche ließ ich mir einen Milchkaffee aus der Maschine und stöberte den Karton mit den Schokoladentafeln und Pralinenpackungen durch, die Martin Bäuerle für das Agenturteam gestiftet hatte. Sollte ich die Sorte mit den gesalzenen Mandeln nehmen oder lieber Noisette mit Pistazienkernen? Oder eine Packung Minipralinen aus dunkler Schokolade? Noisette landete auf dem ersten Platz. Als ich die Verpackung öffnete, ertönte das charakteristische Klacken von Stilettos auf dem Parkett im Flur. Aus alter Gewohnheit zog ich den Kopf ein und wollte schon hinter dem Küchenschrank Deckung suchen.

So viel zu deinem Plan, Britta in Zukunft mehr Aufmerksamkeit zu widmen, schaltete sich mein innerer Kritiker ein, und das zu Recht. Halt die Klappe, gab ich im Stillen zurück, und wagte mich in den Flur. Ich sah, wie Britta in ihrem roten Kostüm und den passenden High Heels in Andrés Königreich verschwand. Ein scharfer Wortwechsel folgte, bei dem Brittas schriller Sopran den lauten Bass von André deutlich übertönte. Hätte sich André mir gegenüber netter verhalten, hätte ich Mitleid mit ihm empfunden. Stattdessen war ich voller Schadenfreude und hoffte, sie würde erneut schweres Bürozubehör nach ihm werfen.

Es war kurz vor fünf. Frühestens in einer Stunde konnte ich Feierabend machen. Ich kehrte an meinen Platz zurück und dachte mir kluge Statements aus, mit denen Britta die Vorzüge unserer Stadt auf Plakatwänden verkünden würde. Mit einem Ohr lauschte ich dabei auf das Geräusch ihrer Stilettos im Flur. Bald war es so weit. Britta stöckelte zum Ausgang und verließ die Agentur. Darauf hatte ich gewartet.

»Mein Magen knurrt wie ein mies gelaunter Kettenhund«, bemerkte ich. »Soll ich dir einen Sesamring oder einen Muffin mitbringen? Ich gehe kurz zum Bäcker in der Immenhofer Straße.«

Jeannette fuhr zurück, als hätte ich ihr ein unmoralisches Angebot gemacht. »Nein danke, für mich *nada*, *niente*. Keine unnötigen Kalorien mehr heute. Hab zwei Schachteln Pralinen intus. Wenn ich so weitermache, muss ich mir bald einen SUV zulegen, weil ich für den Golf zu fett geworden bin. Du kannst alle Kalorien für dich haben.«

Mit Handtasche, Jacke und Smartphone eilte ich zum Ausgang. Im Treppenhaus trat ich ans Fenster und beobachtete, wie Britta am Parkplatz vorbei zur Weinsteige ging und der Straße in Richtung Listviertel folgte. Ihr roter Porsche stand vor der Agentur. Wollte sie ausgerechnet an den Ort, den ich als Ausrede angegeben hatte, nämlich zum Bäcker? Zwei Stufen auf einmal nehmend, lief ich nach unten und verfolgte Britta in sicherem Abstand.

Nach der Kurve ging sie am Bäcker vorbei und bog ein Stück bergabwärts in die Liststraße ein. Was hatte sie vor? Einen Café-Besuch? Oder wollte sie in einem Ladengeschäft shoppen? Nein, sie wählte die Römerstraße und verschwand wenig später in einem mehrstöckigen Wohn- und Geschäftshaus, dessen Fassade mit Ornamenten aus der Jugendstilzeit verziert war. Neugierig studierte ich das Klingelschild. In diesem Gebäude logierten ein Fotoatelier, eine psychologische Praxis und im Erdgeschoss ein Sportstudio. Oder wollte sie eine Bekannte besuchen, die in dem Haus wohnte? Ich drückte gegen die Tür. Sie schnappte auf. Leise betrat ich den mit Mosaikboden ausgelegten Eingangsbereich. An der Decke hing eine verschnörkelte Lampe, die nach Jugendstil aussah.

Links ging es zum Psychologen, rechts zum Bodybuilding. Zu hundert Prozent wäre Britta ein Fall für die Couch gewesen, doch ich folgte meinem Instinkt und der Weltmusik ins Sportstudio. Wobei dieser banale Begriff nicht zu dem erlesenen Ambiente passen wollte, das mich dort erwartete. Bodentief verglaste Fenster gaben den Blick auf den mit Bambuströgen und Designerliegen bestückten Innenhof frei. In einem kleinen Teich schwammen orange und rote Fische. Waren das Kois? Egal. Im Empfangsbereich waren Schwarz, Grau und ein helles Grün die vorherrschenden Farben. Durch Glastüren sah ich in zwei Räume, in denen sich furchteinflößende Trainingsgeräte aneinanderreihten. Selbstredend gab es einen Spa- und Wellnessbereich sowie eine Bar neben der Rezeption, an der hausgemachte Smoothies und Energiedrinks ausgeschenkt wurden. Alles roch nach Premium und lag deutlich über meiner Einkommensklasse.

Vor ein paar Monaten war ich bereits einmal hier gewesen. Oder besser gesagt herzitiert worden, und zwar von meinem Chef. André hatte mir damals einen Schmierzettel in die Hand gedrückt und erzählt, er habe ein paar preisverdächtige Ideen für die Headline eines aktuellen Projekts. Kommentarlos hatte ich den schweißnassen Zettel entgegengenommen und den Blick auf seine rasierten Beine, die unter der Trainingshose hervorschauten, tunlichst vermieden.

Was wollte Britta hier? Sich mit jemandem treffen? Oder eine Trainingseinheit absolvieren?

Trotz der Musik hörte ich das Stöckeln von Brittas High Heels und wollte dem Geräusch folgen, als mich ein kräftiger Typ in Muskelshirt und Leggings ansprach.

»Kann ich Ihnen behilflich sein?« Der durchtrainierte Mann lächelte freundlich.

»Ja. Ich, äh, ich sitze beruflich viel und möchte fitter werden. Ihr Studio ist mir empfohlen worden, und da dachte ich, ich schaue einfach mal vorbei.« Ergab das irgendeinen Sinn?

Für den Bodybuilder offenbar schon. Er lächelte breiter und deutete einen Bückling an. »Jederzeit. Wir freuen uns über jedes neue Mitglied. Darf ich Sie herumführen? Wäre mir ein Vergnügen.«

Wachsam folgte ich ihm durch den Barbereich und in die Räume mit den Trainingsgeräten. Während er mir erläuterte, welche Maschine für Schreibtischtäter wie mich empfehlenswert war, schaute ich mich um. Britta war nirgends zu sehen. Vielleicht zog sie sich um?

»Könnte ich die Garderoben sehen?«, fragte ich.

Der Bodybuilder legte den Kopf schräg und wirkte nun reserviert. »Wir können einen Blick durch die Tür hineinwerfen, wenn Ihnen das genügt. Die Garderoben und die persönlichen Bereiche sind für Mitglieder reserviert. Bedauerlicherweise. Wir hatten kürzlich Ärger mit gestohlenen Schuhen.«

»Gestohlene Schuhe?«

Der Mann hob die Schultern und beeilte sich, mir zu versichern, dass das Studio absolut seriös sei. Jemand Unbefugtes musste sich durch eine Verkettung unglücklicher Umstände hereingeschlichen haben.

»Ach, das stand in der Zeitung, glaube ich.«

»Ja.« Diesmal war er auffallend wortkarg.

»Ging es um die Schuhe dieses Verdächtigen? Das habe ich in einem Artikel über die Ermittlungen auf Schloss Solitude

gelesen. Handelte es sich dabei nicht um ein wichtiges Beweisstück?« Da ich in letzter Zeit viel mit Social Media und Influencern zu tun hatte, fiel es mir leicht, die Bloggerin zu geben.
»Wie spannend. Ich betreibe einen Blog über … über Hotspots in der Landeshauptstadt.«

Als der Mann zuckte, fügte ich schnell hinzu: »Es geht darin nicht um Verbrechen, sondern um Geheimtipps und neue Trends. Ich könnte Ihr Studio vorstellen.«

»Das wäre toll.« Er beugte sich näher zu mir. »Die Kripo im Haus zu haben wirkt abschreckend auf unsere Kunden. Daher würden wir uns über einen positiven Bericht freuen. Ihre Mitgliedschaft wäre im ersten Monat dann gratis.«

Während ich innerlich triumphierte, führte er mich durch den Wellnessbereich. Ich nickte alle paar Meter, ohne ihm weiter zuzuhören. Also trainierte nicht nur André, sondern auch Theo Silber in diesem Studio. Und genau hier waren Silber angeblich die Schuhe gestohlen worden, deren Abdruck neben der Leiche von Pauline gefunden worden war.

Auf dem Rückweg ins Foyer kamen wir an einem Maschinenraum vorbei, in dem ich Britta in einem engen roten Bodysuit auf einem martialisch anmutenden Gerät entdeckte. Andrés Freundin war demzufolge ebenfalls Mitglied. Das konnte kein Zufall sein.

Freundlich bedankte ich mich für die Führung und stellte in Aussicht, bald wieder vorbeizukommen und über das Studio zu bloggen.

»Darf ich Sie noch zu einem Smoothie einladen?« Er wies auf die Bar und gab einer jungen Frau ein Zeichen. »Vereinbaren Sie doch bald mal eine Probestunde. Ich bin Marko und betreue ab sechzehn Uhr den Kraftraum. Bis bald!«

Ich schob mich auf einen der futuristisch wirkenden Barhocker.

»Was möchten Sie?«, fragte die Mitarbeiterin hinter der Theke freundlich. »Erbse und Banane? Oder lieber Heidelbeeren und Magerquark? Beide enthalten viel Protein.«

In meinen Ohren klang das viel zu gesund. »Ich nehme die Beeren, danke.«

Die Frau schob ihre geflochtenen schwarzen Zöpfe hinter die Schultern, bückte sich und öffnete den Kühlschrank. Im Handumdrehen stand ein Glas mit einer hellblauen Masse vor mir, auf der ein paar Heidelbeeren lagen.

»Lassen Sie sich's schmecken«, wünschte sie mir und wischte mit einem Lappen über die Arbeitsfläche. Dabei warf sie alle paar Sekunden einen Blick zu mir herüber.

Wollte sie sehen, ob ich das blaue Zeug mochte? Widerwillig nahm ich einen Schluck und nickte, um ihr den Gefallen zu tun. Der Drink schmeckte nach bitteren Früchten und war säuerlich. Bäuerles Schokolade war mir eindeutig lieber.

Als sie mich weiter musterte, erwiderte ich ihren Blick, bis sie mir eine Erklärung gab.

»Sie kommen mir bekannt vor. Waren Sie bereits in unserem Studio?«, erkundigte sie sich.

»Nur ein Mal. Mein Chef trainiert hier, und ich musste etwas abholen.«

»Kenne ich Sie aus dem Fernsehen, ist das möglich? Sind Sie Schauspielerin oder so?« Die Frau wickelte einen ihrer Zöpfe um den Finger.

»Schauspielerin? Ich?« War das ironisch gemeint? Oder sah sie womöglich ein verborgenes Talent in meinen Auftritten? Ich dachte an Jakes Videos und wie ungelenk ich mich darin bewegt hatte. »Nein. Ich mache Stadtführungen. Vielleicht haben Sie mich in den Sozialen Medien gesehen. Die Leute posten oft Videos von mir, weil ich dabei historische Kostüme trage. Reifröcke und Perücken.«

»Ach so. Entschuldigung, ich wollte Sie nicht belästigen.«

Ich kippte den Rest von dem blauen Zeug in einem Zug hinunter und wischte mir über den Mund. »Danke für den Drink. Tschüss.«

Auf dem Rückweg in die Agentur fühlte ich mich einen großen Schritt weiter. Der Besuch im Sportstudio hatte mir die entscheidende Verbindung geliefert. Denn dort hätte Britta die Gelegenheit gehabt, Silbers Schuhe zu stehlen und den Verdacht auf ihn zu lenken.

Als ich Jeannette von meiner Entdeckung im Sportstudio berichtete, wirkte sie betroffen. »Britta könnte also Pauline ermordet haben. Das ist übel.«

»Und traurig zugleich. Weil der Mord letzten Endes umsonst war. Sie hat es getan, um sich den Modeljob für Bäuerle zu sichern. Nun freut sich eine Dritte darüber.«

»Ja, den Auftrag hat Jessy an Land gezogen.« Jeannette runzelte die Stirn. »Meinst du, wir sollten sie vor Britta warnen? Bea, hallo? Hörst du mir zu?«

»Entschuldige, was hast du gesagt? War in Gedanken.« Ich hatte gerade an Teddy gedacht und überlegt, ob ich es schaffen würde, ihn am Abend im Krankenhaus zu besuchen. Wenn ich mich beeilte und Kommissar Gabriel sofort Zeit für mich hätte, könnte es klappen. Seine Telefonnummer im Polizeipräsidium hatte ich inzwischen in meinen Kontakten gespeichert. »Ich muss kurz telefonieren.«

Nachdem ich die Nummer aufgerufen hatte, tippte ich auf das Symbol des Telefonhörers und wartete. Es klingelte vier Mal, bis jemand abhob.

»Polizeipräsidium Stuttgart, guten Tag.« Eine Frauenstimme.

Ich nannte meinen Namen und erklärte, dass ich dringend mit Kommissar Gabriel sprechen musste.

»Der Kommissar ist in einer Befragung. Er müsste noch eine halbe Stunde im Präsidium sein.«

Ich bedankte mich und legte auf.

Jeannette hatte mein Gespräch verfolgt. »Warte es ab, du kommst bei der Kripo groß raus. Unsere heiße Spur wird die Ermittlungen der Soko auf Lichtgeschwindigkeit beschleunigen.«

Mittels Kabel verband ich Paulines Handy mit meinem Rechner und kopierte ihre Bildergalerien und sämtliche Kontakte auf meine Festplatte.

Als ich damit fertig war und mich zum Aufbruch bereit machte, wandte sich Jeannette erneut an mich. »Während du unterwegs warst, hat Georg angerufen. Meldest du dich bei ihm?«

Nachdem ich das Kabel entfernt hatte, schob ich Paulines

Handy in meine Umhängetasche zurück. »Mach ich, sobald ich Zeit habe. Bis später.«

Trotz des regen Feierabendverkehrs auf der B 27 gelangte ich zügig quer durch den Stadtkessel bis zum Pragsattel auf der anderen Seite. In der Hahnemannstraße parkte ich unweit des Polizeipräsidiums. Der mehrstöckige weiße Gebäudekomplex lag zwischen sanften Hügeln voller Weinberge, in denen das Laub an den Rebstöcken in den verschiedensten Rottönen leuchtete. Den Audi des Kommissars entdeckte ich nirgends. Als ich beim Präsidium ankam, trat Kommissar Gabriel gerade aus dem Gebäude. Wie so oft trug er die schwarze Lederjacke. Er wirkte wenig überrascht, mich zu sehen. Seine Kollegin musste ihn nach meinem Anruf vorgewarnt haben. Der Name Bea Pelzer hatte nach meiner falschen Beschuldigung gegenüber Dragan im Präsidium bestimmt die Runde gemacht.

»Frau Pelzer, was verschafft mir die Ehre?« Die hellen Augen wirkten verschlossen.

»Ich möchte Ihnen das hier übergeben.« Eine Frau mit Kinderwagen und einem kleinen Jungen an der Hand kam mir auf dem Gehweg entgegen. Ich trat einen Schritt zurück, um sie passieren zu lassen. Während Mutter und Kind zwischen uns hindurchgingen, holte ich Paulines Handy aus meiner Tasche und reichte es dem Kommissar.

»Ein Handy? Was soll ich damit?«

»Es gehört Pauline Ulmer. Ich habe es heute Morgen zufällig beim Putzen gefunden.«

»Beim Putzen?« Kommissar Gabriels Augen wurden schmal, als wartete er auf eine Erklärung.

»Ihre Kollegen haben das Handy nicht entdeckt, als sie Paulines Zimmer in der WG durchsucht haben. Es war in eine Ritze ihres Sofas gerutscht. Wie gesagt, ich habe das Polster gereinigt und dabei –«

»Danke«, unterbrach er mich. »Ich übergebe es den Kollegen von der Spurensicherung.« Er wandte sich ab und entfernte sich mit ausgreifenden Schritten.

»Herr Kommissar, einen Augenblick.«

Er blieb stehen. »Ja?«

»Es geht um Dragan Marić, über den wir auf der Solitude gesprochen haben.«

Der Kommissar machte keine Anstalten, mir eine Frage zu stellen.

»Sie erinnern sich bestimmt, dass ich Ihnen die Stelle gezeigt habe, an der das Foto von Pauline aufgenommen wurde. Bei der Akademie. Nun, es ist so ... Leider war ich, äh, zu vorschnell. Wie ich nun weiß – um genau zu sein: seit heute – stammt das Foto nicht von Herrn Marić, sondern von einem Influencer, der auch für Herrn Hohlbergs Agentur arbeitet. Sie hatten also recht.« Ich nannte dem Kommissar Jakes Namen und entschuldigte mich erneut.

Mit einer Geste beendete der Kommissar mein Herumgestottere. »Frau Pelzer, das ist uns bekannt.«

»Was? Sie wissen davon?«

»Herr Marić hat die Falschinformation vorhin richtiggestellt. Ich dürfte Ihnen das eigentlich nicht sagen, aber er war ziemlich aufgebracht.«

»Aufgebracht? Wegen mir?«

»Es wäre ratsam, ihm eine Weile aus dem Weg zu gehen.«

»Verstehe.«

»Und bevor Sie sich erneut in unsere Ermittlungen einmischen, überprüfen Sie die Richtigkeit Ihrer Informationen.«

»Klar. Das verspreche ich.« Nach dieser Zurechtweisung wagte ich es nicht, dem Kommissar von meinem Verdacht gegenüber Britta zu erzählen. Aber zumindest die Sache mit den Schuhen wollte ich ansprechen. »Der Schuhabdruck neben dem Fundort von Paulines Leiche, stammt er tatsächlich von den Schuhen, die Herrn Silber gehören beziehungsweise ihm gestohlen wurden?«

»Ja, die Beweislage ist eindeutig. Und nun entschuldigen Sie mich, ich habe zu tun.« Er eilte davon.

Mit einem miesen Gefühl im Bauch ging ich zu meinem Corsa zurück und reihte mich erneut auf der B 27 ein, diesmal stadteinwärts. Mein Ziel war das Klinikum in der Innenstadt. Ob Teddy inzwischen bei Bewusstsein war und sich daran erinnerte, wer ihn gestoßen hatte? Wenn ja, würde sich mein Verdacht gegenüber Britta bestätigen? Erst wenn Teddy den Täter oder die Täterin identifizieren konnte, würde ich den Kommissar informieren.

An einer roten Ampel auf Höhe des Nordbahnhofs kontrollierte ich die Anzeige meines auf lautlos gestellten Handys. Hatte jemand versucht, mich zu erreichen? Zum Beispiel mein Chef? Nein, niemand. Erleichtert schob ich das Telefon zurück ins Fach, da überkam mich eine Erkenntnis, die mich wie eine heiße Welle durchfuhr.

Paulines Handy! Sobald einer von Gabriels Kollegen das Gerät überprüfte, würde ich Ärger bekommen. Denn eines war offensichtlich: Das Handy war nach ihrem Tod mehrfach benutzt worden. Jemand hatte damit telefoniert. Oder genauer gesagt Anrufe entgegengenommen. Außerdem waren ihre SMS gelesen und die Bildergalerien durchsucht worden. Den Spezialisten würde ebenfalls auffallen, dass zahlreiche Fotos auf einen Computer kopiert worden waren. Die Spuren, die ich auf Paulines Handy hinterlassen hatte, waren breiter als eine Autobahn.

Wieso hatte ich nicht früher daran gedacht und die Finger von ihrem Handy gelassen?

Weil du blöd bist, gab ich mir selbst die Antwort und schlug mir gegen die Stirn. Nie im Leben würde jemand eine dumme Kuh wie mich bei der Kriminalpolizei arbeiten lassen, wie Jeannette vorhin spekuliert hatte. Wer sich so dumm anstellte –

Ein Hupen hinter mir schreckte mich aus meinen Selbstvorwürfen. Die Ampel zeigte Grün. Zur Entschuldigung hob ich die Hand, legte den ersten Gang ein und gab Gas. Der Wagen hinter mir fuhr reichlich dicht auf. Er klebte fast an meiner Stoßstange. Es war ein schwarzer BMW mit getönten Scheiben. Der Fahrer hupte erneut. War ich zu langsam? Laut Tacho betrug meine Geschwindigkeit dreißig Stundenkilometer. Schneller war unmöglich, sonst würde ich auf den Wagen vor mir knallen.

Den Typen hinter mir schienen solche Sorgen nicht zu belasten. Seine PS-starke Protzkarre hing an meinem Kofferraum.

Erneut ein Hupen. Was sollte das? Als Besitzerin eines Klein-
wagens war ich daran gewöhnt, bedrängt, geschnitten und sogar
in Kurven überholt zu werden. Die Stuttgarterinnen und Stuttgarter litten fast alle unter manischer Autogeilheit und führten
sich auf, als gehörten die Straßen ihnen.

Ich ließ mich nur selten provozieren, doch diese Drängelei
strapazierte meine ohnehin gereizten Nerven. Aus Trotz hielt
ich zwei, drei Meter Abstand zu dem Golf vor mir, was meinen
Verfolger zu einem Hupkonzert veranlasste. Als wir uns dem
Pragfriedhof näherten, scherte er nach links aus und bedrängte
mich von der Seite, während er den Gegenverkehr per Fernlicht
warnte. Was wollte der Typ von mir? Die Klügere gibt nach,
dachte ich. Bei der erstbesten Gelegenheit bog ich rechts ab und
hoffte, damit wäre die Sache erledigt.

War sie nicht. Der schwarze Wagen folgte mir, belagerte meinen Corsa erneut und zwang mich zu einem Stopp am Rand
der Nebenstraße.

Ich schaltete den Motor aus, stieß die Fahrertür auf und
sprang heraus. »Sie spinnen wohl! Was soll das? Wollen Sie
mich umbringen?«

»Spitzenidee!«, brüllte der Fahrer zurück. Auch er hatte geparkt und war ausgestiegen. Breitbeinig kam der bullige Typ
auf mich zu. »Fick dich, du ugly bitch. Wieso hast du mich bei
der Polizei angeschwärzt?« Er drehte den Schild seiner Kappe
nach hinten und stierte mich drohend an.

Nun erkannte ich meinen Verfolger. Es war Dragan. Der
Rapper machte einen Satz nach vorn und packte mich an beiden
Armen. »Kennst du keine Ehre, Pelzer? Pauline hätte so was
Mieses nie getan.« Sein Griff wurde fester, und er schüttelte
mich durch. Dann drehte er mich geschickt in den Schwitz-
kasten.

Mein Brustkorb wurde zusammengequetscht. Ich bekam
kaum noch Luft. »Tut mir leid, Dragan«, presste ich heraus.
»Das war eine Verwechslung. Sorry.« Der Schweißgeruch aus
seiner Achselhöhle war widerlich. Die Umklammerung fühlte
sich an wie ein Eisenring. Als meine Rippen knacksten, löste
er den Griff und stieß mich zu Boden.

»Wag das nicht noch einmal, sonst bring ich dich um, kapiert?« Dragan ordnete die goldene Gliederkette um seinen Hals und den Pony, der durch das Handgemenge aus der Form geraten war.

»Kapiert, Dragan.«

»Verzieh dich aus meinem Leben!« Er hob drohend die Faust. Dann ging er zu seinem Wagen zurück, stieg ein und gab Gas.

Wenn es noch eine Lektion gebraucht hatte, mich in Zukunft aus den Ermittlungen rauszuhalten, dann hatte ich diese eben bekommen. Mit weichen Knien fuhr ich ins Zentrum und steuerte das Katharinenhospital an.

FÜNFZEHN

Den Vormittag über arbeitete ich die Präsentation für die Landeshauptstadt weiter durch. In der Mittagspause fuhr ich nach Ludwigsburg, um mich auf meine nächste Führung vorzubereiten, die in und um Schloss Monrepos geplant war. Selbstredend hatte ich André über meine Abwesenheit vorher in Kenntnis gesetzt, und zwar per E-Mail, damit er es schriftlich hatte.

Das romantische Seeschloss nördlich von Ludwigsburg wurde nur noch gelegentlich für Veranstaltungen genutzt und war in der Regel für die Öffentlichkeit unzugänglich. Normalsterbliche wie ich hatten hier keinen Zutritt. Außer eine zahlungskräftige Werbeagentur winkte mit einem dicken Scheck und wertvollen Kontakten zu Unternehmen der Region, die dann wiederum die Räumlichkeiten für ihre Firmenevents mieten würden. Diesmal wollte André sein Genießer-Event auf der großzügigen Seeterrasse veranstalten. Meine Aufgabe war es, zum Auftakt eine Gruppe von Mitarbeitern aus der Designabteilung eines bekannten Automobilherstellers durch zwei oder drei Räume des Schlosses und den Park zu führen. Die potenziellen Neukunden seiner Agentur sollten voller positiver Eindrücke und beschwingt in seine Weinprobe mit Schokoladen-Tasting starten. Wie es André gelungen war, endlich einen Fuß in die Tür dieses weltweit agierenden Konzerns zu bekommen, hätte ich nur zu gern gewusst.

Bei meiner Erkundungstour durch das Schloss begleitete mich ein Angestellter der Hofkammer des Hauses Württemberg, dem das Gebäude gehörte. Mein Bewacher ließ mich keine Sekunde aus den Augen, als hätte ich es auf einen der verschnörkelten Silberleuchter oder eine Porzellanvase aus der Ludwigsburger Manufaktur abgesehen. Während ich durch den Spiegelsaal und den Blauen Salon geführt wurde, fragte ich mich, wieso die württembergischen Herzöge ihren Schlössern derart sprechende Namen gegeben hatten. Solitude bedeutete »Einsamkeit« und Monrepos so viel wie »meine Erholung« oder

»meine Ruhe«. Soweit ich wusste, waren die Landesherren in ihren Jagd- und Lustschlösschen damals alles andere als allein gewesen. Dutzende von Bediensteten, der Hofstaat und zahlreiche Adlige hatten sie zu diesen Rückzugsorten begleitet, um ihnen jeden Wunsch von den Augen abzulesen.

Nach der stickigen Luft im Inneren des Schlosses mit seiner feudalen Rokoko- und Empire-Ausstattung freute ich mich, wieder draußen zu sein. Die malerische Kulisse mit Park und künstlich aufgeschütteten Inseln durfte ich ohne Bewacher erkunden. Als Nächstes wollte ich die Open-Air-Stationen meiner Tour festlegen. Blieb nur zu hoffen, dass bei dieser Führung alles klappen und niemand erdrosselt oder vom Schlossdach gestoßen werden würde.

Meine Gedanken schweiften zu meinem Besuch im Katharinenhospital am gestrigen Abend ab. Teddy war von der Intensiv- auf die Normalstation verlegt worden. Er hatte geschlafen, und ich hatte es nicht übers Herz gebracht, ihn aufzuwecken. Würde er sich daran erinnern, wer ihn angegriffen hatte? Und damit meine persönliche Hauptverdächtige Britta belasten?

Ich vertrieb diese Gedanken und konzentrierte mich auf den Rundgang durch das Parkgelände. Im Laufe seiner Geschichte hatte es einige bemerkenswerte Nutzungen erfahren, zum Beispiel als Tierpark oder als Theater. Einmal war sogar Zar Alexander I. von Russland zu Gast gewesen und in den Genuss einer Opernaufführung gekommen. Inklusive eines Live-Events, bei dem ein blutiges Schlachtengetümmel von württembergischen Soldaten aufgeführt worden war. Diese Anekdote wollte ich in meine Tour einbauen. Die beiden künstlichen Inseln, die im See aufgeschüttet worden waren, würde ich ebenso beschreiben, selbst wenn man sie aus Gründen des Vogelschutzes nicht betreten durfte. Auf die eine Insel hatte man eine Kapelle aus Hohenheim verlegt. Die andere künstliche Erdaufschüttung nannte sich bezeichnenderweise »Amorinsel«. Ob sie eine amouröse Funktion gehabt hatte, würde ich bei weiteren Recherchen herausfinden und zur Auflockerung während der Führung erzählen.

Das Herbstlaub rund um den See leuchtete in farbenfrohen Gelb-, Rot- und Brauntönen und spiegelte sich auf der Wasseroberfläche. Bei diesem Anblick bekam ich Lust auf Tretbootfahren, um die Inseln zu umrunden. Als ich vor dem Bootsverleih ankam, vibrierte das Handy in meiner Umhängetasche. Ich zog das Telefon heraus und prüfte das Display. Die Anruferin war Jeannette.

»Bea, dein Typ wird verlangt. André hat unser Team zusammengetrommelt. Wann kannst du hier sein?«

»In circa einer halben Stunde, je nach Verkehr.«

»Das richte ich André aus. Komm in die Hufe, es eilt!«

Mit Bedauern verließ ich die Idylle des Schlossparks und fuhr zurück nach Stuttgart. Morgen oder übermorgen würde ich nach Monrepos zurückkehren und meine Ortsbegehung fortsetzen.

In Hohlbergs Reich wurde ich von lauten Bässen und treibenden Beats empfangen. Nanu, wunderte ich mich. Hatten die Grafiker ihre Trauerphase beendet und waren zum akustischen Alltag zurückgekehrt? Was meine Ohren quälte, klang indessen weniger nach Metal als nach Hip-Hop. Und zwar mit deutschen Texten.

Jeannette hüpfte in unserem Büro auf der Stelle und schwang die Arme. »Bea, wärm dich auf, gleich geht's los.«

»Willst du joggen gehen? Ohne mich, ich habe zu viel zu tun. Außerdem muss ich was essen.«

»Mach das später. Wir drehen ein paar Hintergrundszenen für ein Tanzvideo mit Jake. Besser, dein Magen ist leer. Versuch gar nicht erst, dich zu drücken. André kontrolliert, ob das ganze Team mitmacht.«

»Ein Video? Wofür soll das gut sein?«

»Das wird André uns in einer Minute verraten. Los, wir müssen rüber in den großen Besprechungsraum. Unser Herr und Meister wartet auf uns.«

Widerwillig folgte ich ihr und näherte mich der Quelle der Hip-Hop-Musik. Das gesamte Team inklusive den Grafikern, den Kundenberaterinnen und Tamara hatte sich dort versammelt. Tische und Stühle waren zur Seite geschoben, und an einer Wand sah ich deckenhohe blaue Stellwände. »Das ist ein Bluescreen«, klärte Jeannette mich auf und deutete auf unseren Influencer. »Darauf projiziert Jake später Ansichten von Stuttgart, die in unserer Präsentation eine Rolle spielen.« Jake stand neben André vor einer Reihe von beweglichen Spiegeln auf der Langseite gegenüber. Die beiden wiesen mit großen Gesten durch den Raum und schrien sich einzelne Wörter zu, um das Dröhnen des Ghettoblasters auf der Fensterbank zu übertönen. Die anderen taten es Jeannette gleich, schwangen die Arme und studierten Bewegungen ein, die ich aus Videos von Rappern kannte. Weil André mich drohend anstarrte, begann auch ich, mich aufzuwärmen.

Als ich StuggiD alias Dragan und Britta in Hip-Hop-Klamotten hereinkommen sah, ahnte ich Böses. StuggiD und André klatschten sich ab, als wären sie Best Buddies. Während Tamara schwarze und goldene Leggings, Jogginghosen und Hoodies verteilte, baute sich André in sonnenköniggleicher Pose neben StuggiD und Britta auf, die bereits für den Dreh gestylt waren.

»Ich freue mich sehr, mit StuggiD einen großen Star unserer Stadt begrüßen zu dürfen«, begann André seine Rede. »StuggiD hat für unsere Präsentation bei der Landeshauptstadt einen neuen Rap-Song komponiert. Heute nehmen wir ein paar Szenen für das Video auf. Gebt euer Bestes. Es geht um einen wichtigen Etat. *Au travail! Let's do it.*«

Nachdem wir uns im Waschraum umgezogen hatten, wurden wir von zwei Stylisten geschminkt und frisiert. Dann studierten wir im Hip-Hop-Look die Choreografie von Dragan ein. Britta performte neben ihm. Ihre erstaunlich sicheren Moves verrieten, dass sie bereits Privatunterricht bekommen hatte. Vor lauter Konzentration bekam ich nur wenig von Dragans gerappten Reimen mit, außer dass sie Stuttgart gewidmet waren und Highlights wie Fernsehturm, Stadion und Wilhelma genannt wurden.

Seit dem Frühstück hatte ich nichts zu mir genommen, und

so ging mir bald die Puste aus. Immer öfter tanzte ich aus der Reihe, bis Dragan sich direkt vor mir platzierte, damit ich ihn imitieren konnte. Vor Sorge um Teddy war ich die letzte Nacht wach gelegen. Meine Kräfte schwanden, und bald brachte ich rechts und links durcheinander. Um der Sache ein Ende zu bereiten, fasste ich mir an die Brust, stöhnte laut und sank zu Boden.

Jeannette stürzte zu mir und tätschelte meine Wangen. »Bea hat einen Schwächeanfall. Wir müssen eine Pause machen.« Binnen Millisekunden schüttelte André den Kopf und gab Dragan ein Zeichen, ohne mich fortzufahren. Jeannette hatte meinen Schwindel durchschaut und half mir umständlich auf, als wäre ich kurz vor einem Infarkt. Auf sie gestützt, schleppte ich mich aus dem Besprechungsraum.

»Kommst du klar?«, vergewisserte sie sich im Flur. »Ich schicke dich hiermit zum Arzt, und das werde ich denen da drin auch erzählen. Also sieh zu, dass du verschwindest. Das mit André regle ich für dich.« Sie kehrte zum Videodreh zurück.

Mit brennenden Waden humpelte ich in den Waschraum und kühlte meinen Nacken und die Stirn. Ich warf die verschwitzten Hip-Hop-Kleider auf den Tisch in der Küche und zog mich um. Als ich ein Glas Wasser getrunken und eine Butterbrezel gegessen hatte, verließ ich die Agentur.

Obwohl mein Ziel nur ein paar Straßen weiter lag, nahm ich den Corsa und parkte ihn beim Fangelsbachfriedhof. Britta würde die nächste Stunde oder sogar länger beim Videodreh eingespannt sein. Diese Chance wollte ich nutzen, um mich erneut im Fitnessstudio umzusehen, ohne jede Minute mit ihrem Auftauchen rechnen zu müssen. Seit ich herausgefunden hatte, dass nicht nur André und Theo Silber dort trainierten, sondern auch Britta, hatte ich das Gefühl, in diesem Studio den entscheidenden Hinweis zu finden.

Im Vergleich zu der Stadionlautstärke der Bässe beim Videodreh kam mir die Beschallung im Studio geradezu erholsam vor. Hinter der Theke spülte die junge Angestellte, die neulich den faden Heidelbeer-Smoothie zubereitet hatte, Trinkgläser ab.

»Wieder ein Heidelbeer-Mix?«, fragte sie prompt und musterte mich aufmerksam.

»Danke, nein.« Ich wies zu den Trainingsräumen. »Heute möchte ich ein Probetraining machen. Ist Marko da?«

»Er hat gerade einen Kunden. Marko ist Personal Trainer«, klärte sie mich auf und wischte sich die Hände an einem grünen Geschirrtuch in der Farbe des Logos ab. »Wenn Sie Lust haben, kann ich Ihnen ein paar Geräte zeigen. Oder besser gesagt: dir, wir duzen uns hier alle.« Sie winkte einer Kollegin in Yogakleidung, die Bananen und Ingwer klein schnitt und ins Püriergerät gab. »Mandy, übernimmst du bitte für mich?« Sie kam hinter der Theke hervor, fasste sich in den Nacken und zog ein Gummiband ab, das ihre geflochtenen Zöpfe zusammengehalten hatte. »Wegen der Smoothies«, erklärte sie und strich die schwarzen Zöpfe glatt. Sie reichte mir die Hand. »Ich bin Laura.«

»Bea. Hallo.«

»Lass uns zu den Geräten gehen. Bist du warm? Deine Muskeln, meine ich?«

Und wie, dachte ich widerstrebend. Meine Waden brannten noch immer von Dragans Moves. »Ja. Ich komme gerade vom Hip-Hop.«

Irritiert schaute Laura mich an. Dabei fiel mir die Farbe ihrer Augen auf. Die Iris war hellgrün und hatte den Farbton des Studio-Logos und des Geschirrtuchs.

Nur wenige Minuten später fand ich mich in einem Trainingsgerät eingeklemmt wieder. Wie ein Käfer lag ich auf dem Rücken und versuchte, meine Beine himmelwärts durchzustrecken. Sinn dieser Übung war es, ein Gewicht mit den Fußsohlen in die Höhe zu wuchten.

»Soft, Bea. Geh soft mit deinem Körper um«, riet Laura und zeigte mir, wie ich die Knie leicht angewinkelt ließ. »Ist besser für die Gelenke.«

Während wir zur nächsten Maschine wechselten, begann ich wie beiläufig eine Unterhaltung. »Eine Agenturkollegin von mir trainiert hier. Sie heißt Britta Hansen. Ist ziemlich groß und schlank. Sie hat mir euer Studio empfohlen. Kennen Sie … ich meine, kennst du Britta zufällig?«

Laura schien nachzudenken.»Britta, sagst du? Unter unseren Kundinnen gibt es eine Britta, die zwanzig Kilo abnehmen möchte. An eine andere Britta kann ich mich nicht erinnern. Wieso fragst du?«

»Ach, nur so. Sie hat erwähnt, es sei neulich eingebrochen worden.«

»Ein Einbruch?« Laura wirkte überrascht. Der Bewegung ihrer Augen nach zu schließen hatte ich sie beunruhigt.»Ist mir neu.«

»Streng genommen war es kein Einbruch, sondern ein Diebstahl. Aus der Garderobe ist etwas gestohlen worden. Es waren Schuhe, glaube ich.«

»Schuhe?«, wiederholte Laura langsam, als ob sie nicht sicher wäre, dass mit meinem Kopf alles in Ordnung war.

»Ja, das Ganze hat mit einer polizeilichen Ermittlung zu tun. Ich glaube sogar, einem Mordfall.«

Laura war dabei, das nächste Trainingsgerät auf meine Körpergröße einzustellen. Sie ließ sich Zeit. Erst als alles passte, sah sie zu mir.»Setz dich rein und stell deine Füße auf die Pedale.«

Sie wirkte nun mehr als irritiert. Ihre grünen Augen musterten mich, als prüfte sie meinen Geisteszustand, was ich ihr kaum verdenken konnte.

Mir fiel auf, wie ungewöhnlich ihre Gesichtszüge waren. Ihre Augen standen weit auseinander, und die Nase wirkte sehr zierlich.

Umständlich fädelte ich meine Beine in das Gerät ein und begann, in die Pedale zu treten.»Ist es so richtig?«

»Sehr gut.« Laura korrigierte meine Körperhaltung und schob mir die Schultern zurück.»Ein Mordfall? Bei uns im Studio?«

»Nein. Irgendwo in der Stadt«, erwiderte ich. Erneut musterte ich ihre Züge, und plötzlich ging mir auf, woher ich dieses Gesicht kannte. Ich versuchte, mir nichts anmerken zu lassen. Meine Stimme sollte harmlos klingen, auch wenn mein Herz in der Brust wie eine Basstrommel schlug.»Vielleicht habe ich mich auch geirrt. Entschuldige bitte.«

Zehn Minuten später bedankte und verabschiedete ich mich.

Nachdem ich die Einladung zu einem Erbsen-Tofu-Smoothie abgelehnt hatte, verließ ich das Studio.

Zu Hause duschte ich meine Waden kalt ab und machte mir ein Käsebrot. Später wollte ich bei Teddy im Krankenhaus vorbeischauen und hoffte, endlich mit ihm sprechen zu können. Doch zuvor musste ich meine Vermutung aus dem Sportstudio überprüfen. Wo sollte ich anfangen? Bei Pauline natürlich. Besser gesagt: den Dateien und Fotos, die ich von ihrem Handy auf meinen Bürorechner überspielt und per E-Mail an mich selbst geschickt hatte.

Mit einem Bier ging ich in mein Zimmer und schaltete den Laptop ein. Ich speicherte die Informationen auf meiner Festplatte. Bis die große Datenmenge geladen war, sichtete ich das Netz nach Infos über Silbers Agentur. Auf Instagram, Facebook und X gab es einige Posts von Silber, alle beruflicher Natur. Es ging um erfolgreich abgeschlossene Projekte, Neukunden, welche die Agentur an Land gezogen hatte, sowie laufende Wettbewerbe wie den Pitch bei der Landeshauptstadt. Ich klickte alles durch. Nirgends war die Verbindung zu Pauline, nach der ich suchte.

Ob der Internetauftritt von Silber mir weiterhelfen würde? Im Browser rief ich die Homepage seiner Agentur auf und sichtete die Menüs »Projekte«, »Kundengalerie«, »Aktuelles«. Danach öffnete ich das Menü »About« und klickte mich durch die Mitarbeiterfotos. Vergeblich.

Ein unauffälliger Link führte mich zu älteren Fotos. Beim schnellen Durchklicken hätte ich das Bild von Pauline fast übersehen. Das lag an ihrer Frisur. Sie hatte die Haare streng nach hinten gekämmt und keinen Pony, als wollte sie ihre Weiblichkeit verbergen. Nachvollziehbar, schließlich war Silber hinter ihr her gewesen.

Und dann entdeckte ich unten auf der Seite das Foto, auf das ich gehofft hatte. Die Mitarbeiterin trug die langen schwarzen Haare offen, dennoch erkannte ich sie. Diese Frau hatte mich heute im Sportstudio herumgeführt. Ein Blick auf ihren Namen bestätigte mir dies. Er stand unter dem Foto: Laura Schmied.

Ich ließ das Browserfenster offen und rief die Dateien aus Paulines Handy auf. In ihrer Galerie stieß ich unter den älteren Fotos auf dasjenige, das ich neulich bereits betrachtet hatte. Es zeigte die Frau, die unser Haus beobachtet hatte. Ich stellte Lauras Foto von der Website der Agentur und das Bild aus Paulines Galerie nebeneinander.

Grüne Augen, die weit auseinanderlagen, sinnliche Lippen und eine kleine, schmale Nase. Es war ein und dieselbe Frau, nur trug sie ihre Haare aktuell in Zöpfen. Wie Jeannette gesagt hatte, ähnelte sie der Schauspielerin Michelle Pfeiffer. Diese Laura arbeitete für Silber, oder sie hatte früher für ihn gearbeitet. Nun jobbte sie in dem Sportstudio, aus dem seine Schuhe gestohlen worden waren. Und sie war am Tag unseres Events auf der Solitude gewesen, wie Jakes Video bewies. Sie wusste etwas über Paulines Tod, da war ich mir sicher.

Mein Handy klingelte. Es war Gerit.

»Bea, die Fernsehnachrichten. Sofort. Ich muss auflegen.«

Sie klang so aufgeregt, dass ich alles stehen und liegen ließ. Ich rannte sofort ins Wohnzimmer und schaltete den Fernseher ein.

»Laut ersten Meldungen der Polizei brach der Brand in der Küche des Penthouses aus«, erklärte der Sprecher gerade. Hinter ihm war das Foto eines exklusiven Terrassenhauses mit verglasten Fronten und einer riesigen Dachterrasse zu sehen, wie ich es aus Stuttgarts exklusiven Höhenlagen kannte. Dichter Rauch quoll aus einem der Fenster.

»Wie es zu dem Unfall kam, konnte noch nicht restlos geklärt werden«, fuhr der Moderator fort. Als das Bild hinter ihm wechselte und eine Aufnahme des Fundorts von Paulines Leiche auf dem Gelände der Solitude eingeblendet wurde, vergaß ich für eine Weile zu atmen.

»Theo Silber ist Inhaber einer Werbeagentur im Stuttgarter Westen. Die Kriminalpolizei ermittelte im Zusammenhang mit dem Mord an einer jungen Frau auf Schloss Solitude gegen ihn. Erst gestern wurde er aus der Untersuchungshaft entlassen.«

Nach ein paar weiteren Sätzen war die Meldung zu Ende, und ich schnappte nach Luft. Silber war wieder auf freiem Fuß! Der

Brand in seiner Wohnung war vermutlich durch ausströmendes Gas in der Küche verursacht worden, hatte der Sprecher gesagt. Silber sei mit einer Rauchvergiftung und Brandwunden in ein Krankenhaus eingeliefert worden.

SECHZEHN

Vor meinem zweiten Rundgang auf Schloss Monrepos hatte ich ausgiebig recherchiert und entschieden, wo ich welche Themen ansprechen wollte. Die erste Ortsbegehung hatte ich abbrechen müssen, dieses Mal wollte ich die Stationen meiner Führung im Freien festlegen. Selbstverständlich hatte ich mich ordnungsgemäß bei meinem Chef abgemeldet. Diesmal sogar persönlich. Ohne anzuklopfen, hatte ich sein Allerheiligstes betreten. »Ich muss meine nächste Führung auf Monrepos vorbereiten und fahre zur Recherche nach Ludwigsburg. In circa drei Stunden bin ich zurück.«

André hatte nur kurz aufgesehen und eine Handbewegung gemacht, als würde er ein lästiges Insekt verjagen. Kommentarlos hatte ich den weißen Briefumschlag auf seinen Schreibtisch gelegt und das Büro verlassen. Die Gegendarstellung hatte ich mit telefonischer Unterstützung eines Rechtsanwalts formuliert, der seine Dienste im Internet pro Minute anbot. Mein Vater hatte mir geholfen, alle Vorwürfe aus Andrés Abmahnung zu entkräften. Ob das für ihn als zweiten Geschäftsführer ein Interessenkonflikt war, hatte er mir verschwiegen.

Auf der Fahrt nach Ludwigsburg wurde ich mit jedem Kilometer ruhiger. Ich freute mich darauf, Teddy am Abend im Krankenhaus zu besuchen. Er hatte endlich das Bewusstsein wiedererlangt und erholte sich von seiner Gehirnerschütterung. Auch das gebrochene Bein würde wieder heilen. Leider hatte er nicht gesehen, wer ihn von den Arkaden im Schlosshof gestoßen hatte, und konnte den Angreifer – oder die Angreiferin – daher auch nicht identifizieren. Bald würde er in die Agentur zurückkehren. Theo Silber lag ebenfalls im Katharinenhospital, doch ich hatte nicht vor, ihm einen Obstkorb vorbeizubringen. Sobald ich zu Hause wäre, würde ich die Medienberichte nach Neuigkeiten über den Brand in seinem Penthouse durchsehen. Es musste einen Zusammenhang mit Paulines Tod geben.

Ich parkte in der Nähe von Schloss Monrepos und spazierte zur Seeterrasse. Den ersten Teil meiner Führung durch die Räume hatte ich bereits vorbereitet. Heute galt meine Aufmerksamkeit der Umgebung und dem See mit seinen beiden künstlichen Inseln. Das gesamte Gelände mit Seeschloss, Weingut, einem exklusiven Schlosshotel, Golfplatz, Reitverein und Bootsverleih umfasste eine Fläche von rund zweihundert Fußballfeldern. Meine Tour sollte sich auf vier oder fünf Stellen konzentrieren, die ich zu Fuß mit den Teilnehmern gut erreichen konnte.

Obwohl ich nur eine knappe Stunde beim Einstudieren von Dragans Choreografie dabei gewesen war, plagte mich Muskelkater in den Waden und Oberschenkeln. Möglicherweise stammte er auch vom Training im Fitnessstudio. Mehr oder weniger humpelnd gelangte ich zur Seeterrasse und ließ mir Zeit, um das herrliche Ambiente zu genießen. Auf dem Gelände waren nur wenige Besucherinnen und Besucher unterwegs, was wahrscheinlich dem Wetter geschuldet war. Ein leichter Nieselregen hatte eingesetzt, und der nahende Herbst lag in der Luft. Als ich meinen Taschenschirm aufspannte, rannte ein Jogger in einer orangefarbenen Jacke keuchend an mir vorbei. Ein paar Meter vor mir schob ein Mann einen Kinderwagen vor sich her. Am See entlang flanierte ein Pärchen, das alle paar Meter stehen blieb und knutschte.

Von der Terrasse ausgehend, passierte ich den Bootsverleih und den Kiosk. Ab da folgte ich einem ausgeschilderten Rundweg und suchte eine Stelle, die einen schönen Blick auf die Insel mit der Kapellenruine bot. Als ich fündig geworden war, klemmte ich den Schirm zwischen Hals und Schulter, holte einige Karteikarten mit Notizen aus der Umhängetasche und passte die Texte an. Die Route führte weiter am See entlang in unwegsameres Gelände. Ich wich ein paar Pfützen aus und hielt Ausschau nach der nächsten Station, an der ich meinen Vortrag fortsetzen konnte.

Als meine Blase sich meldete, war ich zu bequem, um zurück zum Schloss zu laufen. Ich verließ den offiziellen Weg und suchte nach einem stillen Plätzchen. Ob es auf dem Gelände

Überwachungskameras gab? Wenn ja, würde hoffentlich nicht gleich ein Alarm ertönen und mich als Umweltsünderin bloßstellen. Ich schlug mich in die Büsche, stapfte durchs Unterholz und suchte Deckung hinter ein paar Sträuchern direkt am Ufer. Mit schnellem Blick kontrollierte ich die Umgebung. Niemand zu sehen. Das Pärchen war verschwunden, ebenso der Mann mit dem Kinderwagen. Den geöffneten Schirm legte ich im feuchten Gras ab.

Als ich fertig war, redete ich einem Entenpaar gut zu, das ich aus einer geschützten Bucht vertrieben hatte. Die beiden flüchteten ins tiefere Wasser und paddelten energisch, um sich vor mir in Sicherheit zu bringen.

Plötzlich traf mich ein heftiger Stoß im Rücken. Ich verlor das Gleichgewicht, strauchelte und plumpste kopfüber in den See. Das Wasser schwappte über mir zusammen. Es war kalt, viel kälter als die Lufttemperatur. Der See war hier nur knietief. Ich knallte mit der Stirn auf einen Stein oder einen Stamm. Vor Schreck schnappte ich nach Luft – und schluckte brackiges Seewasser. Eine weiche Masse geriet in meinen Mund. Was war das? Entengrütze? Oder Entenkacke? Mit den Händen stützte ich mich am schlammigen Boden ab, um den Kopf aus dem Wasser zu bekommen und das Zeug auszuspucken.

Ich wollte gerade auftauchen, da landete etwas Schweres auf meinem Rücken und drückte mich tiefer. Als mir aufging, dass es ein Mensch war, bekam ich Panik. Ich ruderte mit den Armen und bemühte mich freizukommen, um nach Luft zu ringen. Es gelang mir nicht. Wie von selbst öffneten sich meine Lippen. Wasser drang in meine Mundhöhle, und ich musste würgen, als ich aus Versehen die schwabbelige Masse hinunterschluckte.

Meine Lunge brauchte dringend Sauerstoff, aber ich schaffte es nicht nach oben. Kräftige Hände pressten mich auf den Grund des Sees. Verzweifelt formte ich eine Faust, zielte damit nach oben und versuchte, meinen Angreifer zu treffen. Ohne Erfolg. Alles, was ich erwischte, war Luft. Mein Puls raste, meine Zähne begannen unkontrolliert zu klappern. Jäh ging mir auf, dass ich hier sterben könnte. Im flachen See eines viel besuchten Touristenmagnets, nur ein, zwei Meter vom Ufer entfernt. Erneut bündelte ich meine Kräfte und stieß die Faust durch die Wasseroberfläche. Dieses Mal traf ich den Angreifer. Gedämpft war ein Schrei zu hören. Für einen Augenblick ließ der Druck auf meinem Rücken nach. Geistesgegenwärtig rollte ich mich zur Seite, kam auf die Knie und schaffte es, meinen Kopf aus dem Wasser zu heben. Ich atmete schnell durch und wollte nach Hilfe rufen, brachte aber nur ein Krächzen zustande.

Auf den Knien robbte ich über den Grund auf das Seeufer zu. Es war nur einen Meter entfernt, vielleicht etwas mehr. Das schaffst du, redete ich mir gut zu. Meine Lunge brannte vor Sauerstoffmangel. Die Hände in den Schlick gekrallt, näherte ich mich dem Ufer. Es gelang mir, einen Zweig zu packen und mich an Land zu ziehen. In diesem Moment warf sich der Angreifer erneut auf mich, sein Gewicht drückte mich zurück ins Wasser.

Aber ich wollte nicht sterben. Nicht hier. Ich musste überleben. Für Teddy. Und für Pauline. Die Angst aktivierte meine letzten Reserven. Statt erneut davonzurobben, schob ich mich mit den Füßen vom Grund weg und drehte mich auf den Rücken. Meine Fingernägel schlug ich ins Gesicht des Angreifers. Als seine Hände sich lösten, paddelte ich mit den Armen und bewegte mich wie ein Krebs von ihm weg. Das rettende Ufer war nicht weit, zuerst vierzig, dann vielleicht noch zwanzig Zentimeter. Spitze Steine und Kiesel bohrten sich in meine Handflächen, während ich an Land kroch. Auf Ellbogen und Knien in das nasse Gras gestützt, sah ich mich nach meinem Angreifer um.

Eine in Schwarz gekleidete Gestalt stand vornübergebeugt im Wasser, die Hände auf das blutverschmierte Gesicht gepresst. Über den Kopf war eine Kapuze gezogen. War das Dragan?

Ich bekam einen Ast zu fassen und zog mich daran hoch. Dann würgte ich das restliche schleimige Zeug heraus, bis meine Mundhöhle frei war und ich durchatmen konnte. »Was willst du von mir?«, stieß ich aus.

Wasser spritzte auf, als die Gestalt sich in Gang setzte und aufs Ufer zuhielt. Dorthin, wo ich mich befand.

Beherzt richtete ich mich auf, kam auf die Füße und wollte weglaufen, aber ich schaffte nur einen kleinen Schritt. Meine Waden brannten, ebenso meine Kehle. Ein weiterer Schritt gelang mir, dann noch einer. Jeder Zentimeter zählte. »Bleib hier!«, schrie eine Stimme. Das war kein Mann, registrierte ich.

Die schwarze Gestalt hielt durch das knietiefe Wasser auf mich zu. Kurz vor dem Ufer warf sie sich mit einem Hechtsprung auf mich. Ich landete im feuchten Gras und stöhnte, als sich ein Stein oder ein Ast in mein Schulterblatt bohrte. Die Angreiferin setzte sich auf mich und quetschte mit den Knien meinen Brustkorb zusammen. Wassertropfen spritzten von ihrer Kleidung in mein Gesicht. Reflexartig schlossen sich meine Augen. Ich schüttelte den Kopf, um die Tropfen loszuwerden, und zwang die Lider auseinander. Die Gestalt presste meine Arme auf den matschigen Boden.

Trotz der eng geschnürten Kapuze und der blutenden Wunden, die meine Fingernägel hinterlassen hatten, erkannte ich die Angreiferin. Es war Laura aus dem Sportstudio.

Sie saß auf mir und drückte mich mit ihrem Gewicht zu Boden. »Du wirst mir nicht mehr hinterherspionieren«, stieß sie aus. In diesem Augenblick ging mir auf, dass ich es womöglich mit Paulines Mörderin zu tun hatte, auch wenn mir die entscheidenden Puzzleteile noch fehlten. Laura rammte mir die Faust mitten ins Gesicht.

Ein heftiger Schmerz schoss mir durch die Nase und die Stirn hoch. Um mich herum verschwamm alles. Eine warme Flüssigkeit lief mir übers Gesicht. War das Blut? Mein Blut?

Als Laura die Faust wieder hob, rief ich das Erstbeste, was mir in den Sinn kam, um sie abzulenken. »Warum hast du Pauline umgebracht?« Ich musste verhindern, dass sie mir erneut ins Gesicht schlug.

»Weil sie abgehauen ist«, zischte Laura. »Sie hat mich mit ihm allein gelassen. Diesem eingebildeten, arroganten Sack, der ständig rumgrapschte.«

Mein Verdacht war also richtig gewesen. »Du sprichst von Silber?«

Sie stieß einen verächtlichen Laut aus. »Als sie weg war, wurde es noch schlimmer. Er sollte zahlen, für alles, was er mir angetan hat. Dieses Schwein!«

»Das war der Grund? Du wolltest dich an Silber rächen? Indem du ihm den Mord an Pauline anhängst?«

Laura beugte sich über mich. Ihre Augen funkelten, und von ihrem Kinn tropfte Blut. »Ich habe ihn beobachtet. Deshalb habe ich den Job im Studio angenommen. Der hat mich mit den Zöpfen nicht mal erkannt. Dort habe ich seine Schuhe geklaut.«

»Und mit dem Abdruck wolltest du ihn belasten?«

»Er hatte allen Grund, sie zum Schweigen zu bringen. Schließlich hatte sie ihn angezeigt. Nach über einem Jahr. Das war mein Plan, und er wäre aufgegangen. Bis du dich eingemischt hast.«

Sie krallte die Finger um meinen Hals und drückte zu. Ich bäumte mich auf und versuchte, sie abzuschütteln, doch es gelang mir nicht. Laura hatte viel mehr Kraft als ich.

»Der Brand bei Silber gestern … Hast du den gelegt?«

»Ja, das war ich. Er sollte nicht einfach so davonkommen.« Ihre Finger schlossen sich fester um meine Kehle.

Viel Zeit hatte ich nicht mehr. Ich musste sie dazu bringen weiterzureden. »Aber warum Teddy? Was hat er dir getan?«

»Der? Nichts. Ich habe diese Britta im Studio belauscht.« Laura schnaufte laut. »Sie war außer sich vor Wut, weil er Pauline besser fand. Und weil nach deren Tod nicht sie, sondern eine andere den Modeljob bekommen hat, auf den sie so scharf war. Das haben alle mitgekriegt.«

Ich hatte schon mehrfach miterlebt oder gehört, wie Britta ausrastete, wenn sie ihren Willen nicht durchsetzen konnte. Sie schien dann zu allem entschlossen. Genau wie Laura in diesem Moment. In ihrem Blick lag etwas Unheimliches, das mir eine höllische Angst einjagte.

»Du wolltest den Verdacht … auf Britta … lenken?« Ich wand den Kopf hin und her, um ihren Griff zu lockern. Es gelang mir nicht.

»Ja, nachdem die Kripo im Studio war. Doch dann bist du mir

in die Quere gekommen.« Lauras Züge verzerrten sich zu einer Grimasse. »Ich lass dich verschwinden«, drohte sie. »Niemand wird jemals wieder von dir hören. Und keiner wird erfahren, dass ich Pauline umgebracht habe.«

Als sich Lauras Finger noch enger um meinen Hals schlossen, begann es vor meinen Augen zu flimmern. Mein Herz raste, und ich rang nach Luft. Doch ich hatte keine Chance gegen die wilde Entschlossenheit, die sie antrieb. Ich würde sterben. Mein Blickfeld flackerte, dann bildeten sich dunkle Flecken, und ich spürte, wie ich das Bewusstsein verlor.

SIEBZEHN

Von einer Sekunde auf die andere löste sich Lauras fester Griff, und ich bekam wieder Luft.

Jemand keuchte. War ich das?

Lauras Kopf wurde zur Seite gerissen. Mein Hals war frei. Das war meine Chance, mich zu retten. Ich rollte mich weg von dieser wahnsinnigen Frau.

»Keine Angst, Sie sind in Sicherheit«, hörte ich einen Mann sagen.

In einer nassen Kuhle blieb ich liegen und sah mich hustend um. Mir war kalt, und meine Zähne klapperten. Am Ufer stand ein Mann in einer orangen Jacke. Der Jogger, der mich auf der Seeterrasse überholt hatte. Seine Hände umklammerten einen Ast, als wäre er ein Baseballschläger. Sein Fuß stand auf Lauras Brust, um sie auf dem Boden zu halten. Ihre Lider waren geschlossen, das Gesicht war blutüberströmt. Sie regte sich nicht.

Der Mann löste eine Hand vom Ast und streckte sie mir entgegen, ohne Laura aus den Augen zu lassen. Er packte mein Handgelenk und zog mich hoch. »Geht's?«

Mein Hals brannte, und ich konnte nur mühsam durch den Mund atmen. Ich nickte vorsichtig. Mein Kiefer knackte.

»Haben Sie ein Handy dabei?«

»Tasche«, flüsterte ich.

Als die Polizei und gleich darauf der Notarzt eintrafen, weinte ich vor Erleichterung. Der Schmerz, der von meiner Nase ausging, war stechend und erbarmungslos.

Um mich herum lagen rot gefleckte Taschentücher, mit denen ich versucht hatte, die Blutung zu stillen.

Während der Jogger mit einem Polizisten sprach, versorgte ein Notarzt meine Nase. »Sie scheint geprellt oder angebrochen. Aber keine Sorge, das wird wieder.« Er gab mir eine kühlende Auflage und riet, zur Sicherheit ein Krankenhaus aufzusuchen.

Erschöpft saß ich am Ufer gegen einen Stamm gelehnt und sah zu, wie Kommissar Gabriel Laura Handschellen anlegte und sie in Begleitung zweier Kollegen abführte.

Wieder einmal erwies sich Gerit als verlässlicher Draht zur Kripo. »Laura Schmied hat ein Geständnis abgelegt. Nach allem, was ich bisher von der Polizei gehört habe, hat sie versucht, Pauline zu einer Anzeige gegen Silber zu überreden«, erzählte mir Gerit, als sie am Abend in der WG vorbeikam, um nach mir zu sehen. Und natürlich, um wichtige Details des Überfalls für einen Artikel in Erfahrung zu bringen. »Als beide noch bei ihm gearbeitet haben.«

»Wegen Belästigung am Arbeitsplatz?« Meine Stimme krächzte und klang seltsam, weil ich noch nicht wieder durch die Nase atmen konnte.

Gerit nickte. »Doch Pauline hat die Agentur verlassen. Von einem Tag auf den anderen und ohne ihr etwas davon zu sagen. Ich vermute, sie hat es nicht länger dort ausgehalten.«

»Sie hat Laura im Stich gelassen.«

»So muss sie es empfunden haben, ja«, erwiderte Gerit. »Die Einzelheiten sind noch nicht alle geklärt. Als Laura von der Anzeige erfahren hat, kam bei ihr wohl alles wieder hoch, und sie hat beschlossen, sich an den beiden zu rächen.«

»Dann hat sie deshalb unser Haus beobachtet. Um die richtige Gelegenheit für ihren Rachefeldzug gegen Pauline zu finden.«

»Und für den Einbruch«, ergänzte Gerit. »Laura wollte nach Paulines Tod alles verschwinden lassen, was auf sie als Täterin hätte hinweisen können. Zum Beispiel alte Fotos aus Silbers Agentur oder ihr Tagebuch. Aber sie kam zu spät. Die Polizei hatte alles, was relevant sein könnte, bereits mitgenommen. Bis auf ihr Handy.«

»Eines verstehe ich nicht. Warum hat Laura ausgerechnet unser Event auf der Solitude gewählt? An diesem Tag waren dort so viele Besucher unterwegs, die sie hätten sehen können«, fragte ich mich laut. Die Antwort gab ich mir selbst. »Vielleicht genau deshalb. Weil die Aufmerksamkeit der Medien ihr somit sicher war. Beziehungsweise Theo Silber als möglichem Täter. Inklusive seinem potenziellen Motiv, ihre Anzeige.«

»Ja, so hatte sie es geplant. Das muss ihr das Risiko wert gewesen sein. Sie hat Pauline unter einem Vorwand von eurem Event auf den kleinen Parkplatz am Waldrand gelockt. Doch statt der versprochenen Aussprache hat sie Pauline erdrosselt und ihre Leiche nur ein paar Meter weiter ins Gebüsch gezogen. Dabei muss Pauline die Perücke, die du beim Parkplatz gefunden hast, vom Kopf gerutscht sein. Durch den Schuhabdruck hat Laura den Verdacht auf Silber gelenkt, das hat sie dir ja bereits erzählt. Es sollte so aussehen, als hätte er sich wegen der Anzeige an Pauline gerächt.« Gerit seufzte. »Ich berichte schon so viele Jahre über Mordfälle und andere Gewaltdelikte, aber daran gewöhnen werde ich mich nie. Zum Glück hat der Jogger dich gerettet, Bea.« Sie strich liebevoll über meine Wange.

»Peter und ich sind so froh, dass dir nichts passiert ist. Von der geprellten Nase mal abgesehen. Versprich mir bitte, nie mehr Detektiv zu spielen, Bea.«

»Ich schwöre es«, erwiderte ich. Hinter dem Rücken legte ich den Mittelfinger über den Zeigefinger. Nur für alle Fälle.

Nachwort

Außergewöhnliche Tatorte und Schauplätze auszuwählen gehört zu den Highlights im Alltag einer Krimiautorin. Auch wenn Stuttgart zu den Städten mit der höchsten Lebensqualität zählt, gibt es widersprüchliche Ansichten, was die Attraktivität der baden-württembergischen Landeshauptstadt anbelangt. Doch bei den Stuttgarter Schlössern sind sich alle einig: traumhaft schön. Aus diesem Grund (und weil ich gelernte Kunsthistorikerin bin) habe ich meine Heldin Bea Pelzer in ihrem achten Fall auf Schloss Solitude, im Alten Schloss und im Ludwigsburger Schloss Monrepos ermitteln lassen. Alle Schauplätze habe ich realitätsnah, aber unter dem sehr persönlichen Blickwinkel meiner Figuren geschildert. An einigen Stellen habe ich Kleinigkeiten verändert, zum Beispiel die Schranken an der Zufahrt von Schloss Solitude unterschlagen. Für alle Stellen, an denen meine Phantasie sich gegenüber der Realität durchgesetzt hat, bitte ich um Nachsicht. Ebenso für eventuelle Ungenauigkeiten oder Fehler, die sich trotz intensiver Recherche in den Text eingeschlichen haben könnten. Diese sind nicht auf den Alkoholkonsum der Autorin zurückzuführen, auch wenn die Recherche selbstredend Weinverkostungen umfasste.

Den Arbeitsalltag in einer Werbeagentur habe ich realistisch geschildert, aber aus dramaturgischen Gründen gestrafft und vereinfacht. Das gilt ebenso für die Ermittlungsarbeit. Alle Romanfiguren sowie die Unternehmenskunden der Agentur habe ich erfunden. Ähnlichkeiten sind rein zufällig und nicht beabsichtigt.

An der Entstehung dieses Romans waren viele Menschen beteiligt. Alle haben auf ihre Weise zum Gelingen dieses Buches beigetragen, ob mit Informationen, Nachsicht gegenüber einer Autorin mit drohender Deadline, aufmunternden Worten oder mit Abendessenkochen. Danke an meine kompetenten InformantInnen und KollegInnen, die mich unterstützt haben, und an Christiane König-Lorch, die Monumentsverwalterin von Schloss Solitude. Viel zu verdanken haben Bea Pelzer und ich meiner Lektorin Julia Lorenzer. Ihr scharfes Auge und ihre erstklassige »Ermittlungsarbeit« auf der Suche nach möglichen Unstimmigkeiten haben maßgeblich zum Gelingen dieses Buches beigetragen.

Ein besonders großes Dankeschön gilt Stefanie Rahnfeld für ihr Vertrauen in mich als Autorin und Bea Pelzer als eigenwillige Ermittlerin. Falls ich jemals eine Lektorin zur Heldin eines Romans mache, wird sie den unvergleichlichen Humor von Stefanie Rahnfeld besitzen.

Einen Roman zu schreiben, zu lektorieren, herzustellen, professionell zu bewerben und in die Buchhandlungen zu bringen – und das unter Zeitdruck – ist kreative Schwerstarbeit für alle Beteiligten. Auch bei diesem Buch hat das wunderbare Team des Emons Verlages die Zusammenarbeit dennoch außergewöhnlich angenehm und inspirierend gemacht. Danke dafür – und für das großartige Cover, das die Eleganz von Schloss Solitude und die Dramatik meines Krimis perfekt in Balance bringt. So ein engagiertes Team wünschen sich alle Autoren.

Weitere Bücher von Martina Fiess
Alle Titel sind auch als eBook erhältlich

Stuttgart Krimis mit Bea Pelzer:

Tod in Degerloch
ISBN 978-3-89705-707-4

Tod in der Markthalle
ISBN 978-3-95451-255-3

Tod am Bärensee
ISBN 978-3-95451-815-9

Tod auf dem Wasen
ISBN 978-3-7408-0396-4

Trollingertod
ISBN 978-3-7408-0952-2

Weitere Kriminalromane:

Die Alb, die Liebe und der Tod
ISBN 978-3-7408-1595-0

www.emons-verlag.de